JENNY-MAI NUYEN

Roman ROWOHLT POLARIS

1. Auflage Oktober 2012
Copyright © 2012 by Rowohlt Verlag GmbH,
Reinbek bei Hamburg
Umschlaggestaltung HAUPTMANN & KOMPANIE Werbeagentur Zürich
Umschlagabbildung © Plainpicture/Anja Weber-Decker
Foto der Autorin Gabriel Lewin
Abbildung im Innenteil © thinkstockphotos.de
Satz aus der Baskerville
bei Dörlemann Satz, Lemförde
Druck und Bindung CPI – Clausen & Bosse, Leck
Printed in Germany
ISBN 978 3 86252 028 2

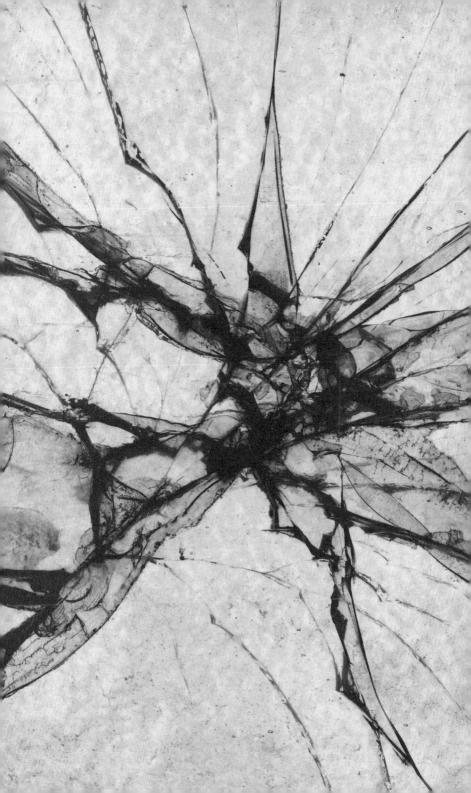

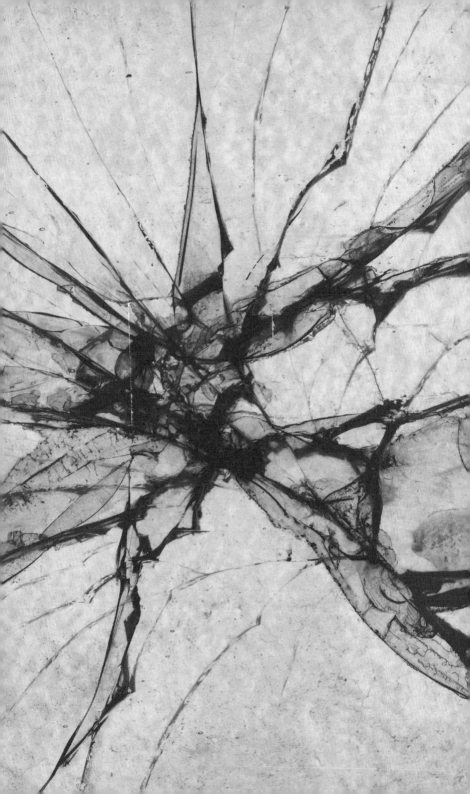

PROLOG I

JETZT

Die Wirklichkeit, das ist ein Doppelzimmer in einem heruntergekommenen Business-Hotel, in dem du einen Mann erschossen hast. Gerade eben. Erinnere dich, es riecht noch nach dem Rauch seiner Zigarre.

Im Bett liegt Noir, oder vielmehr ihr Körper. Noir selbst ist in ihren Träumen, in einer Welt, die es damals oder auch nie gegeben hat. Irgendwo anders jedenfalls, nicht hier. Während du sie betrachtest, scheint sie in ihrer Nacktheit immer geisterhafter zu werden. In diesem Moment bist du dir sicher, dass sie nicht real ist. *Aber genauso sicher bin ich, dass ich sie liebe.*

Der Verkehr draußen ist so laut, dass es fast unmöglich ist, nachzudenken. Das musst du aber. Du musst verstehen, wo es angefangen hat. Wirf deine Gedanken aus wie eine Angel, weit in die Vergangenheit. Wie silbrige Fische werden Erinnerungen danach schnappen, in dem Geschillere musst du den einen Zeitpunkt finden, wo deine Geschichte beginnt. Als du noch Er warst. Bevor Noir kam, und mit ihr das Träumen.

Der Lärm der Autos sirrt dir durch den Kopf, du riechst Benzin, spürst zwei Stockwerke tiefer die Gullys scheppern, fühlst den Strom, das Vibrieren, das Herzhämmern der Menschen, und da findest du ihn: deinen Anfang.

PROLOG II

DAS STERBEN

A lexej Sorokin hatte eine Kindheit mit fünf älteren Brüdern und einem trinkenden Vater überstanden, drei Magengeschwüre, eine fehlgeschlagene Flucht aus der DDR und zwölf Jahre mit seiner ehemaligen Schwiegermutter, und nach all diesen Schicksalsschlägen hätte er nie gedacht, dass er an einem sonnigen Juninachmittag in einem Auto sterben würde. Er hatte noch nie einen Unfall gebaut. Nicht einmal in den fünf Jahren, die seine zweite Frau nun schon neben ihm saß.

«Musst du ewig provozieren! Weißt du genau, Katjuscha ist VE-GE-TA-RI-ER-IN!» Lucia schlug bei jeder Silbe die flache Hand auf ihren Oberschenkel. Sie war Opernsängerin, ihre Stimme war auf Lautstärke trainiert und besaß den Nachdruck eines Schlaghammers. In solchen Augenblicken dachte er manchmal an die Affäre, die er kurz nach seiner Scheidung gehabt hatte, eine anämische Violinistin von asiatisch anmutender Schweigsamkeit, die nicht einmal etwas gesagt hatte, als er sie für den Westen verließ. Sie hatte ihm bloß eine Grußkarte gegeben, mit ihrer sorgfältigen Unterschrift unter dem Abschiedsgedicht. Die Reize ihres Charakters offenbarten sich ihm erst viele Jahre später.

«Deine Tochter wird das nicht essen, was du da –»

Alexej bremste scharf ab, als ein Mercedes ohne zu blinken die Spur wechselte. Entrüstet über den Mercedesfahrer, entrüstet, dass so jemand ein solches Gefährt besaß, während sein eigenes Pianistengehalt kaum für das Benzin des gebraucht gekauften Fiats reichte, und entrüstet über Lucia, die ausgerechnet jetzt seine Vaterqualitäten diskutieren musste, fluchte er ausgiebig und überholte den Mercedes mit einem waghalsigen Schlenker.

«Mein Gott!» Lucia presste sich eine Hand auf die Brust und drehte sich demonstrativ zu Nino um. Ein Blick in den Rückspiegel versicherte Alexej jedoch, dass ihr Sohn völlig unbeeindruckt vom Geschehen aus dem Fenster blickte. Dass im Auto gestritten wurde, war schon so etwas wie Familientradition.

«Lass deine Wut bitte nicht auf die Straße raus.»

«Welche Wut? Ich bin ruhig!»

Sie warf ihm einen vielsagenden Blick zu. Eine Weile knirschte Alexej mit den Zähnen. Es war hoffnungslos, mit Lucia zu streiten. Sie verstand es nicht. Sie wusste nicht, wie es sich anfühlte, die eigene Tochter erwachsen werden und ins Verderben stürzen zu sehen. Dennoch konnte er sich einen Kommentar nicht verkneifen: «Ich habe jedes Recht, wütend zu sein. Mein Kind ist einer Sekte zum Opfer gefallen.»

«Es ist keine Sekte, es ist eine Wohngemeinschaft.» Sie bohrte ihren Finger in das heiße, in Alufolie gewickelte Paket auf seinem Schoß. «Und da will niemand Pelmeni mit Schweinefleisch!»

«Kein Fleisch, als wäre das ihre Idee gewesen, die reinste Gehirnwäsche!»

«Wie kommst du bloß darauf, dass es eine Sekte ist?»

«Hast du mal diese Ketten gesehen, die die tragen? Diese, diese Muscheln und Steine?»

«Ja, und? Das ist jetzt Mode so.»

Er schlug die Handfläche aufs Lenkrad, dass ein Hupen erklang. «Tu nicht so, als wüsstest du nicht, dass es Lesben sind!»

Stille trat ein. Alexej schoss das Blut ins Gesicht. Er hatte es bis jetzt nicht ausgesprochen. Dabei hatte er doch überhaupt nichts gegen diese Leute, wirklich nicht. Nicht mehr als gegen die pubertierenden Lüstlinge, die seiner Tochter bisher nachgestiegen waren.

Lucia reckte sich auf ihrem Sitz. Mit eisiger Stimme befahl sie: «Halt jetzt an. Wir kaufen einen Strauß Blumen e Dolci und werfen das Fleisch weg, basta.»

«Darum geht es gar nicht. Es geht darum, dass Katjuscha in diesem Alter noch nicht – jetzt lass – lass die Pelmeni –»

Während Lucia und Alexej um die gefüllten Teigtaschen kämpften, entdeckte ihr Sohn auf dem Rücksitz die Welt.

Nino war fast fünf Jahre alt, das wusste er, auch wenn er das Ausmaß dieser Zeit nicht begriff. Sonst hätte er sich womöglich gewundert, so wenig von seinem bisherigen Leben mitbekommen zu haben. Aber er dachte nicht an die Vergangenheit, die Gegenwart war viel spannender.

Seine blaue Jacke hatte einen grauen Reißverschluss, der exakt dieselbe Farbe hatte wie der Gurt des Kindersitzes. Er hatte nach weiteren farblichen Übereinstimmungen zwischen ihm und seiner Umgebung gesucht und mehr Beweise für die schicksalhafte Richtigkeit seiner Existenz entdeckt: Der Stadtplan, der aus der Sitztasche vor ihm lugte, hatte eine Vorderseite im selben Rotton wie seine Schnürsenkel – wenn er die Beine ausstreckte, konnte er seine Schuhe fast daranhalten –, und vielleicht hatten die Ohrringe seiner Mutter genau dieselbe Farbe, aber sicher war er nicht, denn ihre krausen blonden Haare flogen nach allen Seiten, während sie seinem Vater das Paket mit den Pelmeni entriss.

Nino wandte sich dem Fenster zu. Alles wischte in großer Geschwindigkeit an der Scheibe vorbei, sodass er den Kopf schräg halten und nach vorne spähen musste, um überhaupt etwas zu erkennen.

Draußen gab es noch viel mehr farbliche Zusammenhänge. Ja, wenn er sich nur auf die Farben konzentrieren und übersehen könnte, dass die Kleckse zu Menschen, Geschäften und Autos gehörten, dann würde er gewiss ein Muster erkennen, das irgendetwas Sinnvolles ergab. Ein Zeichen, ein Bild hinter Werbeplakaten und Jacken und Müll und in Schaufenstern ausgestellten Kleidern, Staubsaugern und Fernsehgeräten. Alles hing zusammen, alles wurde erst im Zusammenhang bedeutsam, auch wenn er nicht hätte sagen können, warum. Vielleicht, weil ihm die Worte für eine so große Erkenntnis fehlten. Ihm fehlten viele Worte. Wenn seine Eltern nicht gerade stritten, sagten sie ihm die Namen der Dinge. Alles hatte einen Namen. Hubschrauber und Schraubenzieher und Ziehharmonika und Monika-von-Nebenan und, und, und. Sogar Sachen, die eigentlich nur Teil anderer Sachen waren, so wie ... wie ... Fensterscheibe. Er betrachtete seine Hände und fragte sich, warum Finger nicht Handstückchen hießen, denn sie gehörten doch eigentlich zur Hand. Aber dann müssten auch seine Hände nur Armstücke heißen und seine Arme Ninostücke. Manche Sachen hatten gleich mehrere Namen. So wie Auto auch Schlitten und Schrottkiste hieß. Und dann gab es ja noch verschiedene Sprachen – Deutsch, Russisch und Italienisch, gleich drei! –, und in jeder gab es wieder mehrere verschiedene Begriffe. Das alles war sehr kompliziert, das mit den Namen, und er stellte sich mit Ehrfurcht vor, wie er eines Tages alle im Kopf haben würde, so wie seine Eltern.

Seufzend ließ er die Hände sinken. Menschen bevölkerten den Bürgersteig, und noch mehr mussten in den Häusern sein: eine Fensterreihe über der anderen, ein Wohnblock neben dem nächsten, so unermesslich viele Wohnungen mit Leben darin, dass einem ganz schwindelig werden konnte. In einer dieser Wohnungen war seine Halbschwester Katjuscha, die bunte, glitzernde, klimpernde Kleider trug und ihm zu seinem Geburtstag ein Auto geschenkt hatte, das unter Schränke raste, wenn man es aufzog. Was seine Eltern über sie sagten, dass sie Vegetarierin war und so weiter, klang beunruhigend, aber hatte doch nichts mit der echten Katjuscha zu tun, die mit ihm Verstecken spielte. Auch das war so eine Sache mit Namen. Sie schienen manchmal wichtiger zu sein als das, was sie eigentlich beschrieben.

Nino glaubte einen Schwarm Fische zu sehen, der aus einem Haus an der Kreuzung weiter vorne ausbrach. Doch es waren keine Fische. Es war ein Regen blitzender Scherben. Und dann flog etwas Größeres hinterher, ein –

Seine Mutter schrie. Sein Vater riss das Lenkrad herum, Arme und Beine schlugen mit bösartigem Krachen auf die Heckscheibe. Ein blutiges Gesicht zertrümmerte die Scheibe. Seine Eltern zersprangen in Glassplitter und Farbspritzer und reifenquietschenden, zähnefletschenden Schmerz.

Stille, so tief wie ein Sahnekuchen mit vielen, vielen Schichten. Wenn man genau hineinlauschte in diese Stille, erkannte man, dass sie aus Abermillionen feiner Stimmen bestand, so wie das Nichts genauso gut voller Schneeflocken sein konnte. Stille und Lärm, das Nichts und das Alles waren im Grunde nicht auseinanderzuhalten.

Er blickte auf einen Fluss, hinter dem nichts war. Auch davor war nichts Wahrnehmbares, nur er, und er nahm sich eigentlich nicht wahr.

Der Fluss hatte gar kein richtiges Aussehen, und doch wusste er, dass es ein Fluss war, so wie Erwachsene in den Buchstaben eines Buches Dinge erkannten, die es gar nicht gab.

Seine Eltern gingen über das Wasser und wurden immer durchsichtiger, bis ihre Stimmen in der Stille versanken und das Nichts sie aufgenommen hatte. Er wollte ihnen hinterher, aber er konnte den Fluss nicht betreten. Andere Leute waren da, unzählige Leute, und alle schritten über die stillen Fluten. Seine Eltern waren längst verschwunden, doch er sah ihre Gesichter auf der Oberfläche des Flusses davonfließen, immer wieder, so flüchtig und endlos, wie die Häuser und Passanten am Autofenster vorbeigeströmt waren.

Er merkte, dass er nicht der Einzige war, der am Ufer stand. Neben ihm war das blutige Gesicht, das die Heckscheibe zertrümmert hatte.

Das Gesicht war sehr schön. Er sah die Augen wie durch ein Mikroskop vergrößert, die Lichtgebirge der Iris, die pulsierenden Pupillen mit ihrer weltalltiefen Finsternis, und eine sonderbare Erregung durchspülte ihn, so als würde er in diesen Augen versinken wie in den Armen seiner Mama, nur noch tiefer.

Die Frau, der die Augen gehörten, machte einen Schritt, um über den Fluss zu gehen. Die Fluten verwandelten sich in einen gierigen Strudel, packten ihren Fuß und zogen sie hinab. Sie warf Nino einen entsetzten Blick zu. Lauter wichtige, drängende Fragen rasten ihm durch den Kopf, aber er brachte kein Wort hervor.

«Julie!», japste sie.

Er begriff, dass das ihr Name war.

Er wollte ihr auch seinen Namen nennen, aber er erinnerte sich plötzlich nicht an ihn, er wusste ja gar nicht richtig, wer er war. Schon hatte das schwarze Wasser sie verschlungen. Tropfen spritzten ihm auf die Stirn und er spürte, wie auch über ihn eine taumelnde Schwerkraft hereinbrach und ihn vom Fluss fortzog, durch die Stille, bis die Stimmen auseinanderfädelten, wieder zu Lärm wurden, *Er wacht auf! Wir haben ihn! Wir haben ihn!*, und im Lärm das Piepen seines Herzschlages, blendende Lichter, Menschen in grünen Anzügen, die sich über ihn beugten, seinen Körper an Schläuche anschlossen und am Leben hielten.

1.

E in monströser Puls, begleitet vom Kammerflimmern elektronischer Beats, schwappte aus dem grün beleuchteten Eingang in die Dunkelheit. Für ihn klang es wie Sirenengesang.

Nino Sorokin zündete sich an seinem Zigarettenstummel gleich die nächste Zigarette an, obwohl er eigentlich Nichtraucher war. Aber er hatte die Marlboros gerade erst gekauft und hielt eine volle Schachtel immer für ein verräterisches Indiz dafür, dass man nur aus sozialen Gründen rauchte – und wer wollte sich schon zu jener prätentiösen Gruppe von Menschen bekennen, die sich zu schade war für echte Sucht? Gesundheitsbewusstsein war angesichts dieser Umgebung auch geradezu lächerlich. Nervös nahm er zwei Züge. Er kannte die meisten Clubs der Stadt, die Technotempel voller Touristen, die versteckten Drogenhöhlen, die jedes halbe Jahr geschlossen und anderswo neu eröffnet wurden, die Schickimickiläden, wo alterslose Frauen nach dem Mann mit der größten Champagnerflasche Ausschau hielten. Aber das hier war selbst für ihn neu: ein heruntergekommenes Fabrikgebäude mit eingestürztem Dach, in dem nur diese eine Nacht etwas stattfinden würde, ohne Regeln und Tabus. Und natürlich ohne Genehmigung. Philip hatte ihm vor einigen Wochen die Adresse eines Internetblogs gegeben, auf der man die süßesten Katzenbabyfotos fand – und alle paar Monate ein weißes Kaninchen, das einem die Zeit und den Ort *der* Party der Stadt verriet. Diesmal in einem verfallenen Chemiewerk am Ende der Welt, das hieß zehn Minuten von der letzten S-Bahn-Station und gefühlte 30 000 Kilometer von der Realität entfernt.

Gut vierzig Leute standen Schlange vor dem Eingang. Nino ließ den Blick über die von Zigarettenglut umschwärmte Menge schweifen: die üblichen androgynen Mädchen und Jungen in Klamotten vom Flohmarkt, sorgfältig mit nostalgischen Fuchsschwänzen und Fellmützen bestückt, obwohl es August war und auch nachts warm genug, um ohne Jacke auszugehen, ganz zu schweigen von Mützen. Hier und da erblickte er ältere Typen in Jogginganzügen mit verlebten Gesichtern, die besoffen waren oder sich ganz bewusst zum Clown machten. Restposten der Rave-Ära, die den Zug ins Erwachsenwerden verpasst hatten. Aber sie wussten immer, wo es etwas zu feiern gab.

Er zückte sein Handy und rief Philip an. Zwei Versuche waren erfolglos geblieben, aber jetzt ging er endlich dran. Aus dem Hörer dröhnte verzerrte Musik, dann ein Brüllen: «Wo steckst du!»

«Ich bin draußen! Da ist eine Schlange!» Eine Schlange vor einer illegalen Party, bei Gott.

«Warte! Ichhrchschmrchschaaai!» Die Verbindung brach ab. Nino war nicht sicher, ob er richtig verstanden hatte, dass Philip rauskam. Er fingerte eine weitere Zigarette aus der Schachtel. Ein Mädchen entdeckte ihn im Schatten des Schrottberges, wo er stehen geblieben war, und torkelte auf ihn zu. Auf Englisch, mit einem starken schwedischen Akzent, bat sie ihn um eine Kippe. Er gab ihr seine. Sie hob ihre Bierflasche als Zeichen des Dankes und blieb einen Moment länger als nötig vor ihm stehen. *Dreiundvierzig. Mit dreiundvierzig multiple Sklerose. In der Nacht heimlich weinend, wenn die Kinder es nicht mitbekommen.* Als er seinem Blick keine Worte folgen ließ, verzog sie sich mit einem «Byeee» wieder in die grün verträumte Dunkelheit.

Eine Minute verstrich. Er lehnte sich an ein Metallfass und wartete, dass der Eingang Philip ausspuckte. Aus den Augenwinkeln sah er, dass die Schwedin zu ihm herüberspähte, aber er ignorierte sie lieber. Dreiundvierzig, sie hatte noch viel Zeit und würde hundert andere Männer so ansehen wie ihn, die ihr Interesse auch erwiderten. Das Handy begann in seiner Hand zu vibrieren.

«Philip?»

Die Musik klang jetzt wie durch Butter gedämpft, Philip musste in einem engen Raum sein, vermutlich auf der Toilette. «Nino, kann 'd mich hörn?»

«Ja!»

«Sag anner Tür, du bisn Freun' von Miösdi!»

«Wem?» Nino musste lachen. «Mösi?»

«Mesösamdi!»

«Buchstabier's mir.»

«M-I-S-I-Ö-S-A-M-D-I!»

«Monsieur Samedi? Wer ist das?»

«Komm rein! Treppe hoch zu Bar!»

«Bis gleich.» Nino steckte das Handy ein und ging an der Schlange vorbei. Glasscherben knirschten unter seinen Schuhen. Hungrige Gesichter blickten ihm nach, hungrig auf etwas Verbotenes, etwas Echtes. Alle suchten sie dasselbe, nur dass er besser als die anderen wusste, was das war. Zwei Türsteher bewachten das grüne Maul, ein muskelbepackter Glatzkopf und ein Kerl mit Hornbrille, nacktem Oberkörper und einer Bulldogge an der Leine. Der Glatzkopf bedeutete Nino, stehenzubleiben.

«Nur Freunde von Freunden.»

«Ich bin ein Freund von Monsieur Samedi», rief er gegen den herausschwemmenden Lärm.

Nino bemerkte, dass die Augen hinter den Brillengläsern, die ihn musterten, fast nur aus Pupillen bestanden.

«Wie heißt du denn, Freund?»

«Philip», log er, ohne genau zu wissen, warum.

«Bist du denn schon achtzehn?», fragte die Hornbrille neckend, während der Glatzkopf ihn bereits an der Schlange vorbei nach drinnen winkte. Die Frage nach seinem Alter versetzte Nino einen Stich. Er war fast vierundzwanzig, wurde aber immer noch an Clubtüren und Kinokassen nach seinem Ausweis gefragt. Den hätte er hier natürlich nicht zeigen können, immerhin lautete sein Vorname darauf nicht Philip. Andererseits hätte es ihn schwer verwundert, wenn die Türsteher daran interessiert gewesen wären, ob die Gäste volljährig waren. Oder überhaupt Papiere besaßen.

Die Nachdrängenden schoben ihn tiefer ins grüne Licht. Es gab keine Kasse, nur eine gepiercte Frau mit einer Kiste zwischen den Beinen, auf der mit Filzstift geschrieben stand: *Feier ohne Ende – Spende!*

Er warf ein zusammengeknülltes Kaugummipapier in den Schlitz und gab der Frau eine Zigarette. Ihr Lächeln begleitete ihn durch den Plastikvorhang ins Innere des Lärms.

Für Millisekunden herrschte abgrundtiefe Finsternis. Dann blitzten Lichter auf: silbernes Weiß, Grün, Grün, Weiß. Finsternis, schwer wie die Paukenschläge aus den Boxen, zerrissen von giftigem Grün. Die Musik pumpte die Halle bis zum Bersten mit Körperhitze, Schweiß und Jubelschreien auf. Zwei DJs standen auf einem Vorsprung über dem Meer wogender Köpfe und dirigierten den Schwarm. Betonerhöhungen dienten den Leuten als Podest, ein Greis mit Federboa und Vollbart pustete riesige Seifenblasen über die Menge. Wie war er überhaupt auf die Empore gekommen? Es gab keine sichtbare Leiter oder Treppe nach da oben. Die einzige Stahltreppe, die Nino entdeckte, führte auf einen Balkon, der rote Lichtschwaden ausdünstete. Er schob sich durch die zuckende Menge darauf zu und erklomm die Stufen, vorbei an noch mehr Leuten, die sich irgendetwas in die Ohren schrien. Jemand packte seine Schulter, er drehte sich um und sah unter den Herumstehenden Freddie, oder Teddy? Nino konnte sich nie an seinen Namen erinnern. Jedenfalls gehörte er zu den Gesichtern, die man an zwei von drei Abenden beim Weggehen wiedersah. Nino traf ihn bestimmt einmal im Monat, trotzdem hatten sie sich nie mehr zu sagen als: «Hallo, wie geht's?» Was sicher auch daran lag, dass Eddie fast immer auf Ketamin oder Schlimmerem war und dann die lächelnde Wortkargheit eines Siddhartha besaß. Ob er daran sterben würde, dass er so achtlos mit seiner Gesundheit umging, wusste Nino nicht. Er sah es nicht bei jedem.

Er schüttelte die schweißnasse Hand des Jungen und ging weiter. Die Treppe mündete auf einen von Stahlgeländern umgebenen Anbau, der rund um die Halle verlief. Fenster und Türöffnungen klafften im rohen Beton der Wände. Er stieg durch einen von Plastikstreifen verhängten Durchgang und kam in einen brutkastenroten Raum, in dem zwei Männer Bierflaschen aus der Kiste, Wodka, Club Mate und Wasser verkauften. Auf den Überresten einer Couch neben der Bar saß Philip.

Er unterhielt sich gerade mit zwei Mädchen, seinem Mitbewohner Jurek Itschik, den alle Itsi nannten, und einem jungen Mann, den Nino nicht kannte. Als Philip ihn entdeckte, stand er auf und begrüßte ihn.

«Schön, dass du gekommen bist. Du hattest keinen Stress an der Tür.» Philip pflegte seine Fragen wie Feststellungen klingen zu lassen. Er war fast einen Kopf kleiner als Nino und wirkte in seinem Feinrippunterhemd dürr wie ein Kobold, trotzdem strahlte er die Autorität eines Mannes aus, der für seine Umgebung unentbehrlich ist. Er nahm die Planung und Ausführung seines Privatlebens so ernst wie ein Geschäftsmann seine Finanzen, vielleicht, weil er außer seinem Privatleben kein anderes hatte. Nino kannte ihn von der Kunsthochschule, die Philip nach nur einem Semester geschmissen hatte, um das echte Leben in seine Kunst zu lassen. Was für ihn ein und dasselbe war: Nächte wie diese.

«Hat alles funktioniert», bestätigte Nino und tauschte einen Handschlag mit Itsi, der fast immer an Philips Seite war. Obwohl er ein auffällig schönes Gesicht mit markanten Zügen hatte, bekam er höchstens die Freundinnen der Mädchen ab, die Philip auflas. Aus irgendeinem Grund war er schüchtern.

Philip stellte ihm die beiden Mädchen vor. Die Dunkelhäutige hieß Mona, die große Blonde Julia.

«Der Typ arbeitet für Monsieur Samedi», sagte Philip ihm, ohne auf den jungen Mann zu zeigen, der mit übergeschlagenen Beinen danebensaß. Trotz der Hitze war er von Kopf bis Fuß in dunkle Kleidung gehüllt. Auf seinem Schoß lag ein Stoffbeutel, den er mit einer Hand an sich drückte.

Philip beugte sich zu ihm vor. «Das ist Nino, ein guter Freund von mir!»

Der Mann gab ihm flüchtig die Hand. Er trug schwarze Lederhandschuhe, eine Zigarette klemmte zwischen Zeige- und Mittelfinger. Sein Haar war zu einem Pferdeschwanz gebunden. Mehr registrierte Nino nicht. Irgendwie fiel es ihm schwer, den Fremden anzusehen; er vergaß die Merkmale seines Gesichts in dem Moment, in dem er ihn sah.

Er fegte die Plastikbecher von einem Sessel und setzte sich dazu. Philip nahm sein Gespräch mit dem farblosen Mann wieder auf, wobei er sich mehrmals über Mund und Kinn fuhr, eine Geste der Nachdenklichkeit, die man an Philip selten sah.

Itsi zückte seine Brieftasche, holte ein kleines Plastiktütchen hervor und schüttete den Inhalt auf seinen Ausweis. Nachdem er sich ein wenig vom glitzernden Pulver mit dem Finger in den Mund geschoben hatte, zerkleinerte er die Kristalle mit einer Kreditkarte. Die Mädchen fummelten einen Fünf-Euro-Schein aus einer Handtasche und rollten ihn zusammen. Als Itsi das Pulver in mehrere Lines aufteilte, blickte er zu Nino auf.

«Willst du auch?»

«Danke, später.» Er lächelte, obwohl er auch später ablehnen würde. Er suchte etwas Exklusiveres als Amphetamine.

Itsi machte vier großzügige Lines und ließ den Mädchen den Vortritt, ehe er selbst den gerollten Geldschein an die Nase setzte und ihn an Philip weitergab.

Nino beobachtete den farblosen Mann aus den Augenwinkeln, der wiederum tat, als würde er den Konsum nicht bemerken. Plötzlich schien sich der Beutel auf seinem Schoß zu bewegen. Er drückte ihn fester an sich. Nino blinzelte irritiert.

Die Blonde begann zu lachen und zerrte an Philips Arm, um seine Aufmerksamkeit zu erregen. «Weißt du, was Mona gerade gesagt hat?»

«Ladys, ich bin in einer Sekunde für euch da. Jetzt rede ich mit Monsieur Samedis Assistenten.»

Itsi, der immer wusste, wann er gebraucht wurde, bot den beiden gackernden Mädchen Zigaretten an. Ruhig inhalierte die Blonde den ersten Zug und richtete ihre Aufmerksamkeit dabei auf Nino.

«Ich hab dich schon mal gesehen.»

«Gut möglich», sagte Nino und blinzelte sich ihren Rauch aus den Augen. Sie war noch nicht lange in der Stadt, seit ein paar Monaten vielleicht, fürs Studium. Ihr Tod … die Folgen einer psychischen Erkrankung. Magersucht? Irgendwas in der Art.

Ein nackter dunkler Arm schlang sich von hinten um ihren Hals. «… ich muss tanzen, Julia, lass uns tanzen!»

«Kommst du mit?», fragte die Blonde, an ihre Freundin geschmiegt.

«Später», sagte Nino.

«Du machst alles später, was?»

«Außer den Dingen, die ich jetzt mache.»

«Was machst du denn jetzt?»

«Ich bewundere dein Dekolleté», sagte Nino so leise, dass sich die Blonde noch weiter vorbeugte und sich zwischen ihren kleinen, hochgedrückten Brüsten fast ein Schlitz bildete.

«Was?»

«Ich erkunde die Szenerie.»

«*Waaas?*» Sie lächelte verständnislos.

Nino schielte zu Monsieur Samedis Assistenten hinüber und fragte sich, ob dieser Monsieur Samedi das sein könnte, was er hoffte. Auf jeden Fall war er ein so hochrangiger Drogendealer, dass er andere für sich arbeiten ließ.

«Alles klar, wir tanzen!», rief Philip, packte die beiden Mädchen an den Händen und zog sie hoch. Itsi und Nino folgten ihnen.

«Wer ist eigentlich Monsieur Samedi?», rief Nino Itsi ins Ohr, als sie durch den Plastikvorhang auf den Balkon traten.

«Er ist Araber, hab ich gehört. Hat ein Labor irgendwo. Designt eigene Sachen.»

Nino runzelte die Stirn. «Und der Name?»

«Der was?», brüllte Itsi zurück. Sie standen am Rand der Tanzfläche.

«Sein Name! Wie *Baron Samedi*, der Voodoo-Gott!»

«Ja? Keine Ahnung!» Itsi lächelte breit, wohl wissend, dass die Mädchen zu ihnen herüberspähten. Beim Tanzen fiel auf, wie groß die Blonde war. Ihre spindeldürren Arme wogten wie Luftschlangen über den Köpfen der anderen und bewegten sich nicht gerade synchron mit dem Rest ihres Körpers. In ihrer Unbeholfenheit lag durchaus etwas Reizvolles. Eine Aufforderung, sie zu packen und ihre zappelnden Glieder in Einklang zu bringen.

Itsi holte seine Zigaretten heraus, bot Nino eine an und suchte den Blick der Blonden, um sie damit anzulocken. Wie erwartet trabte sie an und nahm sich eine Kippe. Nino gab den anderen beiden Feuer und wollte gerade seine eigene Zigarette anzünden, als er Monsieur Samedis Assistenten mit einer kleinen Gefolgschaft auf der Treppe entdeckte. Noch immer hielt der farblose Typ seinen Beutel fest an die Brust gedrückt. Philip ließ die Mädchen stehen und schloss sich ihnen an, als sie sich einen Weg durch die tanzende Menge bahnten. Sie näherten sich einem Eingang, der hinter vermoderten Fließbändern kaum zu entdecken war, und verschwanden in der Dunkelheit.

«Ich komm gleich», sagte Nino, klemmte sich die Zigarette hinters Ohr und drängte sich an Schultern und Ellbogen vorbei zur Türöffnung. Erst auf halbem Weg merkte er, dass die Blonde ihm folgte. Sie hielt ihn fest und versuchte mit ihm zu tanzen.

«Jetzt nicht! Ich will wohin!»

«Wohin?»

Er deutete vage in die Richtung. Die Blonde nahm seine Hand. *Sie wird nicht alt.*

«Ich komm mit», beschloss sie.

Er sah in ihre schwarz geschminkten Augen. Warum Frauen

ihn mochten, war ihm selbst ein Rätsel. Sarah, seine Affäre vor ein paar Monaten, hatte gesagt, es sei die Art, wie er sich bewegte. Er bewege sich gelassen und trotzdem entschlossen, so wie jemand, der weiß, was er tut. Dabei wusste er das – gerade wenn es um Frauen ging – so gut wie nie.

Sie warf ihre aufgerauchte Zigarette auf den Boden und pflückte die hinter seinem Ohr hervor. Er gab ihr Feuer. Dann folgte sie ihm zum Eingang.

2.

Der Durchgang, in dem Philip und Monsieur Samedis Assistent verschwunden waren, wurde nur von ein paar Teelichtern auf dem Boden beleuchtet. Nino zog sein Handy aus der Hosentasche und hielt es vor sich, um etwas zu erkennen. Sie waren in einem Korridor mit gekachelten Wänden, die mit feuchtem, grünem Moder bedeckt waren. Es roch nach Chemikalien.

«Ich glaub nicht, dass du mitkommen willst», begann er, doch die Blonde schob sich an ihm vorbei und bog nach links in einen weiteren Flur ab. An manchen Stellen waren die Teelichter von Füßen umgestoßen oder herabtropfendem Wasser gelöscht worden, sodass es vollkommen finster war und Nino sich nur an den Schritten des Mädchens orientieren konnte, das besser als er zu wissen schien, wohin sie wollten. Schließlich tauchte eine Tür auf, durch deren Ritzen ein matter Schimmer drang. Das Mädchen bot ihm den letzten Zug der Zigarette an.

Er ließ den Stummel fallen. «Weißt du überhaupt, um was es hier geht?»

«Nö. Du?» Ohne seine Antwort abzuwarten, öffnete sie die Tür.

Eine Flut aus Licht empfing sie. Der gesamte Raum war voller Teelichter und Grabkerzen. Und Menschen.

Es waren gut zwanzig Leute. Als sie Philip entdeckten, wich er ihren Blicken aus und blinzelte nervös zu einem untersetzten Mann hinüber, der mit entblößtem Oberkörper in der Mitte stand.

Er war kräftig wie ein Bär und fast genauso behaart. Schwarze, schweißgetränkte Löckchen fielen ihm in den Nacken, über der Stirn bildete sich bereits eine Glatze. Sein breites, braunes Gesicht wurde von einer seltsamen Traurigkeit, einer beinahe weiblichen Sanftheit überstrahlt. Langsam ließ der Araber die Arme sinken.

«Hi!», sagte Julia.

Ein Mann kam auf sie zugeeilt, dessen Gesicht eine übergroße Brille etwas Außergewöhnliches zu verleihen versuchte. Sein Hemd war bis oben hin zugeknöpft und die Cordhosen so eng, dass seine Männlichkeit ungesund gequetscht wirkte. Er wischte sich die Haare aus der Stirn und sah Julia mit freudiger Überraschung an, Nino warf er nur einen flüchtigen Blick zu.

«Äh, ich hab sie eingeladen», sagte er an die Gruppe gewandt. «Das ist eine Freundin von mir …»

«… Julia», sagte Julia selbstbewusst wie bei einem Bewerbungsgespräch.

Nur der ferne Technobeat wummerte durch die Wände. Von der Decke rieselte ein wenig Schutt. Sie zog Nino neben sich. «Ich hab noch einen Kumpel mitgebracht.»

Nino beließ es bei einem kleinen Gruß mit der Hand.

Der Araber wandte sich an den Brillenmann. «River?»

«Sie ist so drauf wie wir, also ich kenn die Frau.» Der Brillenmann wischte sich wieder die Haare aus dem Gesicht. «Sie wollte dich kennenlernen.»

«Kommt her», befahl der Araber mit weicher, akzentfreier Stimme.

Gehorsam traten Julia und Nino vor ihn. Eine Gänsehaut schoss Ninos Rücken herauf, als er ihm in die Augen sah. *Mord. In Wahnsinn, in Feuer. In einem Albtraum.* Erst jetzt bemerkte er, dass Monsieur Samedi einen Dolch in der Faust hielt.

«Was sucht ihr?» Obwohl seine Stimme sanft blieb, schwang eine unüberhörbare Drohung darin mit.

Nino schluckte. Abgesehen von Zeit hatte er nichts zu verlieren. Ein paar Zähne vielleicht. So gelassen wie nur möglich begann er: «Ich suche jemanden, der …»

«Ihr macht doch Gläserrücken und so Zeug! Das soll wie ein Trip sein, oder?» Erwartungsvoll sah sich Julia nach dem Brillenmann um.

Ein Zucken ging um Monsieur Samedis Mund. Seine dicken Zähne erschienen zwischen den Lippen wie Knochenstümpfe.

«Ihr seid auf der Suche nach dem neusten Kick … ja? Und traut euch, zu mir zu kommen.» Sein Lächeln blieb liebevoll.

«Was ich sagen wollte», erwiderte Nino und berührte Julia am Arm, damit sie ihn aussprechen ließ, «ist, dass ich bei eurem … also, dass ich mitmachen will. Ich habe Fragen.»

Monsieur Samedis Lächeln war unerschütterlich. Aber er zog nur eine Show vor seinen Anhängern ab. Und wenn Nino sich umsah, bekam er nicht den Eindruck, als ließe der Araber nur die erlesensten Teilnehmer zu. Ein paar waren ganz offensichtlich auf Drogen. Die übrigen sahen aus wie frischgebackene Penner, die den Vorteil genossen, mit besonders wagemutigen Modefreaks verwechselt zu werden.

Als fühlte Monsieur Samedi sich ertappt, hielt er ihnen die offene Hand hin. «Dreißig Euro. Pro Kopf.»

«Dreißig?» Julia drehte sich ungläubig zu ihrem Freund um. River kramte zwei zerknitterte Fünfer und einen Zwanziger aus der Hosentasche und bezahlte für das Mädchen.

Nino klimperte mit den Wimpern. «Ich bin auch naturblond.»

Offenbar verstand River keinen Spaß. Er glotzte ihn feindselig durch seine Brille an. Nino akzeptierte die Niederlage seines

Charmes, zog seine Brieftasche aus der Hosentasche und nahm alles raus, was er noch hatte: 15 Euro in Scheinen und drei Euro Kleingeld.

«Gibt es Gruppenrabatt?»

Monsieur Samedi antwortete nicht einmal darauf. Nachdenklich ruhte sein leerer Blick auf Nino.

«Warte, ich hab noch was», murmelte Julia und gab ihm das restliche Geld.

«Danke», flüsterte er und suchte dabei Philip in der Menge. Offenbar hatte er nicht vor, sich zu seinen Freunden zu bekennen. «Du hast was bei mir gut.»

Hinter dem Araber tauchte eine Gestalt mit Käppi auf, nahm das Geld und reichte Monsieur Samedi zwei weißgelbe Vitaminkapseln, die aufgebrochen und mit neuem Inhalt gefüllt worden waren.

«Was ist das?»

Wieder bekam Nino eine Gänsehaut. Irgendetwas beunruhigte ihn schrecklich, aber er kam nicht darauf, was. Jedenfalls waren es nicht nur die Pillen.

«Das», der Araber hob die beiden Kapseln, um sie ihm und Julia in den Mund zu schieben, «ist euer Eintritt in eine andere Realität.»

«Ich will wissen, was da drin ist.»

«Ein Abenteuer!» Julia beugte sich vor und saugte die Kapsel aus Monsieur Samedis Fingern. Nino zögerte.

«Du bist blind, mein Freund», sagte Monsieur Samedi. «Deine Augen müssen sich zuerst öffnen.»

Irgendein halluzinogener Scheiß also. Halluzinationen waren das Letzte, wovon er mehr brauchte. Trotzdem öffnete Nino folgsam den Mund und ließ sich von dem Araber die Pille verabreichen.

28

«Hat jemand was zum Runterspülen?» Lasziv balancierte Julia die Pille auf der Zunge und drehte sich um.

River reichte ihr eine Bierflasche. Sie nahm einen Schluck und gab sie an Nino weiter. Er wischte die Öffnung ab und trank, wobei er die Kapsel unauffällig in die Flasche spuckte. Hoffentlich hatten sie das Geld nicht nur dafür hingeblättert. Aber dass der Araber sie vor dem Ritual unter Drogen setzen wollte, war kein gutes Zeichen.

Jetzt erst hob Philip diskret eine Hand, um sie zu sich zu winken. Während er und Julia zu ihm gingen, um alles Weitere abzuwarten, kam ihm die Erinnerung an seine vergangenen Misserfolge. Einmal hatte er sich mit einem Haufen Midlife-Crisis-erschütterter Esoteriker angefreundet, Begeisterung für Yoga geheuchelt und kindische Zeremonien abgehalten – völlig umsonst. Noch schlimmer war Clara gewesen, eine Wicca praktizierende Ökohexe aus dem Kunststudium, der er viele Abende lang beim Geschlechtsteilezeichnen und Ausheulen über ihre Kindheit Gesellschaft geleistet hatte, nur um schließlich zu erfahren, dass ihr Vater überhaupt kein Satanist war, sondern ein pensionierter Religionslehrer aus Köpenick. Clara rief ihn immer noch manchmal an, obwohl er das Studium längst abgebrochen hatte, ebenso wie die fruchtlose Freundschaft zu ihr. Als er vor ein paar Monaten gehört hatte, dass es eine okkulte Bewegung in der Drogenszene gab – Leute, die angeblich von Gläserrücken berauscht wurden –, hatte das seine Neugier geweckt. Wer der konkreten Wirkung wegen und nicht aus spiritueller Überzeugung solche Rituale betrieb, hatte keinen Grund, sich etwas einzubilden. Andererseits war es gut möglich, dass Gläserrücken deshalb in der Szene funktionierte, weil hier sowieso jeder zugedröhnt war. Wenn sich alles nur als ein Reinfall erwies, hatte er eine Menge Zeit verschwendet. Und genau davon blieb ihm nicht viel.

Monsieur Samedi hob wieder die Arme, verdrehte die Augen und begann in einer fremden Sprache zu sprechen. Erst hielt Nino es für Arabisch, dann merkte er, dass es genuscheltes Französisch war. Es klang wie ein Gebet, endlos und monoton. Die Teilnehmer lauschten bedächtig.

«Woah», hauchte Julia. Vielleicht tat die Tablette schon ihre Wirkung.

«Woher kennst du diesen River?», zischte Nino ihr zu.

«Er hat uns MDMA verkauft.»

Monsieur Samedis Stimme schwoll zu einem wortlosen Brüllen an. Julia zuckte zusammen, als gelte der Wutausbruch ihr. Doch Monsieur Samedi hatte jetzt die Augen geschlossen und schien seine Umgebung nicht mehr wahrzunehmen. Als er wild mit dem Dolch durch die Luft zu schneiden begann, entfuhr ihr ein Kichern. Nino hielt ihr erschrocken die Hand vor den Mund. Falls der Araber sie gehört hatte, ignorierte er den Spott so professionell wie ein Schauspieler auf der Bühne.

Julia bekam einen hysterischen Lachanfall. Er legte einen Arm um sie. «Oh Gott», japste sie. «Fuck.» Und bebte weiter vor Lachen. Zugegebenermaßen war das Ganze lächerlich, aber wenn es wirklich funktionierte, dann hätte er Monsieur Samedi auch dabei zugesehen, wie er sich mit dem Dolch rituell die Fußnägel säuberte.

Der farblose Mann erschien neben dem Araber – Nino erkannte ihn mehr an den Handschuhen und dem Pferdeschwanz als an seinem Gesicht. In der einen Hand hielt er eine brennende Zigarette, in der anderen seinen Beutel. Irgendetwas bewegte sich jetzt ganz deutlich darin.

«C'est pour toi, pour l'esprit de samedi …»

Monsieur Samedi tauchte seine Hand in den Beutel und zog ein lebendiges Huhn hervor. Das krakeelende Tier versuchte sich aus seinem Griff freizukämpfen und verteilte schneeweiße Federn in der Dunkelheit.

«*De cette vie en l'au-delà ... une offre!*»

«Was –» Julia krallte sich in sein T-Shirt.

Monsieur Samedi hob den Dolch und schlitzte das Huhn von der Kehle bis zum Bauch auf.

Julia lachte nicht mehr. Starr vor Schreck klammerten sie sich aneinander, während das Huhn panisch gackerte und mit den Flügeln schlug und sein Blut den Zuschauern auf die Schuhe spritzte. Kerzen erloschen fauchend unter dem Regen.

Als das Tier sich kaum noch bewegte, schüttelte Monsieur Samedi es weiter, verteilte das Blut auf dem Boden, den Wänden. Eingeweide quollen aus dem aufgeschnittenen Bauch. Nino versuchte seine Übelkeit niederzukämpfen. Katjuscha war Vegetarierin, er war praktisch fleischlos aufgewachsen, abgesehen von den heimlichen Besuchen bei McDonald's mit seinen Schulfreunden.

Monsieur Samedi zog einen Holztisch aus einer Ecke und ließ das tote Tier darauffallen.

«Mit Blut breche ich den Wall von hier nach dort ... Ewiger Fluss, nimm dieses Leben auf. Teile deine Macht!»

Er drehte das Huhn um, öffnete den Leib und zerrte mehrere blutige Klumpen heraus. Die Organe arrangierte er auf dem Tisch zu einem Kreis, den Kadaver warf er gegen die Wand, wo er, Spuren über die Kacheln ziehend, zur Erde sank. Dann streckte er die Hand aus und ließ sich von dem farblosen Mann ein Glas geben, das er umgekehrt in die Mitte knallte.

Zum ersten Mal seit Beginn der Zeremonie richtete er den Blick auf sein Publikum. Einem nach dem anderen sah er ins Gesicht. Bei Nino schien ein fragendes Lächeln um seine Augen zu zucken.

«Der Tod ist immer hungrig, der Tod ist niemals satt, sein Tisch ist reich gedeckt, und heute teilt er ihn mit euch. Wer traut sich her?»

3.

Zögerlich traten die Zuschauer näher. Die, die bereits wussten, was sie erwartete, streckten Monsieur Samedi ihre Hand hin, um sich von ihm mit dem Dolch in den Zeigefinger stechen zu lassen.

«Gott», murmelte Julia, aber auch sie näherte sich wie hypnotisiert dem Tisch. Blutige Fingerspitzen wurden auf das Glas gelegt, bis darauf kaum noch Platz war. Dieselbe Klinge für alle. Da konnte man genauso gut mit fünfzehn Junkies die Spritze teilen. Nino tastete seine Jeans ab und zog seinen Schlüsselbund heraus, an dem ein kleines Taschenmesser hing. Als Julia ihre Hand schon dem Araber reichen wollte, zog Nino sie zurück.

«Willst du das wirklich machen?»

Sie sah ihn verständnislos an. «Du blamierst uns!»

Er atmete tief aus, dann stach er zuerst sich und dann ihr mit seinem Taschenmesser in den Zeigefinger. Sie gab ein Wimmern von sich, presste aber ihren Finger auf die letzte freie Kante des Glases. Nino hielt seinen Finger neben ihren, ohne das blutverschmierte Glas zu berühren. Wahrscheinlich war er der einzig Nüchterne in der Runde. Er versuchte, nicht auf die glänzenden Hühnerorgane zu blicken, und bemerkte, dass die Buchstaben von A bis Z und alle Zahlen von Null bis Neun in den Tisch eingekerbt waren. Ein Ouija-Brett.

Monsieur Samedi hielt seine triefende Hand über das Glas. An jedem Finger trug er einen Ring. «Wir beschwören dich, Geist! Zeige dich!»

Nino wollte fast den Kopf schütteln. Er hatte schon geglaubt, es könnte ihn nichts mehr überraschen. Aber es gab immer noch eine Nische, die dunkler und dreckiger war als alles, was man kannte.

Die anderen begannen einzustimmen: «Zeige dich! Zeige dich!»

«Durchströme uns, ewiger Fluss des Lebens und des Todes. Erfülle uns, nimm das Tote an und gib dafür Leben ...»

Das Glas wackelte. Die Leute hielten den Atem an. Nur Nino wunderte sich nicht, dass ein Glas unter fast fünfzehn Fingern zu beben begann.

Monsieur Samedi stieß ein zufriedenes Seufzen aus. Das Glas rutschte so plötzlich zu einer Seite, dass Julia ein Schreckenslaut entfuhr. Nino behielt die bebende Hand des Arabers im Auge. Vielleicht waren Magnete an den Ringen angebracht.

«Ja», flüsterte Monsieur Samedi. «Es ist hier, meine Freunde. Wer will mit ihm sprechen?»

«Wie heißt du?», stammelte ein hagerer junger Mann, der heftig zitterte. Gebannt starrten alle auf das Glas.

Nino konnte nicht sagen, ob Monsieur Samedis Hand dem Glas folgte oder umgekehrt, jedenfalls setzten sich beide in Bewegung und wanderten von einem Buchstaben zum nächsten. Alle sprachen mit:

«S ... A ... T ... A ... N.»

Elektrisierendes Schweigen trat ein. Das Glas ruckelte auf der Stelle – einmal erbebte es ganz deutlich im Takt der Musik, die hinter den Wänden donnerte.

«Herz», wimmerte einer. «Das Herz, es bewegt sich!»

Die anderen keuchten und starrten fasziniert auf die Hühnerorgane.

«Die Buchstaben fliegen», murmelte ein anderer.

Nino konnte keine Bewegung feststellen, weder in den blutigen Klumpen noch in den eingravierten Buchstaben. Nur das Glas begann holprig im Kreis zu fahren.

«Darf ich eine Frage stellen?» Nino fuhr sich über die Lippen. Unmöglich zu sagen, ob das Glas von den Fingern geschoben wurde oder einem Magnet an Monsieur Samedis Hand folgte oder tatsächlich einer übersinnlichen Macht gehorchte, die sich soeben als Satan vorgestellt hatte.

«Wann», fragte er, «werde ich sterben?»

«Spinnst du?», fauchte jemand.

«Das darf man nicht fragen!»

«So ein Idiot …»

Nino achtete nicht auf das Gemurmel am Tisch. Das Glas begann sich verschiedenen Buchstaben zu nähern, doch diesmal sprach keiner mit. Gebannt las er: H … E … U … T … E.

Er blickte auf. Alle starrten ihn an. Julia hyperventilierte. Monsieur Samedis Augen lächelten trüb.

Nino reckte sich und zog den Finger zurück. Es war also doch nur Betrug. Nun gut, so war seine letzte Hoffnung dahin. Und ihm blieb nichts anderes übrig, als zu schmunzeln.

«Vielen Dank, dass ich mitmachen durfte.» Mit einem Kloß im Hals nickte er Monsieur Samedi zu, der zum ersten Mal halbwegs überrascht aussah, und sagte zum Rest der Gruppe gewandt: «Ich würde Satan nicht nach den Lottozahlen fragen, falls jemand das vorhatte. Trotzdem viel Spaß noch.» Er klopfte Julia auf die Schulter, drehte sich um und ging aus dem Zimmer.

Blicke folgten ihm. Philip zischte irgendwas, aber er reagierte nicht mehr darauf. Ja, es lag sogar eine gewisse Befriedigung darin, seine Meinung zu dem Ganzen so offen zu demonstrieren. Er drückte die Türklinke herunter – für eine irrwitzige Sekunde rechnete er damit, dass sie verschlossen sein würde, doch sie ließ sich problemlos öffnen. Als er die Tür hinter sich wieder schließen wollte, bemerkte er eine junge Frau, die ihm folgte.

Er konnte sich nicht daran erinnern, sie schon vorher gesehen zu haben. Sie war komplett schwarz gekleidet und hatte ein Käppi so tief in die Stirn gezogen, dass man das Gesicht nur erahnen konnte. Am merkwürdigsten aber war, dass sie schwarze Lederhandschuhe trug. So wie der farblose Typ vorhin …

Er wartete, bis sie aus dem Raum getreten war, ehe er die Tür schloss. Dunkelheit fiel über sie. Nino nahm sein Handy heraus und ließ das bläuliche Licht in den Flur strahlen.

«Ich wollte auch nicht da drinnen bleiben», sagte er, nur um irgendwas zu sagen.

Sie stand reglos da. Er ließ das Licht auf ihr Gesicht fallen – und erschrak vor etwas Namenlosem. Ein Schreck schien auch in ihren Augen aufzuglimmen. Stumm, fast entsetzt starrten sie sich an. Sie war keine Frau. Das war alles, was er wusste, und er wusste es: Sie war keine Frau.

Natürlich auch kein Mann, sie war schlichtweg – kein Mensch?

«Du siehst mich.» Ihre Stimme klang vertraut wie etwas, an das sein Gehör sich vor langer Zeit gewöhnt hatte. Diese Tatsache verwunderte ihn so sehr, dass er nicht gleich verstand, was sie eigentlich sagte.

«Wie bitte?»

«Wer bist du?», fragte sie, als sei nicht genug Zeit für Wiederholungen.

«Nino, und du?»

«Deinen ganzen Namen.»

«Nino Sorokin.» Noch während er es aussprach, verfluchte er sich für seine Einfallslosigkeit. Normalerweise hätte er genau hier eine witzige Erwiderung gebracht, um einen Flirt einzufädeln. Aber er war gar nicht sicher, ob er mit ihr flirten wollte. «Wie heißt denn du?»

Das Handydisplay erlosch. Sein Daumen musste erst wieder den Knopf finden, um Licht zu machen. Für den Bruchteil einer Sekunde glaubte er sie ganz nah vor sich zu haben, dann war der Gang leer. Irgendwo tropfte Wasser und klang wie davoneilende Schritte.

Das Blut rauschte ihm in den Ohren. Sie war weggelaufen. Ganz langsam formten sich die Worte in ihm: Wer – war – das? Stockend setzte er sich in Bewegung, ihr zu folgen. Die Musik wurde lauter. Schließlich bog er um die Ecke und sah wieder das Lichtgewitter der Tanzfläche. Erleichterung überkam ihn, wieder in einer normalen Umgebung zu sein, verhältnismäßig normal jedenfalls, und er steckte sein Handy ein. Obwohl er nichts getrunken hatte, fühlte er sich benommen.

Sie war nicht unter den Tanzenden. Vielleicht war sie oben. Oder draußen. Eher draußen.

Er schob sich durch das Gedränge Richtung Ausgang. Vor dem Plastikvorhang lag ein verschlungenes Paar auf dem Boden und wälzte sich über weggeworfene Plastikbecher. Wer wen zu vergewaltigen versuchte, ließ sich kaum mehr erkennen. Jedenfalls schienen beide, willentlich oder nicht, K.-o.-Tropfen genommen zu haben. Nino stieg über sie hinweg, dachte nicht länger über den Tod der beiden nach – ziemlich zeitgleich, womöglich gemeinsam? – und rannte beinahe die letzten Schritte bis nach draußen. Die Bulldogge des Türstehers kläffte. Dann empfing ihn die Ruhe einer alt gewordenen Nacht.

Hinter den Fabrikdächern dünnte die Finsternis bereits aus. Die Musik war kaum mehr als ein Pochen im Boden. Hier und da klirrten Scherben. Er hatte Durst.

«Nino! Jetzt warte doch mal!»

Er drehte sich um und erblickte Julia. Obwohl sie besorgt klang, wirkte ihr Gesichtsausdruck eher wütend. Die zerlaufene Wimperntusche hatte ihr schwarze Tränen über das Gesicht gezogen. Sie sah aus wie aus einem Zombiefilm. «Ich hab dich die ganze Zeit gerufen, Mann!»

«Ich hab dich nicht gehört. Entschuldige.»

Sie taumelte noch näher. «Du stirbst! Du wirst heute sterben, hat er gesagt!»

«Ich sterbe frühestens in drei Tagen.»

Sie starrte ihn so verständnislos an wie jeder, dem er das bisher gesagt hatte. Seine Schwester, Freunde, diverse Psychiater – alle hatten diesen kuhäugigen Ausdruck gehabt, ehe etwa fünf Sekunden später das Mitleid einsetzte, weil man ihn für nicht ganz dicht hielt. Aus diesem Grund hatte er seit dem Vorfall niemanden mehr damit beunruhigt. Aber Julia sollte sich keine Gedanken machen, wie er den heutigen Tag überstand.

«Du bist echt ...» Sie schien nicht auf das passende Wort zu kommen. Stattdessen sank sie in seine Arme und steckte ihm die Zunge in den Mund.

Sie hatte einen bitteren Geschmack. Er wollte gar nicht wissen, was für Drogenrückstände er da probieren durfte. Nino drückte sie zurück und kam auf keine bessere Idee, als ihr den Pony aus dem Gesicht zu streichen, um sie von sich fernzuhalten. Sie kniff die Augen zusammen.

«Geht es dir gut?»

Sie schlug beleidigt seine Hand weg. «Du schuldest mir noch Geld.»

«Ja, das kriegst du wieder. Ich hab aber jetzt nichts dabei.»

Sie kramte ein Handy aus ihrer Umhängetasche. «Gib mir deine Nummer.»

Er tat es. Dann verlagerte sie ihr Gewicht auf einen Fuß, schob die Hüfte zur Seite, strich das Handy über ihre Wange. In seiner Hosentasche begann es zu vibrieren.

«Jetzt hast du auch meine», sagte sie zufrieden. Einen Moment lang wünschte er sich, er hätte ihr eine falsche gegeben. Einfach weil sie ihn gleich so kontrollierte.

«Also, ruf mich an und gib mir die Kohle zurück.»

«Das werde ich», log er mit seinem vertrauenswürdigsten Lächeln.

Sie fuhr sich durch die Haare. «Na dann … *adios!*» Mit einer affektierten Handbewegung stolzierte sie zurück in die Fabrik.

Nino verschränkte die Arme. Es war kühl geworden, und ihm war, als hätte er heute Nacht mehr verloren als die Hoffnung, am unwahrscheinlichsten Ort der Stadt Antworten zu finden. Irgendwas hatte er vergessen … Erschöpft schlug er den Weg zur S-Bahn-Station ein. Auf einer Bank entdeckte er Itsi, der über einer Bierflasche eingenickt war. Er weckte ihn auf, als die S-Bahn kam.

Sie fuhren gemeinsam vier Stationen, bis Nino vorgab, umsteigen zu müssen. Zu Fuß würde er bestimmt eine Dreiviertelstunde nach Hause brauchen. Müdigkeit und frische Luft, das waren die besten Mittel gegen Grübelei. Und er wollte an gar nichts mehr denken.

Metallschwere Helligkeit stieg über den Industriegebäuden auf und gab der Welt zögerlich ihre Farben zurück. Krähenscharen sammelten sich krächzend in den Baumwipfeln, die ersten Gestalten stiegen in die U-Bahn Schächte, und überall flimmerten wie Abermillionen Stromstöße in einem zu Ende träumenden Gehirn die Straßenlaternen aus. Er ging schnell, sah seine Schnürsenkel nach allen Seiten fliegen. Er roch Straßenteer und Stadtstaub und eine Ahnung von Herbst, die Gullys schepperten zwischen vorbeirasenden Autos und unterirdischen Zügen, und für alle anderen Menschen begann der vorletzte Arbeitstag einer spätsommerlichen Augustwoche. Nur für ihn war es der letzte Donnerstag, bei dem er ganz sicher war, dass er ihn überleben würde.

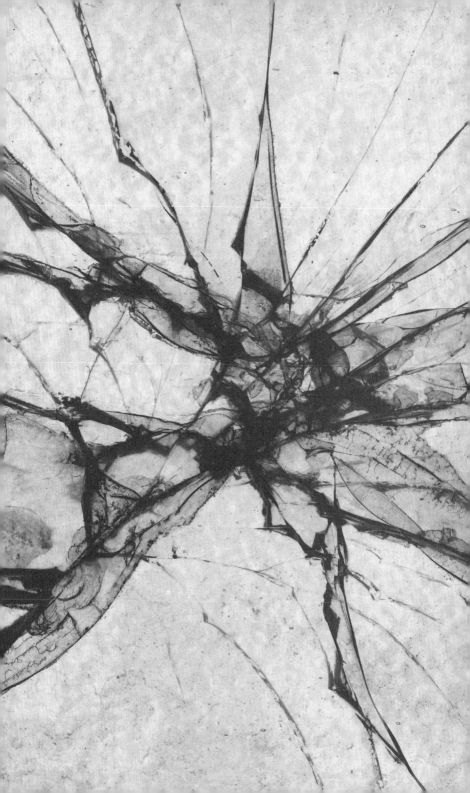

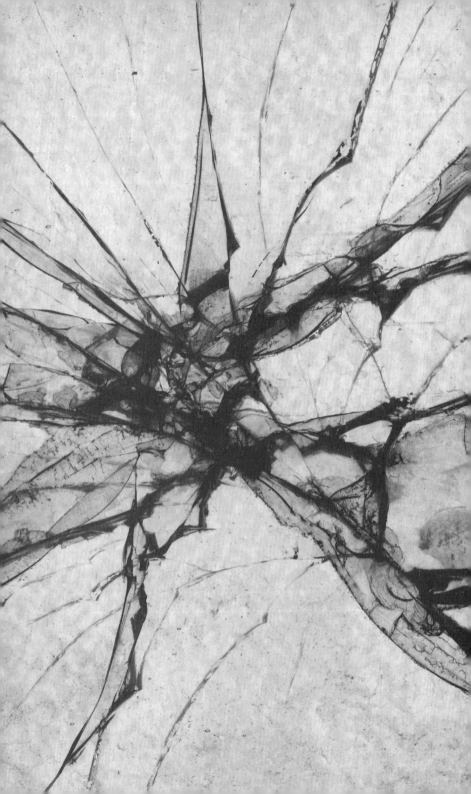

JETZT

Wir sterben. Die ganze Zeit. Du weißt es, weil du die Gabe besitzt, den Tod zu sehen. Auch du warst jemand, der gestorben ist. Wir sterben meistens, ohne eine so offensichtliche Spur wie eine Leiche zurückzulassen.

Du hockst dich neben sie ans Bett, als sie sich zu regen beginnt. Ihre nackten Beine, ihre Arme streifen den Schlaf ab wie eine Plastikfolie. Ihre Zehen graben sich ins Laken und lassen los, wie Katzen das mit ihren Krallen tun. Sie dreht den Kopf, ihr Atem schlägt dir gegen die Stirn. Als spüre sie den zarten Aufprall, öffnet sie die Augen und sieht dich an.

«Hallo.» Ihre Stimme ist noch rau, sie schluckt. «Haben wir ...?»

Du nickst.

«Es wird immer natürlicher», sagt sie mit Behaglichkeit. Dann wird ihr Blick klar, ein Schreck glimmt in ihren Augen auf. Sie erinnert sich, und die Hoffnung, alles nur geträumt zu haben, zerfällt.

«Wir haben –» Sie fährt auf, sieht sich im Zimmer um. Der zerbrochene Spiegel, das offene Fenster, durch das Straßenlärm dringt. Dass sie nackt ist, stört sie nicht. Sie war so lange so schrecklich verletzlich, so wund, dass diese Nacktheit ein Triumph dagegen ist.

«Sie sind verschwunden.»

Sie wirft dir einen halb entsetzten, halb erleichterten Blick zu. Genau weißt du auch nicht, ob du entsetzt oder erleichtert bist über das, was geschehen ist.

Du drückst ihre Hand. «Wir sollten gehen. Vielleicht hat doch jemand die Schüsse gehört.»

«Warum hast du mich schlafen lassen?»

Du antwortest nicht darauf, stehst nur auf und holst ihre Kleider aus dem Bad, die inzwischen wieder trocken sind. Genauso gut könnte sie fragen, warum du sie liebst: Die Frage beinhaltet bereits die Antwort.

Sie zieht sich an, du nimmst die wenigen Habseligkeiten, die ihr dabeihabt, deine Brieftasche, den Koffer voll STYX, die Pistole. Du hast keine Ahnung, wie voll das Magazin noch ist, wie viele Kugeln Amoke dir für deinen Auftrag mitgegeben hat, jedenfalls sind es drei weniger als zu Beginn.

Ihr verlasst das Hotel, ohne auszuchecken, immerhin habt ihr auch nicht eingecheckt. Noir geht, unbemerkt vom gelangweilten Rezeptionsleiter, hinter den Tresen und legt den Zimmerschlüssel neben das Telefon.

Du bist inzwischen schon nach draußen gegangen. Im Vergleich zu ihr hast du das zweifelhafte Talent, Misstrauen zu erregen.

Die Straße hat vier Spuren und ist hier unten noch hässlicher und lauter als vom Zimmer aus. Im lichtlosen Oktobermorgen gefriert dein Atem in der Luft. Wenigstens regnet es nicht mehr.

Noir kommt nach draußen. Du legst einen Arm um sie, und ihr geht los, ohne noch einen Blick auf den schwarzen Maserati zu werfen, den ihr gestern Nacht am Straßenrand geparkt habt. Zwei Strafzettel klemmen an der Windschutzscheibe. Ihr müsst euch nicht darauf verständigen, den Wagen hierzulassen; ihr denkt dasselbe und wisst es. Nur einen Moment fragst du dich, was passiert, wenn der Wagen abgeschleppt wird und man herausfindet, auf wen er zugelassen ist. Zweifelhaft, ob die Polizei so auf Jean Orin aufmerksam wird. Der Wagen war sicher von Anfang an gestohlen.

Deine Geliebte schmiegt sich an dich (*an mich*), während du Richtung Bahnhof gehst. Deine Geliebte ... *meine Geliebte ist Wasser, sie ist ein geschmolzener Schneestern auf meiner Zunge, ein*

Salztropfen in meinem Auge, ein Strom durch mein Herz. Sie ist Wasser, das mich umgibt und trennt vom Rest der Welt. Sie ist Wasser, das geweint wurde, und Wasser, das Feuer gelöscht hat, und Wasser, in dem zehn Milliarden Menschen ertrunken sind, und Wasser, in dem die Kommenden heranreifen, bevor sie geboren werden. Aber niemand sieht sie, und ich muss verhindern, dass sie aufhört zu fließen und verdampft, denn dann sterbe ich wieder und diesmal vielleicht für immer.

4.

In der Stunde zwischen Nacht und Morgen wirkte die Gegend um Ninos Wohnung beinahe idyllisch. Die Leuchtreklamen der Spielkasinos waren erloschen, und abgesehen von ein paar Verkäufern, die die Obststände vor ihren Supermärkten aufbauten, war kaum jemand zu sehen. Frauen mit Kopftüchern putzten die Schaufenster der Imbissbuden. Als er die Haustür aufsperrte, trat ein älterer Herr aus dem Bordell nebenan und verschwand mit leisen Schritten im Dämmer einer Seitengasse.

Vor mehr als zehn Jahren waren Katjuscha und er überstürzt hierhergezogen, in den zweiten Stock eines Hauses, das nur aus drei Wohnungen bestand und zwischen den klotzigen Gebäuden ringsum wie ein zusammengedrückter Marshmallow wirkte. Er war damals davon ausgegangen, nicht besonders lange zu bleiben, da Katjuscha bisher so viele Wohnungswechsel gehabt hatte wie Beziehungen. Doch anders als erwartet blieb sie bis zu seinem achtzehnten Geburtstag hier, und er war ihr dafür unendlich dankbar. Nicht alle von Katjuschas Geliebten hatten sich als angenehme Mitbewohnerinnen erwiesen, ganz zu schweigen von angenehmen Mutterersätzen.

Erst als er volljährig geworden war, hatte sie dem Drängen ihrer damaligen Freundin nachgegeben und war ausgezogen. Vier Jahre hatte er die Wohnung mit wechselnden Untermietern geteilt, wobei Katjuscha fast täglich zu Besuch kam, um dafür zu sorgen, dass seine Küchenschränke vegetarisch und seine Affären nicht unbemerkt blieben. Vor einem Jahr schließlich war die längste Beziehung in Katjuschas Leben in die Brüche gegangen. Sie kehrte zu Nino zurück, und obwohl sie ihm das Leben nicht immer leicht machte, gab es niemanden, mit dem er lieber zusammengewohnt hätte.

So leise wie möglich schloss er die Wohnungstür auf, stellte seine Sneakers in der winzigen Diele ab und schlich in die Küche. Er trank ein Glas Leitungswasser. Noch herrschte eine kribbelnde Stille. In einer Stunde würde der Verkehr einsetzen, dann hörte man den Lärm der Autos selbst bei geschlossenen Fenstern.

Wie zum Teufel kam jemand wie Monsieur Samedi eigentlich an lebende Hühner? Wie viele Leute wussten von den Opferritualen, die er abhielt, ohne etwas dagegen zu unternehmen?

Er zog die Schublade der Küchenanrichte auf. Neben seinen Medikamenten bewahrte Katjuscha darin homöopathische Mittel gegen diverse Leiden von Schnupfen bis Schwermut auf, Kaugummis und einen Verlobungsring, der seit ihrer Trennung von Simone sein einsames Dasein zwischen Psychopharmaka und Taschentüchern fristete. Eine Weile spielte er mit dem Ring herum. Er passte ihm nicht einmal auf den kleinen Finger. Anders als Katjuscha hatte er nie eine Beziehung gehabt, die über zwei Monate und Körperlichkeiten hinausging – irgendwie gelang es ihm nicht, längerfristig Begeisterung für jemanden zu entwickeln. Früher hatte er es auf die Mädchen geschoben, deren beste und zugleich schlechteste Eigenschaft immer die gewesen war, sich wegen einer Fehleinschätzung seines Wesens in ihn zu verlieben. Inzwischen machte er die Medikamente dafür verantwortlich. Sie legten sich wie Watte zwischen ihn und andere Menschen und dämpften alle Gefühle. Er drückte eine Tablette aus der Packung. Jeden Tag diese kleinen Dinger, mal stärker, mal schwächer dosiert, mal die weißen, mal rosafarbene, seit knapp fünf Jahren. Nur damit der Vorfall sich nicht wiederholte. Dabei hatte man ihn völlig falsch verstanden. Er hatte nicht vorgehabt zu sterben. Schon gar nicht wegen Katjuschas Auszug, er war ja dafür gewesen, dass sie und Simone sich endlich eine gemeinsame Wohnung nahmen. Er hatte es getan, weil er wusste, dass er *eben nicht* mit neunzehn sterben würde. Er hatte lediglich versucht zu beweisen, dass er nicht verrückt war, dass er sich nicht einbildete, den Tod zu sehen. Aber welcher Arzt wollte schon begreifen, dass sein gescheiterter Selbstmord nicht belegte, dass er krank, sondern gesund war? Schließlich war sein Wissen über den Tod unerklärlich, aber es gab viele Erklärungen dafür, warum er Halluzinationen haben könnte. Selbst Katjuscha glaubte lieber an eine milde Form der Schizophrenie als an etwas, das der menschliche Verstand schlichtweg nicht erfassen konnte. Er verübelte es ihr nicht. Dass es Dinge gab, die sich jeder Logik entzogen, machte auch ihm Angst. Er hätte ihre Existenz geleugnet wie jeder normale Mensch, wenn es ihm nur möglich gewesen wäre. Darum hatte er alles geschluckt, was die Ärzte ihm verordneten … fast alles jedenfalls. Einmal hatte er seine Dosis eigenmächtig halbiert, um die Nebenwirkungen zu reduzieren, und war sofort für einen Kurzurlaub wieder in der Klinik gelandet. Daraus hatte er gelernt. Man durfte keine halben Sachen machen. Ganz oder gar nicht. Angesichts seines bevorstehenden Todes hatte er sich für *gar nicht* entschieden.

Das war jetzt ungefähr fünf Wochen her, und er fühlte sich zum ersten Mal seit langem wieder am Leben.

Er warf seine Tablette in den Ausguss und spülte kurz nach. Bald würde Katjuscha verstehen, dass es kein Heilmittel gegen das Schicksal gab, aber dann war es zu spät. Vier Tage noch bis zu seinem Geburtstag. Dann war er vierundzwanzig.

Dann ist es so weit.

Er wollte gerade ins Bett gehen, als nebenan eine Tür über Teppich schrammte. Die Augen zusammengekniffen, schob Katjuscha sich ihre Schlafbinde über die Stirn und tapste an Sofa, Bücherregalen und Fernseher vorbei in die Küche.

«Morgen. Ich hab deinen Wecker gar nicht gehört.»

«Er hat noch nicht geklingelt.» Sie öffnete ein Auge, um ihm einen vorwurfsvollen Blick zuzuwerfen.

«Gut geschlafen?»

«Schlafe noch.» Sie knipste den Wasserkocher an, nahm die unförmige Tontasse aus dem Schrank, die er irgendwann in der Schule getöpfert und ihr zu einem Geburtstag geschenkt hatte, und riss ein Küchenpapier ab. Sie legte das Küchenpapier in die Tasse und schüttete nach Augenmaß Espressopulver hinein, lehnte sich mit verschränkten Armen gegen den Herd und be-obachtete den Wasserkocher, als würde er unter Aufsicht schnel-ler zu brodeln beginnen.

Obwohl Katjuscha vierzehn Jahre älter war, glichen sie sich in Gestik und Mimik wie Zwillinge. Ihre Nase war lang und knochig wie seine, aber ohne Höcker, und ihre Haare, die sie nach einem drastischen Kurzhaarschnitt Anfang zwanzig wie-der bis zu den Schultern hatte wachsen lassen, waren zwar viel dunkler, aber genauso gewellt. Ihre Ähnlichkeit verdankten sie nicht zuletzt der Treue, die ihr Vater seinem weiblichen Schön-heitsideal gehalten hatte: Wenn man alte Fotos von Sandra und Lucia verglich, hätten ihre Mütter Schwestern sein können, die eine brünett, die andere blond.

Als das Wasser kochte, übergoss Katjuscha damit das Espres-sopulver, nahm das durchweichte Küchenpapier wie einen Beu-tel zusammen und ließ den Kaffee in die Tasse tropfen. Dann schüttete sie Sojamilch über das dampfende Gebräu und kippte sich den halben Tasseninhalt auf einmal in den Mund. Mit vollen Backen ließ sie sich auf einen Stuhl sinken, streckte die nackten Füße aus und gab ein morgentypisches Geräusch von sich, halb Schlucken, halb Brummen.

«Wo warst du diesmal?»

«Eine Art Privatparty.»

«Dass dir das nicht mal langweilig wird. Ist doch immer dasselbe.»

Er setzte ein Lächeln auf. «Apropos *dasselbe*. Wie war dein Dinner mit Simone? Hast du dich bis spät in die Nacht mit ihr *gelangweilt*?»

«Das war kein Dinner.»

«Ach, ihr habt das Abendessen gleich übersprungen.»

«Sie hat mich nur von Mama abgeholt. Sie hat sich übrigens nach dir erkundigt.»

«Simone oder Sandra?»

«Sandra. Sie fragt, ob du endlich eine Freundin hast.»

«Damit ich ausziehe und dich allein lasse.»

«Ich hab ihr gesagt, dass ich allmählich glaube, du wärst schwul.»

Sie grinsten sich an. Katjuschas Mutter hatte ihr nie verziehen, dass sie, statt einen Schwiegersohn und Enkelkinder zu beschaffen, Frauen mochte und Nino großgezogen hatte. Eine Weile hatte Sandra die Hoffnung geäußert, er könne ihr einen Ersatz-Enkel bescheren, aber nach den Sonderbarkeiten, die er inzwischen an den Tag legte, traute sie auch ihm eine Familiengründung nicht mehr so recht zu.

«Wie geht es Sandra sonst?»

Katjuscha zuckte die Achseln. «Sie spielt Badminton mit ihren Freundinnen, hat immer noch keinen Mieter fürs Obergeschoss gefunden, den sie nicht für einen Perversling hält, und schwärmt von den jungen Familien, die in der Nachbarschaft eingezogen sind. Ich hoffe, sie kidnappt bald eins der Kinder, dann ist Ruhe.»

«Und Simone?»

Sie trank den letzten Schluck Kaffee und musterte die dunklen Krümel am Tassenboden. «Normal.»

«Hat sie jemand Neues?»

«Keine Ahnung.»

«Hast du ihr von der Bikerbraut erzählt?»

Sie warf ihm einen tödlichen Blick zu. «Nur weil sie ein Motorrad hat, ist sie noch keine Bikerbraut.»

«O. k. Weiß Simone von deiner Lederfetischistin?»

«Charlotte arbeitet an einer Dissertation, die zufällig ein ähnliches Thema hat wie meine, und wir sind nur befreundet.» Sie stand auf, holte zwei Becher Sojajoghurt aus dem Kühlschrank und stellte einen davon unsanft vor ihn hin. Er begann mit einem Löffel darin zu rühren, ohne die Absicht zu haben, das gelbliche Zeug zu essen.

«Aber wenn sie dir einen kleinen Ausflug auf dem Motorrad vorschlagen würde, natürlich nur zur Bibliothek, wärst du nicht abgeneigt.»

«Halt die Klappe. Musst du nicht zur Arbeit?»

«Pegelowa hat mir heute frei gegeben.»

Katjuscha nuckelte nachdenklich an einem Löffel Joghurt. Sie so zu beobachten, bei ihren kleinen, wohlvertrauten Kaninchen-Bewegungen, hatte immer eine beruhigende Wirkung auf ihn. Die Zeit schien sich wie ein Akkordeon zusammenzuziehen, und alle Veränderungen, alle Ereignisse und Umbrüche falteten sich ins Unsichtbare zusammen – er war wieder fünf, war elf und siebzehn auf einmal, weil er damals wie heute Katjuscha ansah, die immer dieselbe blieb: seine Schwester, die ein Bein auf den Stuhl gezogen hatte, das struppige Haar zurückschüttelte und ihre Zähne gegen den Löffel klackern ließ, während sie den Joghurt an ihren Gaumen saugte.

«Mist mu micht mühe?», nuschelte sie, den Löffel noch im Mund.

«Doch, ich geh gleich ins Bett.» Er kannte ihre Fangfragen. Die Medikamente bewirkten auch, dass er schlafen konnte. Wenn er nächtelang wachblieb, wurde sie immer misstrauisch. Er stand auf. «Viel Spaß im Museum.»

«Nino?»

Er blieb in der Tür stehen.

«Du hast doch … nichts genommen, oder?»

«Nein. Quatsch.»

«Was ist das?» Sie deutete auf den Stich in seinem Zeigefinger.

Hastig schloss er eine Faust. «Ich hab mich nur geschnitten.»

«Nino …» Sie setzte jene unerträgliche Miene des Entsetzens und der Bekümmerung auf, mit der Frauen die schlimmsten Schuldgefühle hervorrufen konnten.

«Meinst du, ich hab mir Heroin gespritzt oder was?» Ungeduldig entzog er ihr die Hand. «In den Zeigefinger! Sei nicht so paranoid. Heroin ist out. Wir rauchen doch heutzutage Crack.»

«Du weißt, dass du auf keinen Fall …»

«Ich *weiß.*»

«Ich mein ja bloß», murmelte sie und klopfte sich sorgenvoll mit dem Löffel gegen die Unterlippe.

Er wollte aus der Küche gehen, beugte sich aber dann noch einmal zu ihr hinab und riss eindringlich die Augen auf. «Ich bin fünf Jahre älter, als du warst, als ich zu dir gekommen bin. Du warst damals erwachsen. Ich bin es auch.»

«Ich hab mit dreiundzwanzig auch schon ein abgeschlossenes Studium gehabt, mein eigenes Geld verdient und die Verantwortung für ein Kind getragen. Ich war erwachsen. Du hättest ohne mich nicht mal den Job bei Pegelowa.»

«Weißt du», erwiderte er, während er den Rückzug durchs Wohnzimmer antrat, «dafür hast du es immer noch nicht geschafft, zu heiraten und in einem Haus mit Hund und Garten den Nachwuchs auszubrüten. Dir läuft die Zeit davon, denk an deine Eierstöcke, die innere Uhr tickt. Ich sehe schon Falten!»

«Hau ab!»

«Na gut, dann dusch ich jetzt.»

«Nein, wehe!»

Sie rannten gleichzeitig los, doch er war schneller. Die Badezimmertür flog gegen Katjuschas Handflächen und knallte ins Schloss. Sie hämmerte dagegen, während er den Schlüssel umdrehte.

«Mach auf! Ich muss zur Arbeit!»

«Was sagst du? Ich kann dich nicht hören.»

Nino machte das Wasser an. Draußen drückte Katjuscha hektisch den Lichtschalter und verwandelte das Bad in eine flimmernde Dunkelkammer. Schließlich stand Nino in kompletter Finsternis, den Rücken an die Tür gelehnt, eine Hand auf dem Wasserhahn.

«Nino», jaulte sie. «Jetzt komm raus, ich muss *arbeiten*!»

«Ich verstehe dich nicht!»

Er hörte, wie sie die Nase gegen die Tür drückte. «Ich nehm's zurück. Du bist ja so erwachsen, und ich bin so kindisch.»

Er drehte den Schlüssel und öffnete die Tür ein Stück. Durch die Ritze starrten sie sich an, bis er grinsen musste. Auch Katjuscha brachte ein halbwegs versöhnliches Mundzucken zustande. Dann machte sie das Licht an, schob sich ins Bad und ihn nach draußen.

«Ich hab dich lieb», murmelte er.

Sie boxte ihn in den Hintern, ehe sie absperrte. Er wartete in der Diele, bis er das Brausen der Dusche hörte. Dann knipste er das Licht aus und rannte, Katjuschas wütenden Aufschrei in den Ohren, in sein Zimmer.

Sehr früh und mit der Plötzlichkeit eines in eine Hauswand rasenden Fiats hatte er gelernt, dass das Erklärbare und das Unmögliche, das Gerechte und das Willkürliche, Vernunft und Wahnsinn nicht etwa Gegensätze waren, sondern Geschwister, die sich täuschend ähnlich sein konnten. Nichts auf der Welt hatte einen Sinn, einen größeren Zusammenhang oder überhaupt eine unumstößliche Wahrheit als Kern. Vermutlich konnte man das erst erkennen, wenn man den Tod seiner Eltern mit ansah und seinen eigenen kommen fühlte. Er bestritt die Rätselhaftigkeit des Lebens nicht mehr. Sie machte die Rätselhaftigkeit des Todes weniger erschreckend.

Während er seine Zimmertür schloss, verging das Vergnügen übers ausgeknipste Badezimmerlicht. Die Geschwindigkeit, mit der ein Gefecht zwischen ihm und Katjuscha ausbrechen oder abflauen konnte, und die merkwürdigen emotionalen Wendungen, die ein Lächeln oder ein kindisches Schimpfwort bewirken mochten, erinnerten ihn manchmal an die Ehe von zwei manisch Depressiven. Für vieles, was er tat, schämte er sich gleich im nächsten Moment, und doch konnte er nur selten der Versuchung widerstehen, vor Katjuscha den Zwölfjährigen rauszulassen, der wie ein peinlicher Dämon in ihm lauerte. Er warf das T-Shirt in eine Ecke, stieg aus der Jeans und ließ sich aufs ungemachte Bett fallen.

Es musste ein Trick gewesen sein, ein verdammt guter Trick. Aber *wie genau* hatte Monsieur Samedi das Glas auf dem Tisch bewegt? Es gab eine Millionen Antworten da draußen, aber keine für ihn. Weder ein Gott noch irgendein Geisterbeschwörer konnten ihm sagen, warum.

Warum ich weiß, dass ich mit vierundzwanzig sterben werde.

Warum ich mit vierundzwanzig sterbe.

Warum ich.

Er ließ den Blick durch sein Zimmer wandern, vor Vertrautheit mit den Dingen längst blind für sie. Die Wände hatten er und Katjuscha vor vielen Jahren dunkelblau gestrichen, inzwischen waren sie fast komplett mit Zeichnungen verhängt. Die Werke aus verschiedenen Entwicklungsphasen hingen kreuz und quer durcheinander; ein plump geratener weiblicher Körper, den er zu Papier gebracht hatte, als er von nackten Frauen noch Jahre entfernt gewesen war, neben aktuellen Skizzen von Schädeln und ein paar besseren Schriftzügen aus seiner Graffitizeit. Seine allerersten Bilder, die er mit zwei oder drei gezeichnet hatte – Menschen, die nur aus runden Bäuchen und runden Köpfen und Strichgliedern bestanden –, teilten sich die Wände mit den Landschaftsstudien, die er an der Uni angefertigt hatte, den hastigen Porträts von U-Bahn-Fahrern, deren Zermürbung und Apathie ohne deren Wissen festgehalten worden waren, und den Originalen von Cartoons und Sketchen, die für ein lausiges Honorar in kleineren Zeitschriften erschienen waren. Neben seinem Schrank lehnten auch ein paar Ölbilder aus seiner Studienzeit, aber mit Farben hatte er nie viel anfangen können. Er fühlte sich zu Hause in der geheimnisvollen Schlichtheit von Schwarz und Weiß, die so viel mehr zuließ als Farben – jedenfalls hatte er es immer so empfunden. Aber er hasste es, über Kunst, vor allem die eigene, zu philosophieren, und das war einer der Gründe gewesen, weshalb er die Uni verlassen hatte. Seine Bilder dienten weder dem Zweck, etwas über die

Welt auszusagen, noch diese zu verändern. Sie mussten existieren, weil er existierte. Ohne WARUM, genauso wie er selbst.

Diese Einstellung erwies sich für gute Noten nicht gerade als förderlich, noch weniger bei potenziellen Käufern. Schließlich sollte Kunst ein Spiegelbild des Lebens sein, und wer gab schon gerne zu, dass ebenjenes bedeutungslos war, im besten Falle Schmuck für einen leeren Raum? Bilder wurden gekauft, weil sie eine Antwort auf das WARUM gaben, an die jemand glauben wollte.

Bis zur fünften Klasse hatte Katjuscha ihn einmal wöchentlich zu einer graulockigen, Kakteen sammelnden Therapeutin geschickt, um den Verlust seiner Eltern aufzuarbeiten. Dort musste er Bilder malen und erklären, warum er die Sonne schwarz gemacht hatte, schwarz wie ein schwarzes Loch im Himmel, und wer die gesichtslosen Einzeller waren, die er anstelle eines Selbstporträts zeichnete. Vielleicht war das der Grund für seine heutige Abneigung gegen bedeutungsmotivierte Kunst.

Er schloss die Augen, obwohl er wusste, dass er zu unruhig war, um jetzt einzuschlafen. Überhaupt war er sehr unruhig in letzter Zeit, hatte schon länger nicht mehr ernsthaft gezeichnet, nur rasche Skizzen, nur blasse, ungeduldige Andeutungen der Bilder, die zu Papier zu bringen ihm sinnlos vorkam.

Irgendwann hörte er Katjuschas Schlüsselbund klirren, dann schlug die Tür zu. Er war allein.

Diese Erkenntnis rief immer ein Gefühl des Erstickens in ihm wach; es war der Phantomschmerz einer längst abgelegten Panik, die er als Kind empfunden hatte, wenn Katjuscha ihn verließ. Er hatte oft starr vor Grauen im Bett gelegen, dem Rauschen der Autos draußen zugehört und sich vorgestellt, dass sie nun in einer dieser Maschinen saß, ihr verletzlicher Körper zwischen Stahl, brennendem Benzin und Fensterscheiben. Wie und wann Katjuscha sterben würde, hatte er nie sehen können. Falls er doch je ein Bild davon gehabt hatte, war es längst von Sorgen und Hoffnungen verfälscht worden, sodass ihre Zukunft jetzt nur noch ein nebliges Minenfeld voller Möglichkeiten war. Die Ungewissheit nagte so sehr an ihm, dass er sich gar nicht vorstellen konnte, wie normale Leute damit umgingen.

Draußen wurde der Verkehr lauter. Er zog sich das Kissen übers Gesicht. Irgendwas hatte er vergessen, etwas Wichtiges – er spürte es genau. Die Auflösung von Monsieur Samedis Zaubertrick war offensichtlich und zum Greifen nahe, aber er kam nicht mehr darauf. Was, was hatte er vergessen?

Eine Weile wälzte er sich von einer Seite auf die andere, dann gab er es auf, schleppte sich aus dem Bett in die Küche und warf den Wasserkocher an, um sich einen von Katjuschas Schlaftees zu machen. Während er den Tee ziehen ließ, aß er die einzigen sojafreien, sofort verzehrfertigen Lebensmittel, die er fand: kalte Kidneybohnen aus der Dose und einen Käsetoast.

Vielleicht war die Frage, die ihn am meisten beschäftigte, gar nicht, wie Monsieur Samedi das Glas in Bewegung gesetzt hatte, sondern was er damit bezweckte. Verdiente er mit den Séancen mehr als mit Drogen? War Geld tatsächlich die Motivation? War das den Aufwand wert?

Hinter den Fenstern erwachte die Stadt im diesigen Tageslicht. Die Küche wirkte wie gepudert mit einem dämmrigen Grauton, der keiner Uhrzeit zuzuordnen war; es hätte genauso gut Nachmittag sein können, oder der Tag nach der Apokalypse, wo Hell und Dunkel eins geworden waren. Als er auf den Käsetoast in seiner Hand blickte, kam ihm dieses schaumstoffweiche Etwas plötzlich furchtbar trostlos vor. Es hatte kaum Inhalt, kaum Geschmack, war schnell gemacht und schnell gegessen. Er schluckte. Der Toast verkörperte sein Leben.

Als er das Kitzeln von Tränen hinter den Augen spürte, schob er sich den Rest in den Mund und verzog sich mit dem Tee wieder in sein Zimmer. Er war übermüdet. Mit dieser Erklärung ließ sich die hereinbrechende Schwermut fast entkräften. Er durfte sich selbst nicht so ernst nehmen, es half ja alles nichts – er trank den Tee auf ex und legte sich wieder ins Bett.

Mit geschlossenen Augen stellte er sich vor, wie im Grunde alles ganz in Ordnung war. Er würde sterben. Er war nur Teil eines unendlich fließenden Stromes von Gefühlen, Gedanken und wiederkehrenden Erinnerungen, aus dem jeder sein kurzes Dasein schöpfte und wieder abgab … jede Seele …

So fest er konnte, versuchte er an seine Seele zu glauben. Aber es gelang ihm nicht.

D ie Seele: Das ist die Unsterblichkeit in uns. Das ist unsere Verbindung zu Gott.»

«Gerd, muss das jetzt sein?»

«Wo ist die Seele, Mama?»

«Die ist da drinnen, in deinem Herzen.»

«Die Seele ist nicht im Herzen! Mensch, was erzählst du ihm denn? Die Seele ist überall in dir, aber sie ist unsichtbar.»

«Wäre es möglich, das Gespräch zu vertagen? Oder was machen wir hier? – Entschuldigung, hallo?»

Nino, der mit dem Entpacken und Einsortieren zehnfarbiger Aquarellsets beschäftigt war und nur mit halbem Ohr gelauscht hatte, hob den Kopf. Im Gang vor ihm standen ein Mann mit beginnender Glatze, an dessen Hand ein Siebenjähriger lümmelte, und eine Frau mit Kurzhaarschnitt und Zornesfalte. Lehrerin, vielleicht für Erdkunde und Sport, an einem hübschen Gymnasium in gehobener Wohngegend.

«Ja, kann ich Ihnen helfen?» Er erhob sich, das Verkäuferlächeln sprungbereit auf dem Gesicht.

«Ich hasse meinen Mann und würde gerne mit Ihnen schlafen», sagten die Augen der Frau. Ihr Mund sagte: «Wir suchen Malfarben für unseren Sohn. Er malt schon sehr gerne mit Wasserfarben, deshalb wollen wir ihn jetzt mit richtigen Farben vertraut machen. Und ein paar Leinwände brauchen wir dazu.»

«Ein komplettes Einsteigerset. Können wir gerne zusammenstellen. Dann folgen Sie mir mal ...»

Während er die Familie zu den passenden Regalen lotste und ihnen Plakatfarben, Pinsel, Papier und Leinwände andrehte, beobachtete er die Frau und hatte das Gefühl, sie besonders klar lesen zu können. Denn das war das Problem – *ihr Mann hat irgendwie aufgehört, gut für sie zu riechen. Nach Manuels Geburt haben sie sich noch begehrt, die Geburt hat daran nichts geändert, aber dann, irgendwie ... Die einst sinnliche Fleischigkeit seiner Lippen hat jetzt, wenn er sie in der Öffentlichkeit demonstrativ auf ihren Mund drückt, etwas Übelkeiterregendes an sich, das sie sonderbarerweise an den Mercedes ihres Vaters erinnert ... als sie ein Kind war, rochen die Ledersitze so intensiv nach totem Tier und Benzin, dass sie sich bei jedem längeren Ausflug übergab. Natürlich war es undenkbar auszusprechen, dass sie das Auto und seinen Geruch hasste, immerhin war es ein Mercedes, und sie war nur ein Kind ... Schon damals war sie hypersensibel für Gerüche gewesen. Der Duft von Holz, von Erde, von sonnenwarmem Gras, den sie in den geheimen Winkeln seines Körpers erkundet hat wie ein Steinzeitmensch die Rauschwirkung verschiedener Kräuter, scheint nun von einem Regen verfälscht, der Schimmelsporen und Pilze gedeihen lässt. Sie kann ihn nicht mehr riechen. Und sie fürchtet, dass es ihm genauso geht, nur dass es ihm egal ist, weil er die Liebe nicht so braucht wie sie. Vielleicht ist er alt geworden, die Zeit geht so schnell vorbei, nicht nur, wenn man glücklich ist ... Vielleicht ist das die eigentliche Angst, dass sie alt geworden ist, nicht er.*

«53 Euro und 89 Cent, bitte.»

Die Frau zückte ein Portemonnaie aus moosgrünem Fleece und bezahlte, während ihr Mann die Tüte nahm und eifrig philosophierend mit dem Kind nach draußen spazierte. Und Nino dachte, ohne zu wissen, woher dieser Gedanke kam: Ihr liegt beide falsch. Die Seele ist weder im Herzen, noch ist sie unsichtbar. Sie *macht* uns erst sichtbar.

Die Frau verließ den Laden und holte ihre Familie ein. Sie

gingen zu dritt davon, das Kind in ihrer Mitte, und er wusste kaum, was schlimmer war: dass Menschen so glücklich wirken konnten, wenn sie todtraurig waren, oder dass sie einfach damit leben konnten, Verständnislosigkeit und Verachtung füreinander zu empfinden.

Er kehrte zu den Aquarellsets zurück und fuhr fort, sie mit dem Preis zu bekleben und in die vorgesehene Schublade zu schieben. Studenten würden sie wieder herausziehen, gelegentlich Hobbymaler, um in endlos vielen Stunden unzählige Bilder zu produzieren, die die Welt nicht brauchte. Aber das deprimierte ihn nicht mehr. Die Arbeit in Olga Pegelowas Kunstwarenladen hatte inzwischen so etwas wie eine therapeutische Wirkung auf ihn. Es war eine Beschäftigungstherapie, für die er bezahlt wurde. Außerdem sah er hier immer die Kunststudenten, die ihr Material besorgten, und wurde daran erinnert, wie gut die Entscheidung gewesen war, nicht mehr einer von ihnen zu sein. Einer dieser aufgesetzt deprimierten Narzissten mit ihrer Obsession für Einzigartigkeit und ihrer unschuldigen Blindheit dafür, dass ihr falls überhaupt vorhandenes Talent völlig belanglos war … Er stopfte die letzten Aquarellsets in den Schuber, zertrat den leeren Karton und trug ihn zurück ins Lager, um ihn zu entsorgen. Eigentlich hatte er gar nichts gegen Kunststudenten. Seine Abscheu war wohl eine ähnliche wie die der Lehrerin, die ihren Mann nicht mehr ausstehen konnte. Irgendwie war das, was er am meisten gemocht hatte, verfault. Vielleicht war aber auch nur er verbittert. Alt geworden. Bis zu seinem Geburtstag noch zwei Tage. Und dann, wie viele Tage dann …

Als er aus dem Lager zurückkam, hörte er ein Fingerschnipsen.

«Nino.» Olga Pegelowa stand an der Kasse, die mit Goldschmuck behängte Fülle ihres Oberkörpers herausfordernd nach vorne gebeugt und das dick geschminkte Taubenköpfchen in den Nacken gelegt, um ihn von oben herab mustern zu können. Sie blähte die Nasenflügel beim Ausatmen. Nino stellte sich neben sie. Ein paar Sekunden standen sie schweigend hinter der Kasse und zählten die Köpfe zwischen den Regalen. Es befanden sich immer ein paar Kunden im Laden, was nicht nur an der Nähe zur Universität lag, sondern auch an Pegelowas außerordentlichem Geschäftssinn. Was den und ihre äußere Erscheinung betraf, hätte sie statt mit Kunstbedarf auch mit osteuropäischen Mädchen handeln können. In gewisser Weise hatte sie das sogar, mit sich selbst nämlich, indem sie sich in den vergangenen dreißig Jahren ganze viermal verheiratet hatte und profitabel wieder scheiden lassen. Heute besaß sie drei Kunstwarenläden und mehrere Immobilien in Charlottenburg. Und noch immer den Aufsteigerehrgeiz einer Immigrantin.

«Die Familie», sagte sie vertraulich auf Russisch zu ihm, «was hat sie gerade ausgegeben?»

Er erinnerte sich nicht besonders gut an Zahlen, beeilte sich aber um eine rasche Antwort. «Ich glaube, es waren um die …»

«Hier.» Sie schob den aus dem Mülleimer gefischten und wieder glattgestrichenen Kassenzettel vor ihn und drückte ihren kupferbraunen Fingernagel auf die Endsumme.

«Wie lange hast du sie beraten?», fragte sie auf Deutsch, damit er sie auch wirklich verstand. «Für ihren Sohn! Ein Wunderkind, nein? Wieso dann gibst du nicht Ölfarben statt Plaka? Hm?» Sie deutete auf das Regal mit den teuren Ölfarben. «Du empfiehlst das Beste für den Sohn! Wäre leicht gewesen!»

«Entschuldigung», sagte er versöhnlich auf Russisch. Er

konnte die Sprache trotz Katjuschas Bemühungen zwar kaum noch sprechen und nur halbwegs verstehen, aber er erzielte damit unverzichtbare Sympathiepunkte bei seiner Arbeitgeberin. Immerhin hatte er Katjuschas alten Nebenjob nur übernehmen dürfen, weil er wie sie Halbrusse war und mit vertraulicheren Aufgaben beehrt werden konnte, zum Beispiel die Ballettkostüme von Pegelowas Enkelinnen zur Reinigung bringen, ihr Meerschweinchen zum Tierarzt oder die beiden kleinen Rotznasen selbst ins Kino.

«Verkaufen, Junge!», zischte Pegelowa auf Russisch. «Business, verstanden?»

«Verstanden», sagte er, weil ihm die Sprachkenntnisse für eine lässigere Antwort fehlten.

Seufzend zerknüllte sie den Kassenzettel und warf ihn in den Mülleimer. «Dann weiter einsortieren.»

Wie ein Roboter, dachte er. Was interessierte es ihn, ob er lebte. Als er mit einem Karton Bleistiftkästen aus dem Lager kam, betrat ein Mädchen den Laden, das übers ganze Gesicht strahlte.

«Hi!»

«Luna», fiel es ihm ein.

«Tagsüber Julia.» Sie lachte. «Ich hab doch gewusst, dass ich dich schon mal gesehen hab. Hier arbeitest du also.»

«Manche nennen es Arbeit, andere Masochismus.»

Ihr Lachen kam so unvermittelt und laut, dass er ein wenig an der Echtheit ihrer Belustigung zweifelte. Außerdem war sie nicht zufällig hereingeplatzt. Sie hatte gewusst, dass sie ihn hier finden würde. Er sah es ihr an.

«Dann sind wir uns bestimmt schon hundertmal über den Weg gelaufen. Ich bin voll oft hier. Ich studier Modedesign, deshalb …»

«Wow.» Er fürchtete, ironisch zu klingen, obwohl er völlig emotionslos war, doch sie schien sich geschmeichelt zu fühlen und wedelte mit der Hand.

«Ja, Mode ist mein Ding, wie man sieht. Was studierst du?»

Er stützte den Karton auf eine Hüfte. «Ich hab erst Psychologie, dann Philosophie, dann Religionswissenschaft und zuletzt Bildende Kunst abgebrochen. Jetzt habe ich meine Berufung als Verkäufer gefunden.» Er beugte sich verschwörerisch zu ihr vor. «Ich hab das Gefühl, dass ich auch das abbrechen werde.»

«Stimmt, Philip hat's mir erzählt. Dass du auch Künstler bist wie er.»

«Nett von ihm, das zu behaupten.» Und nett von ihm, ihr zu sagen, wo er arbeitete.

«Bist du jetzt einer oder nicht?»

«Ich zeichne und verdiene damit keinen Cent, wahrscheinlich bin ich also ein Künstler, ja.»

«Kann man denn mal was von dir sehen?»

«Also … normalerweise habe ich eine Dauerausstellung im Museum of Modern Art, aber Mädchen sage ich immer, dass sie sich meine Bilder nur bei mir zu Hause ansehen können.» Er sagte das sehr langsam und behielt ihre Reaktion im Auge. Die wie erwartet positiv ausfiel: Sie stützte die Arme in die Seiten und versuchte eine Schnute zu ziehen, um ihr Lächeln zu verbergen. «Du hast mir noch gar nicht geschrieben!»

Rasch vergewisserte er sich, dass seit ihrer letzten Begegnung nur ein Tag vergangen war. Das Mädchen roch nach Stress.

«SMS sind doch eine rückständige Kommunikationsart. Es ist wissenschaftlich erwiesen, dass sie Missverständnisse schaffen, weil im normalen Dialog weniger der Inhalt als die Art, wie man etwas sagt, von Bedeutung ist. Bei Kurznachrichten entfallen Betonung und Körpersprache, sodass alles falsch interpretiert werden kann. Darum habe ich dir nicht geschrieben. Aus Prinzip.»

«Okaaay …» Sie lächelte, doch ihre Augen, die sie offenbar nicht nur zu Anlässen wie letzten Donnerstag schwarz bemalte, maßen ihn mit einer Mischung aus glühender Neugier und Misstrauen. «Dann schreib mir nicht. Ruf mich an!» Sie ging rückwärts, damit er weiterhin ihr Lächeln sehen konnte. Sie hatte schmale Lippen, aber sehr hübsche Zähne und ein paar reizende Sommersprossen auf dem Nasenrücken. Schließlich drehte sie sich um und schlüpfte winkend aus dem Laden.

Über die Regale hinweg begegnete er Pegelowas eisigem Blick, und ihm wurde bewusst, dass Julia gar nichts gekauft hatte.

Fünf Minuten später sperrte er sich auf der Toilette ein, die vollgestopft war mit Kosmetikartikeln und Schuhen, die Pegelowa ständig wechseln musste, weil alle auf eine andere Art unbequem zu sein schienen, und durchsuchte sein Handy nach Julias Nummer. Er hatte sie nicht gespeichert, doch er fand sie unter den verpassten Anrufen.

Er schrieb ihr: *Siehst du, wegen dir breche ich meine Prinzipien. Was machst du heute Abend?*

Die Antwort kam prompt: *Heute chillen zu Hause!!! Lust, vorbeizukommen??!!*

Die Nachricht zu lesen war, als hätte sie ihm ins Ohr gekreischt. So viele Satzzeichen – er brachte es nicht einmal über sich, ihr zu antworten.

Vielleicht hätte er ihr besser nicht geschrieben. Er steckte das Handy ein und wusch sich ohne rechten Grund die Hände. Außerdem schuldete er ihr Geld, hatte er das vergessen? Er fuhr sich mit den noch nassen Händen übers Gesicht und durch die Haare.

Zwei Tage. Zum Teufel mit Satzzeichen.

Ungewohnte Essensdüfte waberten durch das Treppenhaus, als Nino nach Hause kam. Ihre einzigen Nachbarn waren eine türkische Familie, die so gut wie nie zu Hause war, und ein alleinstehender Fotograf, aus dessen Wohnung höchstens der Geruch von Katzenstreu drang. Beim Aufsperren der Tür bestätigte sich seine Ahnung: Katjuscha hatte gekocht. Es roch nach Kokosmilch, Mango und Curry. Dass sie sich die Mühe machte, Gewürze zu verwenden, konnte nur bedeuten, dass es Besuch gab.

Er blieb im Eingang stehen, bis Katjuscha ihn entdeckte. Erschrocken verstummte sie. Auch Simone drehte sich jetzt zu ihm um.

«Hallo, Nino.» Sie lächelte. Dafür, dass Simone Steuerberaterin war und sich täglich mit den schrecklichsten Dingen der Welt beschäftigte, sah sie noch relativ gut aus. Die Sorgenfalten auf ihrer Stirn und auch ihr Kurzhaarschnitt verliehen ihr eine gewisse Strenge, doch ihr Lächeln und ihre Kung-Fu-bedingte Flinkheit entschärften sie wieder, jedenfalls wenn sie gut gelaunt war.

«Abend», sagte er langsam.

Katjuscha räusperte sich. «Simone hat mich doch heute zu der Ausstellung begleitet …»

«Wie geht es dir?», fragte Simone.

«Gut. Und dir?»

Sie nickte. Es war bestimmt sechs Monate her, dass sie sich zuletzt gesehen hatten. Er warf einen Blick auf den Wohnzimmertisch. Eine offene, aber noch volle Weinflasche.

Er sah Katjuscha an. Sie schaute konzentriert zurück, und obwohl sie schließlich nichts verbrochen hatte, glomm ein lauer Unmut in ihren Augen, als müsste sie Simones Gegenwart wenn schon nicht entschuldigen, so doch rechtfertigen.

«Ich wollte eigentlich gleich wieder weg», log er. «Bin verabredet.»

Als er an ihnen vorbei in sein Zimmer ging, sah er, dass beide bequeme Schlafanzugshosen von Katjuscha anhatten. Es war kaum eine Woche her, dass sie mit Charlotte hier gesessen hatte. Egal, es ging ihn ja nichts an. Er verschwand in seinem Zimmer, holte sein Handy heraus und schrieb Julia: *Wo wohnst du denn?*

Ein paar Minuten später hatte er ihre Adresse. Bevor er die Tür öffnete, stapfte er lautstark im Zimmer herum, damit Katjuscha gewarnt war und er sie nicht bei irgendwas überraschen würde.

Ausnahmsweise ließ sie ihn ohne das übliche Verhör – wohin?, mit wem?, wann zurück? – ziehen und bat ihn lediglich, das Gejaule auszumachen, denn er hatte als Zeichen seiner Billigung eine Playlist der romantischsten Songs sämtlicher Boy Bands auf seinem Laptop kreiert, die nun mit diskreter Eindeutigkeit aus seinem Zimmer hauchten. Simone wich seinem Blick aus, als er die Musik abgestellt hatte und ging. Katjuschas Blick schien ihn eher töten zu wollen. Er rief ein unverfängliches «Schlaft schön» und zog die Haustür hinter sich zu.

In diesem Moment wusste er, dass er die beiden wahrscheinlich ganz grundlos in Verlegenheit gebracht hatte. Sie würden nicht wieder zusammenkommen, dafür verstanden sie sich längst zu gut.

Nachdenklich schlenderte er die Treppe hinunter nach draußen. Kein Wunder, dass Katjuschas Beziehungen nie gehalten hatten. Leidenschaft war nicht mehr und nicht weniger als die beste Begleiterscheinung von mangelndem Verstehen.

Eine köstlich warme Dunkelheit lag über den Häusern, als er nach draußen trat. Für eine Weile stand er nur so da, die Hände in den Hosentaschen, und genoss die Brise, ohne sich darum zu scheren, dass er für die Passanten wie ein Kunde des blinkenden Bordells nebenan aussehen musste. Es interessierte sich auch niemand dafür. In der Nacht gehörte die Stadt den Einsamen. Eltern, die nach der Arbeit nach Hause eilten, Verliebte, die sich mit dem Fahrrad besuchen kamen, zum Essen verabredete Freunde und Kollegen, die sich auf ein Bier trafen, zogen ihre Lebensspuren kreuz und quer durch die Straßen, doch diejenigen, die niemanden hatten, nirgendwo hinmussten, von nirgendwo kamen, sie mussten die Stadt um ihrer selbst willen lieben. Für sie legte sie sich die leuchtenden Ketten ihrer Straßenlaternen an. Ließ Perlen von Gelächter aus den Cafés ins Blau der Parks rollen, trieb Hochbahnen voll müder Gesichter über die Brücken; die Einsamen erkannten die Schönheit der Stadt, denn sie sahen auf den Plätzen keine Erinnerungen, in den Häusern nicht Wohnungen, in den Uhren der Bahnhöfe keine Termine, in den Menschen nicht Geschichten. Sie sahen die Dinge gelöst von Bedeutungen, die ihnen über die Jahre in unzähligen Ereignissen wie Plakate über Plakate aufgeklebt worden waren.

Als er durch die Straßen ging, sah er einen jungen, uralt wirkenden Penner, der seinen Schnaps verschüttete und laut heulte. Obdachlose Kinder zählten in einem U-Bahn-Schacht das Geld, das sie über den Tag erbeutet hatten. Ein telefonierender Mann trat in einen Hundehaufen. Die Hundebesitzer am Straßenrand prosteten sich mit Bierflaschen zu.

An der Bushaltestelle saß ein älterer Herr mit gewelltem grauem Haar, die Arme zu beiden Seiten ausgestreckt und den Kopf zurückgelegt, als würde er ein Bad nehmen. Er schien seinem Tod sehr nah. Allerdings war es schwer, die genauen Umstände zu erfahren, da er keinen Blickkontakt mit ihm hatte und so viele Menschen vorbeiliefen, dass all ihre Bilder miteinander verwischten.

Als ein Doppeldeckerbus kam, stieg er ein. Doppeldecker gehörten zu den Fahrzeugen, die er ohne Probleme betreten konnte. Sie waren groß und geräumig. Er setzte sich ganz oben vor das Fenster, stellte die Füße auf die Ablage und beobachtete, wie die Stadt hinter der blassen Reflexion seines Gesichts vorüberzog.

Am Straßenrand stand ein verschlungenes Paar. Es sah aus, als würden sie zwischen ihren Küssen Tränen vom Gesicht des anderen wischen. Nino drehte sich nach ihnen um, doch der Bus bog nach links ab.

Klopfenden Herzens ließ er sich in den Sitz zurücksinken. Er hatte nie eine Frau geliebt, auf diese Art, die einen an Unsterblichkeit glauben lässt. Er würde sterben, ohne geliebt zu haben.

Fast ärgerlich schüttelte er den Gedanken wieder ab. Die meisten Menschen schafften es nie, sich in diese schöne Illusion hineinzusteigern.

Den Rest der Fahrt sah er nichts mehr als seine Reflexion.

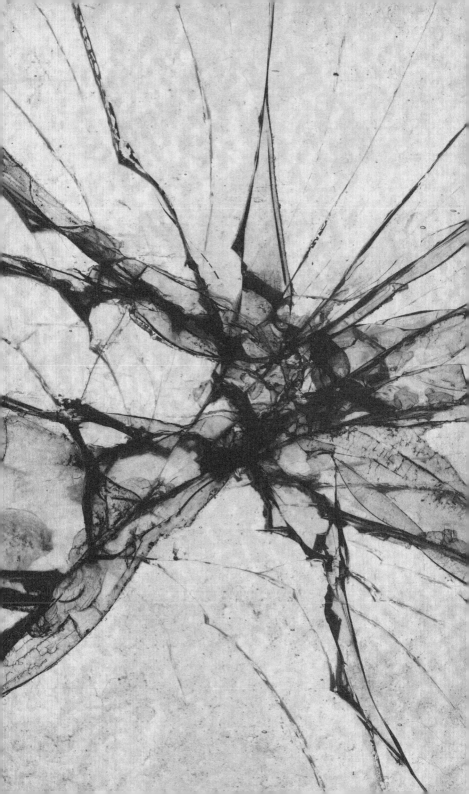

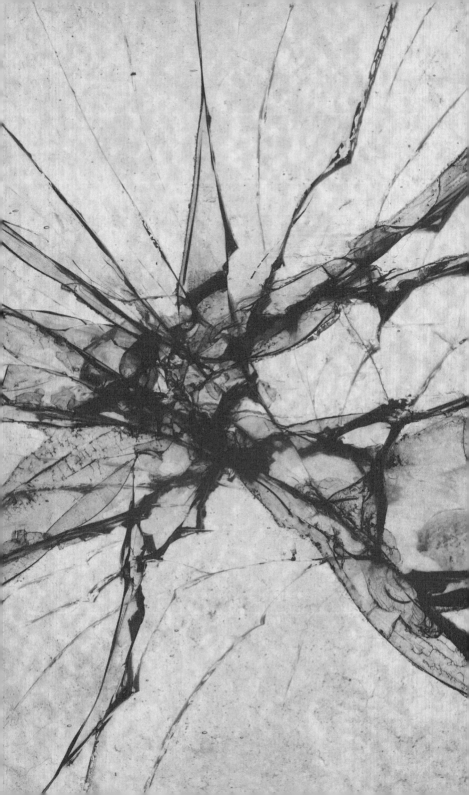

JETZT

Die Geschichte von ihm, der du nicht mehr bist, entfaltet sich vor dir wie eine Rosenknospe; aufklaffende Blütenblätter, die sich alle gleichen und so verschlungen sind, dass man nie weiß, welches nun welches umarmt.

Du hast das Bedürfnis, sie auszureißen. Vergessen, einfach vergessen, was jemals passiert ist, bevor Noir kam, und mit ihr das Träumen. Die Namen der Menschen. Sie bedeuten nichts. Aber du musst die Erinnerung mit dir tragen, weil sie Puzzlestücke eines Bildes sind, das am Ende deinen Tod ergibt.

Am Bahnhof wird gestreikt. Ihr wollt Wasserflaschen und abgepackte Sandwiches kaufen. Während du den Kiosk betrittst, zieht sie ein Päckchen Zigaretten hervor und zündet eine an. Schlagartig hören die Rempeleien der vorbeieilenden Passanten auf. Du weißt, wie sie sich jetzt fühlt. Sie spürt die Aufmerksamkeit der Leute ringsum mit fast physischer Kraft auf sich niederprasseln. Blicke wie Hagelkörner. Es bereitet ihr immer noch ein gewisses Unbehagen, bemerkt zu werden. Es kommt ihr wie ein Angriff auf ihre Substanz vor, ein unrechtmäßiges Besitzergreifen. Du möchtest sie beschützen, aber das darfst du nicht – es ist im Gegenteil deine Pflicht, ihr zurück ins Leben zu helfen, auch wenn das Leben letztlich tödlich ist.

Vor dir in der Schlange stehen zwei Rucksacktouristen und sortieren Euromünzen und Dollar in einem Geldbeutel.

Du kannst nicht mehr sagen, welche Ereignisse wichtig waren

und welche belanglos. Es sind zu viele Dinge geschehen, die zu sehr zusammenhängen, als dass sie bedeutungslos sein könnten, die aber zu verwirrend sind, um einen Zusammenhang erkennen zu lassen. Woran musst du dich erinnern? Dass du mit ihr geschlafen hast? Überhaupt, dass es sie gegeben hat?

Alles hat zur Gegenwart hingeführt. Würde ein winziger Teil fehlen, wäre die Gegenwart, die Welt, eine völlig andere. Also ist alles wichtig. Du musst dich an alles, an jeden erinnern.

Mit den Wasserflaschen und den Sandwiches gehst du zu ihr nach draußen, legst einen Arm um sie und führst sie zum Bahnsteig. Sie raucht sehr schnell. Blicke streifen euch, und dir wird bewusst, dass ihr wie ein ganz gewöhnliches Paar ausseht. Es tut weh, weil nur ihr wisst, dass das Gegenteil der Fall ist.

Die Züge fahren nicht. Angeblich kommt bald ein Ersatzbus. Ihr geht auf die Toilette eines Fast-Food-Restaurants, du setzt dich auf den Klodeckel und schniefst das weiße Pulver direkt aus dem braunen Paket, während Noir deinen Kopf streichelt.

Das STYX brennt sich durch deine Schleimhäute und wirkt dahinter zärtlich, als hätte es sich zum Weitertasten Samthandschuhe übergestreift. Irgendetwas in deinem Kopf reagiert dennoch oder gerade deshalb mit Aggression auf die Betäubung.

«Was ist in den Spritzen?», fragst du Noir und streichst mit den Fingern über die Spritzen, die fein säuberlich in ihren Halterungen im Koffer liegen.

«Auch STYX. Intravenös wirkt es noch schneller und stärker.»

Du betrachtest die milchige Flüssigkeit, die aussieht wie Aliensekret aus einem Science-Fiction-Film. Nicht zum ersten und bestimmt nicht zum letzten Mal fragst du dich, was das Zeug wirklich ist. *Das, was die Lebenden von den Toten trennt*, hat Amoke gesagt. *Der schmale Grat, auf dem die Träumenden zwischen Wach-*

sein und Schlaf wandeln. Aber Amoke hat vieles gesagt, was nicht stimmte.

«Noir? Heute Morgen, das … ist das wirklich passiert?»

Sie schließt den Drogenkoffer und drückt dich an sich. Du spürst ihr Herz zwischen den kleinen Brüsten im Takt mit deinem schlagen. «Das weißt du.»

Vermutlich. Du findest nur keine Worte dafür und hast gehofft, sie könne dir die Last abnehmen.

Eine unmessbare Zeit lang hält sie dich umschlungen, während die Wirkung der Droge sich um euch ausbreitet wie Glasblasen.

«Ich habe die beiden Geister nicht gesehen», murmelt sie dann. «Meine Sinne verändern sich.»

«Du wirst echt, deshalb.»

«Ich kann dich nicht mehr vor denen warnen, die du nicht wahrnimmst.»

Es dauert, bis du weitersprechen kannst, *weil das STYX meine kognitiven Fähigkeiten verlangsamt.* «Meinst du, es verfolgen uns noch mehr Mentoren?»

«Ich weiß nicht. Wahrscheinlich.»

Unter meiner Jacke trage ich die Schusswaffe. Keine Ahnung, wie viele Kugeln noch übrig sind. Hoffentlich finde ich es nie heraus.

Ich stehe auf, küsse Noir auf Mund und Stirn, um ihre Temperatur zu messen. Ja, das STYX tut seine Wirkung.

Hand in Hand verlassen wir die Männertoilette und ernten einen langen Blick von der Toilettendame.

7.

Als er an Julias Tür klingelte, machte ihm ein Mädchen in Pyjama und Plüschpantoffeln auf, das er noch nie gesehen hatte. Sie stellte sich mit routinierter Gleichgültigkeit als eine der Mitbewohnerinnen vor und wies ihm, bevor er danach fragen konnte, den Weg zu Julias Zimmer.

Im Näherkommen hörte er Stimmen und elektronische Musik. Er klopfte an die Tür und trat dann ein. Julia saß auf dem Bett. Mit Philip. Und dem Typen aus der Séance.

«Nino!» Philip richtete sich verwundert auf.

«Hey, du bist ja gekommen!» Julia beugte sich vor, um ihn mit ihren ungeschickten, zappeligen Armen zu umschließen. Sie sah toll aus, obwohl sie über dem bauchfreien Top und den Jeansshorts eine groteske Fellweste trug, die die letzten 35 Jahre in einem Container der Altkleidersammlung verbracht haben musste. Unter dem muffigen Geruch des Fells, dem Zigarettenqualm und Parfum roch sie nach stickiger, süßer Weiblichkeit. Dann tauschte er einen Handschlag mit Philip, der immer noch verdutzt dreinblickte, und schüttelte dem Brillenmann die Hand, dessen Name ihm jetzt wieder einfiel: River. So hieß kein normaler Mensch wirklich.

«Ich bin Nino. Wie heißt du noch mal?», fragte er.

«Nenn mich River, so nennen mich alle.»

«River? Wie Fluss auf Englisch?»

«Einfach River, ja.» Er setzte die Bierflasche an die Lippen und trank, um auf weitere Fragen nicht mehr antworten zu müssen. Wahrscheinlich war auch er Julias Einladung gefolgt, ohne über die anderen Anwesenden informiert worden zu sein.

«Ich wusste nicht, dass du heute Abend dabei bist», sagte Philip, als er sich neben ihn aufs Bett gesetzt hatte.

«Ich wusste auch nicht, dass du da bist.»

Philip ging nahtlos in das Gespräch über, das sie vor seiner Ankunft geführt hatten, und erzählte von einem Festival in Kopenhagen, bei dem er als Barkeeper gearbeitet hatte. Julia fragte ihn aufgeregt nach den DJs, die er gehört hatte, denn einer von ihnen war ihr Exfreund.

«Er ist so ein Genie», schwärmte sie, «ich meine, er war von Anfang an dabei, als elektronische Musik hier entstanden ist. Er ist auch schon dreiundvierzig, aber er ist echt ein Genie, ich liiiebe seine Musik!»

Während sie und Philip die Unterhaltung über DJs und Festivals vertieften, versuchte Nino herauszufinden, was zwischen den beiden war. Offensichtlich gefiel ihr Philips Aufmerksamkeit. Aber er war zu leicht zu haben, zu durchschaubar in seinem Buhlen um eine Frau wie sie, die in der Liebe Trophäen suchte. Gerade schob er den Ärmel seines T-Shirts hoch und entblößte einen indischen Schriftzug auf seinem Oberarm.

«Hab ich mir bei meinem letzten Indienurlaub machen lassen, das wurde nach traditioneller Methode tätowiert, ohne Maschinen, Nadelstich für Nadelstich. Der Typ saß einfach in seiner Hütte wie ein Guru, und ich geh hin, und wir verständigen uns mit Händen und Füßen, dass er mich für die Ewigkeit bemalt.»

«Was bedeutet das?», fragte Julia ehrfürchtig.

«Keine Ahnung.» Philip lachte. «Ich hab dem Guru gesagt, er soll mal machen.»

«Du weißt nicht, was er auf deinen Arm tätowiert hat?»

«Nö.»

«Wahrscheinlicht steht da *scheiß Touri*», sagte Nino.

Julia lachte. «Du bist ja gemein ...»

«Ich bevorzuge ‹zynisch›. Zynismus ist ein Charakterzug, den man sich durch langjährige Verbitterung erst verdienen muss, Gemeinheit dagegen kann angeboren sein und ist, wie das Wort schon impliziert, einer breiteren Masse beschieden. Ich bin stolz darauf, mir meine schlechten Eigenschaften durch Leid verdient zu haben.»

Julia lächelte noch immer. «Was hat dich denn so verbittert?»

Er sah ihr in die Augen und betrachtete seine schemenhafte Reflexion darin, wie er sie schon in vielen Frauen und ähnlichen Situationen betrachtet hatte. «Ein Leben mit dem Tod.»

«Oh Gott», stöhnte Philip. «Seine Eltern sind gestorben, als er noch in Windeln gekackt hat. *So what*, mein Alter hat mich ständig verkloppt! Und der gute Rainer hier – River, mein ich, sorry – ist bestimmt ein ganz armes Scheidungskind. Fall bloß nicht auf seine Harry-Potter-Nummer rein, Julia, wir sind alle Kinder vom Bahnhof Zoo.» Er ließ seine Hand auf ihren Oberschenkel fallen. «Du hast es bestimmt auch schwer gehabt. Aufgewachsen im Problembezirk, zu schön, um unbelästigt durch die Jugend zu kommen, an die falschen Freunde geraten, erst Zigaretten, dann Alkohol ... dann Sex zu dritt ...»

«Ich komm vom Land. Meine Eltern haben da ihre Zahnarztpraxis.»

«O Mann, du hast offiziell den Mitleidspreis gewonnen. Zahnarztkind!» Philip pfiff durch die Zähne. «Bestimmt bist du mit einer Perlenkette auf die Welt gekommen.»

«Nicht ganz. Die Oberschicht hat es auch nicht immer leicht. Meine Freundin Mona, die ist zum Beispiel adoptiert.»

«Ach weißt du, ich bin wahrscheinlich auch ein Kuckuckskind, meine Ma ist eine ganz Durchtriebene.» Als würde ihm das stimmungssenkende Potenzial ihrer Unterhaltung schlagartig bewusst, fummelte Philip ein Knäuel Frischhaltefolie aus der Hosentasche. «Übrigens ist hier die Probe, die Kostprobe.»

Julia quiekte. «Ich bin so gespannt!»

«Du musst keine Angst haben», mischte sich River ein. «Ich hab das schon oft genommen. Ein Traum. Wirklich.»

«Ist das Koks?», fragte Nino.

River schloss bedeutsam die Augen. «Das ist STYX.»

Er meinte, schon einmal etwas davon gehört zu haben, wartete aber, dass River weiter erklärte.

«STYX. So heißt in der griechischen Mythologie der Fluss, der die Welt der Lebenden vom Hades trennt.»

«Ja, das weiß ich», sagte Nino. «Aber was ist das für ein Zeug?»

Philip zwirbelte behutsam das Bömbchen auf und kippte den Inhalt auf ein weißes Blatt Papier, das auf einem dicken Modebuch in ihrer Mitte lag. «Vor allem schärft es die Sinne.»

«Kriegt man Halluzinationen?»

«Nein, STYX ist klar und … warm. Als würde dein Hirn in einem sonnigen Bergsee baden gehen. Kannst es ja probieren.»

Ein neues Lied kam aus den Lautsprechern. «Ich liebe den Track! Auch wenn er schon voll alt ist.» Julia ließ sich nach hinten sinken und wippte mit den Füßen, während Philip die kleinen, bläulichen Kristalle mit einer Bankkarte zerdrückte und in vier Lines aufteilte.

River zog einen eingeschweißten Strohhalm von Starbucks aus seinem Rucksack, schnitt ihn auf Viertellänge und reichte ihn Julia, als die Lines fertig waren.

Sie schniefte und gab den Strohhalm an Philip weiter. Nino beobachtete, wie auch sein Freund die Droge wegzog.

«Danke, heute nicht.» Er gab den Strohhalm an River zurück.

Julia seufzte und legte ihren Kopf auf seine Brust. Ihr feines blondes Haar roch nach einem kräftigen künstlichen Aroma. Er fragte sich, wie viel an ihr echt war. Ob das, was an ihr echt war, genauso betörend wäre wie die Nachahmungen.

River begann mit halb geschlossenen Augen zu faseln.

«… nur weil etwas logisch gesehen keinen Sinn macht, heißt das doch nicht, dass es nicht existieren kann, oder? Die Wissenschaft – sagen wir, die westliche Wissenschaft – versucht die Welt und das Unbekannte mit dem menschlichen Verstand zu ergründen. Aber was ist der Mensch? Er hat sich doch selbst noch nicht ergründet, er ist selbst ein Produkt des Unbekannten …»

«Krass», murmelte Julia. Vielleicht meinte sie aber auch nur das Lied, das aus den Lautsprechern dröhnte.

«Die Wissenschaft hat einen Hass auf das Spirituelle, weil sie so lange davon unterdrückt wurde. Was wir heute erleben, ist die Rache der Wissenschaft am Spirituellen. Verstand gegen Seele, versteht ihr. Es ist so wie mit der Materie und der Antimaterie im Weltall. Die Materie kann man wahrnehmen, aber die Antimaterie nicht. Trotzdem muss sie da sein, weil die Materie ohne sie nicht da sein könnte. Nichts existiert ohne sein Gegenteil. Für jedes Naturgesetz gibt es eine Ausnahme. So viele Ja wie Nein. Positiv geladene Protonen und negativ geladene Elektronen gleichen sich aus.» River wischte mit dem Zeigefinger ein paar weiße Krümel vom Papier und rieb sie sich aufs Zahnfleisch. «Es gibt Dinge, die die Öffentlichkeit ignoriert, weil sie sich nicht in unsere vorgefertigten Schubladen stecken lassen. Übersinnliche Dinge.»

«Astrologie!» Julia schwenkte den Zeigefinger. «Daran glaubt die Öffentlichkeit, sonst würde es ja keine Tageshoroskope in den Zeitungen geben.»

«Zeitungshoroskope? Scheiß auf das Zeug. Obwohl ich es

grundsätzlich für gut möglich halte, dass es irgendeine Macht gibt, die bei unserer Geburt Einfluss auf unseren Charakter nimmt, und zufällig kann man diese Macht anhand von Sternenkonstellationen messen. Ich sage: Wer weiß, ob an Horoskopen was dran ist. Wer weiß. Solange etwas nicht bewiesen ist, muss ich nicht dran glauben. Aber ich kann es auch nicht pauschal leugnen.»

Philip schniefte. «Monsieur Samedi hat einiges bewiesen, finde ich, was unglaublich ist. Ich meine, was da passiert, kann auch nicht in meinen Kopf rein. Aber ich hab es ja erlebt. Wir waren ja alle dabei.»

«Eben, es gibt Beweise! Aber die Öffentlichkeit vertuscht sie lieber. Damit lässt es sich leichter leben. Wir können alles verstehen, wenn wir wollen – so bequem machen wir es uns.»

«Du hast echt furchtbare Fingernägel.» Julia nahm seine Daumen in Augenschein, Nino ballte die Fäuste. Wenn es etwas gab, wofür er sich schämte, dann war es sein Nägelkauen. Er machte es zum Glück nur an den Daumen, warum auch immer.

«Knabberst du etwa da dran?», flüsterte sie mit aufgesetzter Empörung.

«Das müssen andere gewesen sein …»

«Wir müssen aufhören, alles verstehen zu wollen. Unerklärliche Dinge sind da, sie beeinflussen unser Leben, sie sind das Leben! Das ist es, was Monsieur Samedi uns erklären will.» River wandte sich an Julia, die begonnen hatte, Nino in die Finger zu beißen. «Was ist jetzt, wir hatten doch was vor.»

Ein wenig paranoid hob Julia den Kopf, seine Hände noch immer mit ihren knetend. «Ach so, das! Ja! Lass uns loslegen.»

8.

Ich brauche einen Stift. Einen Filzstift am besten», sagte River.

Julia rollte sich vom Bett und holte einen dicken Edding von ihrem Schreibtisch, während River einen schwarzen Zettel aus seiner Hosentasche kramte. Bedächtig faltete er ihn auseinander – ein merkwürdiges, kompliziert aussehendes Symbol in Weiß war darauf abgebildet. Mit Julias Edding begann er alle Buchstaben des Alphabets und alle Zahlen von Null bis Neun ringsum auf ein Blatt Papier zu schreiben. Dann kopierte er das Symbol in die Mitte.

Nino blickte von Julia zu Philip. «Ist das euer Ernst?»

«Es hat echt funktioniert, letztes Mal», murmelte Philip. «Du warst ja nicht mehr da, bei Monsieur Samedi. Ich sag's dir, es ...»

«... sind Zaubertricks! Ihr könnt doch nicht ernsthaft daran glauben.»

River schüttelte den Kopf, ohne von seiner Skizze aufzublicken. «Total blind.»

«Ich bin blind?»

«Ja, du bist blind.»

«Hey, Jungs, Jungs! Beruhigt euch.» Julia drückte beiden theatralisch eine Hand auf die Brust. Dann atmete sie durch und sah Nino in die Augen. «Also. Du kannst mitmachen. Ich würde mich freuen. Oder du gehst. Aber vermies mir nicht die Laune.»

Er spürte, wie ein Lächeln in seinen Mundwinkeln juckte. «Na gut.»

«Du sollst dich nicht drüber lustig machen!»

Er zuckte die Schultern. «Wie du willst.»

«Wegen ihm wird es nicht funktionieren!» Ärgerlich machte River den Edding wieder zu und steckte den schwarzen Zettel ein.

Nino ließ sich in die Kissen sinken. «Keine Sorge, auf mich wirst du es nicht schieben können.»

Den schwarzen Zettel mit dem Symbol hatte River von Monsieur Samedi gekauft, angeblich ein magisches Zeichen, das unerlässlich war, um Geister zu rufen, und schon seit dem 14. Jahrhundert verwendet wurde. Nino verkniff sich die Frage, ob es im 14. Jahrhundert bereits Gläserrücken gegeben hatte.

Einigermaßen gutgelaunt setzten sie sich rings um das beschriftete Blatt Papier.

«Man muss ein Blutopfer bringen», erklärte River und zog eine Rasierklinge aus dem Portemonnaie. Er ritzte sich den Zeigefinger und legte ihn auf das Schnapsglas, das über das Papier gleiten sollte. Das Cover des Modebuchs schimmerte leicht hindurch. Philip nahm die Klinge nach ihm, dann schnitt sich Julia in den Finger. Nino benutzte lieber sein Taschenmesser. Mit zusammengebissenen Zähnen presste er die blutende Fingerkuppe neben die anderen auf das Glas.

«Und wen rufen wir jetzt an, den Teufel?»

Ohne auf den Spott einzugehen oder Nino auch nur anzusehen, erklärte River: «Eine Macht aus dem Jenseits wird sich in den Bewegungen des Glases materialisieren und mit uns kommunizieren. Für die Dauer der Beschwörung wird die Macht einen Namen haben und sich wie ein individuelles Wesen verhalten, allerdings existiert diese Individualität nur in unserem Diesseits. Sobald wir die Beschwörung beenden, kehrt die Macht ins Jenseits zurück.» Er zog geräuschvoll die Nase hoch. «Niemand nimmt den Finger vom Glas, sonst ist der Bannkreis gebrochen. Dann kann die gerufene Energie womöglich auch nicht mehr ins Jenseits zurückkehren.» Er legte ein bedeutsames Schweigen ein, das er sich vermutlich von Monsieur Samedi abgeguckt hatte wie alles andere. «Gut. Jetzt versuchen wir synchron zu atmen. Tief ein und wieder aus. Denkt an nichts. Versucht euch leer zu machen. Jeder von uns hat eine Verbindung zum Jenseits in sich, lasst sie zu. Wir atmen gleichzeitig.»

Sie beobachteten einander. Nino hätte erwartet, wenigstens ein unterdrücktes Lächeln auf Philips oder Julias Gesicht zu entdecken, aber beide waren todernst. Blutstropfen rannen am Glas herab auf das komplizierte Zeichen in der Mitte des Papiers.

«Wir rufen dich», murmelte River kaum hörbar. «Nimm unser Blutopfer an. Die Klinge hat unsere Körper geöffnet. Unser Geist öffnet dir unsere Welt. Wir rufen dich.»

Sie atmeten. Ein gehässiges Lachen lauerte in Nino, doch er hütete sich, das Geschehen zu unterbrechen. Er würde den anderen keinen Anlass geben, die Schuld auf ihn zu schieben, wenn nichts geschah. Nein, dafür sollte River schön allein verantwortlich sein.

«Lasst uns von zehn bis null zählen. Stellt euch vor, wie ihr euch immer weiter dem Jenseits öffnet, als würden wir mit jeder Zahl eine Stufe tiefer in uns hinabsteigen.»

«Zehn», sagten sie, nicht gerade gleichzeitig, und dann im Chor: «neun ... acht ... sieben ... sechs ...» Als sie bei eins ankamen, begann River wieder bei neun. «... acht ... sieben ... sechs ...»

Nino stieg eine angenehme Wärme die Wirbelsäule hinauf. In seinem Nacken begann sie sich zu sammeln, hielt seinen Kopf wie eine unsichtbare Hand.

«… vier … drei …»

Das Glas glitt auf einen Buchstaben zu. Alle verstummten.

Nino starrte auf die Finger der anderen, aber soweit er es beurteilen konnte, lag keiner mit mehr Druck auf dem Glas als sein eigener. Es hörte nicht auf, sich zu bewegen. Unbeirrt zog es von einem Buchstaben auf dem Blatt zum nächsten.

«Merkt euch die Buchstaben», zischte River. «C-O-N-S-T-A-N-T-I-N-O-M-I-O-F-I-G-L-I-O.»

Nach dem letzten Buchstaben kehrte das Glas in die Mitte zurück und kreiste noch zweimal um das Symbol, ehe es ebenso abrupt, wie es sich in Bewegung gesetzt hatte, wieder zum Stillstand kam.

«Was hat das jetzt bedeutet?», flüsterte Julia atemlos.

River begann die Silben vor sich hin zu murmeln. *Con…stan…ti…no.* Nino bekam den Mund nicht auf. Es konnte … aber wie konnte …? Seinen Geburtsnamen kannte doch niemand. Hatte er Philip jemals seinen Ausweis gezeigt? Wäre er fähig zu einem so geschmacklosen Streich?

Doch es war der Rest der Botschaft, der ihn noch viel mehr erschreckte.

«Miofiglio», murmelte River.

«Wer von euch kann Italienisch?», fragte Nino tonlos.

«Stimmt, das klingt italienisch», sagte Julia.

«Das *ist* italienisch.» Nino sah auf. Falls Philip dahinter steckte, konnte er verdammt gut schauspielern. *Mein Sohn. Es heißt: mein Sohn.*

Das Glas setzte sich ruckartig wieder in Bewegung, zog Blutspuren über das Papier, glitt hektisch von Buchstabe zu

Buchstabe. Mit bebender Stimme sprach River mit: «T-U-A-M-A-D-R-E-T-I-M-A-N-C-A.»

Nino spürte, wie ein Kältestrahl durch seinen Körper schoss. Er hatte kein Italienisch gehört seit dem Sizilienurlaub, den Katjuscha und ihre Mutter vor vierzehn Jahren mit ihm unternommen hatten, und doch verstand er jetzt die Worte, als hätten sie all die Zeit in ihm gewartet.

«Was heißt das?», fragte Julia.

Deine –

Es war unmöglich.

Unmöglich. Immer wieder schüttelte er den Kopf, es konnte nicht sein. Das war zu einfach. Ein Blatt Papier, um die Existenz des Jenseits zu beweisen, um die Existenz seiner *toten Mutter* zu beweisen – so leicht konnte es nicht sein.

River leckte sich über die Lippen. «Wer bist du?»

Scheinbar ruhig löste Nino den Finger vom Glas und stieg vom Bett, dabei bewegte er sich so schnell, wie er konnte. Alles war in Zeitlupe. Sein Herz hämmerte kräftig und tief in ihn hinein, als wollte es ihn am Boden festnageln. River versuchte ihn wieder heranzuziehen und fluchte.

Nino lächelte die drei an. Er wusste nicht, woher dieses Lächeln kam, es hatte nichts mit ihm zu tun. Das Glas unter ihren Fingern bewegte sich nicht mehr. Ohne ein Wort herausbringen zu können, verließ er das Zimmer, schwebte den Flur entlang durch die Dunkelheit. Er wollte rennen, wollte die Haustreppe hinunterstürzen, doch sein Körper gehorchte ihm nicht, bewegte sich gemächlich wie ein herabrollender Tropfen an einer Fensterscheibe. Leise schloss er die Tür hinter sich.

Simones Turnschuhe standen in der Diele, und Katjuschas Tür war nicht angelehnt wie sonst, sondern verschlossen. Er schlich in sein Zimmer, setzte sich auf die Schmutzwäsche zwischen Bett und Schrank und starrte ins Leere.

Ein irrer Trotz hinderte ihn daran, an das zu denken, was ihn so schockierte. Es konnte nicht wirklich passiert sein. Daran zu denken bedeutete bereits, sich seine Wahrhaftigkeit einzugestehen.

Die Erinnerung an seine Mutter war wie eine ausgeblichene Filmrolle, ein Zusammenschnitt ungeordneter Szenen. Jetzt kam ihm ein Bild von ihr in den Sinn, wie sie den Kopf zurückwarf und mit offenem Mund lachte, aber den Klang ihres Lachens hatte er längst vergessen, und vielleicht war das Bild auch nur eine Collage aus Werbeplakaten, die er in seiner frühen Kindheit gesehen hatte. Ihre Stimme war weg, ebenso das Italienisch, das er bis zu seinem fünften Lebensjahr gehört hatte ... Das war womöglich das Unheimlichste an allem: nicht das Glas, das sich bewegt hatte, sondern dass er die Botschaft sofort entziffert hatte, als wäre sie ihm ins Hirn implantiert worden. Alles andere konnte ein Trick sein, aber wie hatte er die italienischen Worte verstehen können? Sein Kopf, wie hatte River in *seinen Kopf*...

Eine Weile presste er sich die Fäuste gegen die Schläfen, ohne zu wissen, ob er versuchte, sich so besser zu konzentrieren oder das Nachdenken ganz abzustellen. Befühlte den kleinen Schnitt in seinem Finger. Nur ein Tropfen Blut. Um die Grenze zwischen Leben und Tod zu überwinden. Welche Überraschung, als das dicke, finstere Rot damals aus seinem Unterarm hervorquoll, diese rasende Euphorie. Die Schnitte hätten genügt … er wusste doch bereits, dass die Grenze zwischen Leben und Tod so dünn war wie eine Rasierklinge.

Eine Melodie kam ihm in den Sinn, die Melodie eines Kinderliedes. Er wusste nicht mehr, ob russisch, italienisch oder deutsch, ob von seinem Vater, seiner Mutter, einer Kindergärtnerin oder einem Zeichentrickfilm. Nur ein paar hüpfende Töne, fröhlich-fröhlich-fröhlich! Fröhlich-fröhlich-Schluss! Wie ging der Text dazu? Er wusste nicht mehr, welche Worte darauf passten, und war dankbar, sich eine Weile mit diesem Rätsel beschäftigen zu können.

Der Schock hält mich wach, dachte er. Wenn man nach schlimmen Erlebnissen lange genug wach blieb, verblasste die Erinnerung, weil das Gehirn erst im Schlaf Erlebnisse zu Erinnerungen verarbeitete.

Wollte er denn vergessen? Er atmete tief ein und wieder aus und drückte die Lippen gegen seine Fingerknöchel. Die Fakten, ganz nüchtern betrachtet: Das Glas auf dem Papier hatte sich bewegt. Was auch immer für die Bewegung verantwortlich war, hatte sich als seine tote Mutter ausgegeben. *Ausgegeben.* Es hätte River dahinterstecken können, oder der Teufel. Irgendeine metaphysische Kraft, die das menschliche Begreifen überstieg. War das so schwer zu glauben? Damit hatte er sich doch schon lange abgefunden, mit dem Unerklärlichen. Seine Panik war womöglich übertrieben. Er musste sich nur selbst davon überzeugen.

Aber wenn wirklich seine Mutter … nein, das konnte er einfach nicht annehmen.

Deine Mutter vermisst dich.

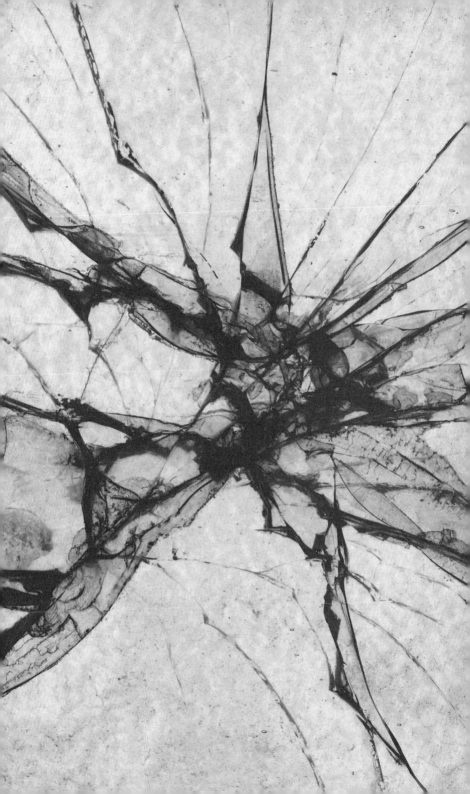

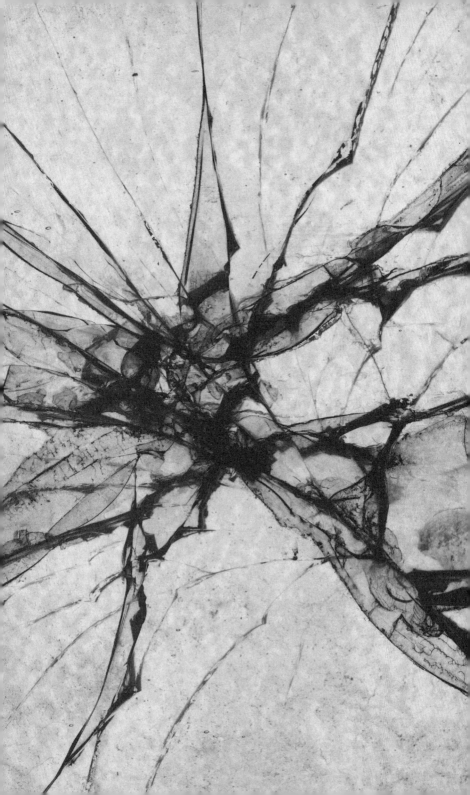

JETZT

Wie ein Neugeborenes braucht Noir viel Schlaf, denn sie befindet sich im Wachstum – nicht körperlich natürlich, sondern seelisch.

Ihr sitzt im Ersatzbus, der euch zum nächsten Bahnhof bringen soll. Die Autobahn dehnt sich vor und hinter euch aus, ein trostloser Fluss, in dem Autos wie Müll von einem Nirgendwo ins andere treiben. *Ich kann nicht aufhören, in allem Bilder zu erkennen.*

Der Himmel ist so voller Wolken, dass er leer aussieht. Am Wimpernrand spürst du eine gestochen verschwommene Sonne, verdampfend von hell zu weiß und nichts.

Manchmal fahrt ihr an Raststätten oder Ortschaften vorbei, aber meistens umgeben euch nur Felder, Wald. *Im Wald haben wir uns in der ersten Nacht unserer Flucht versteckt, als wir noch das Auto hatten. Ich denke daran zurück und möchte die Erinnerung mit Noir teilen, aber sie träumt ja gerade von ihren eigenen Erinnerungen. Trotzdem spricht ein Teil von mir mit ihr, und wer weiß, vielleicht hörst du mich doch, Noir, wo auch immer du gerade steckst.*

Ihre Hand liegt schlaff auf meinem Schoß, während sie von ihrer Vergangenheit träumt; ihre Hand kommt mir vor wie ein kleines, unabhängiges Tier mit vier Beinchen und einem Stummelkopf, das auf meinem Schoß verdurstet ist. Armes Tierchen. Ich streichle ihre Finger, und auch meine eigene Hand wirkt fremd, ein zweites Tier, das den Tod beschnuppert.

Überall sind Bilder. Nichts ist nur das, was es zu sein scheint. Alles ist nur ein Bild von einem Bild eines *Bildes.*

Rings um uns im Bus tuscheln und reden die Leute.

Wenn man glücklich ist, braucht man keine Worte.

Die Menschen sprechen alle Sprachen auf einmal, bis kein Wort mehr herauszuhören ist.

N ino! Nino, alles klar?»

Er nahm den verstörten Ausdruck auf Simones Gesicht wahr, die im Wohnzimmer auftauchte, bevor ihm klar wurde, dass Katjuscha direkt vor ihm stand und nicht weniger ratlos dreinblickte. Er blinzelte. Wie Puzzlestücke fiel die Gegenwart wieder in ihr Gefüge – er stand in der Küche, er trug Boxershorts, auf dem Tisch stand ein Apfelkuchen, der aussah wie aus einer Kochsendung oder einem Zeichentrickfilm, zu perfekt für die Wirklichkeit dieser Wohnung; und neben dem Kuchen ein kleines Geschenk, das in das Weihnachtspapier verpackt war, das er und Katjuscha für alle Geschenke verwendeten, weil es das einzige war, das sie hatten.

«Geht's dir gut?», fragte Katjuscha.

Endlich begriff er, was sie meinte. Natürlich, das Glas. Er hatte sich ein Glas Leitungswasser holen wollen und den Kuchen und das Geschenk entdeckt. Jetzt lag das Glas in hundert feuchten Scherben auf dem Küchenfußboden.

Er schüttelte den Kopf, als könnte er sein Hirn damit wieder anwerfen.

Ein Glas fallen lassen. Was für ein Klischee. Er bückte sich und sammelte die Scherben mit der Hand auf.

«Lass», murmelte Katjuscha und holte den Handbesen unter der Spüle hervor. «Mach das nicht mit den Händen.» Sie schob ihn beiseite, sodass ihm nichts anderes übrig blieb, als sich auf einen der Küchenstühle sinken zu lassen und zuzusehen, wie sie die Scherben klirrend zu einem Häuflein zusammenfegte.

Simone trat in den Türrahmen und strich sich ein Sweatshirt – Katjuschas Sweatshirt – über den Hüften glatt.

«Alles Gute zum Geburtstag, Nino», sagte sie. In demselben Tonfall telefonierte sie wahrscheinlich mit dem Finanzamt. Er nahm es ihr nicht übel, immerhin hatte er sie um fünf Uhr morgens mit seiner Tollpatschigkeit aufgeweckt.

«Danke.» Er blickte zum Fenster, weil es ihn beschämte, Katjuscha tatenlos zusehen zu müssen. Aber er wusste, dass sie seine Hilfe nicht annehmen würde. So war sie nun mal. Verdammte ihn immer dazu, die Rolle des minderbemittelten Kindes zu spielen. Simone hingegen durfte das Wasser mit Küchenpapier aufwischen. Und demonstrativ *gähnen.*

Draußen brach ein strahlender Tag an. Dieses Jahr hatten sie einen besonders schönen Herbst. Besonders sonnig. Manche Jahre waren menschenfreundlicher als andere … Er spürte, dass unter diesen seichten Überlegungen ganz andere, schwerere mitschwammen, und trotzdem erschrak er, als ihm unvermittelt Tränen in die Augen stiegen.

Er stand auf, fuhr sich durch die Haare und dabei unauffällig, wie er hoffte, über die Augen. «Tut mir leid, ich wollte euch nicht wecken, ich –»

«Alles gut», sagte Katjuscha. Verdammt. Sie ahnte, dass etwas nicht stimmte.

«Ich geh wieder ins Bett … Entschuldigung.»

Als er sich umdrehte, hielt Katjuscha ihn fest und zog ihn in ihre Arme. «Alles Gute zum Vierundzwanzigsten, alte Nuss.»

Er hatte es völlig vergessen. Wie *hatte* er es vergessen können? Er spulte die letzten achtundvierzig Stunden durch – Arbeit in Pegelowas Laden, der Abend bei Julia, wieder Arbeit im

Rausch nervöser Schlaflosigkeit, dann ein Erschöpfungsschlaf von gestern Abend bis jetzt.

«Was ist denn, warum – du weinst ja!»

«Keine Ahnung», brachte er heraus und drückte so fest mit Daumen und Zeigefinger auf die Tränendrüsen, dass das Wasser ihm an den Fingern hinabbrann. Jetzt war hoffentlich alles draußen. «Ist das für mich?» Er nahm das Geschenk und wog es in der Hand. «Danke, Katja.»

«Den Kuchen hat Simone gemacht.»

«Wir haben ihn zusammen gebacken», korrigierte Simone. Sie hatte ihm bis jetzt zu jedem Geburtstag einen Kuchen gebacken und jedes Mal betont, dass Katjuscha ihr geholfen habe, obwohl alle drei wussten, dass Katjuscha Mehl von Zucker nicht unterscheiden konnte.

«Wir essen ihn später, okay? Ich muss noch schlafen. Nacht.» Er schlich in sein Zimmer zurück, und zum Glück hielt ihn Katjuscha diesmal nicht auf.

Er schloss die Tür und glitt auf den Boden.

24.

Die meisten Unfälle passierten zu Hause.

Er könnte sich am Kuchen verschlucken. Fast musste er lächeln über die Ironie dieser Situation – aber obwohl das Verschlucken an Nahrung eine sehr häufige Todesursache war, betraf sie fast nur Kleinkinder und sehr alte Menschen. Auch in der Dusche auszurutschen war für sein Alter und seinen körperlichen Zustand eher unwahrscheinlich. Ein elektrischer Schlag, wenn er eine Glühbirne auswechselte. Schon eher möglich.

Und wenn er die Wohnung verließ … dann könnte alles Mögliche passieren.

Er starrte in seine Handflächen. Oder auch ganz ohne die Beihilfe von Pech und Zufall, indem er es selbst in die Hand nahm.

Der Gedanke glitt nur so an ihm vorbei, eine Erkenntnis ohne Wertung und Gewicht. Ernsthaft hatte er Selbstmord nie in Erwägung gezogen. Nie ernsthaft. Selbst als er im Badezimmer gestanden und die Rasierklinge im Spiegel beobachtet hatte, die seinen Unterarm im Spiegel auftrennte wie eine Farbtube, aus der Rosen purzelten, wahnwitzig rot, selbst da hatte er nicht geglaubt, seinen Tod mit vierundzwanzig, fünf Jahre später, so einfach entgehen zu können. Mit einem läppischen Schnitt.

Wann er sterben würde, hatte er nicht immer gewusst. Zum ersten Mal bewusst geworden war es ihm mit sieben, als ihn seine Therapeutin gefragt hatte, was er einmal werden wollte.

«Ich werde tot sein. Davor bleib ich so wie jetzt.»

«Das stimmt, jeder stirbt eines Tages. Aber das ist noch lange hin. Was möchtest du sein, wenn du erwachsen bist?»

«Ich bin tot, wenn ich so alt bin wie du, als du keine Mama sein wolltest. Da warst du vierundzwanzig, und mit vierundzwanzig bin ich tot.»

Seine Therapeutin schwieg, aber anders als sonst ohne ihr unerschütterliches Lächeln; jetzt sah es aus, als wäre die Zeit in ihren wässrigen Augen stehengeblieben.

Danach musste Katjuscha zu einer Besprechung kommen, und er sollte wiederholen, was er gesagt hatte. Doch er ahnte, dass Katjuscha nichts davon wissen durfte; es würde sie sehr traurig machen, viel trauriger, als es ihn selbst machte, wenn sie erfuhr, dass sie bald älter war, als er jemals sein würde.

«Sich den eigenen Tod vorzustellen ist in seiner Situation völlig normal», hatte die Therapeutin erklärt. «Nach dem plötzlichen Verlust der Eltern gibt es ihm ein ganz wichtiges Gefühl von Kontrolle, sich gewissermaßen ein Datum für seinen eige-

nen Tod zu setzen. Mit der Zeit werden diese Vorstellungen ab-
klingen.»

Aber das taten sie natürlich nicht. Von da an musste er im-
merzu an seinen Tod denken, wie man es nicht lassen kann, mit
der Zunge an einer Wunde im Zahnfleisch zu puhlen, sobald
man sie einmal entdeckt hat.

Er kam in die Schule und begriff, dass niemand sonst das
wusste, was er wusste. Sogar seine toten Eltern, die alles beantworten konnten, hatten ihren Tod nicht kommen sehen. *Sein
Vater hatte nicht geschrien. Wie er mit beiden Händen das Lenkrad
umklammert hatte, beinahe gefasst. Fast vorbereitet –*

Es klopfte. Er rappelte sich auf, als die Tür geöffnet wurde und
Katjuscha sich ins Zimmer schob. Sie standen sich mit einem
Mal sehr nah gegenüber, was durch seine spärliche Beklei-
dung und die Dunkelheit eine etwas unangenehme Situation erzeugte.

«Was ist los?», fragte sie im Flüsterton.

«Nichts, wirklich.» Er glitt zur Seite und ließ sich auf dem
Bett nieder. Warum musste sie alles ausdiskutieren? Er hatte
jetzt keine Nerven für ihre wohltätigen Schnüffeleien.

Sie atmete tief ein und aus. «Ist es wegen Simone?»

«Oh Gott, *nein!* Was ist denn das überhaupt für eine Frage?»

«Beruhig dich.»

«Ich bin ruhig! Ich weiß gar nicht, was du von mir willst.»

«Du hast Geburtstag.»

Er runzelte die Stirn – dass das keine Erklärung war, um halb
sechs Uhr morgens mit ihm ein psychologisches Gespräch an-
zufangen, musste ihr doch selbst auffallen.

Sie presste die Lippen aufeinander. «Du bist nicht sauer, dass
sie da ist heute, oder?»

«Nein.»

«Siehst du – aber du sagst es in diesem *Ton.*»

Er vergrub das Gesicht in den Händen. «Kat, ich will einfach nur schlafen.»

«Es war nicht so geplant. Wir hatten gestern einen so schönen Tag zusammen, und dann hat sie angeboten, den Kuchen zu backen. Ich weiß nicht, irgendwie … verstehst du, wenn man sich einmal so nahestand wie wir, dann …»

«Schön für euch. Ist doch toll! Ich möchte es nur jetzt nicht hören, bitte.»

«Ich versuch nur –»

«Du musst dich nicht rechtfertigen. Komm wieder mit Simone zusammen, wenn du willst. Fünf Jahre hast du es ja schon mal mit ihr ausgehalten.» Ihm wurde bewusst, dass die Tür offen stand und dass Simone bestimmt im Wohnzimmer lauschte, während sie den Tisch abwischte oder die Sofakissen ausschüttelte oder sich sonst wie nützlich zu machen versuchte.

«Blödmann», sagte Katjuscha.

«Tut mir leid. Gute Nacht.»

Eine kurze Stille trat ein. Dann sagte sie tonlos: «Nein, tut mir leid. Du kannst es nicht verstehen, weil du die Erfahrung nie gemacht hast. Ich kann's dir nicht übelnehmen.»

Genau. Degradiere mich wieder zum psychisch geschädigten Kind, dachte er. Plötzlich fiel ihm ein, wie er sich mit vierzehn oder fünfzehn gefühlt hatte, als er allmählich stärker wurde als Katjuscha. Die Veränderungen seines Körpers, die Kraft, die sich in seinen Muskeln zusammenballte, hatten ihn ebenso fasziniert wie verunsichert, weil er zumindest in dieser einen Hinsicht die Rolle des Schützlings gegen die des Beschützers mit ihr tauschte. Wie unmöglich es ihr gewesen war, ein Glas Essiggurken zu öffnen, und wie leicht es ihm gefallen war, den Verschluss für sie aufzudrehen. Ein kurzes Anspannen. Und das *Klack* des aufspringenden Deckels war ein freudiges Auflachen gewesen. Ein männliches Auflachen.

Er musste schmunzeln. Katjuscha sah ihn beinahe mit Empörung an. Dass er lächelte, brachte sie mehr aus dem Konzept als jede andere Reaktion.

Sie stand ohne ein Wort auf und ging aus seinem Zimmer. Was für eine Stille sie zurückließ! Das Schlimmste an einem Streit war immer die Stille, die darauf folgte.

Er legte sich hin, schloss die Augen.

Stille, dagegen kann man eigentlich gar nichts tun. Am Ende von allem ist immer Stille. Die Stille siegt zuletzt.

Aber das Glas hatte sich bewegt, und in der Stille seiner verschütteten Erinnerungen hatten ein paar italienische Worte geschlafen.

Er blieb bis zum späten Nachmittag im Bett. Selbst als Katjuscha an die Tür klopfte und ihn fragte, ob er etwas essen wolle, rührte er sich nicht; und erst eine halbe Stunde, nachdem er hörte, wie die Haustür ins Schloss fiel, gestand er sich ein, dass er dringend aufs Klo musste und vor Durst schon Kopfweh hatte.

Das Badezimmer war warm und voller Wasserdampf. Offenbar hatten beide geduscht, bevor sie zu weiß Gott welchem kulturellen Vergnügen davongeflattert waren. Er pinkelte und betätigte die Spülung mit dem Fuß, wie Katjuscha es ihm verboten hatte. Dann ging er in die Küche, um sich etwas zu trinken zu holen.

Der Kuchen stand noch auf dem Tisch, und obwohl eine innere Stimme den Wusch äußerte, ihn aus dem Fenster zu werfen, und eine andere, wesentlich leisere sich fragte, ob er ihn nicht probieren sollte, ignorierte er sein Geburtstagsgeschenk und nahm sich nur ein Glas Wasser und einen Toast mit Käse. Er kehrte in sein Zimmer zurück und setzte sich wieder in seine inoffizielle Wäscheecke zwischen Bett und Schrank. Ihm fiel auf, dass er vergessen hatte, eine Käsescheibe auf den Toast zu legen, aber das Essen tat ihm trotzdem gut, und der Kopfschmerz wurde milder, nachdem er getrunken hatte.

Es war Sonntag, und morgen war Montag, und wenn er es sich recht überlegte, war es völlig egal, ob er in Pegelowas Laden erschien oder sich nie wieder blicken ließ. Wenn er nicht hinging, verlor er vielleicht seinen Job. Wenn er hinging, womöglich sein Leben. Ein Autounfall, das war am wahrscheinlichsten. Aber es fielen auch nicht selten schwere Gegenstände aus Fenstern und erschlugen Leute.

Am sichersten war er wirklich in diesem Zimmer. Was wäre das für ein Leben? Könnte er ein ganzes Jahr hier ausharren? Und was dann, wenn er das ganze Jahr überlebte? Würde er mit fünfundzwanzig nicht mehr Gefahr laufen, einfach zu sterben?

Aber nein, all diese Überlegungen änderten nichts. Er *wusste*, dass sein Leben mit vierundzwanzig enden würde.

Deine Mutter vermisst dich.

Er stand auf, als hätte ihn eine kalte Hand im Nacken gepackt. Nur um irgendwas zu tun, zog er sich seine Jeans und ein T-Shirt an. Als er angezogen war, merkte er, dass sein Herz raste. Seine Beine wollten sich bewegen, er wollte – wollte wegrennen. Vielleicht würde er so sterben, infolge einer Panikattacke, wie er sie seit Jahren nicht mehr gehabt hatte. Er tastete sich über die Hosentaschen – sein Handy, Kleingeld, der Wohnungsschlüssel waren da. Das Zimmer schien zu einem Grab zusammenzuschrumpfen.

Er öffnete die Wohnungstür und schloss sie hinter sich. Wann war er in seine Schuhe gestiegen? Er trug keine Socken, die Schnürsenkel waren ohne Knoten nach innen gestopft. Er musste sie sich automatisch angezogen haben, ohne dass die Tat eine Spur in seinem Bewusstsein hinterlassen hatte. Zügig, bevor er sich fragen konnte, warum und wohin er ging, lief er die Treppen hinunter, und als er auf der Straße ankam, begann er zu joggen, dann zu rennen.

Er rannte, als wäre der Teufel hinter ihm her, und die ganze Zeit hüpften ihm die Töne einer lange vergessenen Kindermelodie durch den Kopf.

Anders als erwartet wurde er weder von einem Bus überfahren noch von einem Blumentopf erschlagen, der aus einem Fenster fiel, noch konnte er schnell genug rennen, um ein Herzversagen zu erreichen.

Irgendwann brannten seine Lungen so sehr, dass er stehenbleiben musste, die Hände an die Hauswand presste und um Luft rang. Schwarze und weiße Löcher saugten die Welt vor seinen Augen weg.

Als er wieder halbwegs zu Atem gekommen war, sah er sich um. Er war in einer hässlichen Gegend, wo die Häuser aus ihren Fensterscharten düster auf die Straßen starrten und nur ein paar Spielcasinos den Anschein von Leben erweckten. Aber er wusste ungefähr, wo er war und in welcher Richtung die nächste U-Bahn-Station lag.

Mit schlurfenden Schritten machte er sich auf den Weg. In der U-Bahn hatte er ein merkwürdiges Erlebnis: Er stand einfach nur da im buttrigen Licht, hielt sich mit einer Hand an der Stange fest und ließ den Blick über die vertraut wirkenden Fahrgäste schweifen, doch die Situation kam ihm plötzlich derart *real* vor, als hätte er die letzten Stunden, Tage, vielleicht Wochen nur taggeträumt. In Wahrheit war nur eine Minute verstrichen, nur die Fahrzeit von einer Station zur nächsten.

Doch als er ausstieg, verließ ihn das merkwürdige Gefühl vollkommenen Wachseins wieder. Er merkte, dass *das* die Realität war, seine Erschöpfung, die vorbeilaufenden Passanten, die er nur schemenhaft wahrnahm, und nicht der kurze Moment der Klarheit in der U-Bahn. Vermutlich nur eine Nachwirkung des STYX.

Er stieg aus und ließ sich weiter durch die Straßen treiben. Alles war ein Déjà-vu, eine Erinnerung … Er bog ein paarmal ab – und blieb plötzlich irritiert stehen, als ihm klarwurde, dass er keineswegs nur umherirrte, sondern von seinen Füßen zielstrebig auf einen Ort zugetragen wurde: Julias Haus. Was in aller Welt wollte er bei Julia? Er zögerte kurz, überlegte umzukehren, entschied sich dann aber anders. Vielleicht musste es so sein.

Als er ihr Haus erreichte und die Treppe zum dritten Stock hinaufstieg, spürte er, wie sehr er sich wünschte, seinen Kopf in ihrem Haar zu versenken, einzutauchen in ihren Duft und alles bei ihr abzulegen, seine Gedanken, sich, das Leben. *Du bist das schönste Grab, das mir einfällt.* Wenn er ihr das sagte, würde sie es als Liebesgeständnis missverstehen?

Er klingelte. Und klingelte wieder, als sich drinnen nichts regte. Wenn Julia nicht da war, würde er es bei ihrer Mitbewohnerin versuchen. Plüschpantoffeln hin oder her. Schließlich hörte er Schritte im Flur, und Julia öffnete die Tür.

Für einen Moment schien sie erschrocken, weil sie völlig ungeschminkt war. Für einen Moment erschrak er sogar selbst. Sie wirkte wie eine ausgeblichene, farblose Ausgabe der Julia, die er kennengelernt hatte. Mit viel mehr Sommersprossen.

Schließlich senkte sie die Augenbrauen. «Ich hasse es, wenn man unangemeldet auftaucht.»

«Kann ich reinkommen?»

Sie musterte ihn. «Du siehst schlimm aus.»

Er fuhr sich durch die Haare, die am Ansatz noch feucht vor Schweiß waren. «Habt ihr weitergespielt vorgestern?»

Julia schüttelte den Kopf, aber etwas in ihren Augen widersprach ihr. «Das Glas hat sich nicht mehr bewegt.»

«Lässt du mich rein?»

Sie legte den Kopf zurück und seufzte tief. Und da wusste er es, *sah es ihren Lippen an*, bevor sie es aussprechen musste: Ihr Mund hatte einem anderen gehört, vermutlich Philip. River war ein zu großer Nerd, um sie rumzukriegen. Er konnte sich durchaus vorstellen, dass Philip sie noch zum Lachen gebracht hatte, dass ihr Mund für diese fast vulgären Lachlaute aufgeplatzt war; bestimmt hatte sie die Lippen gleich wieder geschlossen, als müsste sie ihre Zähne, die Perlen ihres Muschelmundes, verbergen; aber Philips witzige und schmeichelnde Worte hatten sie wieder zum Vorschein gebracht, und ihr Lächeln war nur die erste körperliche Reaktion gewesen, die er ihr entlockt hatte.

«Ich hab nur was bei dir vergessen», murmelte er.

«Was denn?»

Er schob die Tür weiter auf. Sie ließ zu, dass er eintrat, und wich nicht zur Seite, sodass sie sich dicht gegenüberstanden. Er beugte sich hinab, spürte ihr Ohrläppchen an seiner Nasenspitze und küsste ihren Hals.

Sie roch, wie er vermutet hatte. Unter Rauch, Körperlotion und Parfum verbarg sich ihr Echtes, flüchtig und glühend wie ein Sonnenuntergang.

Als er erwachte, war es dunkel. Für einen erschreckenden Moment glaubte er, es sei schon mitten in der Nacht, doch Julia hatte nur die Jalousien runtergelassen. Sie hockte mit ihrem Laptop neben ihm, nahm die Kopfhörer heraus und beobachtete, wie er nach seinem Handy tastete, um die Uhrzeit zu erfahren.

Sieben Uhr fünfzehn.

Er fühlte sich seltsam deplatziert, spürte den Impuls, einfach aufzustehen und wortlos zu gehen. Aber wohin? Wenn er sich nur erinnern könnte … Er wischte sich die Haare aus der Stirn.

«Warst du schon mal so richtig verliebt?», fragte sie aus heiterem Himmel.

Er blinzelte. Zögerte lange genug, ehe er «Nein» sagte, dass Raum für Zweifel an seiner Aufrichtigkeit blieb. Wenn er eins über Frauen wusste, dann, dass sie Geheimnisse mochten. Er hatte nie gelogen, um sich interessanter zu machen, aber wenn man die platte Wahrheit richtig sagte, glaubten Frauen einem sowieso nicht und dichteten sich die schmeichelhaftesten Geschichten selbst zusammen.

«Ich schon, ich war mal verliebt.» Sie begann von ihrem ersten Freund zu erzählen, den sie aus Gründen der Vernunft verlassen musste – «Fernbeziehungen bringen es nicht, und er studiert in England».

Während sie die Details erörterte, zog er sich an. Seine Jeans, Socken, wo war das T-Shirt? Natürlich, sie hatte es an. Sie redete von den überhaupt nicht komplizierten Familienverhältnissen eines Kerls, der vor Jahren seine Relevanz verloren hatte. Als er ihr das T-Shirt auszog, küsste er sie zum Abschied an den geheimen Stellen, roch aber nur noch das Nikotin, das ihre Haut ausschied.

Er war schon halb aus dem Zimmer, da rutschte ihm ein Satz heraus, der so offensichtlich unaufrichtig war, dass ihm die Ohren zu glühen begannen: «Ich wünschte echt, ich könnte bleiben.» Er ließ den Blick durchs Zimmer schweifen. Klamottenberge. Zeitschriften, Plakate und Skizzen von noch mehr Klamotten. «Verfolg deine Träume, versprich mir das.»

«Hm. Erst mal pennen.» Das sagte sie, klappte den Laptop zu und ließ sich nach hinten ins Bett kippen. Mit einem beinah ehrlichen Lächeln beobachtete er, wie sie sich räkelte. Sie war wunderschön, und sie war ihm so fremd, als hätte es nie ein Geheimnis an ihr gegeben, das er ergründen wollte.

«Schlaf gut.» Er schloss die Tür.

11.

Ziellos schlug er eine Richtung ein. Die Dämmerung, das gemütliche Herumlaufen, der Geruch, der ihm noch anhaftete – all das hatte er schon Dutzende, vielleicht über hundert Mal in dieser Kombination erlebt. Es fühlte sich ein bisschen wie eine Zeitschleife an. Fast als hätten die Frauen sich von selbst ersetzt, in stillem Einverständnis, ganz ohne sein Zutun.

Offiziell mit ihm Schluss gemacht hatten nur zwei Mädchen: Sophie, das war ungefähr ein halbes Jahr her, hatte ein paarmal mit ihm geschlafen, ehe sie die Sache feierlich beendete, um in die Arme ihres Exfreundes zurückzukehren. Und dann noch Marlene. Marlene war eine vier Jahre ältere, von manischem Ehrgeiz getriebene Businessstudentin gewesen, die mit 22 bereits ein Dutzend Auslandssemester und Praktika, aber so gut wie keine sexuelle Erfahrung gehabt hatte und ihm zum Abschied eine lange Hass-Mail schrieb, in der sie ihn als weinerlichen Narzissten, als depressiven Egozentriker und noch Ausgefalleneres aus ihrem Psychologieratgeber beschimpfte. Es mochte stimmen, dass er damals nicht gerade in bester Verfassung gewesen war – im selben Sommer war der Vorfall passiert –, aber Marlene hatte ihn mit ihrer Psychoanalyse völlig unerwartet getroffen. Dafür, dass er sie praktisch mit ihrem eigenen Körper bekannt gemacht und über alle charakterlichen Schwächen hinaus begehrt hatte, war es schließlich nur fair, dass sie ihn bei gelegentlicher Schwermut trösten sollte. Immerhin hatte sie ihre Meinung noch einmal revidiert, als sie ihn einen

Monat später in der Klinik besuchen kam. Ein bisschen hatte das die schriftliche Abfuhr wiedergutgemacht; wenn man den ganzen Tag in Gesprächsrunden mit Borderlinern, psychotischen Drogenfällen und Suizidgefährdeten verbrachte und mit denen auch noch den einzigen Fernseher der Station teilen musste, war man ziemlich dankbar für jede Art von Abwechslung.

Gut möglich, dass auch Julia ihm irgendwann eine Szene machen würde. Allein die Vorstellung löste Fluchtreflexe in ihm aus. Er sehnte sich so sehr nach etwas, was wirklich Frieden versprach. Kein Selbstmord. Es musste mehr geben, *einen anderen Ausweg.*

An der U-Bahn-Station musste er nicht lange warten, bis die nächste Bahn kam, die ihn nach Hause bringen würde. Nach Hause – was auch immer das bedeutete.

Wieder das buttrige Licht. Dieselben stillen Gesichter. Er hielt sich an der Stange fest, anstatt sich hinzusetzen, weil auf jeden Sitz mindestens einmal ein Besoffener gepisst oder gekotzt haben musste. Das war reine Statistik, wenn man bedachte, wie viele Jahrzehnte die Wagen schon im Einsatz waren. *Die Stadt ist arm, das ist ihr Charme.* Ging so nicht ein Lied? Oder war das ein Partymotto gewesen? *Fröhlich, fröhlich, Schluss!* Nur drei Töne.

Die U-Bahn hielt, die Türen öffneten sich. Ein paar Jugendliche stiegen ein, die ihm bekannt vorkamen. Natürlich, er hatte sie bei Monsieur Samedi gesehen, im Chemiewerk. Hier wirkten sie noch jünger, als er sie in Erinnerung hatte. Sie waren mit Sicherheit nicht über zwanzig.

Sie drängten sich zusammen in eine Vierersitzecke und redeten leise, ohne ihn oder sonst jemanden im Abteil zu beachten. Ihm war es nur recht.

Dann, schlagartig, sah er SIE. Er kannte sie. Von damals, von – woher nur …

Sie stand hinter dem Plexiglas und blickte auf die jungen Leute hinab. Obwohl sie mit ihnen eingestiegen war, obwohl sie zweifellos dazugehörte, wirkte sie wie unbeteiligt. Diesmal trug sie einen schwarzen Rollkragenpullover, der aussah, als würde er einem wesentlich größeren Mann gehören, eine schwarze Sporthose mit Reißverschlüssen an den Seiten und schwere Schnürstiefel. Unter dem ausgewaschenen Käppi fielen ihr dunkle Haare in den Nacken. Er betrachtete sie konzentriert, aber er kam einfach nicht darauf, warum sie ihm so vertraut erschien. Die krumme Nase. Ihr Mund wie eine fleischige, blasse Blüte. Er konnte sich nichts unter ihr vorstellen – sosehr er sich auch anstrengte, er spürte nichts, wenn er sie ansah. Woher sie kam. Wann sie starb. Sie blieb merkwürdig zweidimensional wie eine Gestalt in einem Gemälde, die erst durch besondere Kunstfertigkeit, durch einen Trick echt wirkte.

Ein Trick. Sie war es – das Mädchen, das mit ihm die Séance verlassen hatte. Das fortgelaufen war. Und er hinterher, nach draußen, und da hatte er – als Julia kam – den Faden verloren.

Zögernd ließ er die Stange los und machte einen Schritt auf sie zu. Obwohl sie und ihre Freunde am anderen Ende des Abteils waren, blickte sie sofort auf und sah ihn an. *Du kannst mich sehen,* hatte sie gesagt.

Die U-Bahn kam quietschend zum Stehen. Das Mädchen riss die Tür auf und stieg aus, ohne sich von ihren Freunden zu verabschieden. Diese bemerkten ihr Verschwinden gar nicht.

Eine Sekunde war er zu perplex, um zu reagieren. Dann zog er selbst die nächste Tür auf und trat auf den Bahnsteig. Er entdeckte sie etwa zehn Meter entfernt. Sie sah ihn an, ging ein paar Schritte rückwärts und drehte sich schließlich um.

Er wollte etwas rufen, aber er wusste nicht, was. Selbst wenn ihm etwas Sinnvolles eingefallen wäre, hätte er bestimmt nur ein Krächzen hervorgebracht. Er ging ihr hinterher. Sie lief die Stufen nach oben, anstatt die Rolltreppe zu nehmen. Er beeilte sich, sie einzuholen. Neben ihm brauste die Bahn davon.

Sie war bereits um die Ecke gehuscht und hatte die zweite Treppe ins Freie zurückgelegt, als er sich noch in der Unterführung zurechtzufinden versuchte. Es stank nach Bier und den zotteligen Hunden der Punks. Auch ein stechender benzinartiger Geruch presste ihm von innen gegen die Stirn. Fast hätte er das Mädchen verloren – aber noch einmal durfte das nicht passieren. Er rannte nach draußen. Sie stand an einer großen Straße und wartete den Verkehr ab. Kaum dass er sie erreicht hatte, lief sie hinüber. Er lief mit. Ein Auto bremste scharf ab und hupte lange. Sie reagierte nicht darauf, genauso wenig wie er. Sie bog in eine Straße voller Bars, Cafés und Imbissbuden.

Längst war der Himmel warmes Dunkelblau. Die Straßenlaternen warfen ihr steriles Licht auf den Bürgersteig, und in den Fenstern der Kneipen blinkten Reklameschilder. Hundert Meter weiter, an einer Kreuzung, war ein hell erleuchtetes Blumengeschäft, das niemals schloss. Der Duft exotischer Blüten und feuchter Erde schwappte bis hier. Alles wirkte auf eine berauschende Art künstlich.

Während sie zügig ihren Weg fortsetzte, blieb er immer einen halben Meter hinter ihr. Er glaubte schon, sie wüsste nicht, dass er ihr folgte, da sagte sie über die Schulter: «Was willst du?»

Ihre Stimme erschreckte ihn, nicht nur, weil sie ihm die Absurdität seiner Handlung bewusst machte. Sie klang wie weicher Rauch, zwischen Hitze und Kälte rasch verblassend, und so *vertraut.*

Er hielt es für angebracht, ganz aufzuholen und neben ihr herzugehen. Doch als er schneller wurde, wurde sie es ebenfalls. Sie warf ihm einen Blick zu, den er nicht deuten konnte.

«Wir haben uns im Chemiewerk gesehen, weißt du noch? Du wolltest mich mit nach Hause nehmen, aber ich habe gesagt, ohne Abendessen läuft nichts.»

Sie reagierte nicht. Eine Weile ging er ihr wortlos hinterher und überlegte krampfhaft, wie er seinen blöden Spruch retten konnte. Schließlich holte er sie ein und kam ihr dabei so nah, dass sie entweder langsamer werden oder sich an ihm vorbeidrängen musste. Sie entschied sich, ihr Tempo zu drosseln.

«Wie heißt du?»

Ihr Blick streifte ihn mehr, als dass sie ihn richtig ansah. Sie hatte in den Spitzen hell werdende Wimpern, die sich mit ihren Augen bewegten wie auffächernde Flügel.

«Du weißt, was ich bin», sagte sie, und es klang beinahe gereizt.

«Wie meinst du das?»

Jetzt blieb sie stehen. Ungläubig kniff sie die Augen zusammen. «Du bist einer.»

«Ein was?» Er bekam eine Gänsehaut.

Als sie sich an ihm vorbeischieben wollte, fasste er nach ihrer Hand. Sie trug wieder ihre Lederhandschuhe. Als er sie berührte, sog sie scharf die Luft ein und riss den Arm zurück.

«Entschuldige. Ich meine … also, mir kommt es nur vor, als würden wir uns kennen.»

Sie atmete schwer, er konnte es sehen. Hinter ihrem rätselhaften Gesicht rauschten Gedanken, die er nicht erraten konnte. Sie stand direkt vor ihm und war so unerreichbar, wie er es bei keinem Menschen je zuvor empfunden hatte.

Und dann fiel ihm etwas ein. «Warst du mal in einer Klinik? Vor fünf Jahren oder drei: Essstörung oder Drogenpsychose?»

«Du verwechselst mich.»

Vielleicht stimmte es. Wenn er sie in der Klinik kennengelernt hätte, wäre sie ihm bestimmt schon damals aufgefallen, dann hätte er nicht so lange überlegen müssen, wo er ihr begegnet war. Woher er diese schöne, kaum greifbare Stimme kannte. Aber wenn er sie verwechselte, dann müsste er doch wissen, mit wem.

«Ich würde gerne wissen, wer du bist», sagte er leise.

«Dann kauf uns Zigaretten.»

Er nahm den Hundert-Euro-Schein, den sie ihm hinhielt. Auf eine traumartige Weise machte das Ganze Sinn. «Willst du sonst noch was? Eine Cola? Ein Rubbellos? Fahrkarten?»

Sie schüttelte den Kopf, ohne auch nur gegen ein kleinstes Lächeln ankämpfen zu müssen.

Er hob die Hand an die Stirn, als wollte er salutieren, und lief in den Kiosk nebenan, bevor er sich noch weiter blamieren konnte. Erst vor dem Verkäufer fiel ihm ein, dass sie gar nicht gesagt hatte, welche Marke Zigaretten sie wollte. Er wählte Marlboro Lights, weil die meisten Mädchen Marlboro Lights rauchten, entschied sich im letzten Moment aber noch einmal um und nahm stattdessen eine französische Marke.

Als er aus dem Geschäft trat, stand sie nicht mehr da.

Er sah in beide Richtungen – Passanten, Radfahrer, amerikanische Touristen, ein paar Autos. Von ihr keine Spur.

Zum zweiten Mal war sie verschwunden und hatte ihm nichts zurückgelassen, nicht einmal ihren Namen. Aber fünfundneunzig Euro. Und Zigaretten.

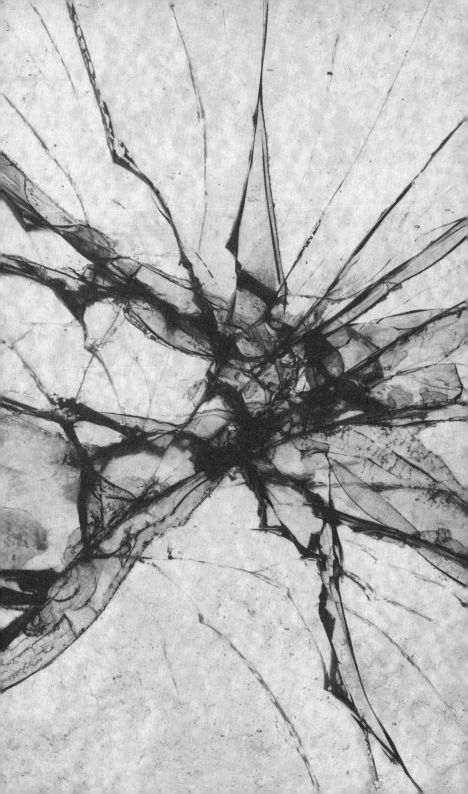

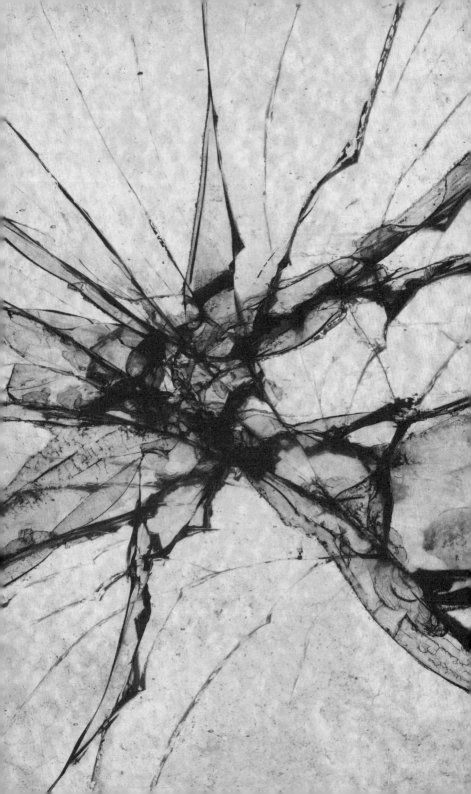

JETZT

Auf dem Autobahnrastplatz sinken wir auf eine Bank, während die anderen Fahrgäste eine Toilettenpause einlegen. Sie will mich. Sie braucht mich. Ihre Finger gleiten wie Eiszapfen an meinen Wangen hinab, sie sagt –

Meinen Körper, meine Worte, ich gebe ihr alles, alles, was ich besitze und bin.

Danach fühle ich mich so leer. Sie träumt wieder. Ich trage sie zurück zum Bus, halte sie auf meinem Schoß, schwebe in der Erinnerung ans eben verstrichene Jetzt, das sie mir zurückgelassen hat. Sie sagte –

Sag es, sagte sie

Und hielt mein Gesicht

Als sie unter mir lag

Und die Stirn als Boden

Meines Atems mir bot.

Wie verschwommenes Licht

Glitt jedes Wort

Durch den Teich hinter ihrem

Wimpernschlag.

Sag es, flüsterte sie

Aus schwimmender Kehle

Wo ihr Herz wie Kohle

Am Verglühen war.

Sie zog mich zu sich

Mit Flehen und Zwang

Bis fahrig wie Rauch
Aus meinem Mund kam:
Ich liebe dich auch.
Ihre Finger überliefen
Das Gebirge meiner Zähne.
Sag es noch mal!
Ich lieb dich, glaub ich.
Und angstvolle Tränen
Ließen ein Glück aufblühen
Das geisterhaft auf ihrem
Gesicht verblich.

12.

Wie im Schlaf sperrte er die Wohnungstür auf, stieg aus seinen Schuhen und schlich in sein Zimmer.

«Wo warst du?», rief Katjuscha aus der Küche. Er hörte, wie der Stuhl über den Boden schrammte, als sie aufstand. Er wollte ihr einen versöhnlichen Blick zuwerfen, aber seine Augen weigerten sich, aufzusehen.

«Ich muss schlafen», brachte er gerade noch hervor, dann schloss er die Tür hinter sich und ließ sich, wie er war, ins Bett fallen. Es war ihm nie wärmender, nie tröstender vorgekommen. Der Kissenbezug, den er schon seit Wochen nicht gewaschen hatte, war so wunderbar weich, dass er darüberstreichen wollte. Seine Fingerspitzen waren kleine Kussmünder, die diesen unglaublichen Stoff liebkosen wollten. Das Mädchen.

Du kannst mich sehen?

Er konnte sie sehen.

In einer psychiatrischen Klinik ist es ähnlich wie auf der Kinderstation eines Krankenhauses: Die Wände sind mit bunten Bildern dekoriert, die Heiterkeit verströmen, es riecht nach Pfirsichseife, Desinfektionsmittel und, ganz leicht, dem Urin des einen oder anderen Patienten, der in den Gang gepinkelt hat. Es herrscht eine behagliche, leicht gefühlsduselige Atmosphäre.

Der Kugelschreiber rollt über kariertes Papier. Er hat die Notizen nie gesehen, kann sich nicht vorstellen, was da stehen soll – Zitate von dem Mist, den er von sich gibt? Fachbegriffe für seinen gestörten Zustand? Vielleicht schreibt Frau Dipl.Psych. nur ihre Einkaufsliste.

Mal sehen, was kauft Frau Dipl.Psych. ein? Er wippt mit dem Fuß, er muss sogar lächeln. Biomüsli, das teure, aber ohne Rosinen. Und Slipeinlagen. Viele Slipeinlagen, daneben ein fettes Ausrufezeichen – bloß nicht vergessen! Bei ihr ist alles penibel hygienisch, am besten steril, auch die Baumwollschlüpfer. Vor allem die.

«Also hatten Sie nicht vor, sich umzubringen. Sie wollten beweisen, dass Sie erst mit vierundzwanzig sterben können.»

«Sterben werden. Völlig korrekt.»

«Warum glauben Sie, dass Sie mit vierundzwanzig sterben werden?» Der Blick: kritisch, aber mitfühlend. Sich auf den Patienten einlassen. Wahn will verstanden werden.

«Ich weiß es. Ich glaube es nicht. Ich weiß es, so wie Sie wissen, dass morgen Montag ist.»

«Woher kommt dieses Wissen?»

«Instinkt, Verstand, Gott? Ich bin kein Philosoph.»

Sie nickt gewichtig. Legt sogar kurz den Kugelschreiber beiseite. «Was würden Sie tun, wenn Ihnen ein Wahrsager prophezeit, dass sie erst mit fünfundneunzig sterben werden?»

«Ich würde mein Geld zurückverlangen. Dann würde ich damit eine Packung Slipeinlagen kaufen. Und Sie?»

Nach diesem Gespräch soll er das zweifarbige Antipsychotikum (60mg) morgens, das Beruhigungsmittel (2mg) abends und die kleine längliche Pille gegen Depression (25mg) zweimal täglich nehmen. Kein Problem. Der Mensch ist fähig, fast alles zu schlucken.

Tage vergehen, blähen sich zu ereignislosen Wochen auf. Er wird träge, hält die Arme steif wie ein Roboter, ihm wächst ein Fünf-Kilo-Speckgürtel und seine Knöchel sind so aufgedunsen, dass ihm das Stehen wehtut. Bald, verspricht die Ärztin, wird man auf Mittel mit weniger Nebenwirkungen umsteigen. Die soll er dann für den Rest seines angeblich fünfundneunzigjährigen Lebens einnehmen, um zu unterdrücken, was er weiß.

Es gibt Männer und Frauen auf der Station. Ihre Eltern oder mindestens genauso kaputten Freunde bringen ihnen Sporttaschen voller Pyjamas und Badeschlappen und Zahnbürsten und Kopfhörer. Die Psychotischen rasieren sich die Haare, wenn sie noch welche haben, oder reißen sie sich büschelweise aus. Andere organisieren sich ein Buttermesser vom gemeinsamen Abendbrot und ritzen sich die Innenseiten ihrer Schenkel auf. In den Gruppengesprächen schauen sie alle und niemanden an. Manche reden aggressiv und schnell und verstört über politische Verschwörungen und unsichtbare Telepathie-Tentakel, die einen Kopf mit dem anderen verbinden, aber die meisten sagen gar nichts mehr, weil nichts in ihnen drin ist außer ein paar kranken Stimmen, denen mit Pillen das Maul gestopft wird. Was dann bleibt, sind stillgelegte Menschen. Sie schauen fern und sehen keine Shows und Filme, nur einen flimmernden Kasten. Die magersüchtigen Mädchen wollen immer an den Tischen in der Ecke sitzen, wo niemand sieht, wie sie ihr Brötchen in Fetzen reißen und sich zwingen (es wagen), ein bisschen was davon zu FRESSEN. Vor der Toilette riecht es abends öfter als morgens nach Erbrochenem und saurem Versagen, weil irgendeine es nie schafft, sich damit abzufinden, am Leben zu sein.

Zu leben ist ein Problem für alle hier. Die meisten, die wegen versuchten Selbstmords da sind, haben eine Drogenkarriere hinter sich. Er ist da die Ausnahme. Er leidet unter einer milden

Schizophrenie, eventuell durch Hirnschäden im Kindsalter ausgelöst. Panikattacken hat er seit dem Autounfall, sie treten noch bis in die Pubertät auf. Da legt er ein auffällig rebellisches Verhalten (vorbestraft wegen Sachbeschädigung, Graffiti, ein demoliertes Auto, zerschlagene Schulfenster) und Promiskuität an den Tag («Würden Sie auch, wenn Sie mehr abkriegen würden»), wechselt häufig den Freundeskreis, ohne dauerhafte Bindungen einzugehen. Das Erwachsenwerden kann beängstigend sein und labile Persönlichkeiten näher an den Abgrund treiben. Fast wäre er gestürzt. Aber Katjuscha, die liebe, vernünftige Katjuscha, sein Schutzengel, sie hat ihn im Badezimmer gefunden und den Notdienst gerufen. Die Ärzte haben seinen Sturz ins Bodenlose verhindert. Aber er weiß, dass es einfach noch nicht so weit war, und wenn es so weit ist, kann kein Mensch was dagegen tun. Nicht mal mit Doktortitel. Und weißem Kittel. Und diversen Wundermitteln.

All die weiblichen Patienten. Manche schon nach ein paar Tagen wieder weg, andere für drei Monate stationär, bevor sie in eine andere Institution abgeschoben oder an ihre Familien aufgegeben werden. Gesichter, ausgemergelt von Hunger und Drogen oder aufgedunsen von Alkohol und Medikamenten. Bleiche, erschöpfte, ausgestopfte Gesichter. Aber SIE ist nicht unter ihnen. Er vergleicht, sucht unter all den Leichen seiner Vergangenheit nach ihrer kleinen, krummen Nase. Aber er findet nichts, nicht einmal jemanden, der auch nur so einen ähnlichen Blick hat wie sie. Sie ist ein uraltes Gemälde zwischen abertausend Digitalfotos. *Kann ich dich sehen?* Er fragt immer wieder, aber darunter liegt eigentlich eine ganz andere Frage verborgen, die nicht einmal sie beantworten könnte: *WARUM interessiert mich das?* Sie ist ein Rätsel, gewiss, aber wenn das wahre Rätsel er selbst ist …

«Weinerlicher Narzisst», sagt Marlene, das Stipendiaten-Superweib. «Wieso hast du nie zurückgerufen?», fragen zwölf oder auch zweiundachtzig Mädchen, an die er sich nicht mehr richtig erinnern kann, und dann verlassen sie ihn, verlassen sie alle die Klinik wie einen abenteuerlichen Urlaubsort, denn mehr war es nicht mit ihm, und kehren zu den gesunden Menschen da draußen zurück, die er alle – alle! – verabscheut.

Aber dann streift sie ihn mit ihren Augen, und er sieht tief hinein und weiß trotzdem nicht, wann und wie sie sterben wird. Sie ist der einzige Mensch, in dem er nicht den Tod sieht. Aber auch kein Leben.

«Du weißt, was ich bin», sagt sie gereizt, sie sagt WAS ich bin, und es klingt wie eine triumphale Kapitulation, ein Aufgeben, ein Loslassen, explodierendes Ende, Tränen stürzen aus ihren Augen, und er ertrinkt, ringt um Atem, überall ist Wasser, ein reißender Fluss – fast – hat er – ihren Namen –

Bleib wach!

Als er zu sich kam, waren seine Wimpern verklebt. Er rieb sich über die Augen, hinter denen ein dumpfer Schmerz pochte, als hätte er im Schlaf geweint. Das war ihm lange nicht mehr passiert.

Draußen war es weder dunkel noch hell. Zitternd zog er sein Handy aus der Hose und betete, dass es nicht immer noch derselbe Abend war. Doch sein Handy war aus. Er musste erst das Ladekabel unter seinem Bett finden und anstecken, bevor das Display wieder aufleuchtete.

Es war fünf Uhr morgens. Er rollte sich auf den Rücken und schloss noch einmal die Augen. Sein Kopf war merkwürdig ausgehöhlt, als wären jegliche Emotionen verbraucht. Diesen Moment musste er nutzen, um seine Gedanken zu ordnen. Er war jetzt und die Ahnung seines nahenden Todes war so stark, dass er sie körperlich spürte. Er fühlte sich verletzlich, merkte, wie die Falten des zerwühlten Bettlakens in seinen Rücken drückten.

Ruhig atmete er ein und aus. Doch selbst seine Lungen schienen verkrampft, er bekam nicht genug Luft.

So lange hatte er sich darauf eingestellt – und jetzt, wo es so weit war, ergriff ihn Panik. Er *wollte* leben. Menschen kennenlernen, die Welt bereisen und den ganzen Quatsch, der einen angeblich erfüllte. Vermutlich waren das alles nur Wünsche der Eitelkeit, aber trotzdem waren es Wünsche, und sie blühten ausgerechnet da in den flammendsten Farben auf, wo er dem Ende nah war und nicht mehr die Kraft besaß, sie zu unterdrücken.

Gegen acht Uhr kam Katjuscha in sein Zimmer. Sie sahen sich einen Moment lang schweigend an. Dann setzte sie sich auf die Bettkante. Sie hielt das kleine, in Weihnachtspapier gewickelte Geschenk in der Hand, das er gestern auf dem Tisch gesehen und nicht geöffnet hatte.

«Morgen», flüsterte sie.

«Tut mir leid», flüsterte er zurück.

Eine Weile berührten sich nur ihre Blicke, und er wusste, dass er sicher war, solange sie sich ansahen. Auch wenn es nicht für immer sein konnte. Das Jetzt war das größte Geschenk, das sie ihm machen konnte.

Sie hielt ihm das Päckchen hin. Er stützte sich auf die Arme und riss es vorsichtig auf.

Eine Armbanduhr kam zum Vorschein. Sie war schwarz und

schlicht und steckte in einem Pappkarton. Die Zeiger waren grünlich, sie schienen im Dunklen zu leuchten.

«Damit du nicht zu spät zur Arbeit kommst.» Sie lächelte ein bisschen.

Er richtete sich auf und schloss sie in die Arme. Die Wärme ihrer Hände drang durch sein T-Shirt, durch die Haut, bis in sein Innerstes. Keiner ließ den anderen los.

Katjuscha durfte nicht wissen, was er wusste. Niemals. Wenn es passierte, dann wollte er nicht zu Hause sein. Sie hatte ihn schon einmal gefunden, das war genug. Es würde wie ein Unfall aussehen, und im Nachhinein würde sie denken, dass er ahnungslos und glücklich bis zum Ende gewesen war.

Sie schniefte und wollte etwas sagen, aber er drückte sie so fest an sich, dass nur ein Nuscheln erklang. *Eine Uhr.* Er verbot sich zu weinen. Jemals wieder vor ihr zu weinen.

Mit einer Kraft, von der er nicht wusste, woher er sie nahm, brachte er ein Lächeln zustande. «So, gibt es Frühstück? Ich hoffe, ihr habt mir was vom Kuchen übrig gelassen.»

Sie küsste ihn auf beide Wangen und auf die Stirn. «Es ist alles noch da.»

Die nächsten Tage waren die schlimmsten seines Lebens. Nicht einmal in jenem Sommer, als der Vorfall passiert war, hatte er so sehr gegen die Panik ankämpfen müssen wie jetzt.

Er wachte pünktlich um vier Uhr früh auf und lag bis sieben im Bett, bewegungsunfähig vor sternweißer Angst. Angst davor, nicht aufstehen zu können, wenn er gehen musste, und Angst davor, dass es ihm gelang und er die Wohnung tatsächlich verließ.

Es *gelang* ihm, jedenfalls die ersten drei Male. Er stand auf, als er Katjuschas Wecker nebenan hörte, kochte Kaffee und entsorgte heimlich eine Tablette. Dann machte er sich auf den Weg zur Arbeit. Das war der schlimmste Teil – bis zur U-Bahn zu gehen, vier Stationen zu fahren, umzusteigen, drei Stationen weiter zu fahren und zwei Straßen zu überqueren, bevor er im Laden ankam. Dann war er bereits so verschwitzt, dass ihn Pegelowa fragte, ob er neuerdings mit dem Fahrrad fuhr.

Abends wiederholte sich die Tortur. Jeden Moment, den er im Freien verbrachte, erwartete er ein Auto, das ihn von hinten erwischte und über die Straße schleuderte. In der U-Bahn sahen sämtliche bärtigen Männer und verschleierten Frauen für ihn wie Selbstmordattentäter aus. Er vermied es, an Jugendlichen vorbeizugehen, denn die meisten bewaffneten Überfälle wurden von Jugendlichen verübt. Wenn er zu Hause ankam, versuchte er sich zum Duschen und Essen zu zwingen, ehe er ins Bett kroch. Doch sein Herz kam nicht einmal zur Ruhe, als er die Wand am Rücken spürte, eingewickelt in seine Bettdecke.

In seiner Vorstellung zerbarst das Fenster, und die stählernen Arme eines UFOs packten ihn.

In seiner Vorstellung ließ ein Erdbeben das Haus zusammenstürzen wie krachenden Zwieback.

In seiner Vorstellung stand ein Kinderdämon mit zwei Messern in der Ecke, um ihn zu verstümmeln, sobald er die Augen schloss.

Obwohl er sich alle Mühe gab, einen normalen Eindruck auf Katjuscha zu machen, wurden ihre Blicke immer länger. Sie fragte ihn, warum er nichts mehr mit seinen Freunden unternahm. Sie bemerkte, dass er abgenommen hatte. Weil ihm zu nichts eine Ausrede einfallen wollte, zuckte er nur die Schultern und überließ es Katjuschas Phantasie, sich Erklärungen auszudenken.

Am vierten Morgen schrak er mit so starken Verspannungen aus einem Albtraum auf, dass er im ersten Moment glaubte, er hätte sich die Nerven eingeklemmt und sei gelähmt. Doch es war nur seine Muskulatur. Sich bloß auf die Seite zu drehen war so schmerzhaft, dass er ins Kissen stöhnte. Aufstehen, geschweige denn die Wohnung verlassen, war unmöglich.

Zum Glück fiel es ihm nicht schwer, Katjuscha eine Erkältung vorzutäuschen, bleich und fiebrig, wie er war. Sie rief für ihn bei Pegelowa an und entschuldigte ihn, wie sie ihn früher in der Schule entschuldigt hatte. Bevor sie ging, machte sie ihm einen Kamillentee und eine Wärmflasche.

Als er alleine war, weinte er vor Scham, dass er es nicht fertigbrachte, aufzustehen und Katjuscha aus seinen Problemen rauszuhalten. Danach starrte er an die Decke.

Als er die Langeweile nicht mehr ertrug, machte er ein paar Bleistiftzeichnungen und legte sie ohne Datum und Signatur in die Schublade. In die Hölle verdammte Säuglinge, dachte er. Ohne Taufe begraben.

In seiner Vorstellung verblassten die Zeichnungen auf dem Papier, als wären sie nie da gewesen.

Auch am Tag darauf gelang es ihm nicht, aus dem Bett zu kommen. Seine Knie begannen unkontrolliert zu zittern, als er die Füße auf den Boden stellte. *Ich sterbe. Heute sterbe ich.* Sein Körper legte sich wieder hin, als zählte sein Wille nichts mehr.

«Ich bin noch krank», murmelte er, als Katjuscha den Kopf durch die Tür steckte.

Obwohl sie ihn für den Rest der Woche mit Tees und homöopathischen Kügelchen versorgte, schien sie nicht restlos überzeugt von seiner Erkältung. Er wusste, dass sie nur mit Simone telefonierte, wenn sie glaubte, dass er schlief. Offenbar nahm sie immer noch an, dass es ihn belastete, wenn sie wieder eine Beziehung einging. Sich vorzustellen, wie sie sich die Schuld für seinen schlechten Zustand gab und *schuldig fühlte*, brachte ihn schier um den Verstand.

Eines Abends, als sie ihm Brühe und Zwieback ans Bett brachte, fragte sie ihn, ob er seine Medikamente regelmäßig genommen habe.

Er spülte sich den Zwieback im Mund mit einem großen Schluck Brühe hinunter. «Ja. Klar.»

«Gut», sagte sie und holte Luft. «Vielleicht brauchst du gar nicht mehr eine so hohe Dosis. Mach doch bitte einen Termin mit Dr. Birkmann aus. Du warst doch schon seit Wochen nicht mehr bei ihr.»

Er beobachtete, wie Karotten- und Selleriestückchen durch die Brühe trieben, ohne je zu kollidieren, und nickte. Natürlich meinte Katjuscha nicht ernsthaft, er könnte seine Dosis verringern. Sie roch den Braten und wollte, dass Dr. Birkmann ihm im Gegenteil eine höhere verschrieb.

«Ich ruf sie morgen an.» Er rief tatsächlich an, und als er nach dem dritten Klingeln den Anrufbeantworter ihrer fliederfarben gestrichenen Praxis erreichte, legte er noch vor dem Piepton auf.

An einem Dienstag, sechs Tage, nachdem er bei Julia gewesen war, entdeckte er eine SMS von ihr. Sein Handy war schon seit längerem auf lautlos gestellt, weil das Klingelgeräusch von Nachrichten irgendwelcher Bekannter, die feiern gehen wollten, ihm Schweißausbrüche bereitete. Sie schrieb: *Wie geht's dir?! Hab dich lang nicht gesehen!! :(*

Nur zwei Ausrufezeichen, um einen Satz zu beenden – das zeugte von echter Niedergeschlagenheit. Er ließ das Handy auf den Teppich sinken und vergrub das Gesicht unterm Kissen.

Er musste sich aufraffen. Wenigstens wieder arbeiten gehen. Was Katjuscha im Museum verdiente, reichte nicht aus, um die Miete und den Lebensunterhalt für beide zu bezahlen. Eigentlich sollte sie sich voll und ganz auf ihre Dissertation konzentrieren.

Als er hörte, wie sie nach Hause kam, durchirrte ihn ein hoffnungsloser Impuls, aufzustehen und sie zu begrüßen. Aber er lag wie gelähmt da, und im Grunde schämte er sich zu sehr, um ihr gegenüberzutreten. Er schloss die Augen. Das war der Rhythmus seiner Existenz geworden: das Öffnen und Schließen seiner Augen. Licht und Dunkelheit.

Katjuscha war in der Küche. Er hörte Geschirr klimpern, den Wasserhahn. Es war schon spät. Vielleicht war sie noch in der Bibliothek gewesen, um zu arbeiten. Vielleicht hatte sie Simone getroffen. Vielleicht, vielleicht.

Er lauschte den Geräuschen, die sie am anderen Ende der Wohnung verursachte, und konnte nicht leugnen, dass es ihn freute, sie dazuhaben. Nicht direkt bei sich. Nur zu wissen, dass sie in der Nähe war und ihn so viel an ihrem Leben teilhaben ließ, wie er mit seinem Gewissen vereinbaren konnte: indem er ihr lauschte.

Ein paar Minuten später schaltete sie den Fernseher an. Manchmal aß sie ihr Abendessen vor dem Fernseher und trank Wein. Dann feilte sie sich die Nägel oder cremte sich die Füße ein, machte irgendwas, was Frauen vor dem Fernseher so machten. Das waren die Momente, in denen ihm öfter als sonst auffiel, dass sie älter wurde und irgendwann sterben würde, wo möglich allein.

Ihre Schritte näherten sich. Sie klopfte an seine Tür, ehe sie eintrat. «Schläfst du?»

Er drehte den Kopf und öffnete die Augen. «Hey.» Seine

Stimme kam ihm selbst fremd vor, weil er sie so lange nicht mehr gehört hatte.

«Im Fernsehen kommt *Gilda*. Läuft schon seit zwanzig Minuten. Wollen wir zusammen gucken? Ich mach dir dabei eine Gesichtsmaske.»

Er überlegte einen Moment. «Ohne Maske, bitte.»

«Komm!»

Er richtete sich auf und blieb kurz sitzen, bis sein Kreislauf sich beruhigt hatte und der Schwindel verebbte. Dann tapste er ins Wohnzimmer und ließ sich neben Katjuscha auf der Couch nieder.

«Du spinnst wohl, ohne Socken rumzulaufen. Wenn man erkältet ist, sind warme Füße das A und O.»

Bevor er etwas sagen konnte, huschte Katjuscha nach nebenan und kam mit einem Paar Wollsocken und seinem grauen Zipper zurück. Sie legte ihm die Stoffjacke über die Schultern.

Er warf ihr einen dankbaren Blick zu – dankbar, dass sie immer noch an seiner Erkältung festhielt – und zog sich die Socken an. Auf dem Wohnzimmertisch lagen ihr Handspiegel und eine Schüssel mit einer selbst angerührten Paste, die sie, sobald sie es sich im Schneidersitz gemütlich gemacht hatte, mit einem Pinsel auf ihr Gesicht schmierte.

Er wandte sich dem Fernseher zu und verfolgte den Schwarzweißfilm, den er mindestens schon dreimal mit Katjuscha gesehen hatte.

Nach ein paar Minuten passierte das, was eigentlich von vornherein zu erwarten gewesen war. Er fühlte etwas Kaltes, Feuchtes auf der Wange und wagte nicht, sich mehr zu regen, als resigniert die Augen niederzuschlagen.

«Das ist eine meiner Lieblingsstellen, pass auf», murmelte Katjuscha, dabei sah sie selbst gar nicht den Film an, sondern ihn, wie er unter einer dicken Schicht grünlicher Paste verschwand.

Rita Hayworth sang gerade, als es an der Haustür klingelte.

Katjuscha fasste nach seinem Arm und warf einen Blick auf die neue Uhr. «Halb elf. Wer ist denn das jetzt noch?» Sie lief in die Diele. Er machte den Fernseher leiser, um zu hören, was sie in die Gegensprechanlage sagte.

«Ja? Ach ja, Moment …» Sie hängte den Hörer zurück und öffnete die Tür. «Nino? Deine Freunde.»

13.

Er hievte sich vom Sofa hoch und starrte Katjuscha an.
«Bist du verabredet?»
Er schüttelte den Kopf.
Aus dem Hausflur erklangen Schritte. Kaum hatte er den Türrahmen erreicht, traten ihm auch schon Julia und Philip entgegen.
«Äh, hi!» Julia umarmte ihn zaghaft, wobei sie achtgab, nicht mit seiner Gesichtsmaske in Berührung zu kommen.
«Wie siehst du denn aus.» Philip lachte, als sie einen Handschlag tauschten.
«Was wollt ihr?»
«Was ist denn das für eine Begrüßung? Lass uns vielleicht mal rein?»
Widerwillig trat er zur Seite, um ihnen Platz zu machen.
«Scheiße!» Philip kriegte sich gar nicht mehr ein wegen der Maske. Julia schien eher verstört als amüsiert, was sie aber nicht daran hinderte, neugierig durchs Wohnzimmer zu spazieren. Nino hörte, wie sie sich Katjuscha vorstellte. Wenigstens konnte sie sich jetzt ausrechnen, wer für die Maske verantwortlich war.
«Ich geh mir das mal abwaschen», murmelte er und floh ins Badezimmer.
Er spülte sich die angetrocknete Maske mit heißem Wasser ab und wollte das Gesicht gar nicht mehr aus dem Handtuch nehmen, als er sich abtrocknete. Was hatten die beiden hier zu suchen? Sie hatten kein Recht, einfach so aufzutauchen.

Er warf einen Blick in den Spiegel und erkannte sich kaum wieder. Seine Augenringe hatten einen rötlichen Farbton, die Ader auf der Stirn schimmerte durch. Seit ungefähr vier Tagen hatte er sich auch nicht mehr rasiert oder die Haare gewaschen, und in den Spitzen hatten sie sich zu kleinen Schweinslöckchen gekringelt.

Als er ins Wohnzimmer zurückkam, saßen die drei auf dem Sofa und sahen fern.

«Du bist also erkältet.» Philip warf ihm einen Blick zu.

«Wollen wir in mein Zimmer gehen?»

Philip stand auf und sagte zu Julia, während er ihr über den Oberschenkel strich: «Warte kurz.»

Sie gingen in sein Zimmer und schlossen die Tür.

«Also», sagte Philip.

«Ja.»

«Mit Julia und dir.»

Er schwieg.

«Ich weiß Bescheid.»

«Seid ihr jetzt zusammen?»

Philip lachte. «Ach was. Alles entspannt.»

«Gut.»

«Freut mich auch.» Er klopfte ihm betont kräftig auf den Rücken. Dann öffnete Philip die Tür. «Julia, kommst du?»

Sie verabschiedete sich von Katjuscha und hüpfte auf ihren hohen Plateauschuhen herbei, die aussahen wie Pferdehufe.

Philip schloss die Tür hinter ihr. Sie setzten sich aufs ungemachte Bett, Nino lehnte sich gegen seinen Schreibtisch. Ihm wurde unangenehm bewusst, dass es hier drinnen nach abgestandener Luft riechen musste.

«Na, wie geht's?» Julia zog eine Zigarette aus ihrer Handtasche. «Darf man hier rauchen?»

Nino war froh, einen Grund zu haben, das Fenster zu öffnen, und nickte. Er selbst hatte auch noch die Zigaretten. IHRE Zigaretten. Er verspürte den Drang, sie zu rauchen, als Julia und Philip sich eine Kippe ansteckten, und zog das Päckchen aus der Tasche seiner Jeans, die neben dem Bett lag.

«Gut geht es mir. Und euch auch, wie man sieht.» Er zündete sich seine Zigarette mit Philips Feuerzeug an und warf es ihm zurück. Philip fing es in der Luft.

«Arbeitest du nicht mehr im Laden?», fragte Julia.

«Ich war krank.»

«Oh. Was hattest du?»

Er winkte ab. Eine Weile rauchten alle schweigend, als wollten sie dem Film nebenan lauschen. Das Nikotin schlug bei ihm ein, als würden seine Lungen schrumpfen und sein Kopf sich mit Helium füllen. Es war nicht ganz unangenehm.

Wie aus der Ferne betrachtete er Julia, die mit übergeschlagenen Beinen auf seinem Bett lag, ihre Füße zu einer lautlosen Melodie wippend. Sie trug eine Art Hosenrock aus fleischfarbener Seide und ein bauchfreies Oberteil, das seit den neunziger Jahren keiner mehr zu tragen wagte. Trotzdem sah sie – was zweifellos ihre Absicht war – auf eine unbeholfene Art scharf aus.

Allmählich machte es ihn immer wütender, dass weder Julia noch Philip damit herausrückten, was sie eigentlich wollten. Er räusperte sich, da machte Julia endlich den Mund auf. «Hast du einen Aschenbecher?»

«Ja», sagte Nino und deutete auf einen leeren Joghurtbecher. «Wollt ihr sonst noch was?»

«Wir wollten nur mal nach dir sehen.» Julia sah zu Philip, als bräuchte sie seine Bestätigung, und verfehlte mit der herabfallenden Asche nur knapp den improvisierten Aschenbecher, der neben dem Bett auf dem Boden stand.

Philip warf seine Kippe aus dem Fenster. «Gut. Nino: wegen dem Gläserrücken.»

Er nickte vorsichtig.

«Wir haben es noch mal versucht, es hat nicht funktioniert.»

«Vielleicht wart ihr nicht high genug.»

«Es funktioniert, Mann», sagte Philip leise. «Nicht nur wegen dem STYX.»

«Sicher.» Nino inhalierte tief den Rauch und wünschte, er könnte so überzeugt sein, wie er tat.

«Machst du noch mal mit?», fragte Philip unvermittelt.

«Warum fragt ihr nicht River?»

«Haben wir. Hat nicht funktioniert mit ihm.»

Philip warf Julia einen Blick zu. «Monsieur Samedi meint, es gibt Leute, die können es. Und es gibt Leute, die können es nicht allein. Und als wir ihm erzählt haben, dass die Botschaften an dich gerichtet waren, auf Italienisch …»

«Ihr habt diesem Psychopathen davon erzählt?»

Philip rieb sich über den kahlrasierten Schädel. «Machst du noch mal mit oder nicht?»

«Wozu?»

Als wäre das offensichtlich, breitete Philip ihm die Hände aus. «Checkst du es nicht! Du kannst alles fragen und rausfinden. *Alles.*»

«Außerdem fühlt es sich ziemlich gut an», murmelte Julia.

Er blickte zur Seite. Philip und Julia beobachteten ihn. Wahrscheinlich dachten sie, dass er wichtige Argumente gegeneinander abwog, aber sein Kopf war vollkommen leer. Schließlich atmete er tief durch und merkte, dass er die vergangene halbe Minute wach geschlafen hatte.

«Was ist jetzt?», wollte Philip wissen.

133

«Wenn ihr es unbedingt machen wollt, könnt ihr doch zu Monsieur Samedis Séancen gehen.»

«Nein, da sind so viele andere dabei, dass man höchstens mit einer Frage drankommt.» Er atmete ungeduldig aus. «Also, bist du jetzt dabei?»

«Ich bin krank.»

«Scheiße, Mann!» Philip sprang auf. Dann nahm er Julias Hand und zog sie zur Tür. Als seine Hand schon auf der Klinke lag, drehte er sich noch einmal zu Nino um. «Ich war nicht sauer, als du dran warst. Du weißt, was ich meine. Wenn du es dir anders überlegst, ruf an.»

Dann öffnete er die Tür, und Nino hörte, wie er sich höflich von Katjuscha verabschiedete.

«Überleg es dir», wiederholte Julia eindringlich.

Sobald sie gegangen waren, setzte er sich neben Katjuscha aufs Sofa und starrte abwesend in den Fernseher. Inzwischen hatte auch sie sich die Gesichtsmaske abgewaschen und rieb ihre Haut mit einer streng riechenden Creme ein.

«Wieso rauchst du denn?», fragte sie kopfschüttelnd. «Igitt, lüfte wenigstens dein Zimmer.»

«Du hast selbst mal geraucht. Und das Fenster ist schon offen.»

Eine Weile saßen sie schweigend da und sahen fern. «Warum waren deine Freunde nur so kurz da?»

«Sie haben gefragt, ob ich mit ihnen ausgehen will.»

«Aha. Wohin?»

«Egal, lass uns *Gilda* weitergucken.»

Als der Film zu Ende war, umarmte er sie und stand auf. «Ich leg mich schlafen. Gute Nacht.»

«Gute Nacht.» Sie schraubte ihren Cremetiegel zu und warf einen kurzen Blick zum Telefon, das daneben auf dem Tisch lag.

Er begriff, dass sie die ganze Zeit darauf gewartet hatte, Simone anzurufen. Bestimmt wollte sie auch ihr gute Nacht sagen, erzählen, wie der Tag gewesen war. Der Abend mit ihm. Und ja, *ihm geht es schon viel besser, ich schätze, morgen werde ich bei dir übernachten können, sicher …*

«Grüß Simone, wenn du sie noch anrufst», hörte er sich sagen, und bevor er ihrem Blick begegnen und sehen konnte, ob er ihre Gedanken wirklich erraten hatte, wandte er sich ab und verzog sich in sein Zimmer.

Er konnte nicht einschlafen. Dass Philip und Julia einfach hergekommen waren – dass sie auf seinem Bett gesessen hatten –, ließ ihm keine Ruhe. Er stand auf, riss das Laken und die Bezüge ab und holte frische aus dem Schrank in der Diele. Die Tür zu Katjuschas Zimmer war von einem Lichtrahmen umrissen, sie musste also noch wach sein. Vielleicht las sie ein Buch, oder sie lag mit dem Telefon am Ohr da und horchte, was er draußen trieb.

Er kehrte mit dem Bettzeug in sein Zimmer zurück, bezog seine Decke und das Kissen und die Matratze und legte sich wieder hin. Doch danach ging es ihm nicht besser. Es roch noch nach dem Rauch ihrer Zigaretten.

Nach einer halben Stunde stand er wieder auf, lehnte sich aus dem Fenster und zündete sich eine Kippe an. Das Stechen auf dem Grund seiner Lungen war ein tröstlicher Schmerz. Er atmete ihn in die Nacht hinaus und beobachtete, wie der Rauch im orangen Laternenschein zerfiel wie eine Geistererscheinung. Aber da, der Rauch löste sich gar nicht auf – hinter dem Licht waberte er weiter, tiefer in die Finsternis. Er inhalierte noch einmal und stellte sich dabei vor, die Zigarette hätte ihre wahre Bestimmung an ihren Lippen gefunden. Blütenblätterlippen, die sich um den Filter zur Knospe schlossen. Wie der Qualm durch ihren kleinen, feuchten Mund gesaugt und in ihren kleinen, pinkfarbenen Lungen aufquellen würde.

Er ließ den Zigarettenstummel fallen, setzte sich aufs Bett und sank nach hinten, schloss die Augen und versuchte sich zu konzentrieren. Aber seine Gedanken ließen sich nicht einfangen und nicht lenken.

Philip und Julia. Eigentlich eine vorhersehbare Entwicklung. Philip mit seinen tausend Kontakten in die Nachtwelt, dieses Mischwesen eines Künstlers und eines Proleten, verkörperte für Julia wahrscheinlich genau die großstädtische Kreativszene, zu der auch sie gehören wollte. Er war interessant für sie, weil seine Welt interessant wirkte. Dass er schmächtig und glupschäugig wie ein Kobold war und ausgestattet mit jener Raffgier nach sexuellem Erfolg, die nur unattraktiven Männern anhaftete, würde Julia wahrscheinlich erst in zwei, drei Monaten stören. Aber das war ohnehin die maximale Dauer, die ein Mädchen wie sie bei einem Mann blieb. Dann siegte die Angst, etwas zu verpassen.

Du kannst alles fragen und rausfinden. Checkst du das nicht? Alles.

Waren sie nur so versessen auf das Gläserrücken, weil es kurz davor war, ein Trend zu werden? Würden sie anfangen, darüber zu lästern, wenn alle es machten, wie über Musik, sobald sie im Mainstream angekommen war? Morgen werden alle die zwanziger Jahre und den Spiritismus nachspielen, darum machen wir es schon heute. Morgen kommt, aber wenn morgen da ist, lächeln wir nur noch darüber. Wir wissen, was in der Zukunft sein wird.

Alles rausfinden. Checkst du das nicht?

Hatte ihm wirklich seine Mutter aus dem Jenseits gesagt, dass sie ihn vermisste? Das ging nicht in seinen Kopf hinein.

Aber es geht mir auch nicht aus dem Kopf.

Er stand auf, nahm sein Handy vom Schreibtisch und strich nachdenklich mit dem Daumen über das dunkle Display. River hatte doch allen Grund, denselben Trick erneut anzuwenden, den er bei Nino angewendet hatte, um das Glas zu bewegen. Unvorstellbar, dass River aufgab und zu Julia sagte: «Ich kann die übersinnlichen Kräfte nicht rufen. Aber Nino, der kann es.»

Nein, ausgeschlossen. Aber Philip hatte ja erwähnt, dass es Monsieur Samedi gewesen war, der behauptete, Nino sei die treibende Kraft hinter dem bewegten Glas gewesen.

Ich hab das Glas nicht angeschoben, dachte er, aber ganz sicher war er jetzt nicht mehr. Beim Ouija waren es unbewusste Muskelzuckungen, die das Glas in Bewegung setzten und zu den Antworten führten, die man erhoffte, befürchtete oder auf irgendeine Art erwartete. Die Sache war bloß – er hatte nichts erwartet außer Stillstand und schon gar nicht irgendwas auf Italienisch. Er konnte doch gar kein Italienisch.

Wirklich? Du hast es immerhin verstanden.

Er hielt sich das Handy ans Ohr. Das Wartezeichen erschreckte ihn beinahe, doch er legte nicht auf.

«Was gibt's?» Philips Stimme platzte ihm wie eine Kaugummiblase ins Ohr. Im Hintergrund donnerte die Musik so laut, dass er das Telefon einen Moment weghielt, um sich zu sammeln.

«Wollt ihr es noch machen? Ich kann doch kommen.»

Er hörte, wie die Musik leiser gestellt wurde, dann Philips hüstelndes Ganovenlachen. «Perfekt. Bring Bier mit.»

«Ja, du mich auch.»

«Bist ein Schatz.»

«Bis gleich.»

So leise wie möglich schlich er aus der Wohnung. Katjuschas Zimmer war inzwischen dunkel, trotzdem zog er seine Schuhe erst im Hausflur an.

Es war kälter geworden, seit er zuletzt an der frischen Luft gewesen war. Fröstelnd lief er zur Bushaltestelle und wartete auf den Doppeldecker. Um diese Uhrzeit war er fast leer, Nino stieg die schmale Treppe nach oben und setzte sich ganz vorne ans Fenster. Die Stadt glitt unter ihm fort wie ein Abziehbild, wie eine zweidimensionale optische Täuschung.

Nachdem er ausgestiegen war, kaufte er bei einem Spätkauf ein Sechserpack. Auf einer nahegelegenen Wiese schliefen Penner, ansonsten schien der ganze Bezirk noch auf den Beinen, in der Nähe war eine Straße voller Clubs, die jede Nacht unzählige Feierlustige anzog.

Philip wohnte in einer Straße nicht weit von den Clubs entfernt, in der die baufälligen Häuser mit Graffitis und Plakaten überzogen waren. Die Wohnung, die er mit Itsi teilte, war groß, mit stuckverzierten Decken und einem Ofen, der im Winter kaum die drei prächtigen Zimmer zu wärmen vermochte. Die Spülung des Klos funktionierte nur manchmal, sodass die letzten beiden Male, die Nino bei ihnen gewesen war, ein Wassereimer danebengestanden hatte, den man in die Schüssel kippen musste. Tatsächlich war das nichts, wofür Philip und Itsi sich schämten, sondern ein authentisches Detail ihres Lebensstils.

Er drückte den Klingelknopf. Kurz darauf erklang das elektrische Surren, und die schwere Holztür ließ sich aufdrücken. Er lief durch den Hinterhof und die drei Stockwerke hoch, bis er die offene Wohnungstür erreichte. Philip lehnte im Eingang.

«Komm rein.»

Die Wände der Zimmer hatten Philip im Verlauf der Jahre als Leinwände gedient und waren über und über mit Kritzeleien, großflächigen Farbexperimenten und Fotokollagen überzogen. Nicht alles davon war schlecht.

Schrille Flohmarktmöbel standen im Wohnzimmer, eine gigantische Musikanlage und ein Doppelbett, über und über mit Decken und Kissen bedeckt. Darauf thronte Julia im Schneidersitz und zog am Schlauch einer Wasserpfeife. Sie lächelte, als sie Nino sah.

«Wer kommt denn da?» Sie beugte sich vor, um ihn zu umarmen. Philip öffnete mit seinem Feuerzeug eine Bierflasche für jeden. Als sie anstoßen wollten, kam Itsi herein.

«Hi, Nino, lang nicht gesehen.» Er nahm sich ein Bier und setzte sich in ihre Runde. «Also, jetzt geht's los, oder?»

Philip drehte die Lautstärke der Musik so weit runter, dass nur noch ein fließendes, elektrisches Murmeln in den Winkeln des Zimmers blieb, und nahm ein Blatt Papier und einen Atlas von dem kleinen Beistelltisch neben dem Bett. Behutsam legte er das Blatt auf den Atlas in ihrer Mitte. Nino sah, dass das Alphabet und alle Zahlen von Null bis Neun darauf geschrieben waren. Und ein kompliziertes Zeichen, ähnlich dem, das River letztes Mal von seinem Zettel kopiert hatte.

«Wo hast du das Zeichen her?», fragte Nino.

«Von Monsieur Samedi.» Philip holte ein Schnapsglas vom Tisch und stellte es auf das Zeichen.

«Wie viel hast du dafür gezahlt?»

Er zuckte die Schultern. «Ich krieg Freundschaftspreise.»

Freundschaftspreise. Das hieß, dass er für Monsieur Samedi vertickte. Andere Einnahmequellen hatte Philip schließlich nicht, außer ein paar Jobs als Aushilfsbarkeeper. Ob Julia es aufregend fand, dass er ein Dealer war? Praktisch fand sie es auf jeden Fall.

Philip zog ein kleines Knäuel aus der Hosentasche und wollte es auf dem Papier öffnen.

«Was ist das?»

Philip sah blinzelnd zu ihm auf, als er sein Handgelenk festhielt. «STYX, was sonst.»

Nino schüttelte den Kopf. «Wenn es funktioniert, dann auch ohne das Zeug.»

«Nur um es zu intensivieren.»

«Du wirst es auch nüchtern mitkriegen, wenn sich ein Glas vor deiner Nase bewegt. Ich will, dass wir alle klar sind.»

Philip atmete tief durch. «Okay. Eine Runde ohne.»

Er ließ sein Handgelenk los, damit Philip die Drogen auf den Tisch legen konnte.

Itsi, der das Ganze schweigend beobachtet hatte, nahm jetzt die Wasserpfeife. «Will noch jemand, oder soll ich die wegstellen?»

«Stell erst mal weg», befahl Philip. Dann trank er noch einen Schluck Bier, ehe er auch die Flasche beiseiteschob und eine Rasierklinge vom Tisch nahm. Er schnitt sich in den Finger, drückte ihn auf das Glas und gab die Klinge an Nino weiter.

«Ich nehm lieber mein Taschenmesser.»

«Komm mal aus den Achtzigern raus, wir haben kein Aids!», blaffte Philip.

Nino warf ihm einen vielsagenden Blick zu, dann gab er die Klinge Julia und zückte sein Taschenmesser.

«Das gibt's doch nicht.» Philip fluchte, aber das war ihm egal. Er stach sich mit dem Taschenmesser in die Fingerkuppe und presste sie auf das Glas.

«Spätestens jetzt hast du meine Krankheiten», sagte Philip.

Das mochte stimmen, war sogar wahrscheinlich. Aber er ekelte sich einfach davor, dieselbe Klinge wie die anderen zu benutzen.

Julia schnitt sich mit einem leisen Stöhnen in den Finger, der,

140

wie Nino jetzt sah, schon von ein paar frischen Stichen gezeichnet war. Da Itsi sie eingehend beobachtete, spielte er vermutlich zum ersten Mal Gläserrücken. Er zögerte, als sie ihm die Klinge hinhielt, aber dann machte er den Schnitt. Jetzt waren alle Finger auf dem Glas. Blut rann daran herab, fraß sich ins Weiß des Papiers.

«Also, von zehn bis null, richtig?» Julia schloss die Augen. Sie begannen sie zu zählen.

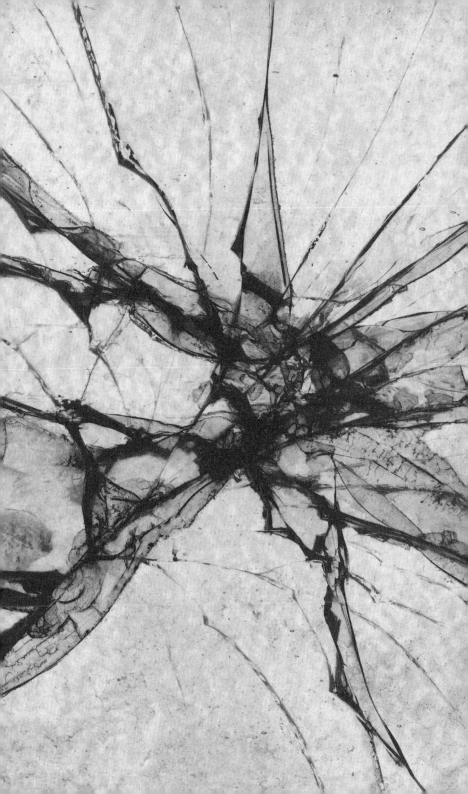

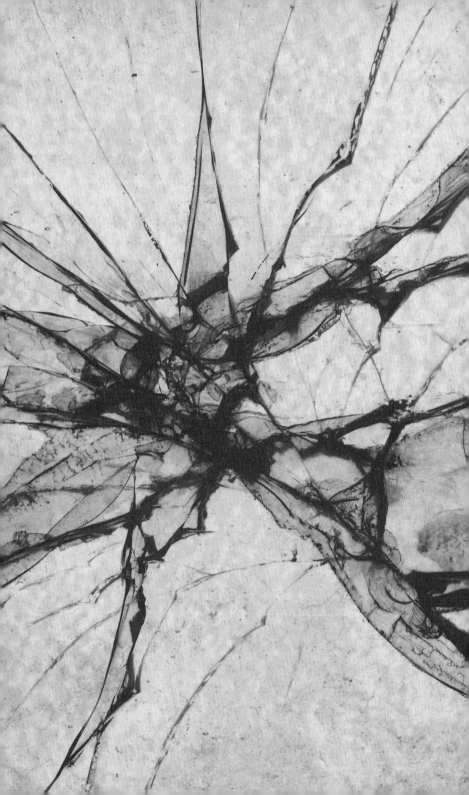

JETZT

Der Zug nach Paris ist maßlos überfüllt. Unmöglich, mit Noir mehrere Stunden dichtgedrängt zwischen Fremden auszuharren. Wir gehen hinaus zu den Taxis. Ein Fahrer, der rauchend am Steuer sitzt, während sich seine Kollegen vor ihren Autos unterhalten, scheint mir der passende Mann zu sein. Ich öffne die Tür und lasse Noir einsteigen, bevor ich mich neben sie setze.

Wir müssen fahren, sehr weit fahren, nach Paris, sage ich dem Mann. Mein Französisch ist akzentfrei. Ich verstehe die Worte nicht, die aus meinem Mund kommen, und doch weiß ich, was sie bedeuten. Ich bin mit allen Menschen verbunden. Ihre Sprachen lassen sich überstreifen wie Handschuhe. Ich denke daran, dass auch Jean Orin mit mir gesprochen hat, ohne Deutsch zu verstehen. Im Nachhinein finde ich das befremdlich.

Nach Paris?, wiederholt der Fahrer. Sein Atem riecht nach tabakverschleimten Lungen und Wurst. Die Augen sind verschlossen. Ich lasse meinen Blick fast gewalttätig ins dunkle Zentrum eindringen.

Sie fahren uns nach Paris. Sie wollen nach Paris.

Der Mann leckt sich über die Lippen. Ich fühle die Waffe im Hosenbund. So ginge es auch.

Der Mann schnipst seine Kippe aus dem Fenster, stottert etwas Unverständliches und fährt los. Er macht den Zähler an und wieder aus.

Paris, murmelt er. Paris, ach so. Da hab ich viele Erinnerungen dran. Paris. Bedeutet Millionen Menschen irgendwas. Mir bedeutet's auch was. Da hab ich eine Freundin gehabt. Ach, Freundin? Kann man schon so sagen. Kleine Kolumbianerin, hat in einem Club getanzt. Ist schwanger geworden. Ich wusste nie, ob von mir. Na ja, sie hat einmal behauptet, es wär meins, aber woher will man das wissen. Ich weiß nicht, ob sie in Paris geblieben ist. Ich hab sie nie besucht. Der Junge wächst ohne Vater auf. Wie ich. Wie sich die Dinge wiederholen.

Der Mann redet ohne Unterbrechung, mal laut und wütend, mal so leise und nuschelnd, dass man nur ein paar Worte versteht. Noir legt sich mit dem Kopf auf meinen Schoß, zieht die Beine an und beginnt wach zu träumen. Auch ich schließe die Augen. Nur schlafen darf ich nicht. Ich muss mich auf den Mann konzentrieren. Er darf nicht aus seiner Trance erwachen.

Gleichzeitig sehe ich wie Spiegelungen auf einem tiefen Brunnen die wiedergewonnenen Erinnerungen, die Noir sortiert und zusammenfügt.

Ich beginne abwechselnd zu schwitzen und vor Kälte zu zittern. Das STYX füllt mich von den Fußspitzen bis in die letzten Hirnverästelungen mit wattigem Strom. Unser Fahrer brabbelt noch immer vor sich hin. Ich kann nicht unterscheiden, ob ich die Lebensgeschichte verstehe, die er in dieser fremden Sprache erzählt, oder ob ich alles, was ich über ihn weiß, aus dem Teich seines Unbewussten schöpfe. Die Arten meiner Wahrnehmung verschmelzen.

Auf halber Strecke müssen wir tanken. Unser Fahrer wirkt verwirrt, als er aussteigen soll. Dann verlässt er den Wagen und stapft mechanisch zur Autobahn zurück. Ich laufe ihm hinterher, halte ihn an den Schultern fest und beschwöre ihn, weiter zu träumen. Erst als ich eine Zigarette aus der Schachtel in seiner Brusttasche ziehe und sie für ihn anstecke, blinzeln seine Augen mich an, als würde ich hinter Rauch und Nebel verblassen. Langsam versinkt er wieder in Trance. Ich führe die Zigarette an seinen Mund und erinnere ihn daran, ein- und auszuatmen. Er tankt artig und bezahlt.

Die Weiterfahrt verläuft in Schweigen. Gelegentlich wirft er mir einen Blick über den Rückspiegel zu wie ein Kind, das die Bestätigung seiner Eltern braucht bei dem, was es tut. Ich nicke, und seine Zweifel lösen sich in nichts auf. Hin und wieder erinnere ich ihn daran, eine Zigarette zu rauchen, weil es ihn offenbar beruhigt.

Dann erreichen wir die äußeren Stadtringe von Paris.

Noir, bist du wach? Ich will dich nicht wecken, aber du musst jetzt bei mir sein.

14.

Nach der vierten oder fünften Wiederholung schienen die Zahlen gar keinen Sinn mehr zu haben. Ihr Murmeln wurde zu einem fremdsprachigen Gebet. Allmählich gelang es Nino, sich in den Rhythmus fallen zu lassen. Was auch immer seinen Kopf sonst mit tausend Gedanken am Rasen hielt, war jetzt mit den Zahlen beschäftigt, so wie ein Kleinkind beim Anblick einer Kerzenflamme aufhört zu nörgeln. *Zeeehneeeeunaaachtsiiieeebenseechsfüüünfviiieeer...*

Das ziehende Brennen in seinem Finger verwandelte sich. Vorher hatte er Schmerz empfunden, jetzt war da nur noch ein Pulsieren, ein *Fühlen*, ganz ohne Wertung, weder gut noch schlecht.

Zweiiieiiiinszeeehnneeun...

Ein heißkaltes Rieseln zog seine Wirbelsäule hinauf, sammelte sich in seinem Nacken. Es war ein Gefühl, das sich kaum greifen ließ; er wagte nicht, sich darauf zu konzentrieren, denn dann würde es mit Sicherheit zerfallen.

Aaachtsieeebenseeechs...

Als sich das Glas in Bewegung setzte, merkte er es nicht gleich. Ihm fiel auf, dass Itsi neben ihm verstummte, dann auch Julia und Philip. Das Glas begann stockende Kreise über das Papier zu ziehen und malte dabei Spuren aus Blut.

Itsi gab ein Geräusch von sich, als hätte er seine eigene Zunge verschluckt. Julia erschauderte leicht.

Zart, fast schwebend zog das Glas seine winzigen Kreise um das Symbol.

«Hallo», sagte Philip, und sein sonst so bestimmter Ton war
dünn geworden. «Bist du uns wohlgesinnt?»

J

A

«Wer bist du?»

T A N

N S   T I

C O   N O

Nino fühlte sich einer Ohnmacht nahe. Allein das wirbelnde
Gefühl in seinem Nacken hielt ihn aufrecht, als würde ihn eine
Hand dort halten, eine kräftige, aber formlose Hand, gemacht
aus sprudelndem Wasser. Die anderen schienen von der Antwort nicht schockiert zu sein, immerhin wusste keiner von ihnen, dass das sein Name war.

«Bist du ein Toter?», fragte Julia zögerlich.

Nino starrte sie an. Er wagte nicht, zum Glas hinabzublicken.
Doch er spürte, wohin es seinen Finger zog.

J

A

«Wann bist du gestorben?», fragte sie weiter.

Das Glas glitt zu den Zahlen hinab.

2

4

«Am vierundzwanzigsten?», fragte Julia.

«Wo bist du?», hörte Nino sich fragen.

I   E

H   R

Philip stieß ein Lachen aus. «Der hat Sinn für Humor.»

«Was …» Nino schluckte. «Was kommt nach dem Tod?»

Das Glas kreiste um das Symbol. Einmal, zweimal, als dächte es nach. Dann glitt es, mit abrupten Pausen dazwischen, zu den Buchstaben hinauf.

B

E   E

L   N

«Es gibt ein Jenseits? In dem die Toten leben?»

Das Glas raste beinahe von Buchstabe zu Buchstabe.

E   I

N   N

Julia öffnete den Mund zu einem Flüstern: «Gibt es die Wiedergeburt?»

W I E

N I E   D E R

Auf dem R blieb das Glas wackelnd stehen, doch es *wackelte*. Egal welche unbewussten Muskelzuckungen in ihren Fingern sein mochten, so ein Wackeln konnte keiner von ihnen erzeugen, weder unbewusst noch absichtlich.

«Wo ist man nach dem Tod?», fragte Nino.

I   E

H   R

«Gott …», hauchte Itsi. Sein ausgestreckter Arm schlackerte, doch er presste den Finger so fest auf das Glas, dass sein Nagel weiß anlief. Hilflos suchte er die Blicke der anderen, doch sie waren genauso ratlos wie er.

Julia verzerrte das Gesicht. «Ich will STYX!»

«Reißt euch zusammen.» Nino wusste nicht, woher er seine Ruhe nahm. Innerlich war er wie gelähmt. «Es ist noch niemand von einem 4-cl-Glas getötet worden. Und von Toten erst recht nicht.»

Das Glas erstarrte unter ihren Fingern. Unschuldig, als hätte es sich nie bewegt, hockte es vor dem R.

Nino fuhr sich über die Lippen, versuchte die anderen zu vergessen und konzentrierte sich auf das Glas. «Wann werde ich sterben?» Er fragte so leise, dass ihn hoffentlich niemand gehört hatte. Niemand außer dem, der sich als er ausgab.

«Es bewegt sich wieder», hauchte Julia.

Das Glas glitt zu den Zahlen hinab.

2

4

Nino presste die Augen zu. «Wieso?» Es war fast mehr ein Vorwurf als eine Frage.

«Noir?», wiederholte Itsi.

«*Noir* – das, das ist französisch», sagte Julia.

«*Schwarz*. Wieso schwarz?» Philip blickte in die Runde, doch es war natürlich das Glas, das ihm antwortete:

        N   G
    I   E
F   R

Als das Glas diesmal stehenblieb, zitterte es nur noch, weil sie alle zitterten.

Philip schluckte. «Gut. Ich finde, wir hören jetzt auf. Nehmt noch nicht die Finger weg, wir müssen –»

«Ich hab noch eine Frage», sagte Nino. «Werde ich heute, morgen, innerhalb der nächsten vierzehn Tage sterben?»

Das Glas begann holprig im Kreis zu fahren.

«Sterbe ich heute oder morgen?»

«Lass das.» Julia starrte ihn an. «Wieso fragst du so was?»

Er spürte das Blut in seinen Schläfen hämmern.

«Ja oder Nein?»

N
O

Als das Glas diesmal stehenblieb, wurde ihm bewusst, dass er seit Beginn der Antwort nicht mehr geatmet hatte, und zog scharf die Luft ein. *No.* Hieß das in irgendeiner Sprache Ja? Ihm fielen ein Dutzend Sprachen ein, in denen *No* Nein hieß. Nein. Ein inneres Schütteln durchlief ihn.

«Wir entlassen dich», sagte Philip zum Glas. «Wir zählen jetzt von zehn bis null, und dann bist du aus diesem Kreis entlassen, und der Kreis ist aufgelöst.»

Das Glas zog langsame Schleifen über das blutverschmierte Papier, langsam, langsam, wie ein eingesperrtes Raubtier. Nino spürte das Kribbeln im Nacken deutlicher denn je.

Sie begannen zu zählen. Bei fünf hörte das Glas auf, sich zu bewegen. Als sie null erreicht hatten, sahen sie sich schweigend an.

Das Glas war reglos. Eine merkwürdige Leere breitete sich in Nino aus, eine Art Kälte. Als stünde er plötzlich allein in einer dämmernden Steinwüste.

«Gut», sagte Philip heiser. Dann nahm er den Finger vom Glas. Die anderen ließen es so schnell los, als würde es glühen. Ihr Blut war daran zu dunklen Krusten getrocknet, und jetzt spürten sie wieder den ziependen Schmerz ihrer Schnitte.

Julia legte sich die Hände über den Mund und begann zu kichern. Philip nahm das STYX vom Tisch, schob das Glas beiseite und schüttete einen ganzen Haufen bläulich glitzerndes Pulver auf das Papier. «Es hat funktioniert», murmelte er dabei wie zu sich selbst. «Es hat echt funktioniert.»

«Ich fühl mich so … kalt», sagte Itsi. «Ihr auch?»

«Ich fühl mich, als wär ich grad aus einer heißen Badewanne gestiegen», lachte Julia und befahl dann: «Zigarette!»

Itsi zog ein Päckchen aus seiner Hosentasche und reichte ihr eine.

«Wie. Krass. *Wie. Krass.*» Julia kicherte immer noch, die Hand mit der Zigarette erhoben, als würde sie sich mit einer wichtigen Erkenntnis melden.

«Es muss an dir liegen», sagte Philip langsam, während er das STYX mit einer Bankkarte zerdrückte und in Lines aufteilte. Nino wusste, dass er ihn meinte, obwohl sie sich nicht ansahen. «Was machst du anders als wir?»

«Keine Ahnung. Nichts.» Im Augenblick war ihm auch egal, warum es funktioniert hatte. Das Einzige, was ihn beschäftigte, war die Prophezeiung des Glases. *Nicht heute, nicht morgen.* Wieso hatte das Glas sich geweigert, ihm Auskunft über die nächsten zwei Wochen zu geben? War seine Zukunft so ungewiss?

Aber wenn er dem Glas glauben konnte, war er *jetzt* sicher. Dieses Jetzt würde sich noch über 48 Stunden erstrecken. Er nahm, ohne nachzudenken, den zusammengerollten Geldschein, als Philip gezogen hatte. Drogen, warum nicht? Sterben würde er nicht dran. *Nicht heute, nicht morgen.*

Das STYX strahlte ihm wie brennende Schneeflocken durch den Schädel, entzündete die Raketen, die in den Startlöchern bereit steckten, und als er sich nach hinten auf die Matratze sinken ließ, war die Welt erfüllt von Feuerwerk, glitzerndem Glück, reiner, gläserner Gegenwart.

Sie spielten kurz darauf noch einmal auf demselben Papier. Doch Nino stellte kaum Fragen, denn das STYX stimmte ihn schweigsam, er war versunken in wortlose, zuckerwattige Wahrnehmungen. Die anderen redeten dafür sehr viel, allen voran Julia, die nicht genug über ihr Leben erfahren konnte. Anfangs fragte sie nur scheu, wo der Mann sei, den sie liebte – die Antwort lautete MARID, was als Madrid gedeutet werden konnte oder *married*, verheiratet. Und beides traf zu, wie sie eifrig erklärte, denn ihr erster Freund aus Schulzeiten arbeitete seit kurzem in Madrid und war seit über drei Jahren mit einer Engländerin zusammen – womöglich sogar verheiratet. Danach konnte Julia nichts mehr halten. Sie wollte wissen, wie viele heimliche Verehrer sie hatte – 5, sagte das Glas –, ob sie auf einen von ihnen eingehen sollte – hier kam nur ein schwer zu deutendes WEH hervor –, ob die Gefühle, die sie für jemanden empfand, von der Person erwidert wurden – JA – und wie ihr künftiger Ehemann hieß – das Glas zog nur Kreise.

Obwohl die Antworten sie deutlich mitnahmen, lachte sie und zuckte die Schultern. «Fangfrage – ich will gar nicht heiraten! Ist doch voll unnötig heutzutage.»

Itsi und Philip fielen keine guten Fragen ein; im Vergleich zu Julia hatten sie größere Hemmungen, über ihre Herzensangelegenheiten zu sprechen. Also fragten sie, ob es Außerirdische gab (JA), welches Land die nächste Fußballweltmeisterschaft gewinnen würde (AR) und was ihnen sonst gerade in den Sinn kam. Schließlich gab das Glas nur noch ungenaue, dann gar keine verständlichen Antworten mehr. Sie mussten aufhören.

Gegen das merkwürdige Gefühl der Verlassenheit, das wieder einsetzte, wurde die Musik aufgedreht und noch mehr STYX gezogen. Philip versuchte Monsieur Samedis Theorien zu wiederholen, welche Kräfte das Glas bewegten, aber entweder wusste der Araber es selbst nicht so genau, oder Philip tat sich momentan mit seinem Gedächtnis schwer. Nino störte es nicht, überhaupt nicht. Er fand das Gespräch weder interessant noch nervig, alles geschah einfach, existierte für sich, ohne dass er sich darüber ein Urteil bilden musste.

Weil Julia, Itsi und Philip jeweils zwanzig Minuten am Stück redeten, bevor sie den Faden verloren, wurde es draußen bereits heller, als sie endlich eine Handvoll wichtiger Fragen aufgestellt hatten, die sie beim nächsten Anlauf dem Glas stellen wollten: ob jeder eine Seele habe, ob er ein Verstorbener sei und ob, wenn er die Zukunft kenne, die Zukunft dann bereits eingetroffen sei. Julia bestand darauf, zu fragen, ob böse Menschen nach dem Tod bestraft würden, obwohl Nino sie unsinnig fand. Noch einmal machten sie einen Schnitt in ihre Zeigefinger und zählten sich in eine Meditation hinunter.

Doch das Glas blieb reglos. Als sich auch nach einer halben Stunde nichts tat, gaben sie schließlich auf.

«Man kann dasselbe Symbol nicht immer wieder benutzen.» Philip zog ärgerlich das Papier aus ihrer Mitte. «Gerade jetzt, wo wir wichtige Fragen haben. Ich muss bei Monsieur Samedi ein neues besorgen.»

«Wann?», fragte Nino. «Übermorgen? Ich will es übermorgen wieder machen.»

Philip nickte glücklich.

Er fühlte sich so leicht und unbeschwert, dass er den ganzen Weg nach Hause lief. Gegen fünf verließ er Philips und Itsis Wohnung und kam erst um kurz vor sechs an, aber das machte nichts. Dank des STYX war er kein bisschen müde und vollkommen klar im Kopf.

Leise sperrte er die Wohnungstür auf, aber als er sich in der Küche ein Glas Leitungswasser holte, kam Katjuscha.

«Wo warst du?»

Er trank das Glas in drei großen Schlucken leer. «Ich hab doch noch meine Freunde getroffen.»

Es war förmlich zu sehen, wie Katjuscha eins und eins zusammenzählte. «Warst du bei dieser Julia?»

Er nickte. Sie runzelte die Stirn, aber offenbar beruhigte es sie, dass er wenigstens in irgendeinem Bett geschlafen hatte.

«Und wieso kommst du so früh wieder?»

«Ich wollte nicht, dass du mitkriegst, dass ich weg war.»

«Witzig.»

Er lächelte. «Da dachte ich, ich hätte vom Profi gelernt. Offenbar brauch ich noch ein bisschen Übung in Sachen Reinschleichen.»

«Ich krieg das *immer* mit.»

Er gab ihr recht, obwohl es nicht stimmte. Langsam ließ sie sich auf einem Stuhl nieder und zog sich die Schlafbinde vom Kopf, während er den Wasserkocher anwarf und zwei Kaffeetassen präparierte.

«Ich werde heute schon früher zum Laden fahren», beschloss er. «Mal durchwischen und alles entstauben. Pegelowa ein bisschen mit meinem Eifer beeindrucken.»

«Hmm.»

Als er Katjuscha den fertigen Kaffee überreichte, schien sie halbwegs versöhnt. Schweigend saßen sie am Tisch und pusteten in ihre Tassen.

«Vergiss deine Tablette nicht», sagte sie nur.

Der Tag fühlte sich an wie ein Geschenk. Erfüllt von Dankbarkeit und Verwunderung wie ein Toter, dem man noch einen Urlaub auf der Welt gestattet hatte, lief er auf dem Weg zu Pegelowas Kunstwarenladen über belebte Straßen, kaufte sich am Imbissstand des U-Bahnhofs einen Schokoriegel und schenkte der Bettlerin daneben sein Restgeld. Ein strahlender Herbstmorgen ging über der Stadt auf. Er konnte sich nicht daran erinnern, wann es zuletzt geregnet hatte, wirklich, dieses Jahr war das Wetter traumhaft. Aber es war kühler geworden. Eine gläserne Ahnung von Frost stand in der Luft. Die Bäume verteilten ihr Laub mit jedem Windstoß über Bürgersteige und Autos, als wüssten sie, dass der Tod nahte, und hätten beschlossen, ihn mit einem Fest zu empfangen. Während er die Blätter mit den Füßen aufwirbelte, musste er lächeln. Er hatte den Herbst in sich, auch er würde die Tage zelebrieren, die ihm noch blieben. Er würde die letzte Fröhlichkeit in sich sammeln und hinauswerfen und an das Unvermeidbare nicht mehr denken. Er hatte vielleicht keine Zukunft, aber er hatte noch die Gegenwart, war das nicht das einzig Wahre, das man besitzen konnte? Und er würde sie so bedeutsam machen, wie es nur ging.

Er schloss den Laden auf und machte sich daran, den Fußboden zu wischen. Zugegeben, nicht das Naheliegende, wenn man womöglich nur noch zwei Tage zu leben hatte, aber auch daran versuchte er nicht zu denken. Dank des STYX, das noch immer seine wohltuenden Hände um sein Bewusstsein geschlossen hielt, gelang es ihm diesmal auch.

Er wischte gerade die Regale aus, als seine Chefin in den Laden kam. Verwundert schob sie sich die Sonnenbrille hoch und starrte ihn an, als wüsste sie nicht, ob sie sich freuen oder einen Arzt rufen sollte.

«Morgen, Olga! Wie geht es Ihnen? Ich bin wieder gesund.»

Leute kamen herein, und er half ihnen zu finden, was sie brauchten. Einem Mann riet er, als Pegelowa gerade außer Hörweite war, auf zwei Tuben Ölfarben zu verzichten, da sie einfach selbst zu mischen waren. Einem anderen jungen Mann, der mit grimmigem Gesichtsausdruck hereinkam und nur ein Notizbuch kaufte, sagte er ganz unvermittelt, dass er sich nicht aus Trotz seinem Vater gegenüber weigern sollte, Architektur zu studieren.

«Aber woher – kennen wir uns?», fragte der junge Mann verwirrt.

«So oder so wirst du beim Theater ankommen. Architektur ist der erste Schritt.» Er zwinkerte und lächelte, und es war ihm völlig egal, ob der junge Mann ihn für verrückt hielt. Ein wenig verstört verließ er den Laden.

Nicht allen Kunden machte er eine solche Prophezeiung. Meistens war es gar nicht nötig, und er wollte niemanden grundlos bloßstellen. Doch er empfand eine distanzierte Zuneigung für alle Menschen, für ihre offensichtlichen und verborgenen Sehnsüchte, für ihre Ängste, ihre Zwänge und Freuden, ihre Größe im Kleinen und ihre verständlichen Kleinlichkeiten. Es war, als würde er Kunstwerke betrachten, die nicht unbedingt seinem Geschmack entsprachen, aber eben alle Kunstwerke waren.

Da war der dickliche Aquarellmaler, der so hoffnungslos einsam war, weil er mit Verbissenheit und Neid auf andere zuging und nicht begriff, weshalb er trotz seiner Talente nur Ablehnung erfuhr. Oder die alte Dame, die ihm eine halbe Stunde lang von ihrer Hüftoperation erzählte. Oder die Fünfzehnjährige, die Opfer eines Verbrechens werden würde. Nino ahnte, wie viel Leid dieses fremde Mädchen erwartete, und er konnte nichts dagegen tun. Das war das Schlimmste überhaupt, schlimmer noch als die Vergangenheiten, die, halb verdrängt, halb zu spinnenbeinigen Tumoren herangewachsen, in anderen lauerten. Gegen das Vergangene konnte er nichts mehr machen, aber zu wissen, dass etwas Schreckliches passieren würde, setzte ihn unter Druck, egal wie sehr er sich einredete, dass er weder zu Hilfe verpflichtet noch befähigt war.

Er versuchte ein bisschen mit dem Mädchen zu scherzen, als sie an der Kasse stand, und machte ihr ein Kompliment. Sie rauschte mit glühenden Wangen aus dem Laden. Das war alles, was er tun konnte. Aber vielleicht war es gar nicht so wenig.

Gegen Nachmittag ließ die Wirkung des STYX nach. Sein Kopf begann aufzuquellen wie Brei. Während er Kunden bei ihren Einkäufen beriet, überlappten sich ihre Geschichten mit denen ihrer Vorgänger; alles dehnte sich und zersplitterte wie die Reflexionen in einem Spiegelkabinett.

Um halb sechs erklärte er Pegelowa unter dem Vorwand, einen Arzttermin zu haben, dass er gehen müsste. Natürlich glaubte sie ihm kein Wort. Ohne ihm in die Augen zu sehen, sagte sie auf Wiedersehen. Unter ihrer gleichgültigen Miene lag Wut, aber unter der Wut schlummerte Enttäuschung, sie wusste es ja, auf niemanden konnte man sich verlassen, das wusste sie schon seit 1968, als ihr Vater die Familie mit nichts als Schulden sitzengelassen hatte. Gute Menschen, schlechte Menschen, was machte es schon für einen Unterschied, am Ende war jeder in sich selbst gefangen, war nur für sich selbst zuständig ...

Nino hätte Olga Pegelowa gerne zum Abschied umarmt, diesen geballten Lebenstrieb von einer Frau, unter deren Goldschmuck und Geschäftssinn und fünfundzwanzig Kilo Naschsucht ein resigniertes Mädchen steckte, ein Paar Schlittschuhe in der Hand, am Straßenrand auf den Vater wartend, der nicht kommen würde, weil er in irgendeinem Hinterhaus die Haushaltskasse verspielte. Aber Nino umarmte sie nicht. Er wünschte jedoch, ein anderer, dem es zustand, würde es tun. Ihre kleinen Enkelinnen zum Beispiel. Aber Olga Pegelowa hatte Probleme mit deren Mutter, ihrer ältesten Tochter, weil ...

Nino verließ den Laden, bevor er sich weitere Gedanken machen konnte, und spazierte zur U-Bahn. Es war immer noch ein schöner Tag, aber *er* hatte sich verändert, war erschöpft und durcheinander. Der Lärm des Verkehrs, der Geruch von Benzin, das Gewimmel der Leute überforderten ihn. Er konzentrierte sich auf seine Füße.

Wie so oft schienen seine Füße besser zu wissen, wohin er wollte, als sein Kopf. Statt zur U-Bahn zu laufen, trugen sie ihn die Straße hinunter, über mehrere Kreuzungen, bis er den Kanal erreichte, der an den großen Touristenattraktionen der Stadt, den Museen und dem Dom vorbeiführte. Er lehnte sich an die Steinbrüstung und blickte ins Wasser hinab. Die Wellen waren zu klein und uneins, um vom Himmel mehr als Scherben zu spiegeln. Der Duft von Kaffee wehte vorbei. Er hatte Hunger, aber am Ufer gab es nur Restaurants, die er sich nicht leisten konnte. Und selbst wenn, wollte er sich nicht an einen Tisch setzen, ganz alleine zwischen lauter Touristen, und auf seine Bestellung warten.

Das Handy begann in seiner Hosentasche zu vibrieren. Es war Philip.

«Hey.»

«Nino. Ähmmm. Ich hab gerade meinen Kontaktmann angerufen. Wegen dem Zettel für morgen.»

«Sehr gut.»

«Ja. Er will dich sehen.»

«Wer?»

«Monsieur Samedi. Du sollst mitkommen. Wenn ich den Zettel abhole. Ich geb dir noch mal Bescheid, wann.»

«… okay.»

«Bis dann.»

15.

Was er über Monsieur Samedi wusste, war nicht gerade eine Menge. Aber es war genug, um ihm aus dem Weg gehen zu wollen.

Als er zur U-Bahn schlenderte, holte er eine Zigarette aus seiner Hosentasche und bat eine Passantin um Feuer. Er inhalierte tief den Rauch, der ein Beweis für ihre Begegnung war. Bis vor kurzem hatte er nie alleine und nie tagsüber geraucht, aber dass es ihm wichtig gewesen war, Nichtraucher zu bleiben, kam ihm jetzt nur noch wie Eitelkeit vor. Dinge änderten sich eben.

Bevor er heimging, erledigte er noch Einkäufe. Er konnte sich gar nicht mehr erinnern, wann er sich zuletzt darum gekümmert hatte. Irgendwie blieb der Großteil des Haushalts immer noch an Katjuscha hängen. Er kaufte die mit Knoblauch gefüllten Oliven, die sie so mochte, Pistaziengebäck und noch mehr Sachen, die ihn an seine Schwester erinnerten, an Kindheit, an Abendessen aus der Einkaufstüte und aus Plastikschälchen vor dem Fernseher, und bezahlte rund vierzig Euro, was mehr war, als er in den letzten drei Monaten auf einen Schlag ausgegeben hatte.

Ein wenig zwanghaft versuchte er die Freude von heute Morgen wieder in sich heraufzubeschwören. Er würde gleich nach Hause kommen, er würde das Abendessen vorbereiten, was eigentlich nicht mehr erforderte, als die Deckel von verschiedenen Schalen und Dosen und Gläsern zu nehmen, und dann würde er mit Katjuscha essen und dabei über nichts Wichtiges reden und, ohne darüber allzu viel nachzudenken, glücklich sein.

Kurz bevor die Dunkelheit ausdünnte, wachte er vor Angst auf, eine gleißend helle Angst wie herabstürzende Kometen, die jede Rücksicht, jeden Gedanken an irgendwen sonst völlig ausblendeten, weil es um sein Leben ging.

Bitte, dachte er, ohne zu wissen, wen oder was er eigentlich anflehte. Bitte hilf mir, die Angst zu ertragen.

Hilf mir, den Tod zu ertragen. *Ihn zu überwinden.*

Der Himmel lag schwer vor Nebelwolken über den Dächern, als hätte er sich an Smog und Schmutz überfressen. Es musste in der Nacht geregnet haben, denn das Laub rieselte nicht mehr wie Konfetti über die Bürgersteige, es klebte braun am Asphalt. Wenn dies der letzte Tag war, den er erleben sollte, passte das Wetter.

Pegelowa schien ein wenig besänftigt, als sie ihn wieder so viel früher bei der Arbeit fand, und sprach ihn nicht mehr auf seinen Gesundheitszustand an. Überhaupt schien sie seit einigen Tagen mehr mit sich selbst beschäftigt als sonst, was ihm nur recht war.

Der Vormittag verging. Es begann zu nieseln. Die wenigen Kunden, die sich in den Laden verirrten, hinterließen rutschige Schuhabdrücke auf dem Boden. Die Luft über der Heizung flimmerte. Pegelowa war die meiste Zeit über im Büro und telefonierte mit Lieferanten und mit ihrer Tochter. Man musste nicht viel Russisch verstehen, um zu hören, dass sie stritten. Pegelowas Schwiegersohn wollte sich für seinen Traum vom eigenen Restaurant Geld leihen. Pegelowa hatte öfter in ihrem Leben Geld verliehen, als man ihr zutraute, aber nie einem Nichtsnutz – ob er nun zur Familie gehörte oder nicht.

Als es schließlich auf vier Uhr zuging, bekam er eine SMS von Philip: *Treffen um 7 an der Bahnbrücke.*

Während er auf die Nachricht blickte, dachte er zum ersten Mal, was ihn schon den ganzen Tag unterschwellig beunruhigt hatte: Was, wenn das das Ende seines Lebens war? Wenn Monsieur Samedi ihn aus irgendeinem Grund abmurkste? Das Glas hatte gesagt, dass er diesen Tag noch leben würde. Aber nach Mitternacht …

Irgendwie schaffte er es, auch heute zwei Stunden früher zu gehen, ohne eine Standpauke von Pegelowa zu kassieren. Als er anfing, ihr von Antibiotika zu erzählen, die ihm gestern verschrieben worden seien und die er alle acht Stunden nehmen müsste und zu Hause vergessen hätte, schüttelte sie nur den Kopf und drehte sich weg.

Um kurz vor sieben war er an der Bahnbrücke und wartete auf einer Bank, wo er die Treppen der U-Bahn gut im Blick hatte. Weil gelegentlich Nieselregen fiel, war er der Einzige, der hier saß. Alle anderen beeilten sich, aus dem schlechten Wetter zu kommen. Nur eine ältere Frau in verdreckten Jeans tigerte unter den tropfenden Bäumen umher, schimpfte vor sich hin und durchsuchte die Mülleimer. Als sie die Reste aus sämtlichen Bierflaschen getrunken hatte, verschwand auch sie.

Sieben Uhr verstrich. Er saß bibbernd auf der Bank, jetzt sicher, dass Philip etwas falsch verstanden hatte. Wahrscheinlich wollte Monsieur Samedi einen anderen Freund von ihm treffen, einen anderen Drogendealer – und Philip hatte vergessen, Nino abzusagen.

Dann tauchte Philip an der Treppe zur U-Bahn auf, seine blaue Trainingsjacke bis zum Kinn zugezogen. Sie begrüßten sich knapp und gingen auf einen beklemmenden Gebäudekomplex zu, der einen Supermarkt beherbergte, ein paar kleine

Ramschläden und mit Satellitenschüsseln verpilzte Wohnungen. Triefende Treppenaufgänge führten zu diesen Wohnungen hinauf.

Im zweiten Stock begegneten sie einem Mann, der auf den Stufen saß und Zeitung las, obwohl die fettigen Deckenlampen kaum genug Licht spendeten, um einander zu erkennen. Als er sie bemerkte, senkte er die Zeitung.

«Tag», sagte Philip. «Monsieur Samedi. Wir haben was abzuholen.»

Der Mann legte die Zeitung beiseite und begann sie ohne ein Wort abzutasten. Als er ihre Handys fand, zog er sie heraus und sagte mit überraschend weicher Stimme: «Ausmachen.»

Sie gehorchten.

«Wartet hier.» Er drehte sich um, sperrte eine schwere weiße Tür über der Treppe auf und verschwand dahinter. Nino fiel auf, dass daneben, unauffällig zwischen den Rohrleitungen, eine Kamera installiert war.

Wenig später öffnete sich die Tür wieder, und der Zeitungsmann erschien. Er hielt ihnen die Tür auf, und sie betraten eine niedrige, längliche Halle. Ein paar Milchglasfenster waren auf Kipp gestellt. Die Luft war feucht und miefig.

Außer einem Perserteppich, einem Schreibtisch und einem halbzerfetzten Ledersessel gab es keine Möbel. Ein rauchender Mann saß im Sessel, die Füße auf den Tisch gelegt, und sah sich einen Film auf einem Laptop an. Explosionen und fremdsprachiges Gekreische schallten blechern aus den Lautsprechern. Schwer zu sagen, welche Sprache. Vielleicht Hebräisch.

Der junge Mann jubelte den Filmhelden zu und klatschte in die Hände, und da erkannte Nino ihn wieder – am dumpfen Klatschen. Er trug Lederhandschuhe. Seine rötlichen Haare waren zu einem Zopf zurückgebunden. Er hatte ihn schon einmal in Monsieur Samedis Nähe gesehen, aber das Gesicht kam ihm so nichtssagend vor wie ein weißer Fleck.

Hinter ihnen fiel die Tür zu, und der Schlüssel wurde im Schloss gedreht.

«Phantastisch. Spektakulär», sagte der farblose Mann, nahm die Füße vom Tisch und schaltete den Laptop auf lautlos. Die Stille füllte sich langsam mit dem Rauschen des Verkehrs draußen.

Der farblose Mann zog an seiner Zigarette und zündete sich daran gleich eine neue aus der Brusttasche seiner Lederjacke an, obwohl die erste gerade einmal zur Hälfte aufgeraucht war. Dann öffnete er den Mund zu einem Lächeln und machte eine Geste, als biete er Philip und Nino an, vor seinem Schreibtisch Platz zu nehmen. Da es keine Stühle gab, blieben sie einfach stehen.

«Womit kann ich dienen?»

«Wir wollen zu Monsieur Samedi», sagte Nino.

Philip warf ihm einen tödlichen Blick zu, denn *er* hatte sprechen wollen.

Der farblose Mann runzelte die Stirn. Das Geflimmer des Films, der stumm weiterlief, tanzte auf seinem Gesicht. «Ich bedauere, heute bin ich Monsieur Samedis Vertretung. Monsieur Samedi hat eine Vertretung von Sonntag bis Freitag. Sie verstehen?» Er zählte an seinen Fingern ab, als müsste er nachrechnen, welcher Tag heute war.

«Natürlich», sagte Philip. «Ich weiß. Wir haben telefoniert. Philip. Das ist mein Freund Nino, den ich mitbringen sollte.»

«Ah!» Der farblose Mann inhalierte an beiden Zigaretten gleichzeitig und warf den kürzeren Stummel einfach zur Seite. «Philip, richtig! Der Freund von Rainer Hubrach alias *River* der Chemiker. Und das ist Nino Sorokin! Ihre gemeinsame Freundin heißt Julia alias Luna. Ist das üblich bei Ihnen, sich Künstlernamen zuzulegen? Haben Sie beide auch noch einen zweiten Namen? Lassen Sie mich raten! Philip ... *Phantastikus*? Nein, *Marchosias*! Und Nino ... Nino heißt eigentlich *Constantino*. Oder *Naberius*!» Er lachte, als hätte er einen besonders hintergründigen Witz gemacht. «Wirklich, das ist interessant, das interessiert mich. Schön, dass Sie gekommen sind!»

«Wie heißen Sie denn?», fragte Nino irritiert. Es kam ihm falsch vor, jemanden zu siezen, der nicht viel älter sein konnte als er selbst.

«Oh, ich?» Er legte eine Hand auf die Brust. «Ich bin Amor.» Wie zum Beweis legte er den Kopf zurück und zog den Kragen herunter, sodass eine Tätowierung an seinem Hals sichtbar wurde: ein kleiner fetter Engel, der statt Pfeil und Bogen ein Maschinengewehr in den Babyarmen hielt und Herzen Richtung Wange feuerte.

«Amor», wiederholte er. «Wenn ich mir einen Künstlernamen aussuchen dürfte, würde ich mich aber *Amor* nennen.»

Nur er lachte darüber.

Philip räusperte sich. «Also, wir sind wegen einem schwarzen Zettel gekommen, wie besprochen.»

Eine Explosion im Film tauchte Amors Blick in giftiges Orange. «Ja, genau. Es freut Monsieur Samedi, dass Sie so erfolgreich damit sind. Die meisten, wissen Sie, probieren es einmal aus und kaufen nie wieder einen Zettel. Sie kommen zu den Séancen, aber alleine, ohne Monsieur Samedis Leitung, gelingt es ihnen einfach nicht. Natürlich ist Monsieur Samedi auch froh darüber, seine Anhänger bei sich zu behalten. Aber es freut ihn besonders, wenn er jemanden findet, der eine Gabe besitzt.» Seine Stimme war zuckersüß, die Worte beinahe unverständliche Schnalzlaute. Dann deutete er mit der Zigarette auf die beiden. «Wie war das bei Ihnen doch gleich? River hat den ers-

ten Zettel erworben. Und es funktionierte. Sie waren zu viert –
River, Sie beide und Ihre Freundin Julia. Dann probierten Sie
es zu dritt aus, ohne Sie, Nino – und da funktionierte es nicht.
Und zu zweit – Sie, Philip, und Ihre Freundin Julia, sie hatten
alleine auch keinen Erfolg. Und nun sind die vier Freunde
wieder vereint, und es klappt. Sehr schön. Ein Märchen von
Freundschaft! Sie sollten Ihre Beziehung nicht unterschätzen.»
Er tippte sich an seine Tätowierung am Hals, als würde die erklären, was er meinte. «Ich bin so neugierig … sagen Sie, welche Fragen haben Sie dem Glas gestellt?»

Philip zuckte die Schultern. «Alles Mögliche.»

«Ja, ja», sagte Amor ungeduldig, «aber was nun – persön-
liche Fragen wie ‹Liebt sie mich?› und ‹Soll ich den Job wechseln?› oder philosophische Fragen wie ‹Gibt es Gott?› und der-
gleichen? Und die Antworten, haben sie Sinn ergeben? Waren
sie beängstigend oder tröstlich?»

Nino sah zu Philip herüber und erkannte bei ihm dasselbe
Misstrauen, das er empfand.

Er zuckte wieder die Schultern. «Ja, ein bisschen von allem.
Wie immer.»

«Wie immer», wiederholte Amor.

Das Schweigen, das nun einsetzte, war beinahe beunruhigender als Amors merkwürdiges Gerede. Die Zigarette zischte und
warf ihren Ascheschwanz ab.

«Also zwanzig, oder?» Philip zog einen zerknitterten Geldschein aus der Hosentasche und reichte ihn über den Schreibtisch.

Mit Luchsaugen betrachtete Amor den Schein, dann Philip.
Wieder beförderte er eine Zigarette aus seiner Jacke und zündete sie an der noch brennenden an.

«Das Geld», sagte er Rauch atmend, «können Sie wieder ein-

168

stecken. Ich glaube, in Ihrem Kühlschrank befinden sich nur noch zwei Scheiben Toast, und die Bärchen-Wurst ist ebenfalls so gut wie alle. Ganz zu schweigen von Butter! Entgegen der zeitgenössischen Meinung von Fitnessfanatikern ist Butter keineswegs gesundheitsschädlich, jedenfalls nicht bei einem jungen Menschen Ihrer schlanken Statur, Philip. Sie könnten sich ruhig ein wenig Butter gönnen. Wenn man einem sumerischen Mosaik Glauben schenken darf, haben Ihre Vorfahren das schon 3000 vor Christus getan. Wieso investieren Sie dieses Scheinchen nicht lieber in essbare Genussmittel?»

Zögernd nahm Philip den Arm wieder zurück. Er kniff die Augen zusammen. «Woher ...?»

«... ich das weiß? Aber wie es in Ihrem Kühlschrank aussieht, das sieht man Ihnen doch an! Ich bin noch nicht lange in dieser schönen Stadt, die Sitten ihrer Bürger sind mir nicht so vertraut, aber ich interessiere mich sehr für Essgewohnheiten. Ja, ich würde behaupten, da besitze ich ausgezeichnete Menschenkenntnis.»

Nino verlagerte unruhig das Gewicht von einem Fuß auf den anderen. Ihn verunsicherte nicht nur die komische Ausdrucksweise des farblosen Mannes – da war etwas an ihm, irgendwas in seinen Bewegungen. An den Rändern seiner Gestalt.

«Sehen Sie, Monsieur Samedi hat mich nämlich angewiesen, Sie beide einzuladen. Sie müssen nichts bezahlen.» Er klemmte sich die Zigarette zwischen die Lippen und stand auf. Dann bückte er sich nach dem Teppich. Mit einem Ruck riss er ihn zur Seite.

Darunter verbargen sich ein kreisförmig angeordnetes Alphabet und alle Zahlen von null bis neun – ein mit Edding direkt auf den weißen Boden gemaltes Ouija-Brett.

«Bitte, setzen Sie sich!» Amor ließ sich auf die Knie sinken und zog einen dicken Filzstift aus der Jacke. Ohne einen schwarzen Zettel als Vorlage zu benutzen, malte er in die Mitte des Zirkels ein kompliziertes Zeichen.

Seine Striche waren schnell und geübt. Schon hatte er eine Art dreiarmigen Kerzenständer entworfen, mit antiken Schriftzeichen ringsum, aus denen verdrehte Schlaufen und Schnörkel sprossen.

«Eigentlich warten unsere beiden Freunde auf uns. Wir wollten zusammen spielen», sagte Nino, der unter keinen Umständen mit dem merkwürdigen Kerl eine Séance abhalten wollte.

Der Filzstift quietschte über den Boden, als Amor aufblickte. «Ihre beiden Freunde? Julia, und wer ist der andere? River? Ich dachte, er ist beleidigt, dass Julia für alle außer ihn zugänglich ist.» Er starrte abwechselnd Philip und Nino in die Augen, als liefen dort zwei stummgeschaltete Filme ab. Schließlich lächelte er und ließ sich auf die Fersen zurücksinken. «River hat davon erzählt. Von seinen gescheiterten Annäherungsversuchen bei Ihrer Freundin Julia. Frustriert zog er von dannen! Schade, wo das Gläserrücken bei Ihnen doch so wunderbar zu funktionieren scheint. Er verpasst mehr als nur ein romantisches Abenteuer. Nun, wer ist jetzt der vierte Spieler?»

«Ein Freund. Warum?», fragte Nino.

Amor richtete sich auf und zog an seiner Zigarette, die schon fast abgebrannt war. Den Filzstift warf er in die Luft und fing ihn auf, warf und fing ihn, ohne hinzusehen.

«Freunde soll man nicht warten lassen», sagte er schließlich. «Hier.» Er ging hinter den Tisch, zog eine Schublade auf und überreichte Philip einen schwarzen Zettel. Dasselbe Symbol war darauf abgebildet, das Amor auf den Fußboden gemalt hatte.

«Zwanzig Euro. Bitte.» Als Philip ihm den Schein gab, ließ er ihn achtlos in die Schublade fallen. «Danke. Viel Vergnügen.»

«Danke auch für die Einladung. Wenn wir gewusst hätten, dann …»

Amor machte eine entschiedene Geste, um Philip zum Verstummen zu bringen. «Verschoben, nicht aufgehoben. Wenn Monsieur Samedi jemandem eine Gefälligkeit erweisen will, tut er das auch. Früher oder später.»

«Gut. Dann … auf Wiedersehen.»

«Wiedersehen», murmelte Nino.

Sie drehten sich um und gingen auf die Tür zu. Doch als Philip die Klinke herunterdrückte, war sie abgesperrt.

«Ihr müsst klopfen», sagte Amor hinter ihnen.

Philip gehorchte. Als Nino einen Blick zurückwarf, war Monsieur Samedis Handlanger verschwunden – da waren der Schreibtisch, der kaputte Sessel, der flimmernde Laptop – aber keine Spur von Amor. Ein Rauchfaden stieg aus dem Aschenbecher, wo die zerdrückte Kippe lag.

Nino packte Philips Schulter.

«Was?»

Die Tür ging auf, und der Zeitungsmann erschien.

Als Nino Philip an beiden Schultern herumdrehte, saß Amor plötzlich wieder im Sessel, die Füße auf dem Tisch, und zog an einer neu angezündeten Zigarette. Der Film lief in voller Lautstärke. Jemand kreischte in einer undefinierbaren Sprache, und zum ersten Mal kam Nino der Gedanke, dass es vielleicht kein Spielfilm war, sondern eine echte Aufnahme.

«Jetzt komm», zischte Philip.

Er war zu verdattert, um ein Wort herauszubringen. Er hatte sich das nicht eingebildet, der Sessel war leer gewesen. Hatte Amor sich unter dem Tisch versteckt? Aber so schnell, ohne ein

Geräusch, das war unmöglich … Und warum sollte er auch?
Mit weichen Knien folgte Nino Philip aus der Halle, vorbei am
Zeitungsmann und die feuchten Stufen hinab nach draußen, wo
es bereits Nacht wurde.

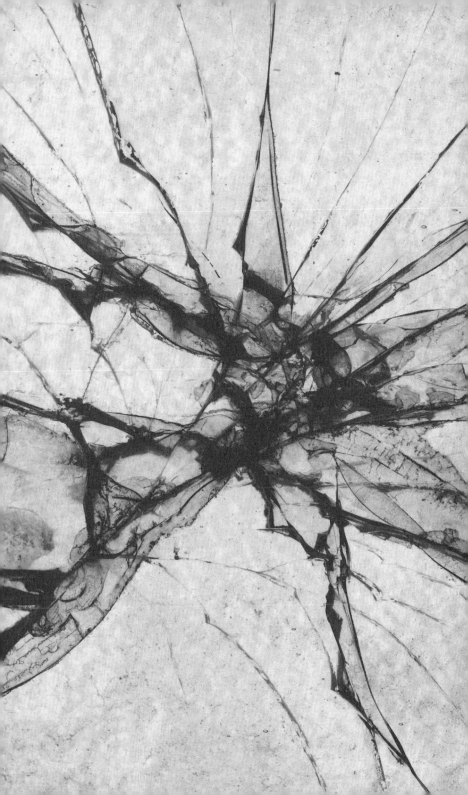

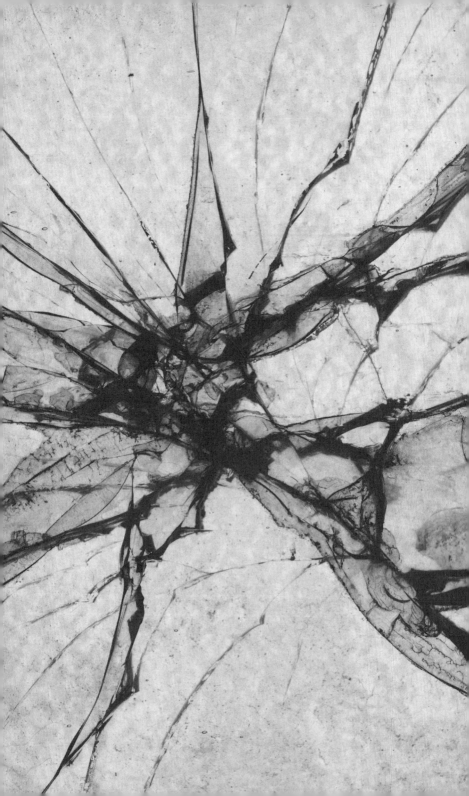

JETZT

Wir verlassen die Autobahn und werden vom Verkehr aufgenommen, der sich wie ein Strudel nach innen hin verdickt. Der Fahrer findet seinen Verstand wieder – wo sind wir denn hier? Was soll denn – aber wo – und ich wende mich an Noir, die apathisch an meiner Schulter lehnt.

«Wohin jetzt, weißt du das?»

Sie schüttelt den Kopf. Alles kommt ihr bekannt vor, aber sie misstraut dem Gefühl. «Ich weiß nicht, wo mein Haus stehen könnte.» Sie atmet gepresst aus. «Lass uns irgendwo bleiben. Dann schauen wir auf einen Stadtplan.»

Ich sehe aus dem Fenster. Werbeplakate auf Französisch rauschen vorbei. Davon verstehe ich nichts. Ich verstehe die Sprache nur, wenn sie aus einem Menschen kommt.

Dass es mir jetzt genauso geht wie Jean Orin, dass ich unfreiwillig in seine Rolle hineingleite, bereitet mir fast Ekel. Ich drücke Noir und versuche mich daran zu erinnern, dass ich eben nicht wie Jean Orin bin und mich in jeder Hinsicht dagegen gewehrt habe.

Ich entdecke ein kleines Hotel und lasse unseren Fahrer anhalten.

Du bist nach Paris gekommen, um deinen Sohn zu treffen, sage ich zu ihm. Wenn du ihn gefunden hast, fährst du wieder nach Hause. Wenn du ihn nicht findest ... dann auch.

Ich zünde ihm noch eine Zigarette an, ehe wir aussteigen.

Das Hotel ist so klein, dass man sich nicht unbemerkt an der Rezeption vorbeischleichen kann. Eine leicht pummelige Frau steht am Tresen. Ich spüre die Worte, die sie von mir erwartet, und spreche sie aus: Ob noch ein Doppelzimmer frei sei. Für zwei Personen. Sagen wir, zwei Nächte.

Wir haben Glück, behauptet die Rezeptionsleiterin, es sei noch ein Zimmer frei. Ich werfe einen Blick in das kleine Büro hinter ihr. Auf die staubüberzogenen Plastikblumen neben dem altertümlichen Computer. Das Hotel hat drei Sterne, aber es wirkt schäbiger.

Sie bittet mich um meinen Personalausweis.

«Sie lassen mich das Formular ausfüllen», sage ich. Sie zögert, dann entspannen sich ihre Gesichtszüge, und sie übergibt mir Stift und Formular. Ich trage als Namen JEAN ORIN ein und erfinde ein Geburtsdatum und eine Schweizer Adresse.

Ich habe mit einer Kreditkarte bezahlt, sage ich.

Ja, sagt die Rezeptionsleiterin und händigt uns einen Schlüssel aus. Frühstück beginnt aus damals die Bibel absolut mein Cousin.

Ich nicke höflich, als hätte sie etwas Sinnvolles gesagt, dabei bin ich erschrocken. Kommt die Verwirrung von meiner Manipulation? Oder habe ich sie einfach nicht richtig verstanden? Egal, der Moment ist verstrichen – verstrichen, als hätte es ihn nie gegeben, und Noir und ich gehen die schmale Treppe hinauf ins zweite Stockwerk, wo sich Zimmer 24 befindet.

Es ist eine Kammer, die fast ausschließlich vom Bett ausgefüllt wird. Am Fenster steht ein winziger Schreibtisch, auf dem gerade mal genug Platz ist für ein Telefon, einen Block mit Bleistift und einen ausgeblichenen Prospekt für Touristen. Das Bad hat Plastikwände und sieht aus wie eine Astronautenkabine.

Noir setzt sich neben mich auf die Bettkante und entfaltet den Prospekt, auf dessen Rückseite eine vereinfachte Karte der Pariser Innenstadt abgebildet ist. Ihr behandschuhter Finger gleitet über die Zeichnungen, als könnte sie fühlen, ob eine Vertrautheit zwischen ihnen besteht.

«Ich muss mehr träumen.»

Ihre Hand fährt zu meinem Oberschenkel, und ich schließe die Augen. Für eine Sekunde durchzuckt mich heftiger Widerwille. Wieso nehme ich das alles auf mich, wieso ist Noir wichtiger als ich? Wieso soll sie leben, wenn ich sterbe? Aber natürlich gibt es darauf keine Antworten. Ich brauche auch keine. Ich liebe sie nicht, als wäre sie ein Teil von mir, sondern als sei ich ein Teil von ihr.

Noir spürt diese Sekunde der Ablehnung dennoch wie einen Peitschenschlag und weicht vor mir zurück. Ich öffne die Augen, will sie zu mir heranziehen.

«Tut mir leid», stammelt sie. «Ich ... es tut mir leid.»

«Nein, nein, nein! Nichts muss dir leidtun. Du sollst dir alles nehmen, alles.»

Aber ich habe sie verschreckt. Ich entkleide uns, damit sie mich spürt. Noir wehrt sich erst, dann umklammert sie mich mit Armen und Beinen. Hände krallen sich schmerzhaft in mein Haar, aber ich bin so voller Liebe, dass ich am Ende nicht mehr weiß, was ich empfinde, nur dass es heftig ist.

Sie schläft ein, ihre Fäuste an meinem Hals, und ich betrachte ihre nackten Fingernägel. Sie sind abgekaut, so wie meine Daumennägel. Ich frage mich, was für ein Mädchen sie einmal war und wie unsere Beziehung unter anderen Umständen hätte aussehen können. Aber an dieser Vorstellung hängen so viele klirrende Wenns, dass wir beide gar nicht mehr wir selbst wären und sie deshalb an Relevanz verliert.

Ich merke, dass ich unter der Betäubung sehr hungrig bin, und verliere mich in einer leichten Bewusstlosigkeit.

16.

Dieses Mal hatte Nino keine Einwände, als Itsi vor Beginn des Spiels das STYX auspackte. Jeder genehmigte sich eine Portion. Es stimmte wirklich, mit der Droge war das Gläserrücken weniger beängstigend, vor allem zum Schluss, wenn jene fremde Macht wieder verschwand, die ihnen für die Dauer der Séance wie ein warmer Kuss im Nacken saß. Als Nino das Pulver durch die Nase zog, wollte er aber auch die Begegnung mit Monsieur Samedis merkwürdigem Drogendealer ausblenden. Jetzt war nicht der richtige Augenblick, darüber nachzudenken, dass Monsieur Samedi ihnen eine *Gefälligkeit* erweisen wollte, *früher oder später*.

Als sie das Symbol abgemalt und einen Tropfen Blut gespendet hatten, setzte sich das Glas beinahe sofort in Bewegung, als wäre es ein elektronisches Gerät, für das sie eine Steckdose gefunden hatten.

Das Gefühl war unbeschreiblich. Die Macht, die das Glas bewegte, schloss Nino in ihre Arme, hielt sein Innerstes, löschte die Einsamkeit wie ein ausradierbares Wort. Er konnte den anderen ansehen, dass es ihnen genauso ging.

Sie fragten all die Dinge, die sie sich beim letzten Mal überlegt hatten und an die sie sich noch erinnerten. Doch die Antworten fielen fast immer mehrdeutig aus oder schienen keinen Sinn zu ergeben.

Zum Beispiel als sie wissen wollten, ob es andere Welten neben ihrer gab, schrieb das Glas: ALLES 1. Oder ob die Zukunft bereits eingetroffen sei und nichts zufällig passierte: ZEIT MACHT SCHICKSAL.

Sie stellten auch weniger bedeutsame Fragen und erfuhren, dass keiner von ihnen jemals berühmt oder Milliardär werden würde, dass Philips und Ninos ehemaliger Kunstprofessor wie vermutet Fußfetischist war, dass Philip in Spanien leben würde und Julia nicht an Lungenkrebs starb. Danach fragte Nino, wann er sterben würde. Wie beim letzten Mal lautete die Antwort 24. Als er die Todesursache wissen wollte, kam wieder ein merkwürdiges Kauderwelsch zustande, ein NO-AA-R-IR-NO, als kämpften im Glas mehrere Stimmen gegeneinander.

«Sterbe ich innerhalb der nächsten Woche?», fragte er schließlich.

Das Glas zog Kreise. Näherte sich dem J, näherte sich dem N, zog weiter seine Kreise.

«Sterbe ich morgen oder übermorgen?», fragte er erschöpft.

E   I

N   N

Er schloss die Augen und schluckte trocken.

Bald darauf beschlossen sie, die Séance zu beenden, da das Glas keine sinnvollen Antworten mehr gab, und nahmen noch mehr STYX.

Julia schlug vor auszugehen. Philip stand auf der Gästeliste eines Clubs. Auf dem Weg dorthin kauften sie Wodka und betranken sich innerhalb einer Rekordzeit, die Nino zuletzt mit vierzehn erreicht hatte. Er fühlte sich beinahe wieder wie damals: Alles fühlte sich verboten, ergaunert, auf berauschende Art unrechtmäßig an. Es war ergaunerte Lebenszeit, die er hier im Schnelldurchlauf verprasste.

Sie liefen johlend über doppelspurige Straßen, das Hupen der Autos war Musik, pumpte sie auf mit einem wutgetriebenen, kraftvollen Gefühl von Unzerstörbarkeit, Nino zog Julia in seine Arme und küsste sie, Philip packte sie beide im Nacken und küsste Julia, sie küssten sich alle, ein Taxifahrer brüllte im Vorbeifahren Beschimpfungen, Itsi warf seine Flasche nach dem Auto, und sie mussten schlagartig rennen. An einem Park vorbei, dann quer durch den Park, bis sie vor Lachen nicht mehr konnten, sich Zigaretten anzündeten, und Julia trug wenig später einen Cowboyhut, den sie einer Truppe Männer auf Junggesellenabschiedsparty gemopst hatte, und irgendwie, einem instinktiven Orientierungssinn folgend, erreichten sie den Club, drängten sich an der Schlange vorbei, durch den rot beleuchteten Eingang, und der Türsteher winkte sie herein wie Plankton ins malmende, vor zappelnden Menschen überquellende Maul der Nacht.

Blitzlichtgewitter.

Atemlose Finsternis.

Der metallische Fabriklärm einer Metropolis, die nur im Klang existiert. *Sie sprengt jeden Gedanken aus deinem Kopf.*

Sie wogten in der Menge, ihre Kleider waren augenblicklich durchnässt. Wenn er die Arme nach oben ausstreckte und auf die Zehenspitzen stieg, konnte er die moderige Decke dieses umfunktionierten Bunkers berühren. Irgendwo brach Jubel aus, aber der galt nicht der Musik, es war ein Jubelschrei, hier zu sein, vorgedrungen ins zuckende Herz dieser Stadt, die so viele Häute trug und so viele falsche Herzen darunter versteckte.

Eine hohe weibliche Stimme tauchte aus dem Nichts auf, schwebte wie ein Seidenschal über den Hammerschlägen des Beats und sang immer wieder ein Wort, das wie *fallen! fallen!* klang.

Nino ließ die Schultern sinken. Sie waren Tänzer zu tierhaft ehrlichen Klängen, gemacht, sich zu bewegen, zu atmen und ihr Leben sturmgeschüttelt auszuschütten. Musik zwang sie zu fühlen. Zu lieben.

Hinter geschlossenen Augen sah er die Lichter zucken.

Als er aufblickte, erschien für eine Sekunde I H R Gesicht in der Menge.

Finsternis. Ein Sturz ins Weltall.

Licht spritzte in gleißenden Splittern auf sie nieder, und da war sie, wahrhaftig.

Sie hatte sich das Käppi in die Stirn gezogen, aber er erkannte sie trotzdem. Ihren Mund, ihre krumme kleine Nase.

Sie stand an die Wand gelehnt da und tanzte nicht. Langsam, vom hektischen Lichtflimmern durchbrochen, drehte sie den Kopf und erwiderte seinen Blick.

Finsternis löschte sie. Als es eine zehn Jahre lange Sekunde später hell wurde, stand sie nicht mehr da.

Ein Schmerz zog sich durch seinen Bauch, durch sein Herz, verätzte ihm die Kehle. Er fragte sich, wie oft er sie noch verlieren konnte, bevor er starb. Kein Mal. Kein einziges Mal mehr.

Itsi tauchte vor ihm auf, in den Händen vier Gläser randvoll mit Wodka. Er verteilte sie an Julia, Philip und Nino, der es abwesend nahm, während er die Menge nach ihr durchsuchte.

«Danke!», brüllte Julia. Zu viert stießen sie an und kippten sich den Inhalt der Gläser in den Mund.

«Ist nicht von mir!», brüllte Itsi mit verzerrtem Gesicht zurück. «Der Typ hat sie mir ausgegeben!» Er wies zur Bar.

Nino drehte sich um, eine schreckliche Ahnung im Nacken. Und tatsächlich: An der Bar stand Amor.

Er lächelte ihnen zu und hob ein Schnapsglas, das er in einem Zug leerte, ohne eine Miene zu verziehen. Zwischen den schwarzen Fingern der Lederhandschuhe glomm eine Zigarette.

Plötzlich erschien sie hinter ihm. Es sah aus, als würde sie ihm etwas sagen, aber Amor blickte weiter mit seinem merkwürdigen, schwer erkennbaren Lächeln zu Nino herüber. Sie drehte sich um und ging.

Auch Amor stand auf und schritt zum Ausgang. Zog er an seiner Zigarette, oder gab er Nino ein Handzeichen, dass er ihm folgen sollte? So oder so drängte Nino sich an den Tanzenden, den Anstehenden bei der Garderobe und der Kasse vorbei, sprang die Stufen in drei Sätzen hinauf und lief auf die Straße.

«Hier, Nino Sorokin.»

Er fuhr herum und entdeckte Amor, der neben dem Clubeingang an der Wand lehnte. Nun stieß er sich mit dem Fuß von der Mauer ab und kam auf ihn zu.

«Woher kennen Sie meinen Nachnamen?»

Amors Blick irrte neugierig über sein Gesicht. «Sie schwitzen, Ihre Pupillen sind geweitet. Wenn ich mich nicht irre, strahlt Ihr Körper überdurchschnittlich viel Wärme aus.» Er zog an seiner Zigarette. «STYX ist eine wunderbare Sache, nicht wahr? Monsieur Samedi hat ein Näschen für talentierte Chemiker.»

«Was ist STYX?», fragte Nino, einerseits, um seinen Drogenkonsum zu leugnen, andererseits, weil er es wirklich wissen wollte.

Amors Zähne waren kurze, scharfe Stümpfe, als er lächelte, aber es fiel Nino immer noch schwer, einzelne Merkmale seines Aussehens an ihm festzumachen.

«Neugier ist wie eine Achterbahnfahrt. Man bezahlt meistens teuer, einem wird schlecht, und im besten Fall landet man da, wo man eingestiegen ist.» Er zündete sich eine weitere Zigarette an der bereits brennenden an und fuhr dann fort: «Ist Ihnen schon einmal aufgefallen, dass praktisch alle Lebensformen von Neugier getrieben sind? Sei es eine Pflanze, die ihre Wurzeln immer tiefer in die unbekannte Erde streckt, oder ein Wurm, der über eine Straße kriecht. Und dabei führt Neugier fast immer ins Verderben. Wieso hat die Evolution also nicht längst die Neugier abgeschafft? Einzige Erklärung wäre, dass Stillstand noch schlimmer ist. Eine Gazelle, die vor einem Gepard flieht, lebt vielleicht zehn Sekunden länger als eine, die sich, sagen wir, aus gründlichem Erwägen ihrer Chancen einfach ergibt. Zehn Sekunden länger wird diese Gazelle den Duft der blühenden Gräser riechen, die Sonne auf ihrem Fell spüren. Und die erfreuliche Kraft ihrer eigenen Muskeln, ihr pumpendes Herz, vielleicht sogar den reizvollen Drang, aus Angst urinieren zu müssen. Die Neugier auf zehn Sekunden Leben ist stärker als die Vernunft, stärker als die Faulheit, stärker als die Resignation.»

«Ich würde das Instinkt nennen», erwiderte Nino. Aber das reichte nicht, um Amors Lächeln ins Wanken zu bringen.

«Genau was ich meine. Neugier ist Instinkt.» Amor wies die Straße hinunter. Er hielt einen kleinen schwarzen Gegenstand in der Hand. Nicht weit entfernt piepte ein Auto.

Nino war alles andere als ein Fan von Autos, aber als er sah, welcher der parkenden Wagen aufblinkte, klappte ihm ein wenig der Mund auf.

Es war ein Sportwagen in spiegelglänzendem Schwarz, wie für einen futuristischen Film entworfen. Ein Panther hätte zwischen den anderen Autos nicht surrealer wirken können als dieser Wagen.

Amor betrachtete ihn lauernd. «Ein Maserati. Hätten Sie Lust auf eine Spritztour?»

«Leider fahre ich nicht.»

«Jemand wird Sie fahren.»

«Nein, ich fahre generell nicht –»

Er warf den Schlüssel, aber nicht zu Nino.

Durch das Käppi und den Pullover halb vermummt, schlich sie über die Straße, fing den Schlüssel, ohne Nino aus den Augen zu lassen, und öffnete die Fahrertür. Geschmeidig stieg sie ein und rauchte durch das heruntergefahrene Fenster.

Nino schluckte trocken. «Arbeitet sie auch für Monsieur Samedi?»

«Fragen Sie sie doch selbst.»

«Wie heißt sie?»

«Na, fragen Sie sie!»

Nino wich erschrocken zurück – Amor hatte ihm beinah ins Ohr geflüstert, ohne dass er gemerkt hatte, wie er so nah herangekommen war. Der Atem, den er auf der Haut spürte, war nicht warm.

Amor nickte aufmunternd, dann drehte er sich um und schritt zum Club zurück. Nino verlor ihn zwischen den Anstehenden aus den Augen.

Als er sich wieder dem Maserati zuwandte, beobachtete sie ihn immer noch aus dem Fenster. Ihr Blick schien etwas zu sagen … aber er wusste nicht, was. Intensive Leere.

Wie schwebend ging er zu ihr hinüber. Obwohl sie wieder Lederhandschuhe trug, konnte er sehen, dass die Zigarette zwischen ihren Fingern ein wenig zitterte.

Er blieb vor ihr stehen, und sie sahen sich an.

«Willst du eine Zigarette?» Ihre Stimme war so dünn, ein Windhauch zwischen blattlosen Zweigen.

«Ja», sagte er.

Statt eine Zigarette aus der Schachtel zu nehmen, die sie

ihm aus dem Fenster anbot, nahm er die Zigaretten aus seiner Hosentasche.

«Das sind auch deine. Leider hat es so lange gedauert, sie zu besorgen, dass du schon verschwunden warst, als ich zurückkam.»

Sie nickte ernst. «Jetzt bin ich wiedergekommen.»

«Ja.»

Er zündete sich eine Zigarette an.

Schweigend beobachtete sie ihn beim Rauchen. Er blies den Qualm eilig fort, damit er ihm nicht die Sicht auf sie trübte.

«Willst du einsteigen?»

Zum dritten Mal sagte er: «Ja.»

Nino ging um den Wagen herum, öffnete die Tür und schob sich auf den Beifahrersitz. Man saß, nein, man *lag* praktisch auf der Straße. Er fuhr die Scheibe runter und hielt die Zigarette nach draußen.

Sie sah ihn nicht direkt an, aber er wusste, dass sie ihn beobachtete. Die Zeit schien in die Länge gezogen, jede Sekunde war eine kleine Unendlichkeit. Zögernd ließ sie ihre Zigarette aus dem Fenster fallen.

«Wieso siehst du mich an?» Das letzte Wort hing lose am Satz, ein Feigenblatt, das die nackte Wahrheit eher betonte als verhüllte.

«Ich weiß nicht. Wie heißt du?»

«Mein Name?» Ihre Stimme war kaum zu hören, obwohl sie nicht flüsterte. Sie kam einfach von sehr weit her.

Er betrachtete ihr Ohr. Die einzelnen Strähnen ihrer Haare. Ein Auto fuhr vorbei und ließ bläuliches Licht über ihr schönes Gesicht wandern. Alles an ihr war echt, trotzdem erkannte er deutlicher denn je, dass sie ein *Bild* war. Ein täuschend reales Gemälde.

«Du bist anders», sagte er, ohne zu verstehen, was genau er damit meinte.

«Ich soll dich zu ihm fahren. Schnall dich an.»

«Monsieur Samedi ist mir egal. Wer bist du?»

Der Motor sprang an, als würde der Wagen zum Leben erwachen. Mit einem kräftigen Ruck fuhr sie nach hinten, drehte das Lenkrad und gab Gas.

Minuten schienen zu vergehen, während die Stadt sich hinter den Fenstern zu bunten Galaxien überschlug.

«Träume ich?», fragte er ruhig.

«Nein.»

Als eine rote Ampel auftauchte, bremste sie und zündete sich erneut eine Zigarette an.

Er beäugte sie. «Mache ich dich nervös?»

Sie stieß hörbar den Qualm aus der Nase. «Was?»

Er lächelte. «Also ja.»

Sie gab ein Geräusch von sich, das eher verzweifelt als belustigt klang.

«Keine Sorge. Die meisten gutaussehenden Männer wissen nicht, dass sie gut aussehen. Aber ich komm damit klar.»

Sie sagte nichts. Konzentriert sah sie zur Ampel auf und gab Gas, sobald es gelb wurde.

«Das war ein Scherz», murmelte er eine Weile später. Und konnte es sich nicht verkneifen, weiter in die Sackgasse voranzustapfen: «Ich komme überhaupt nicht damit klar, dass ich gut aussehe, deshalb rede ich auch so einen Blödsinn, anstatt einfach darauf zu vertrauen, dass du sowieso auf mich stehst.»

Sie lächelte nicht einmal ansatzweise. In seinem ganzen Leben hatte er nie mehr darunter gelitten, dass jemand ihn ernst nahm.

«Ich rede Unsinn. Egal. Sag mal, wie du heißt.»

«Warum?»

«Gerade sitze ich in deinem Auto, obwohl ich Autos hasse. Nichts gegen deinen Maserati, nur … während ich dir mein Leben anvertraue, könntest du mir auch deinen Namen verraten, meinst du nicht?»

«Du vertraust mir dein Leben nicht an.»

«Darf ich mir einen Namen für dich ausdenken? Hildegard? Oder Gerlinde?»

«Das sind sehr alte Namen.»

Er ahnte, dass sie sich nicht provozieren lassen würde, und fragte stattdessen: «Wie alt bist du?»

Sie bog scharf ab und überholte die anderen Autos auf einer doppelspurigen Schnellstraße. «Zwanzig.»

«Zwanzig, sagt sie.» Seine Hände krampften sich um die Armlehnen, während sie weiter durch die blinkende Nacht rasten. «Du wirkst älter.»

«Ich bin schon lange zwanzig.»

Nino registrierte, dass sie inzwischen im Westteil der Stadt waren. Vor ihnen erhoben sich verglaste Bürotürme in den rot gefleckten Nachthimmel.

«Du arbeitest also für Monsieur Samedi.»

Der Zigarettenstummel, den sie aus dem Fenster hielt, flog ihr aus den Fingern. «Warum fragst du?» Ihre Stimme war wieder so zerbrechlich wie vibrierendes Glas.

«Soweit ich das beurteilen kann, bist du kein Junkie. Du müsstest doch was Besseres finden, als für jemanden Drogen zu verkaufen.» Er überlegte. «Du könntest Rennfahrerin werden.»

«Ich *bin* Fahrerin.»

«Du bist Monsieur Samedis Chauffeurin?»

Sie nickte.

Er konnte nicht anders, er musste lachen.

187

Sie warf ihm einen fragenden Blick zu.

«Jemand, der sich einen Maserati zulegt, will selbst fahren. Ein älterer Mann mit Sportwagen lässt nie und nimmer ein zwanzigjähriges Mädchen ans Steuer. Nichts für ungut.»

«Wie viele ältere Männer mit Sportwagen kennst du denn?»

«Ich kenne zwanzigjährige Mädchen.» Ihm war, als würde sie absichtlich beschleunigen, sodass er tiefer in den Sitz gedrückt wurde. «Äh, natürlich fährst du bemerkenswert gut. Wo hast du das gelernt?»

«In den Sportwagen älterer Männer», sagte sie und klang endlich ein wenig amüsiert.

Sie öffnete das Handschuhfach, nahm einen kleinen Handsender heraus. Am Ende der Straße glitt ein Tiefgaragentor auf. Nino schaffte es gerade noch, einen Blick auf das Gebäude zu werfen, bevor sie unter der Erde verschwanden: Es war ein moderner Bürokomplex mit verspiegelter Fensterfront und mindestens zehn Stockwerken.

Sie parkte den Wagen auf einem hochfahrbaren Stellplatz. Das Dröhnen des Motors erstarb. «Steig aus.»

Als er den Gurt gelöst und sich aus dem Sitz gehievt hatte, stand sie bereits ein paar Schritte abseits und zündete sich wieder eine Zigarette an. Dass ein großes Rauchen-verboten-Schild an einer Säule hing und es stark nach Benzin roch, schien sie nicht zu kümmern.

«Hast du deshalb Handschuhe an?», fragte er, als sie zum Aufzug gingen. «Weil du so viel rauchst, dass du schon gelbe Nikotinfinger bekommst? Zeig mal.» Er griff nach ihrer Hand und wollte den Handschuh herunterziehen, doch sie riss sich mit erstaunlicher Kraft los.

«Tu das nie wieder.»

Neben dem Lift war eine Tastatur, in den sie einen sechsstelligen Code eingab. Die Türen glitten mit einem Läuten auf. Es war ein prachtvoller Aufzug – aber trotzdem ein Aufzug.

Sie bemerkte sein Zögern und trat in die hinterste Ecke, um ihm Platz zu machen. Er sah sein eigenes, golden beleuchtetes Spiegelbild an der Wand gegenüber. Dafür, dass er auf Drogen war und gerade von einem Auto in einen Aufzug kam, sah er noch relativ frisch aus.

Er hielt die Luft an, überwand seine Angst. Mit sanftem Grollen schlossen sich die Türen hinter ihm.

«Welcher Stock?», fragte er. Der erste, bitte. *Bitte.*

Sie gab wieder einen Code ein. Auf der Anzeigetafel leuchtete eine 17 auf.

«Dachgeschoss.»

Er schloss die Augen. Als er sie Sekunden später wieder öffnete, erklang das Läuten des Aufzugs, und die Türen glitten zur Seite. Statt eines Hausflurs, wie Nino erwartet hätte, lag ein verglaster Raum vor ihnen – sie waren direkt in der Wohnung angekommen.

Sie ging auf die einzige Tür im Glas zu und öffnete abermals mit einem Code. Beim Hindurchtreten sah er, dass das Glas so dick war, dass es mit Sicherheit keine Kugeln durchließ. Wie in einem James-Bond-Film.

«Was will Monsieur Samedi von mir?»

«Er wird es dir sagen. Komm.»

Der Boden war mit großen, schwarzen Marmorplatten ausgelegt. Rechts konnte man durch eine fünf Meter hohe und mindestens doppelt so breite Fensterfront das Panorama der Stadt sehen. Es gab eine offene Küche, die so steril aussah wie ein OP-Saal, und eine eingebaute Bar mit matt beleuchteten Flaschen. Hinter einem Durchgang konnte Nino ein Wohnzimmer erkennen, in dem ein Kaminfeuer brannte. Gegenüber führte eine minimalistische, scheinbar frei in der Luft schwebende Wendeltreppe in ein höheres Stockwerk.

«Ist die Wohnung WG-tauglich?»

Sie warf ihm einen befremdeten Blick zu.

«Also nicht. Schade. Sonst würde ich sie nehmen.»

Sie schien zu begreifen, dass er aus Verlegenheit einen Witz gemacht hatte, und lächelte beinah. Dann bedeutete sie ihm, zur Bar mitzukommen, und drückte ihre Zigarette in einem gläsernen Aschenbecher aus.

«Willst du etwas trinken?», fragte sie leise.

Erst wollte er Ja sagen, aber dann erinnerte er sich, dass Monsieur Samedi ihn sehen wollte, und entschied sich, lieber nüchtern zu bleiben. So nüchtern jedenfalls, wie man mit einem halben Gramm STYX im Blut noch sein konnte.

«Nein, nichts, danke. Wohnst du hier?»

Stumm erwiderte sie seinen Blick, als wartete sie auf die richtige Frage – oder eine Antwort von ihm. Er konnte sie einfach nicht deuten.

«Warte bitte», sagte sie mit ihrer fernen Stimme und glitt hinter der Bar hervor, um im anliegenden Wohnzimmer zu verschwinden.

Bald hörte er ihre Schritte nicht mehr. Die Wohnung war still wie ein Grab. Draußen glommen Lichterketten von Autos, die kaum größer wirkten als Blutkörperchen. Er sah zum verglasten Eingang zurück. Hatte sie wieder abgesperrt, als sie hereingekommen waren? Die Vorstellung gefiel ihm ganz und gar nicht. Überhaupt, dass der einzige Weg nach draußen der Aufzug war.

Plötzlich tauchte sie neben der Bar auf – er hatte nicht gehört, wie sie zurückgekommen war.

«Ich bringe dich zu ihm.»

Er folgte ihr durch das Wohnzimmer. Der Kamin in der Mitte des Raumes glich eher einer Feuerstelle. Auch wenn das nüchterne Design einen anderen Eindruck erwecken wollte, wurde sie bestimmt für irgendwelche archaischen Rituale benutzt. Links verschmälerte sich der Raum zu einem muschelförmigen Gang. Dahinter verbarg sich ein Salon mit eingebauten Bücherregalen, orientalischen Liegen und einem Tischchen, auf dem Monsieur Samedi gerade ein Teeservice arrangierte.

Er trug ein weißes T-Shirt, aus dessen Ausschnitt Brusthaar quoll, und graue Stoffhosen. Der Marmorboden musste eiskalt sein, dennoch war er barfuß. Als er sie eintreten sah, richtete Monsieur Samedi sich auf und hielt Nino die Hand hin. Ein dicker Reif aus Platin umschloss sein Gelenk, ein Dutzend Ringe steckte an den Fingern.

«Nino Sorokin!» Das flächige Gesicht des Arabers öffnete sich zu einem Lächeln. Seine Augen blieben schwarze Monde, glatt und ohne Tiefe. «Gut, dass du zu mir gefunden hast.»

Er umschloss Ninos Hand mit beiden Pranken und schüttelte sie, als würde die Hand mehr mit ihm kommunizieren als der Mensch, der daran hing.

«Ja, hallo. Zu Ihnen gefunden, das ist eine interessante Art, es auszudrücken.»

Monsieur Samedis Lächeln blieb unverändert, als hätte er ihn gar nicht gehört. Noch immer hielt er seine Hand, doch er schüttelte sie nicht mehr, was noch beunruhigender war.

«Gibt es einen Grund, weshalb Sie mich in Ihre Wohnung bringen lassen?»

Die Sekunden der Stille, während sich ihre Hände umschlossen, schienen unerträglich lang.

Dann sagte Monsieur Samedi: «Dies ist nicht meine Wohnung. Ein Freund, dem ich einen Gefallen getan habe, hat sie mir für die Dauer meines Aufenthalts überlassen.»

Er ließ ihn unvermittelt los, um auf die Liege zu deuten. «Bitte. Setz dich.»

Nino gehorchte. Er konnte gar nicht anders. Die Höflichkeit des Arabers hatte etwas Zwingendes an sich. Ohne zu fragen, schob Monsieur Samedi eine silberne Teetasse vor ihn und goss ein dampfendes, bernsteinfarbenes Gebräu ein. Sich selbst mischte er drei großzügige Löffel braunen Zucker unter und stellte die Zuckerdose dann vor Nino.

«Danke», sagte er, ohne den Zucker anzurühren. Stattdessen drehte er sich um, weil sie sich noch nicht dazugesetzt hatte.

Als er sah, dass sie mit den Armen hinter dem Rücken an der Wand lehnte, richtete sie sich auf und warf Monsieur Samedi einen Blick zu. Dann verließ sie ohne ein Wort, fast ohne Geräusch, den Raum.

«Nimm Zucker», befahl der Araber freundlich.

Widerstrebend rührte Nino in seinem Tee. Das Klackern ihrer Löffel in den Tassen schien das einzige Geräusch in der ganzen Wohnung zu sein. Ihm fiel ein, dass das Feuer im Wohnzimmer gar nicht geknackt oder gezischt hatte.

«Du wirkst nervös», bemerkte Monsieur Samedi sanft. «Kann ich dir STYX anbieten? Ich lade dich ein.»

«Nein, danke.»

Der Araber lächelte ohne Hinterlist. «Du zeigst Charakterstärke. STYX ist ein Wundermittel, es verdient großen Respekt. Es kann die Symptome eines schwachen Charakters lindern. Aber niemals einen starken Charakter ersetzen. Bitte. Trink deinen Tee.»

Nino wollte nicht, aber er merkte, dass eine Ablehnung ihm nicht gelang. Es war fast wie ein Zauber; solange Monsieur Samedi ihn wie einen Freund behandelte, konnte er sich ihm nicht widersetzen. Er hob das zierliche Tässchen und nippte daran. Der Tee schmeckte nach Lakritz und war erschlagend süß, obwohl er so wenig Zucker wie möglich genommen hatte.

«Ich erinnere mich», hob Monsieur Samedi an, «wie du damals an meiner Séance teilgenommen hast. In dem verlassenen Chemiewerk. Du warst sehr überheblich.»

Nino schwieg. Obwohl – oder gerade weil – kein Vorwurf aus der Bemerkung herauszuhören war, fühlte er sich bloßgestellt.

«Du hast eine Frage an das Glas gehabt. Dabei hast du es nicht einmal mit deinem Finger berührt.» Monsieur Samedi lachte über sein Erröten. «Natürlich habe ich das mitgekriegt. Du wolltest mich prüfen, ohne dich auf mich einzulassen. Dachtest du wirklich, dass du dann eine richtige Antwort erhältst?»

Er nahm den Löffel aus seiner Tasse, leckte ihn geräuschvoll ab und ließ ihn dann auf den Tisch fallen wie etwas, das seinen Nutzen und Wert endgültig verloren hat. «Du möchtest wissen, warum ich meine Zeit an jemanden verschwende, der mir so wenig Respekt erwiesen hat. Nun, ich halte dich für einen sehr besonderen Menschen. Besonders, wie ich es bin. Darum bist du hier. Wir sollten uns näher kennenlernen.»

Nino sagte nichts. In seinem Kopf flimmerte es vor hundert dunklen Möglichkeiten, was Monsieur Samedi meinen könnte. Niemand hatte je etwas Ähnliches zu ihm gesagt. Es klang unwirklich, wie aus einem Drehbuch.

Nachdenklich trank der Araber einen Schluck Tee, doch Nino fühlte sich selbst dann noch beobachtet, als er die Augen niederschlug.

«Die Frage, die du damals gestellt hast, ist ausgesprochen ungewöhnlich. Meistens wollen die Leute wissen, was in ihrem Liebesleben und mit ihren Finanzen passieren wird. In achtundneunzig Fällen von hundert ist das so. Dass jemand fragt, wann er sterben wird – dass jemand sich überhaupt Gedanken darüber macht –, geschieht sonst nur bei Leuten, die bereits regelmäßig Gläserrücken spielen und allmählich alles erfragt haben, was es über sich selbst zu wissen gibt. Bist du ein regelmäßiger Spieler gewesen, als du zu mir kamst?»

Nach einem Moment schüttelte Nino den Kopf. «Nein.»

Monsieur Samedi nickte, als hätte er das bereits gewusst und nur sichergehen wollen, dass Nino ihn nicht anlügen würde. «Du warst offensichtlich von der Antwort enttäuscht, darum bist du gegangen. Was bedeutet, du kennst die korrekte Antwort bereits. Du sagst, du hast davor nicht Gläserrücken gespielt. Hast du schon einmal an irgendeiner Séance teilgenommen?»

«Sie waren der Erste, der vor meinen Augen ein Huhn aufgeschlitzt hat», sagte Nino, doch Monsieur Samedi schien seine Feindseligkeit nicht wahrzunehmen, oder er empfand sie als irrelevant.

«Woher weißt du, wann du stirbst?»

Nino atmete nicht. Zum ersten Mal spürte er unter Monsieur Samedis glatter ruhiger Oberfläche ein Zittern. Da waren Emotionen, heftige, zu gigantischen Gewitterwolken aufgestaute Emotionen, die jenseits des Sichtbaren lagen. Wenn sie ausbrachen, würden sie seine eiserne Beherrschung und seinen Verstand und jeden Menschen in seiner Umgebung wegfegen.

«Selbst wenn ich wollte, könnte ich Ihnen das nicht sagen.»

Das Zittern im Tiefen wurde deutlicher, doch Monsieur Samedi nickte als Zeichen, dass er diese Antwort akzeptierte. «Du weißt es einfach. Wie ich schon ahnte. Eine große Seltenheit. Ich habe in meinem Leben nur zwei Menschen getroffen, die ihren eigenen Tod kannten, ohne das Jenseits befragt zu haben. Einer davon war mein Lehrer. Der andere bist du.»

Er nahm noch einen Schluck Tee und sah Nino mit ernster Bewunderung in die Augen. «Dann hat dich genau die Frage, die ich dir gerade gestellt habe und die du nicht beantworten kannst, dazu veranlasst, an meiner Séance teilzunehmen. Wie so viele bist du getrieben von dem großen Warum. Nur dass du dafür bereits eine konkrete Frage formuliert hast. Eine universelle Gleichung mit allen persönlichen Variablen. Andere haben das Rechnen noch nicht einmal gelernt, manche werden es nie lernen.»

«Gibt es auch welche, die die Gleichung gelöst haben?»

Monsieur Samedi grinste. «Wer seine Gleichung gelöst hat,

ist nicht mehr in der Lage, anderen das mitzuteilen. Weil das Mitteilen selbst nur den Suchenden vergönnt ist.»

Nino verstand nicht, und doch hatte er eine flaue Ahnung, was Monsieur Samedi meinte. Dieses Gefühl des Begreifens ließ sich nicht in Worte fassen, es schwebte irgendwo knapp jenseits seines Fassungsvermögens. Er wünschte, er wäre nüchterner.

«So ähnlich gestaltet sich deine Gleichung vom großen, universellen Warum: Wie kannst du deinen eigenen Tod voraussehen? Was ist denn der Tod? Und was kommt danach? Wird sich die Antwort überhaupt an zeitliche und räumliche Gesetze halten?»

«Das sind also meine großen Fragen», sagte Nino, gegen seinen Willen blinzelnd, und er klang längst nicht so sarkastisch, wie er vorgehabt hatte. «Was sind Ihre? Sie reden darüber, also sind Sie nach Ihrer Definition selbst noch auf der Suche. Vielleicht sind die Fragen, die Sie als meine bezeichnet haben, eigentlich Ihre eigenen.»

Monsieur Samedi leerte seine Tasse, leckte sich über die fleischigen Lippen und schenkte sich nach. Wieder kippte er drei Löffel Zucker hinein. «Auch wenn du ein wenig frech bist, du sprichst sehr elegant. Mir gefallen Menschen, die sich elegant ausdrücken können. Deutsch ist zwar die erste Fremdsprache gewesen, die ich lernte, aber zwischen meinem fünften und vierundzwanzigsten Lebensjahr habe ich überwiegend Französisch gesprochen. Was Sprachen betrifft, bin ich ein Pedant. Ich ertrage es nicht, eine Sprache nur zum Teil zu beherrschen. Ganz oder gar nicht.»

«Ich habe gehört, Sie sind Araber.»

«Unter anderem.»

«Woher kommen Sie? Ursprünglich?»

«Daher, wo alle Menschen herkommen.» Er lächelte wieder. «Weißt du, Sorokin, wir haben vieles gemeinsam. Wie ich hast du mehr als eine Herkunft. Deine Sprache ist weder die deiner Mutter noch die deines Vaters. Nirgendwo ist deine Familie, nirgendwo deine Kultur, nirgendwo eine Wohnung oder ein Haus, wo sich die Erinnerungen deiner Kindheit sammeln, dein Kern setzt sich aus den Orten zusammen, an die deine Schwester dich mitgenommen hat. Deine Schwester ist ein wankelmütiger Mensch, der sich im Fluss des Lebens mal hierhin und mal dorthin bewegt, und trotzdem ist sie dein einziger Halt. Deshalb hast auch du ein unbeständiges Wesen. Manche Menschen sind aus Stein gemacht, unveränderlich, fest. Viele aus Holz, anfällig für Schimmel oder Sprödigkeit. Die meisten sind aus Schlamm. Eine Masse, die sich überall einfügt und sonst nicht bewegt. Aber du bist aus Wasser.»

Woher kennen Sie Katjuscha?, wollte Nino fragen, doch er brachte keinen Ton hervor. Mit zusammengepressten Lippen starrte er Monsieur Samedi an.

«Erschrick nicht darüber, dass ich mehr über dich weiß, als du mir erzählt hast», sagte der Araber, als hätte er seine Gedanken erraten. «Du selbst kennst das ja: Wissen, das aus dem Nichts kommt, gibt uns mitunter mehr Rätsel auf als fehlendes Wissen.» Er nahm einen Schluck dampfenden Tee. Wahrscheinlich verbrannte er sich die Zunge daran, doch er zuckte mit keinem Muskel. «Kannst du auch den Tod anderer sehen?»

Nino zögerte eine Weile, doch schließlich nickte er knapp. Er wagte nicht, «Ja» zu sagen, weil er wusste, dass es zu verrückt klingen würde. Ein Nicken war ungeheuerlich genug.

«Wollen Sie von mir hören, wie Sie sterben werden?»

Monsieur Samedi schüttelte den Kopf, als wollte er eine Fliege verscheuchen. «Für ein so einfaches Rätsel brauche ich dich nicht.»

«Wofür dann?»

Der Araber ließ sich Zeit. Er nippte erneut an seinem Tee und schmatzte. «Wie gesagt bist du der zweite Mensch, dem ich begegnet bin, der eine so starke angeborene Verbindung zum Urquell hat. Der erste war mein Lehrer. Er hat mich die Sprache gelehrt, die es mir ermöglicht, meine Fragen zu formulieren. Sprache ist nicht nur das Garn, aus dem Gedankenstoff gewoben wird, sondern auch das Stützkorsett von Gefühlen. Und die Spinnwebe hin zum Übersinnlichen. Ich könnte dir eine Art zu sprechen beibringen, die alles übersteigt, was du dir vorstellen kannst. Werde mein Schüler.»

Nino nahm einen Schluck Tee, nur um irgendetwas zu tun. Wie absurd die Situation war. Hier saß er völlig high in einer millionenschweren Wohnung, um sich von einem esoterischen Drogenboss anwerben zu lassen.

Aber es war noch mehr als das. Was Monsieur Samedi anbot, war alles, was er sich jahrelang erträumt hatte. Jemand, der seine Fragen verstand. Und versprach, sie *beantworten* zu können. Gerade jetzt, wo jede Minute vielleicht seine letzte war.

Aber die Sache hatte einen Haken. Monsieur Samedi war allem Anschein nach ein Irrer.

«Ich bin Vegetarier», sagte Nino. Er versuchte sich daran zu erinnern, wann er zuletzt Fleisch gegessen hatte. Gestern Mittag, ein Döner. Egal. Vor seinem geistigen Auge sah er Katjuscha, die vor Stolz lächelte. «Ich werde keine Hühner oder sonst irgendwelche Tiere aufschlitzen, tut mir leid.»

Monsieur Samedi lachte schallend. Er hatte leuchtend rosafarbenes Zahnfleisch. «Keine Sorge, Sorokin! Opfer sind nur bei großen Séancen erforderlich, an denen viele Unbegabte teilnehmen. Jemand wie ich oder du hat es nicht nötig, die Grenze zwischen Diesseits und Jenseits mit einem Gewaltakt zu sprengen, um die Verbindung herzustellen. Wir haben die Verbindung bereits in uns.»

Nino lehnte sich zurück. Er durfte nichts Falsches sagen. Schon gar nicht einwilligen. Er musste die richtigen Fragen stellen, um die Gefahr auszuloten.

«Sie verkaufen Drogen. Damit will ich nichts zu tun haben.»

«Was meinst du? Wie kommst du darauf?» Der Araber starrte ihn an, dann nahm er einen Schluck Tee. Er rollte die Lippen nach innen und nach außen. «Ich unterstütze verschiedene wissenschaftliche Labors. Aber das geht dich nichts an. Was ich neben den Dingen tue, die wir gemeinsam tun, *geht dich nichts an*. So wie mich Katjuschas Beziehung zu Simone nichts angeht.»

Nino erstarrte. Monsieur Samedi hatte ihn bespitzeln lassen.

«Sie wollen mich einschüchtern.»

Wieder schmunzelte der Araber. «Aber ich will dich doch nicht einschüchtern mit meinem Wissen. Ich biete dir im Gegenteil an, mein Wissen mit dir zu teilen.»

Nino atmete aus. «Was wollen Sie dafür?»

«Nichts. Dich.»

«Mich?»

«Wenn ich ein Maler wäre und du der einzige Mensch auf der Welt wärst, der so talentiert wäre wie ich, würde ich dir das Malen beibringen.»

«Was hätten Sie davon?»

«Ich käme in den Genuss, deine Entwicklung zu beobachten. Und ich könnte stolz darauf sein, zu deiner Förderung beigetragen zu haben.»

Nino nickte. So wie der Araber wissenschaftliche Labors förderte, würde er auch ihn fördern. Damit er eines Tages für ihn Séancen abhielt und abenteuerlustigen Partygängern dreißig Euro für eine Pille und ein geschlachtetes Huhn abknöpfte.

Nino bemühte sich, eine nachdenkliche Miene beizubehalten. Der Araber durfte nicht merken, dass er keinerlei Interesse daran hatte, irgendetwas mit ihm zu tun zu haben. Er musste sich herausreden. Bedenkzeit fordern. Nach Hause gehen und versuchen, ihm nie wieder über den Weg zu laufen.

Aber dann musste er auch ihr aus dem Weg gehen. Seiner *Fahrerin.*

Monsieur Samedi lehnte sich zu ihm vor und legte die Handflächen aneinander. Das Lächeln, das in seinen Mundwinkeln hing, passte nicht zu dem forschenden, eindringlichen Blick. «Wir werden gemeinsam Gläserrücken spielen. Nur du und ich. Etwa zweimal die Woche, die Zeit überlasse ich dir.» Er legte den Kopf schief. «Bisher hast du nur mit deinen Freunden gespielt, nicht wahr? Keiner von ihnen hat ein Talent dafür. Deshalb waren die Antworten so diffus. Wegen ihrer mangelnden Fähigkeit. Sie dämpfen deine Verbindung. Wir beide aber würden uns gegenseitig unterstützen! Das Glas würde mit uns kommunizieren wie ein echtes Gegenüber. Wie ein Freund.»

Nino beobachtete die dunklen Augen. Da war nur Spannung, Konzentration. Monsieur Samedi war voll und ganz auf ihn fixiert und nicht auf sich selbst, so konnte Nino auch nichts in ihm lesen.

«Wenn Sie mir sagen, was Ihre Fragen sind», sagte Nino leise.

«Von mir aus. Erfahren hättest du sie früher oder später ohnehin. Das sind die Fragen, die mich verfolgen: Was das Jenseits ist. Und welche Wege zurück ins Diesseits führen.»

Nino musste mehrere Sekunden nachdenken, ehe er die Bedeutung der Worte erfasste. Er schluckte. Als er zu sprechen ansetzte, klang er merkwürdig unecht. «Sie wollen unsterblich werden.»

Ein Lächeln flog über Monsieur Samedis Gesicht, doch es

schien weniger denn je mit ihm zu tun zu haben, so wenig wie der Schatten eines Vogels, der in weiter Höhe über jemandem kreist. «Ich würde nicht so weit gehen, das zu behaupten. Unsterblich ist nichts. Und dennoch ist etwas Unendliches in allem. Ohne konkreten Nutzen für mich selbst möchte ich alles herausfinden, was es über das Jenseits zu wissen gibt.»

Nach einer Weile fuhr er fort: «Neugier ist ein merkwürdiger Instinkt, nicht? Die Sehnsucht nach Wissen, welches weder notwendig noch nützlich sein muss. Neugier ist die Triebkraft des Lebens. So unaufhaltsam. Und so sinnlos.»

Nino stützte den Kopf in die Hände. In nüchternem Zustand hätte er vielleicht durchschaut, was Monsieur Samedi wirklich von ihm wollte, jetzt aber hatte er nur das dumpfe Gefühl, ihm nicht trauen zu dürfen.

«Ich würde gerne eine Nacht darüber schlafen», murmelte er.

Monsieur Samedi lehnte sich zurück. «Natürlich. Noir wird dich nach Hause fahren.»

«Wer?»

Monsieur Samedi wies hinter ihn. Als er sich umwandte, trat das Mädchen ein. Geduldig blickte sie zu ihrem Arbeitgeber. Asche rieselte von ihrer Zigarette auf den glänzenden Marmorboden.

«Du heißt Noir?»

«Hat sie sich noch nicht vorgestellt?», fragte der Araber. «Sie ist ein wenig schüchtern gegenüber Fremden. Nicht wahr?»

Sie nickte gehorsam.

«Bring Sorokin nach Hause. Er muss diese Nacht auf schweren Gedanken schlafen.»

Sie nickte und wartete, bis Nino sich erhoben hatte. Dann drehte sie sich um und verließ den Raum.

«Auf Wiedersehen», sagte Nino.

«Übermorgen. Abends um halb neun. Noir holt dich ab.»

Nino versuchte zu lächeln. «Mal sehen. Ich denke darüber nach.»

Monsieur Samedis Miene war wie versteinert. Ausdruckslos starrte er Nino an. «Übermorgen.»

«Also, bis dann. Gute Nacht.» Nino beeilte sich, das Mädchen einzuholen.

In der Ferne waren ihre Schritte kaum mehr zu hören.

Offenbar hatte sie nicht vor, sich die Fahrt mit einem Gespräch zu vertreiben. Schweigend tauchten sie in die durchleuchtete Stadt.

«Musst du nicht wissen, wo ich wohne?»

«Wo wohnst du?»

Er versuchte seine Hände zu lockern, die sich automatisch um die Lehnen gekrampft hatten, während sie über orangefarbene Ampeln raste.

«Du weißt doch, wo ich wohne», sagte er fast ärgerlich. Vermutlich hatten sie und Amor alles herausgefunden, was es über ihn zu wissen gab. Ihm wurde flau, als er sich vorstellte, dass Fremde seine Schwester beschatteten. Herausfanden, wie ihre Freundin hieß.

Bei jeder Kreuzung bog sie richtig ab. Er fragte sich, was sie sonst noch über ihn wusste. Über seine Freunde. Und Julia. Was das betraf, drängte es ihn, sie weiter aufzuklären.

«Ich war nie verliebt», sagte er.

Sie erwiderte noch immer nichts. Doch er sah, dass sie das Lenkrad fester umschloss. Sie hörte ihm zu.

Die Worte kamen langsam und schwer. «Ich habe nie an jemanden gedacht, so … wie man eben an jemanden denkt, wenn man verliebt ist.»

Woher er die Ruhe nahm, ihr diese Dinge zu sagen, wusste er beim besten Willen nicht. Er drückte die Zunge gegen den Gaumen und dachte nach, ohne einen Gedanken fassen zu können.

«Gut, einmal war ich in meine Englischlehrerin verknallt, aber das war in der fünften Klasse. Im Sommer hatte sie manchmal keinen BH an, und weil ich in der ersten Reihe … egal. Ich glaub nicht, dass es zählt, wenn man aufgrund eines fehlenden Kleidungsstücks verliebt ist. Aber das Fehlen – das scheint wichtig zu sein. Etwas muss fehlen, damit man sich verliebt. Weißt du, was ich meine?»

«Nein.» Aber es klang wie eine Lüge.

Er lauschte ihrem kleinen, schönen *Nein* nach.

«Normalerweise rede ich nicht so einen Unsinn. Irgendjemand hat mir mal gesagt, Männer lassen sich von den Augen verführen und Frauen von den Ohren. Ob das stimmt, kann ich nicht beurteilen, aber ich wusste immer, was Frauen von mir hören wollten. Bei dir weiß ich absolut nicht, was du hören willst. Aber ich versuche auch gar nicht, das Passende zu finden. Das ist das Erstaunliche. Ich hab nur das Bedürfnis, ehrlich zu sein. Es ist schwer zu beschreiben … vielleicht sollte ich erst mal nachdenken, bevor ich drauflos rede. Man kann ja nicht einfach ehrlich sein, man muss die Wahrheit immer irgendwie verpacken. Am liebsten würde ich mich bei dir gar nicht verpacken.» Er verstummte. Plötzlich schämte er sich, so selbstvergessen vor sich hin gesprochen zu haben.

Sie ließ das Fenster herunter und zündete sich eine Zigarette an. Ihr Ausatmen klang wie ein Seufzen. «Das stimmt nicht. Die Wahrheit muss man nicht immer verpacken. Aber wie man ehrlich empfindet, zeigt man in Handlungen, nicht in Reden.»

«Vielleicht ist es das! Es reicht mir nicht, nur mit dir zu reden. Es ist natürlich ein notwendiger Anfang, aber einer, den ich am liebsten überspringen würde.»

Sie rauchte und schwieg.

«Ich hoffe, du verstehst mich nicht falsch. Ich meine das nicht so … billig, wie es klingt.»

Sie sagte noch immer nichts.

«Heißt du wirklich Noir?»

Sie öffnete den Mund und schloss ihn wieder. Er wollte sie ermuntern, auszusprechen, was in ihr vorging, doch dann entschied er, einfach abzuwarten. Mehrmals zog sie an ihrer Zigarette und blies den Rauch in den Fahrtwind hinaus.

«Du denkst über mich nach», sagte sie mühsam und verstummte wieder.

Er ließ den Kopf zurücksinken. Das Gefühl, das ihre Gegenwart in ihm hervorrief, ließ sich schwer beschreiben. Vielleicht so, als hätte er bisher immer einen Astronautenanzug getragen und sei nun zum ersten Mal in der Lage, jemanden zu berühren.

«Ich denke nicht unbedingt über Menschen nach. Ich weiß manche Sachen einfach. Dafür kann ich nichts. Bei dir stehe ich vor einer weißen Wand. Ich glaube, dass etwas Wundervolles dahinter ist. Vielleicht auch ein Abgrund. Aber ich kann nichts sehen.»

«Du siehst in andere Menschen hinein … und bei mir siehst du eine weiße Wand?»

Lange blickten sie nach vorne, auf die wechselnden Straßen, die kamen und unter ihnen abrissen.

«Eigentlich mag ich Menschen», sagte er halblaut. «So sehr, dass ich mich selbst vergesse. Ich bin dann ein Spiegel, ein dreidimensionaler Spiegel für andere. Ich mag die Menschen, und deshalb kenne ich sie so gut, das ist das Geheimnis. Aber sie kennen bedeutet mich selbst aufgeben. Bei dir habe ich das Gefühl, dass ich mich nicht verlieren werde. Eher finden.»

Als sie nur noch wenige hundert Meter von zu Hause entfernt waren, ließ Nino sich in den Sitz sinken und versuchte sich ganz auf den Maserati zu konzentrieren. Das Beschleunigen und Bremsen. Das Vibrieren des Motors. Das Auto reagierte auf ihren Fuß auf den Pedalen, ihre Hände an der Schaltung, dem Lenkrad. Durch das Auto berührte sie ihn am ganzen Körper. Wer hätte gedacht, dass er jemals vorziehen würde, in einem Auto sitzen zu bleiben, als auszusteigen?

Sie hielt direkt vor seinem Wohnhaus. Eine ältere Dame, die sich aus dem Fenster des Bordells nebenan lehnte, beobachtete sie neugierig.

Nino öffnete seinen Gurt. «Wie heißt du wirklich?»

Sie drehte den Kopf und sah ihn direkt an. Er konnte nicht deuten, was ihr Blick ausdrückte. Verbitterung? Langeweile, Trauer? In ihren Augen lag eine Welt voller Dinge, deren Namen er nicht kannte.

Er beugte sich leicht, kaum wahrnehmbar vor, um ihr näher zu sein.

Sie drehte sich weg. «Steig aus.»

Ihr gleichgültiger Ton schmerzte ihn. Ohne noch etwas sagen zu können, öffnete er die Wagentür und schlug sie hinter sich wieder zu. Der Motor heulte auf, und mit einem waghalsigen Wendemanöver schoss sie davon.

Reglos sah er zum Ende der Straße, wo die Lichter des Wagens verschwanden. Unsichtbar, geräuschlos für den Rest der Welt klapperte ein Teil von ihm hinterher wie eine Blechbüchse am Auspuff.

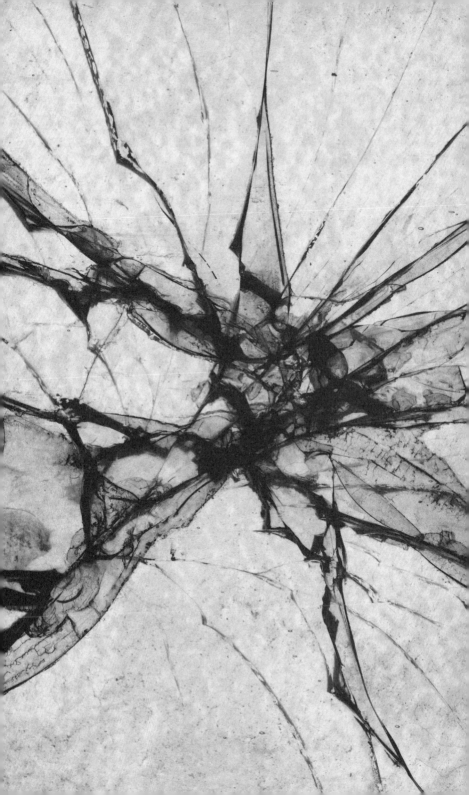

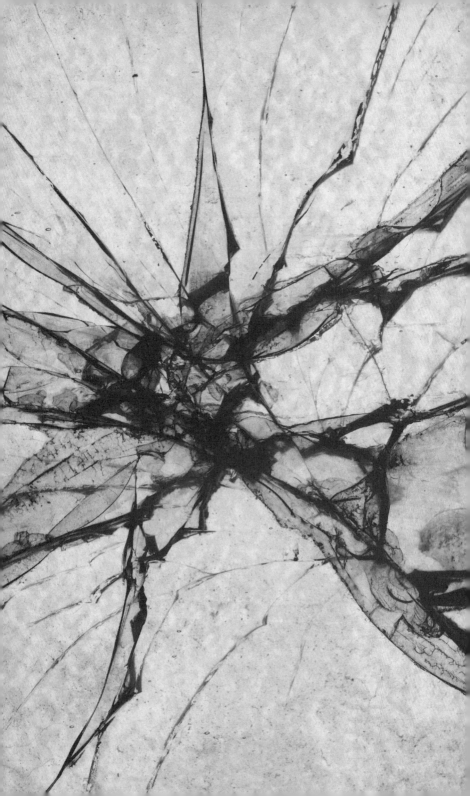

JETZT

Ich liege wach neben ihr im Bett, halte ihren unbewohnten Körper und lausche nach den Träumen, die Noir durchstöbert – oder besser gesagt, die *sie* durchstöbern.

Sie, das ist uns ein Rätsel, mir und ihr selbst.

Ich frage mich, welches Schicksal sie damals so erschrecken konnte, ihr Leben aufzugeben. War ihr ein grausamer Tod bestimmt? Oder einfach wie mir ein früher? Vielleicht keins von beidem. Der letzte, endgültige Tod ist selten der schlimmste, den man erlebt.

Vielleicht war es ihr Schicksal, viele Male zu sterben; ihr Ich immer wieder zerbröckeln zu sehen. Ich stelle sie mir als alte Frau vor, so viele Male gebrochen, dass sie gar kein ganzer Mensch mehr ist, nur noch hundert winzige Reflexionen in einem Scherbenhaufen ...

Sie zuckt leicht im Schlaf. Ich streiche ihr das Haar aus dem Gesicht und lege meine Hand auf ihre. Egal, was aus ihr hätte werden können: In der Wirklichkeit, in der ich lebe, werde ich dafür sorgen, dass sie für immer unbeschadet und ganz bleibt.

Ich folge ihr durch die Erinnerungen, die sie träumt. Wie schmelzende Fotografien und vorüberwehende Pollen verwischen die Szenen, doch ein paar kann ich ganz klar erkennen, als öffne dort ihr Gedächtnis ein Auge und erwidere meinen Blick:

Spiralen aus reflektiertem Licht hinter sich herziehend, schwebt die Goldkette in den Brunnen hinab. Ihre Mutter wird ihr drei

Ohrfeigen geben dafür, das kostbare Erbstück verloren zu haben, aber noch schlimmer sind die Tränen der Mutter, Kugeln aus Blei an einer Siebenjährigen.

Glücklich ist sie ein andermal. Da, in jenem Moment im Mai, als der Morgen die Nacht im Nacken küsst und nicht verabschieden will. Das jüngste Tageslicht saugt die Schatten von den Hochhäusern, und der Himmel ist so verletzlich, ein Blütenblättergewebe über der großen Dunststadt Paris. Vor dem Treppenaufgang der Wohnung, in der sie zum ersten Mal mit einem Jungen geschlafen hat, steigen sie auf sein Fahrrad, sie auf den Sattel und er auf die Pedale. Halte dich an mir fest, sagt er. Sie tut es zögernd. Sie fahren durch die milchblauen Straßen, wo Lastwagen vor Bäckereien ausgeladen werden und Männer in Schürzen ihre erste Zigarette anzünden. Die Seine schwemmt ihr Aroma in die Luft, und sie denkt: Könnte man den Fluss atmen, er würde nach all den schmutzigen Hoffnungen schmecken, die in dieser Stadt vergossen werden. Sie denkt auch daran, dass sie ihn nicht liebt und froh ist, dass er auf eine andere Schule geht.

Aber jetzt sind sie noch die einzigen Menschen auf der Welt. Alle anderen nur Phantome aus Geräuschen und Farben. Sie fahren über Asphalthügel, dem Wind in die Arme. Es wird Sommer. Und sie wird erwachsen.

Sie hält sich an seiner schmalen Hüfte fest, ihre Finger auf seinem Gürtel, und seine Haare wehen über ihr. Fast weiß sie wieder, wie es in seinem Nacken riecht. Sein Geruch, das Geheimnis der Männer, aus der Ferne zieht es sie an wie der dämmernde Morgen, der die Nacht nicht gehen lassen kann. Die Straße, der Himmel, der Fluss, alles gehört einem fünfzehnjährigen Mädchen, für das für den Moment die Gegenwart vollkommen geworden ist.

Noir?, sage ich in ihre Träume. Egal wer du bist, egal welche Version du bist und zu welcher Zeit. Ich glaube – und ich liebe dich.

18.

Er verschlief um zwei Stunden. Katjuscha konnte ihn nicht wecken, weil sie bei Simone übernachtet hatte. Um halb elf stürzte er zur Arbeit, vergaß seine Brieftasche und blieb so unkonzentriert, dass Pegelowa ihn zweimal zusammenstauchte. Es konnte nicht mehr lange dauern, bis sie ihn feuerte.

Abends rief ihn Philip an, doch er hob nicht ab. Eine halbe Stunde später meldete sich Julia. Er wollte auch mit ihr nicht sprechen. Während er darauf wartete, dass ihr Name auf dem Display seines Handys erlosch, überlegte er, ob er jemals wieder mit ihnen Gläserrücken spielen wollte. Er musste sich entscheiden: Entweder er ließ sich auf Monsieur Samedis Angebot ein – dann würde er von nun an nur noch mit ihm Séancen abhalten. Und Noir wiedersehen. Oder er ließ die Finger davon – dann durfte er nie wieder in seine Reichweite kommen. Und natürlich auch keine Zettel mehr benutzen, die Monsieur Samedi Philip verkaufte. So oder so, mit Philip und Julia würde er keine Zeit mehr verbringen.

Er half Katjuscha beim Kochen, und sie aßen zu Abend, als Simone von der Arbeit kam. Dass Simone wieder in Katjuschas Leben war – und bleiben würde, selbst wenn er verschwand –, erleichterte ihn. Nach dem Abwasch zog er sich in sein Zimmer zurück. Er setzte sich ins Licht der kleinen Schreibtischlampe, hörte nebenan den Dokumentarfilm, den die beiden sich ansahen, und alles war, wie es immer gewesen war. Und doch war nichts wie früher.

Er zeichnete sie. Sie war in ungenauen Menschenmengen, in Wäldern aus Gestalten. Überall war ihr Mund, ihr Blick. Noir steckte in jedem Bleistiftstrich, rätselhaft und so schmerzhaft schön, wie nur Dinge sein konnten, die im Ungreifbaren lebten. Bevor er einschlief, lag er lange in der Dunkelheit und seufzte ins Kissen.

Ninissimo, meine süße Erbse, hatte seine Mutter auf Italienisch zu ihm gesagt. Ihre Fingerspitzen hatten seine Wangen gestreichelt und sein Haar zerwühlt. *Ich liebe dich, mein Erbschen. Für immer. Für immer hab ich dich lieb. BLEIB WACH.*

Er schloss die Augen. Jetzt war er vierundzwanzig, und er war kurz davor zu sterben, aber in seiner Erinnerung war er sehr jung – fünf Jahre alt –, und zum ersten Mal in seinem Leben hatte er eine Ahnung davon, was es bedeutete, ein Mann zu sein. Was es bedeutete, das Fremde zu lieben wie sich selbst.

Den Tag darauf konnte er an nichts denken – weder an die Leute, die im Laden auf ihn zukamen, noch an seinen Tod, noch an Monsieur Samedi, der heute Abend die Séance mit ihm abhalten wollte. Sein ganzer Kopf war von der Vorstellung beherrscht, sie wiederzusehen.

Doch ausgerechnet heute verdonnerte Olga Pegelowa ihn dazu, auf ihre beiden Enkelinnen aufzupassen, während sie mit ihrer Tochter und dem Schwiegersohn essen ging. Es stand ein grundlegendes Gespräch über Familie und Finanzen an, das bis spät in die Nacht gehen konnte.

Um sechs Uhr fuhr er zu Pegelowas Tochter, wärmte die Pelmeni auf, die im Kühlschrank standen, und aß mit den Kindern vor dem Fernseher. Wartete. Spielte mit ihnen Mau Mau und Verstecken. Wartete mit zunehmendem Herzrasen. Inzwischen war es acht Uhr. In einer halben Stunde schaffte er es nicht nach Hause, selbst wenn er jetzt sofort hinausstürmte.

Erst um halb elf kamen die Eltern der Mädchen zurück und staunten, sie in ihren Betten vorzufinden. Nino hatte sie dazu überredet, sich die Zähne zu putzen und schlafend zu stellen im Gegenzug dafür, dass er ihnen den Jugendschutz-PIN der Pay-TV-Kanäle verriet.

Eilig verabschiedete er sich von den Eltern, schnappte sich seine Jacke und lief nach draußen. Als er endlich zu Hause ankam, war es nach elf.

«War jemand hier?», fragte er Katjuscha atemlos, die mit einem Post-it-verklebten Buch über die Präraffaeliten und einer 500-Gramm-Schokoladentafel auf der Couch lag.

Sie schüttelte den Kopf.

«Kein Klingeln?»

«Nein. Wen erwartest du denn?»

Er stützte die Hände in die Seiten, denn er war von der U-Bahn-Station nach Hause gerannt, und atmete tief durch. «Ach, nur Freunde. Egal, sie kommen noch.»

Aber es kam niemand, und lange nach Mitternacht schlief er angezogen auf seinem Bett ein.

Im Traum verschmolz Noir mit dem Nichts. Ihr dunkles Käppi schluckte ihr Gesicht, ihre merkwürdigen Kleider löschten alles aus, was von ihrer Haut zu sehen war, und unsichtbar wie die Luft, die sich in der Wohnung bewegte, drang sie durch die Haustür ein und kam in sein Zimmer. Durch die Augen der Zeichnungen, die seine Wände tapezierten, beobachtete sie ihn.

Die Zeit berührte sie kaum. Minuten und Stunden und Jahre konnten an ihr vorübergehen, ohne sie aus ihrer Starre zu lösen. Aber wenn er sich vorstellte, dass sie unter ihren Schattenkleidern einen Körper hatte, und wenn er daran dachte, dass in diesem Körper ein Herz schlagen musste, warm, klein und kraftvoll, dann zog er sie mit diesen Vorstellungen in seine Wirklichkeit, und dort hatte die Zeit eine Bedeutung. Eine große Bedeutung.

Du kannst mich sehen?

Die Frage schwebte zwischen ihnen, wurde mal von ihm, mal von ihr gestellt.

Ja. Ich bin wach.

Ihr Blick wanderte über seinen Körper, an seiner Hüfte entlang, die Arme hinauf, wo blonde Härchen schimmerten, hinauf zu den Schultern, am Hals vorüber bis zu seinem Gesicht. Sie studierte die leichten Falten auf seiner Stirn. Die Vertiefung zwischen Nase und Oberlippe, über die sein Atem strich. Den Bogen seiner Augenbrauen, glänzend und glatt. Alles an ihm wurde echt durch ihren Blick.

Sie neigte den Kopf, um zu sehen, welche unfertige Zeichnung unter seiner Hand lag. «Sei wach.»

Er erinnerte sich nicht daran, wie er zu sich kam. Plötzlich lag er auf seinem Bett und sah sie im morgendämmrigen Zimmer stehen.

Sie stand da, und er sah sie an, als hätten sie seit Anbeginn der Zeit nichts anderes getan. Als ihm nach einer Ewigkeit oder vielleicht auch nur einer halben Sekunde klar wurde, dass er nicht träumte, stieß er einen erschrockenen Laut aus und fuhr hoch.

Sie machte einen Schritt zur Tür, die einen Spalt offen stand.

«Wie bist du reingekommen?», fragte er, als er endlich sprechen konnte.

Er stellte sich vor, wie sie durchs Treppenhaus stieg, eine Kreditkarte aus ihrer Hosentasche zog und das alte, wackelige Türschloss überlistete. Stellte sich vor, wie sie mit einem Dietrich hantierte, den sie stets im Kofferraum des Maserati aufbewahrte. Oder einfach mit ihren behandschuhten Fingern in den Briefkasten griff und den Ersatzschlüssel herausfischte, den er und Katjuscha dort aufbewahrten.

Die dunklen Augen unter dem Käppi sahen ihn eingehend an. «Monsieur Samedi hat jetzt Zeit für dich.»

«Wie spät ist es überhaupt?»

«Nicht so viel Lärm. Deine Schwester.» Lautlos zog sie die Tür auf und bedeutete ihm, mitzukommen.

Nino nahm sein Handy vom Tisch und schaltete das Display ein. 04:44 Uhr. Er musste zweimal hinsehen, um sicher zu sein, dass er sich nicht irrte. Das Licht der Straßenlaterne blendete ihn durchs Fenster. Der Himmel dahinter war steingrau.

Er vernahm ein Knarren in der Diele, steckte sich seine Brieftasche und das Handy in die Hosentaschen, schnappte sich die Jacke und beeilte sich, möglichst leise durch das Wohnzimmer zu schleichen.

Sie wartete vor der offenen Haustür, seine Turnschuhe in der Hand. Als er im Treppenhaus stand, zog sie die Tür hinter ihm zu. Dann gab sie ihm die Schuhe. Hastig schlüpfte er hinein, weil der Boden kalt war und weil er ein Loch in der Socke hatte, das er ihr nicht unbedingt zeigen wollte.

«Stiftet dein Boss dich öfter an, in Wohnungen einzubrechen?»

Sie ging die Stufen hinunter und hielt erst inne, als sie merkte, dass er ihr nicht folgte.

Er lehnte sich gegen das Geländer. «Nicht gerade die feine englische Art, jemanden so zu sich zu bestellen.»

«Kommst du?» Resignation schwang in ihrer Stimme mit, mehr spürbar als hörbar wie eine Strömung unter der Oberfläche eines vollkommen glatten Meeres.

«Vorher gehen wir frühstücken, du und ich.»

Sie schüttelte den Kopf.

«Ein Karottensaft. Ich lade dich ein.»

«Nein.»

Er wagte nicht zu seufzen. Wer hätte gedacht, dass er einmal zu den bemitleidenswerten Typen zählen würde, die um eine Verabredung bettelten. Es war würdelos. Und obendrein hoffnungslos. Aber er konnte sich selbst nicht aufhalten. «Wenn ich nicht mindestens einen Kaffee trinke, bin ich wahrscheinlich gar nicht in der Lage, Monsieur Samedi zu treffen. Ich würde vor Erschöpfung auf der Stelle einschlafen. Wirklich.»

Sie blickte nicht zu ihm auf. «Danach.»

«Nachdem ich Monsieur Samedi gesehen habe, frühstücken wir?»

Sie nickte, wandte sich um und eilte die Treppe hinab, ohne ihm die Hand zu geben. Er wusste nicht, ob das ein gutes oder schlechtes Zeichen war. Dass er es nicht wusste, war an sich schon ein schlechtes Zeichen. Trotzdem lief er ihr vor Glück überquellend nach.

Diesmal war sie nicht mit dem schwarzen Sportwagen gekommen, sondern einem nagelneuen BMW-Kombi. Sie stiegen ein, und noch bevor er sich anschnallen konnte, wendete sie den Wagen und gab Gas.

Obwohl sie raste, als ginge es darum, einen Rekord zu brechen, wirkte sie vollkommen gelassen. Er versuchte sie so unauffällig wie möglich aus den Augenwinkeln anzustarren. Auf welche Schule war sie gegangen, wer waren ihre Eltern, wer der erste Junge, der sie küssen durfte? Nino konnte sich nicht erinnern, dass er je zuvor diese Dinge über einen Menschen hatte wissen wollen, ohne sie ihm von vornherein anzusehen. *Aber sie ist kein Mensch. Und alle Antworten würden genau das beweisen.*

Als sie auf eine mehrspurige Straße abbogen, war im Rückspiegel die Morgendämmerung und dort, wohin sie fuhren, noch zähe Dunkelheit. Sie glitten durch die Lichtkleckse der Laternen wie durch Röntgenblitze rückwärts in der Zeit, und alles wirkte so erfüllt von Stille und Unwirklichkeit wie an jenem Abend, als er ihr aus der U-Bahn gefolgt war. Vielleicht, weil die Gegenwart sich in ihrer Nähe vollkommen anfühlte, als wäre das Jetzt ein Traum, unbelastet von Logik und Vergänglichkeit.

Seit dem Gespräch im Treppenhaus hatten sie kein Wort mehr gewechselt. Nino wollte so viele Dinge sagen und fragen, dass er keine Ahnung hatte, wo er anfangen sollte. Dass sie neben ihm saß, den Wagen steuerte und ihre Knie sich bewegten, lenkte ihn zu sehr ab. Erst als sich vor ihnen das Tor der Tiefgarage öffnete, erreichte ihn der Schreck darüber, zwanzig Minuten lang versäumt zu haben, mit ihr zu reden.

«Ich muss nachher zur Arbeit.» Das sagte er, von allen Sachen, die in ihm brannten. «Um neun Uhr.»

«Wenn es sein muss, kann ich schnell fahren.»

Er schnaubte ein Lachen, bei dem er zu spät merkte, dass es womöglich verächtlich klang. Als ihm eine wortgewandtere Bemerkung einfiel, waren sie bereits im Aufzug und schwebten in den siebzehnten Stock.

«Du fährst unglaublich. Magst du Eier?»

Sie sah ihn fragend an.

«Zum Frühstück.»

Sie schüttelte knapp den Kopf, aber er glaubte die Spur eines Lächelns in ihren Mundwinkeln zu erkennen.

Die Aufzugtüren öffneten sich. Hinter dem Glaskasten und der Fensterfront zog der Tag auf. Er kniff die Augen zusammen.

Diesmal führte Noir ihn die Treppe hinauf, die scheinbar

schwerelos aus der Wand ragte. Im Obergeschoss war die Einrichtung spärlich wie unten: Außer schwarzem Steinboden, grauer Tapete und weißen Türen gab es nicht viel. Hier und da waren Milchglasfenster in die Decke gelassen, durch die Lichtblöcke ins dämmrige Dunkel stürzten.

Noir öffnete eine Doppeltür und ließ ihn in ein Zimmer treten, das bis auf einen spinnenhaften Holztisch mit gebogenen Beinen und zwei Stühlen leer war. Vorhänge dunkelten die Fenster ab. Die einzige Lichtquelle war ein mächtiger Kamin, in dem ein halber Baumstamm in Flammen aufging.

Etwas Seltsames geschah. Plötzlich und ohne Grund stellte Nino sich vor, wie ein hochgewachsener Junge von etwa sechzehn Jahren den Schürhaken zurück an den Ständer hängte, ihm und Noir einen Blick zuwarf und aus dem Raum ging. Er schauderte unwillkürlich.

«Sorokin.» Monsieur Samedi kam vom Kamin und breitete die Arme aus. Er trug ein bleigraues Seidenhemd mit hochgekrempelten Ärmeln. Sein Haar klebte in Löckchen an Schläfen und Nacken und stand, wo es bereits ausdünnte, von seinem Schädel ab. Das Lächeln, das er für Nino aufsetzte, war unverkennbar manisch. «Da bist du. Endlich.»

Nino hörte, wie sich die Tür hinter ihm schloss, und einen Moment lang empfand er ihr Verschwinden wie einen Verrat.

«Was ist aus unserer Verabredung gestern Abend geworden?» Monsieur Samedi senkte die Arme, als hätte Nino sich darüber beschwert, dass die Sonne nur tagsüber schien. Glücklicherweise verwarf er die Idee, ihn zur Begrüßung an sich zu drücken. Stattdessen legte er Nino eine Pranke auf die Schulter. Die Hitze, die sie ausstrahlte, durchdrang den Stoff wie ein Gas.

«Ich bin viel beschäftigt.»

«Ich auch. Ich muss in ein paar Stunden bei der Arbeit sein.»

«Würde ich dich in Schwierigkeiten bringen? Glaubst du das? Wurdest du christlich erzogen?»

«Äh, nein.»

«Aber du kennst Jesus.»

Er nickte vage.

«Einmal wurde Jesus gefragt, was die Gläubigen im Himmelreich erwarte. Und Jesus sagte, nachdem er eine Weile seine abgetragenen Sandalen betrachtet hatte: ‹Dort wird es keine Zeit mehr geben.› So weit ich mich erinnere, kann durch Tugendhaftigkeit der Himmel schon auf Erden erreicht werden.» Lächelnd, als würde das Gesagte irgendeinen Sinn ergeben, führte er Nino zum Tisch und drückte ihn auf einen Stuhl, ohne die Hand von seiner Schulter zu nehmen. Nino konnte sich kaum auf etwas anderes konzentrieren als diesen ungewollten Kontakt. Am liebsten hätte er ihn abgeschüttelt, aber das war so undenkbar, wie Monsieur Samedi ins Gesicht zu sagen, dass er ihn für einen Psychopathen hielt.

«Trink etwas.» Monsieur Samedi nahm ein Whiskeyglas vom Tisch und bot es ihm auf eine Art an, die keine Ablehnung zuließ.

«Was ist das?» Er beäugte die milchige Flüssigkeit.

«Wasser.» Monsieur Samedi ließ ihn los und nahm auf dem Stuhl gegenüber Platz. «Mit Aspirin.»

«Nein, danke.»

«Trink aus.»

Er sagte es ganz sanft, aber Nino lief eine Gänsehaut über den Rücken. Er kippte die Flüssigkeit hinunter. Soweit er den bitteren Geschmack beurteilen konnte, mochte es wirklich Aspirin sein. Aber fast alle Medikamente und Drogen schmeckten bitter.

Monsieur Samedi drehte das Glas um und stellte es auf die

Mitte des Tisches – das Alphabet und alle Zahlen von Null bis Neun waren ins Holz graviert. Es musste derselbe Tisch sein, den er damals im Chemiewerk als Ouija-Brett benutzt hatte. Im unruhigen Feuerschein glänzten ein paar verräterische, rötliche Flecken auf dem dunklen Holz.

Monsieur Samedi legte die Fingerspitzen aneinander. «Ich werde das Fragen dir überlassen. Gewiss wirst du Fragen stellen, die auch ich dir beantworten könnte, vielleicht werden die Antworten aber auch variieren, weil das Glas immer ein Spiegel des Fragenden ist und dessen Sprache benutzt. Frag alles, was du wissen möchtest, und kümmere dich nicht um mich.»

Nino nickte. «Brauchen wir nicht einen Zettel?»

«Du meinst ein Symbol Salomons.» Monsieur Samedi hustete ein Lachen aus den Tiefen seiner Brust. «Hast du wirklich gedacht, man braucht einen Zettel für die Verbindung zum Jenseits? Wie eine Telefonkarte?»

Das war also nur Abzocke gewesen. Obwohl er es ja geahnt hatte, fiel es Nino schwer, es zu akzeptieren. «Aber es hat nur funktioniert, wenn …»

«Wenn du da warst. Weißt du, wie viele Zettel verkauft wurden? Viele. Und bei niemandem hat es funktioniert. Nur bei dir und deinen Freunden. Das lag nicht an einem Zeichen. Das vermutlich sogar fehlerhaft von euch kopiert wurde.» Er lachte wieder.

«Dann waren die Zettel nur ein Mittel der Überwachung. So haben Sie erfahren, wer es konnte und wer nicht. Weil die Erfolgreichen neue Zettel gekauft haben.»

Monsieur Samedi beendete das Gespräch abrupt, indem er sein Hemd aufknöpfte. «Leg deine Kleidung ab.» Er warf das Seidenhemd zu Boden und streifte sich die Wildlederslipper ab.

Nino hörte die Schnalle seines Gürtels gegen die Tischkante klappern.

Widerwillig zog er sich die Reißverschlussjacke und sein T-Shirt aus. Das war's. Er verschränkte die Arme auf dem Tisch.

«Der Rest», bemerkte Monsieur Samedi ungeduldig, während er selbst unter dem Tisch die Hosen fallen ließ.

Nino wollte lachen und kratzte sich verlegen den Kopf. «Nein, reicht schon. Mir ist kalt.»

«Die Schuhe. Barfuß auf den Boden.»

Ihm gefiel der Befehlston ganz und gar nicht. Aber er konnte sich nicht widersetzen. Einfach aufstehen und hinausspazieren war unmöglich. So unmöglich wie nie wieder an Noir denken. Oder seinen Tod hinnehmen. Sie alter Spinner, dachte er, schlüpfte aus seinen Sneakers und Socken und stellte die nackten Füße auf den Steinboden.

«Was ist mit Ihrem Schmuck?», fragte er. «Stört so viel Metall nicht die Aura oder so?»

Monsieur Samedi blickte ihm direkt in die Augen. «Du meinst, die Ringe könnten magnetisch wirken. Dann ziehe ich sie aus. Für dich.» Er rupfte sich einen Ring nach dem anderen vom Finger und ließ sie theatralisch zu Boden fallen. Dann streckte er die Hand unter den Tisch und zog einen scharfen Dolch hervor.

«Moment», sagte Nino irritiert. «Das Symbol ist purer Quatsch, aber der Stich in den Finger nicht?»

«Im Diesseits ist das Seelische an einen Körper gebunden. Die Trennung der beiden besteht im Tod. Wenn der Körper verfällt, kehrt das Seelische zurück in den ewigen Strom. Wir täuschen einen Verfall des Körpers vor, indem wir Blut spenden, und öffnen damit den Zugang zum ewigen Strom.» Ohne mit der Wimper zu zucken, stach Monsieur Samedi sich in die

Kuppe seines linken Mittelfingers. Unzählige kleine Narben bedeckten die anderen Fingerspitzen. Bevor er den Dolch an Nino übergeben konnte, kramte der seinen Schlüsselbund hervor und stach sich mit seinem Taschenmesser. Dann drückte er die Fingerkuppe, an der eine Kirsche aus Blut wuchs, neben Monsieur Samedis auf das umgedrehte Glas.

Eine Weile sahen sie sich schweigend in die Augen. Immer wenn Nino glaubte, Monsieur Samedi würde jetzt den Mund öffnen, um eine Instruktion zu geben oder eine Beschwörung zu sprechen, deutete er nur ein Nicken an und atmete durch die Nase.

Nino dachte an alles Mögliche. Was in Monsieur Samedi vorgehen mochte, denn er spürte nur ein Flimmern ohne konkrete Gedanken oder Gefühle in ihm. Was gleich passieren würde. Und immer wieder, flüchtig und ununterbrochen wie rieselnde Schneeflocken, an Noir, die neben ihm im Auto gesessen hatte. Wie stark sie ihn in die Gegenwart zog. Als wäre sie ein magnetischer Ring am Finger der Zeit.

Dann ließ er seine Gedanken in sich versinken. Er beobachtete, dass sein Bewusstsein ein kleiner Bach war, der in einen breiteren, ruhigeren Fluss mündete. Hier rauschten keine Erinnerungen und Überlegungen mehr. Nur noch Regungen ohne Worte. Er folgte dem Strom. Die Wellen gingen im Takt von Herzschlag und Atem. Die Gegenwart wurde endlos, weil sich nichts veränderte. Er blickte noch immer in Monsieur Samedis Augen, ohne ihn direkt wahrzunehmen.

Das vertraute Gefühl stieg seine Wirbelsäule hinauf, als würde sein Inneres in ein warmes Bad gleiten. Es kam genau wie der Schlaf: Man durfte es sich nicht bewusst machen, sonst verschwand es. Man musste loslassen, untertauchen und sich hingeben.

Das Glas unter ihren Fingerspitzen begann winzige, geschmeidige Kreise über das Holz zu ziehen. So begann der Dialog.

Wer oder was bist du?

C O N S T A N T I N O

Wer ist Constantino?

S Y M B O L

Ein Symbol wofür?

L E B E N

Was ist Leben?

J E T Z T

Stammst du von dem Ort, den man nach dem Tod erreicht?

J A

Gibt es einen Weg zurück ins Diesseits?

J A

Wie?

M I T   M I R

Mit dir, einem Symbol des Lebens, kann man ins Leben zurückkehren. Aber wie? Als Geist? Bei einer Séance wie dieser?

J A

Dann bist du die Stimme der Toten, und das Glas ist ihr Körper?

W I R   L E B E N   A L L E   J E T Z T

Kann man auch als der Mensch ins Leben zurückkehren, der
man vor seinem Tod war?

J U L I E J A N E I N O I R

Kann ich, Nino Sorokin, sterben und wieder zurück ins Leben
kehren, in diesen Körper, in dem ich jetzt lebe?

E R   S T I R B T   D U   W I R S T   I C H   L E B E N

Ist es mein Schicksal, mit vierundzwanzig zu sterben?

J A

In welchem Monat sterbe ich?

S E P T E M B E R

Ich habe noch maximal zwei Wochen zu leben?

J A

Kann ich irgendetwas tun, um es zu verhindern?

N E I N

Kann jemand anderes etwas tun, um es zu verhindern?

J A

Wer?

D E R   W A C H   B L E I B T

Was müsste jemand tun, um meinen Tod zu verhindern?

L I E B E   M A C H T   L E B E N

Fortpflanzung? Indem ich ein Kind in die Welt setze, bleibe ich erhalten?

J A

Wie sterbe ich?

I M   T R A U M

19.

Zwischen manchen Fragen musste Nino innehalten und überlegen, wie er weiterkam. Es war, als würde man durch ein wurzelförmiges Labyrinth laufen. Hinter jeder Abzweigung spaltete sich der Weg in ein Dutzend neue Kanäle. Oft schien eine Antwort der vorherigen zu widersprechen; dann lag es an Nino, eine neue Bedeutung darin zu erkennen und so lange weiterzufragen, bis sich die Bedeutung bestätigte oder als falsch herausstellte. Manchmal verlor er selbst den Faden. Unermüdlich glitt das Glas über den Tisch, als säße ein unsichtbarer Dritter neben ihnen, der es von Buchstabe zu Buchstabe zog. Monsieur Samedis Finger lag so schwer und reglos obenauf, dass Nino es für ausgeschlossen hielt, dass er das Glas bewegte. Wären seine Augen nicht halb geöffnet gewesen, hätte er ihn für schlafend gehalten. Er schien tatsächlich gar nicht da zu sein.

Dennoch wagte Nino es nicht, etwas über Noir zu erfragen. Welche Arbeit genau sie für Monsieur Samedi erledigte und ob sie ihn, Nino, mochte, musste er wohl oder übel auf herkömmlichem Wege in Erfahrung bringen.

Schließlich wurden die Antworten des Glases immer undeutlicher, dann gänzlich unverständlich. Monsieur Samedi legte den Kopf in den Nacken, drehte die Augen und brummte.

«Wir entlassen dich. Sorokin, kehre mit mir zurück.»

Das Glas kam auf der Mitte des Tisches zum Stillstand, und das Gefühl, von innen gehalten zu werden, ebbte ab. Wie immer blieb nur eine klamme Verlassenheit. Nino stand nass und frierend an der Küste eines Meeres, in das er vorerst nicht mehr eintauchen konnte. Er sehnte sich nach dem augenschließenden Trost von STYX.

Sie nahmen ihre Finger vom Glas. Schweigend zogen sie sich wieder an. Da Nino seine Hose anbehalten hatte und kein Hemd zuknöpfen musste, war er schneller fertig und drehte sich zum Kaminfeuer um. Jetzt fiel ihm auf, dass er das Fauchen und Zischen der Flammen die ganze Zeit gehört, aber nicht beachtet hatte. Er spürte die Wärme bis hier. Sie war nicht angenehm, sondern bedrückend.

«Für das erste Mal nicht schlecht. Deine Fragenformulierung ist zum Ende hin besser geworden. Die Antworten sind nur so gut wie die Fragen.»

«Haben Sie alles mitverfolgt?»

«Ja.»

«Sie haben mich angesehen. Nicht das Glas.»

«Auch die Antworten habe ich verfolgt. Nicht mit den Augen. Das Glas, die Buchstaben, das sind nur Symbole. Die Wahrheit entsteht erst in deinem Bewusstsein, und das war die ganze Zeit offen.»

«Kann jeder das lernen?»

«Du meinst, ob *du* Telepathie lernen kannst. Du kannst es längst.»

Nino nagte an seinem Daumennagel und starrte ins Feuer.

«Du hast viel über das Jenseits erfragt, das Unbekannte, zu dem der Tod führt. Was meinst du, welches Bild hast du jetzt davon?»

Er musste überlegen. «Ganz verstanden hab ich es nicht. Einerseits behauptet das Glas, von da zu kommen, wo alles nach dem Tod hingeht. Andererseits ist es reines Leben. Und das Glas bin ich. Es scheint … aber das ist unmöglich.»

«Unmöglich? Vergiss dieses Wort!»

«Okay. Es klingt aber lächerlich.»

«Die Wahrheit ist meistens lächerlich.»

«Also, worauf diese Antworten anscheinend hinauslaufen, ist, dass … es eine Spiegelwelt gibt. Eine Welt nach dem Tod, die genauso ist wie unsere. Dort ist das Leben, und dort bin ich.»

Monsieur Samedi schwieg. Nino blickte weiter ins Feuer, vielleicht, weil er fürchtete, ein amüsiertes Lächeln auf dem Gesicht des Arabers zu entdecken. Oder vollste Zustimmung. In beiden Fällen käme er sich wie ein Idiot vor.

«Das ist eine interessante Interpretation. Was ist deine Definition von ‹Leben› und ‹Ich›?»

«Leben ist … das Glas hat gesagt, Leben ist Jetzt. Also ist Leben die Gegenwart, die Veränderung, das nie gleich Bleibende. Wo auch immer welcher Teil auch immer von uns landet, wenn wir sterben, dort gibt es Veränderung und demnach Zeit.»

«Gute Schlussfolgerung. Was ist ‹Ich›?»

«Sie stellen Fragen. Ich hab Philosophie nach zwei Semestern abgebrochen.»

«Du musst doch wissen, was du bist, bevor du davon ausgehen kannst, dass du in einer Parallelwelt jenseits des Todes existierst. Was ist denn das für ein Ich, das im Jenseits ist?»

«Keine Ahnung. Vielleicht genau dasselbe, das auch hier ist. Mit einem … nein, ohne Körper. Sonst könnte dieses Ich ja nicht vom Glas Besitz ergreifen und mit uns sprechen. Ein körperloses Ich, das in beliebige Körper schlüpfen kann.»

«Aha. Wenn du dein Ich hier im Diesseits einmal von deinem Körper losgelöst betrachtest, was bleibt dann davon übrig?»

«Mein Körper ist Teil meines Ichs. Das kann man nicht lösen.»

«Wenn du deinen Fuß weglässt, deine Lungen und deine Gedärme, was macht dich dann noch aus?»

«Ich wäre ein anderer, wenn ich nur einen Fuß hätte. Die Beschaffenheit des Körpers, Gesundheit, Aussehen, Fähigkeit, das alles nimmt doch Einfluss auf den Charakter.»

«Stell dich nicht dumm! Was bist du, jetzt gerade, in deinem Bewusstsein?»

«Erinnerungen. Gedanken. Gefühle.»

«Gedanken, Gefühle! Ist da ein Stempel mit deinem Namen drauf? Bist nur du in der Lage, diese Gedanken und Gefühle zu haben?»

«Situationsbedingt, ja.»

«Losgelöst von der Situation aber nicht.»

«Nein. Dann wohl nicht.»

«Dann wäre dein Ich im Jenseits, losgelöst von Körper und Situation, das Ich aller empfindsamen Lebensformen.»

Sein Daumennagel brannte. Er hatte sich blutig genagt. Schließlich drehte er sich zu Monsieur Samedi um, der ihn mit schräggelegtem Kopf musterte.

«Das ist Ihre Antwort, nicht meine.»

Dafür, dass Monsieur Samedi den Mund so weit aufriss, wie es nur ging, kam ein recht leises Lachen heraus. Nino fragte sich, ob der Araber mit derselben depressiven Verstimmung umgehen musste, die er nach jeder Séance empfand.

«Ich verrate dir gerne, welche Erkenntnisse ich aus dem Dialog mit dem Glas über das Jenseits ziehe. Ich mache es ja schon ein Weilchen länger als du. Ob du mir glauben möchtest oder nicht, liegt ganz an dir. Nun: Es gibt eine Quelle des Lebens, die paradoxerweise nur durch den Tod erreichbar wird. Alle Lebensformen, die wir in der Natur beobachten können, sind scheinbar Materie – funktionstüchtige Maschinen, die einen Stoffwechsel und die Fortpflanzung haben. Aber was macht diese Maschinen lebendig? Die Zündung, wenn man so will, ist ein Tropfen aus dem Quell des Lebens: etwas Immaterielles, Unmessbares. Eine Seele, wenn man so will.

Diese Seele aber ist Teil des großen Ganzen und beinhaltet in sich die Unendlichkeit. Das heißt, wir alle, die wir Teil des großen Ganzen sind, tragen die Unendlichkeit in uns. Wenn wir tief in uns hineinblicken, sehen wir dort die ganze Welt und alles Leben, das es gibt.»

«Das Glas ist ein Symbol für das, was ich tief drinnen längst weiß?»

«Ja. Man führt ein Selbstgespräch. Und doch kommen die Antworten nicht direkt von dir. Vielmehr bist du ein Teil dessen, was dir antwortet, und darum könnt ihr überhaupt kommunizieren. Im Jenseits ist der Geist. Du und ich, wir sind nur die Finger, die reagieren und zucken.»

Nino dachte nach. Ein Teil von ihm wollte alles als esoterischen Quatsch abtun. Aber dieser Teil konnte nicht mehr verdrängen, was er erlebt hatte. Die Fragen, die in ihm keimten – junge, unberührt wirkende Fragen, als hätte nie zuvor ein Menschengedanke sie gestreift, obwohl es vermutlich die ältesten Fragen der Menschheit waren –, ließen sich nicht mehr mit Vernunft beantworten. Aber er durfte sie auch nicht Monsieur Samedi stellen. Nur eigene Antworten waren von Wert.

Dennoch, ein paar Dinge gab es, die er von dem Araber wissen wollte.

«Warum ausgerechnet in Clubs?»

Monsieur Samedi verengte die Augen.

«Was wir hier erleben, was Sie können, das ist ein Phänomen, das unser Weltbild völlig verändern würde. Wieso gehen Sie nicht an die Öffentlichkeit?»

«Das haben einige schon vor mir getan, die nicht weniger Talent hatten. Es ändert nichts. Menschen sind permanent von

Wundern umgeben. Mal glauben sie an dies, mal an jenes. Ich könnte zweifelhaften Ruhm als sogenannter Parapsychologe erlangen, aber wozu? Wer das Offensichtliche nicht sehen will, den kann man nicht zwingen. Und im Moment befinden sich unsere Mitmenschen in einer kollektiven Verleumdung all dessen, was unerklärlich und deshalb beunruhigend ist.»

«Gut, wenn Sie davon überzeugt sind. Aber Sie halten Ihre Séancen mit zugedröhnten Jugendlichen ab. Gibt es kein passenderes Umfeld?»

Monsieur Samedi grinste. «Um an jemanden wie dich zu kommen? Nein.»

Anders als erwartet bot Monsieur Samedi ihm nicht an, noch eine Runde zu spielen. Nino war das nur recht. Er wusste nicht, wie viel Zeit während der Séance vergangen war, aber er wollte nicht zu spät zur Arbeit kommen und erst recht nicht auf das Frühstück mit Noir verzichten.

Als Monsieur Samedi die Zimmertür aufschob, stand sie bereits im Flur. Sie schien die ganze Zeit gewartet zu haben.

«Bis zum nächsten Mal.» Er schloss Ninos Hand in seine beiden und machte eher horizontale Wellenbewegungen, anstatt sie zu schütteln.

«Wann?»

«Noir holt dich ab.» Er bedeutete ihm mit einem Wink, zu gehen.

«Komm.» Noir führte ihn nach unten.

Nino warf einen Blick auf sein Handy und stellte erschrocken fest, dass es bereits 7 Uhr 45 war. Die Séance hatte über zwei Stunden gedauert. «Was hast du so lange gemacht?», fragte er, als sie im Aufzug standen.

Er war bereits so daran gewöhnt, dass seine Fragen ins Leere gingen, dass ihr Schweigen ihn kaum mehr irritierte. Der Aufzug entließ sie in die Tiefgarage, wo sie wieder in den BMW stiegen.

«Ich kenne ein tolles Café in der Nähe. Von dort aus kann ich zum Laden laufen.» Er beschrieb ihr den Weg dorthin, und tatsächlich, sie schien ihr Versprechen zu halten und folgte den Anweisungen. Nicht weit entfernt fanden sie einen Parkplatz. Sie wirkte nervös. Als sie ausstieg, wurde sie von einer Joggerin angerempelt, die sich obendrein nicht einmal entschuldigte.

«Alles in Ordnung?» Nino kam um den Wagen herum und wollte ihr eine Hand auf die Schulter legen, doch sie wich zurück und zündete sich dann eine Zigarette an.

Als sie den Rauch durch die Nase stieß, wollte er sie an sich reißen und küssen. Stattdessen nahm er sich ebenfalls eine Zigarette und rauchte mit ihr auf dem Bürgersteig.

«Im Café kann man nicht rauchen, oder?»

Er schüttelte den Kopf.

Sie waren die ersten Gäste, die sich an einen Tisch setzten. Die beiden Bedienungen am Tresen waren dabei, frische Kuchen in die Auslage zu stellen. Es roch köstlich nach Backwaren und Butter und dem Shampoo im noch feuchten Haar der Studenten, die sich einen Kaffee zum Mitnehmen holten. Nino nahm eine zweite Speisekarte vom Nachbartisch und reichte sie Noir, die zusammengekauert auf der Holzbank saß.

«Also, ich glaube, ich nehme amerikanische Pancakes mit Blaubeersoße. Und dazu einen Mango-Shake.» Er klappte die Karte zu. «Und du?»

«Ich …»

Die Bedienung kam, eine junge Frau mit Locken und einer kleinen Tochter namens – was, Becky? Betty? –, dabei wollte er das alles gar nicht wissen, nicht jetzt.

«Wissen Sie schon?»

Mit dem Vater des Mädchens war sie zusammen seit der elften Klasse, also jetzt schon neun Jahre. Was für ein friedliches Leben. Wie viel Frieden von ihr ausging, trotz des Geldmangels, und er hatte keinen Job, und sie wollte ja auch nicht ewig als …

«Weißt du, was du nimmst?», fragte er Noir.

Sie starrte ihn reglos an.

Als das Schweigen unhöflich wurde, räusperte er sich. «Also, für mich bitte die Pancakes. Und einen Mango-Shake.»

«Okay», sagte die Bedienung in einem Ton, als wäre gar nichts okay, und wollte wieder hinter den Tresen eilen.

«Äh, das war noch nicht alles.» Er wies auf Noir. «Sie möchte auch etwas essen.»

«Ich nehme, was du nimmst», murmelte Noir.

Weil sie offenbar nicht vorhatte, ihre Bestellung selbst aufzugeben, wandte er sich an die Bedienung: «Pancakes und einen Mango-Shake.»

«Das habe ich schon.»

«Genau. Und dasselbe noch mal.»

«Dasselbe noch mal. Also doppelt.» Die junge Frau sah ihn an, als verlangte er etwas Ungeheuerliches.

«Sie haben es erfasst.»

Die Bedienung verschwand in der kleinen Küche, wo sie ihrer Kollegin etwas zu murmelte. Beide sahen befremdet zu ihnen herüber.

«Na toll, jetzt bin ich ein Macho», seufzte er.

Noir schien nicht zu begreifen.

«Na, die Kellnerin ist brüskiert, weil ich für dich bestellt habe. Weil ich dich anscheinend bevormunde.»

Sie kicherte. Tatsächlich, da versuchte er einmal nicht lustig zu sein, und plötzlich brachte er sie zum Lachen. Glöckchenhafte Laute sprudelten aus ihr hervor, die etwas in ihm zum Zittern und Schmelzen brachten.

«Bevormundest du mich denn?», murmelte sie.

«Ich? Ich bin bei einer lesbischen Schwester aufgewachsen, es ist ein Wunder, dass ich mich noch nicht eigenhändig kastriert habe.»

Sie kicherte immer noch. Ihr Gesicht war entzückend rot angelaufen. Eine Weile konnte er nichts anderes tun, als dümmlich zurückzulächeln, obwohl sein Triumph darunter litt, dass er auf Katjuschas Kosten ging.

«Erzähl mehr.»

«Erzählen? Also …» Etwas Lustiges. Etwas Intelligentes. Beides zusammen, schnell. «Also, pass mal auf, was die Kellnerin tun wird, wenn sie die Rechnung bringt. Ich wette, dass sie die Rechnung vor mich legt. Dass der Mann sich noch als Ernährer aufspielen muss, hat nämlich dann gar nichts mit Gleichberechtigung zu tun. Das sind einfach Manieren.»

«Um was wetten wir?»

«Die Rechnung?»

«Einverstanden.» Sie lächelte, machte aber keine Anstalten, ihm die Hand zu geben. Eine Weile schwiegen sie, und Noir stützte das Gesicht auf die Faust und sah aus dem Fenster.

«Ich glaube nicht», murmelte sie.

«Was denn?»

«Ich glaube nicht, dass Frauen gerne eingeladen werden, weil sie noch eine andere Gegenleistung für Liebe wollen als Liebe.»

«Was hast du dann mit Monsieur Samedi zu schaffen?», fragte er in einem beiläufigen Ton, der die Unverschämtheit der Frage natürlich nicht entschärfte.

Sie starrte ihn an. Aber sie sagte nichts. Das war schlimmer als jeder bissige Widerspruch, denn jetzt hatte er Gewissheit, dass sie nicht für Monsieur Samedi *arbeitete*. Was nur noch wenige andere Gründe übrig ließ, weshalb sie bei ihm war.

Er beäugte sie skeptisch und versuchte eine Ähnlichkeit zwischen ihr und dem Araber festzustellen. Aber weder ihre Hautfarbe noch ihre Gesichtszüge ließen auf eine egal wie ferne Verwandtschaft schließen.

«Bist du die adoptierte Tochter seines verstorbenen Großcousins?»

«Was?»

«Du bist doch nicht …» Er konnte es kaum aussprechen. «Ist er dein *Freund*?»

Noirs Augen waren unergründlich.

«Und dann sagst *du* mir, dass Geld keine Rolle spielt?» Er lachte, obwohl ihm nie elender zumute gewesen war.

Die Kellnerin stellte die Pancakes und Getränke lieblos auf ihrem Tisch ab. Nino beachtete es gar nicht. Er fühlte sich ohnehin zu schwach, um jetzt noch zu essen. In sich zusammengesunken wie Noir, saß er da und starrte sie über die Teller hinweg an.

Schließlich nahm er seinen Mango-Shake und trank einen großen Schluck durch den Strohhalm.

«Wie alt ist er?»

«Wer?»

«Monsieur Samedi. Wie heißt er überhaupt?»

«Ich weiß nicht.»

«Nennst du ihn etwa Monsieur Samedi?» Fast lachte er wieder.

«Nein.»

«Wie denn dann?»

«Ich darf es nicht verraten.» Sie schüttelte den Kopf. «Die Dinge sind nicht so einfach. Es gibt nicht für alles eine Schublade.»

Er stöhnte und lachte zugleich. «Das also. Ihr liebt euch, aber ihr seid eigentlich nur Freunde – Seelenverwandte, stimmt's? Hab ich schon hundertmal gehört.»

«Es passt auch nicht in diese Schublade.»

«Oh, natürlich. Was ihr habt, ist ganz und gar einzigartig.»

«Einzigartig nicht. Aber selten.»

Als er die Gabel in die Hand nahm, machte sie es ihm nach. Gleichzeitig nahmen sie den ersten Bissen, nur dass sie sich fast einen halben Pancake in den Mund stopfte und ungeschickt mit Blaubeersoße beschmierte. Sie kaute und schluckte, ohne ihn aus den Augen zu lassen, und wirkte auf etwas ganz anderes als das Essen konzentriert. Als er fertig war, legte auch sie das Besteck beiseite.

Er seufzte. «Tut mir leid. Es geht mich nichts an. Es ist nur … ich verstehe es nicht. Er ist …» Ein verdammter Psycho, vielleicht hatte er Noir einer Gehirnwäsche unterzogen. War das möglich? Der einzige andere Grund wäre Geld. «Und gerade noch sagst du mir, Liebe will mit nichts anderem als Liebe entlohnt werden.»

Sie nickte. «Du kannst es nicht verstehen.»

Lange beobachtete er ihr Gesicht, das so offen und leer war wie ein Blatt Papier.

«Woher kennen wir uns?», murmelte er schließlich.

Sie holte Luft. Er sah, dass sich ihr Brustkorb hob und senkte. «Ich weiß nicht.» Sie flüsterte beinah.

«Dann fühlst du es auch, ich bilde es mir nicht ein?»

Sie schüttelte den Kopf und blickte aus dem Fenster. «Zu viele Worte. Es bringt nichts.»

«Was meinst du?»

Sie legte ihre Fingerspitzen an den Mund als Zeichen, nicht mehr sprechen zu wollen.

Die Kellnerin legte die Rechnung natürlich, wie erwartet, vor ihn und nicht vor Noir oder zwischen beide. Aber als sie wegen der verlorenen Wette bezahlen wollte, ließ er es nicht zu. Er drückte der Kellnerin einen Zwanzig-Euro-Schein in die Hand und schickte sie damit weg, bevor Noir protestieren konnte. Die Kellnerin zog fluchtartig ab, ohne sich für das üppige Trinkgeld zu bedanken.

Sie verließen das Café, und obwohl Nino keine Lust auf eine Zigarette hatte, stellte er sich mit ihr an den Straßenrand und rauchte. Zum ersten Mal litt er unter ihrer Gegenwart. Sie war unerreichbarer und undurchschaubarer für ihn geworden als zu Beginn, als er gar nichts über sie gewusst hatte. Und trotzdem konnte er sich nicht verabschieden; er rauchte langsam und kostete jede Sekunde aus, die er sie beim Herumstehen beobachten konnte.

«Was machst du heute?», fragte er, als sie ihre Zigarettenstummel austraten. Sie antwortete nicht, als wäre seine Frage einfach kein Teil ihrer Realität.

«Danke für das Frühstück.»

«Wieso ignorierst du mich?»

Sie schüttelte wieder den Kopf und ging über die Straße.

Er lief ihr hinterher. «Was weißt du? Warum kannst du nicht mit mir sprechen?»

«Wenn Monsieur Samedi Zeit hat, hole ich dich ab.»

«Noir …»

Sie blieb mitten auf der Straße stehen, sah zu Boden und in den Himmel. «Vielleicht werden wir noch viel Zeit miteinander verbringen, sehr viel Zeit. Aber ich hoffe, dass es dazu nicht kommt.»

Sie ließ ihn stehen, stieg ins Auto und fuhr weg.

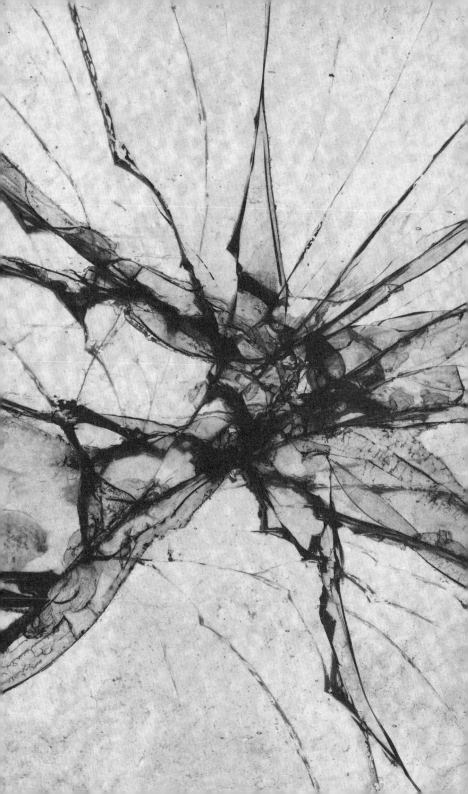

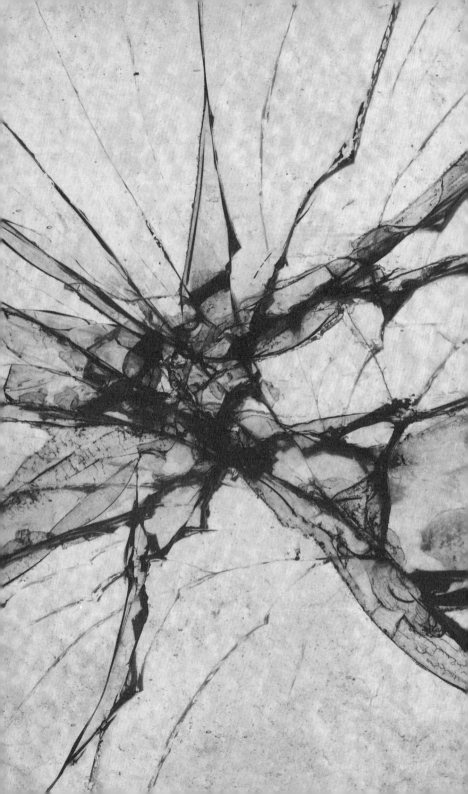

JETZT

Während sie träumt, entkleide ich sie. Nach und nach lege ich ihre weiße Existenz frei, bedecke sie mit Küssen, damit sie nicht friert. Ihr Bauchnabel ist ein flacher Knopf, der mich daran erinnert, dass sie einmal eine Mutter hatte und ein Mensch war. Ihre Hüftknochen lotsen meine Hände hinab in ihr Zentrum. Ich streiche mein Gesicht an ihr, an der Spitze des Entzückens fast verzweifelt darüber, dass meine Sehnsucht nie ganz gestillt werden kann. Wenn ich sie jetzt so fest an mich drücken würde, wie ich könnte, würden ihre zarten Knochen brechen, dann würde sie in Milch und Seide zerfließen und einfach ein Teil von mir werden. Aber ich will sie lieber so, außerhalb von mir. Das, was in mir ist, kann ich nicht so leicht lieben.

Ich lege mich über sie, halte ihr Gesicht, atme ihren Geruch. Ihre Augenlider flattern, ihre Lippen lösen sich voneinander. Ich spüre, wie die Bilder ihrer Träume sie durchschwappen, und will daran teilhaben.

Ihr Haar rauscht in den Laken. Ich schiebe einen Arm unter sie und halte ihre Taille, küsse ihren Mund, der lauwarm und weich ist wie ein gemurmeltes Gebet. Sie gehört mir. Lass mich ertrinken in meinem Glück.

Während ich sie halte, wird sie immer greifbarer; ihr ganzes Wesen rieselt wie Sand in ihre physische Gestalt hinein. Ihr Herz beginnt sich mir entgegenzuwerfen, ihr Atem pflückt kleine Seufzer aus ihrer Kehle. Unsere Körper werden Sprache für das Unsagbare; dann sind sie gar kein Ausdruck mehr, sondern ein Zustand, unser Sein selbst. Sie klammert sich an meinen Hals, und ihr Inneres verhärtet sich, die Gegenwart dehnt sich, zerspringt. Ich spüre ihr nach, stürze mich hinein in ihre Dunkelheit und begreife gerade noch, dass ich mich geirrt habe, dass nicht ich sie genommen habe, sondern sie mich nimmt; und als ich in die Besinnungslosigkeit gleite, öffnet sie die Augen und lässt mich wissen, dass sie wach war.

20.

Der Tag verging, und auch der darauf. Und der darauf folgende. Noir kam nicht wieder, um ihn zu Monsieur Samedi zu bringen, obwohl er nachts manchmal aufwachte und glaubte, sie am Bettende stehen zu sehen. Wenn er ihren Namen sagte und das Licht anknipste, war niemand da, und er lauschte vergebens nach forteilenden Schritten.

Julia rief zweimal, Philip sogar fünf- oder sechsmal an, doch er hatte keine Lust, dranzugehen. Sie gehörten zu einem Leben, das nicht mehr seins war. Damals hatte er an einem Bahnhof gesessen und gewartet, jetzt lief er sehnsüchtig einem Zug nach, für den er kein Ticket hatte.

Drei Tage, nachdem er mit Noir frühstücken gewesen war, rief jemand mit unterdrückter Nummer an. Misstrauisch hob er ab.
«Ja?»
«Hey, Nino! Hier ist Mona», sagte eine vollkommen unbekannte Stimme.
«Wer?»
«Die Freundin von Julia. Weißt du noch ...»
Er erinnerte sich. Das dunkelhäutige Mädchen aus dem Chemiewerk. Wenn er richtig lag, hatte er nie ein Wort mit ihr gewechselt. «Woher hast du meine Nummer?»
«Von Julia. Wie geht's?»
«Gut.»
«Jaaa ... ich wollte fragen, ob du Lust hast, uns zu treffen.»

«Ich hab keine Zeit. Ein andermal.»

«Morgen?», fragte sie sofort.

Nino versuchte sich ins Gedächtnis zu rufen, ob er nicht doch irgendetwas mit ihr zu tun gehabt hatte. Aber da war nichts vorgefallen, was einen so penetranten Anruf gerechtfertigt hätte. Wahrscheinlich stand Julia neben ihrer Freundin und hörte mit. Sie und Philip mussten Mona angestiftet haben, weil das Gläserrücken ohne ihn nicht funktionierte.

«Ich hab keine Zeit», wiederholte er.

«Überm…»

«Grüß Julia.» Er legte auf, bevor sie zu Ende sprechen konnte.

Wenige Sekunden später rief sie wieder an. Natürlich ging er nicht dran. Doch fünf Minuten später klingelte es erneut. Und noch einmal nach zehn Minuten. Als sie nach einer halben Stunde schon wieder anrief, schaltete er sein Handy aus.

Am nächsten Nachmittag tauchte Noir in Pegelowas Laden auf. Er hörte nicht, wie die Glöckchen über der Tür klingelten. Einfach so, als wäre sie geradewegs aus dem Boden gewachsen, stand sie plötzlich vor ihm im Gang. Vor Schreck suchte er Halt am Regal und fegte mehrere Dutzend Bleistifte zu Boden.

Pegelowa, die gerade mit einer Kundin beschäftigt war, spähte argwöhnisch zu ihm hinüber. Nino bückte sich, um die Bleistifte wieder einzusammeln, und Noir half ihm mit behandschuhten Fingern.

«Danke», murmelte er.

«Er kann dich jetzt empfangen», sagte Noir so leise, dass er der Einzige war, der sie hörte.

Sie hockten direkt voreinander und hoben die Stifte auf. Sie hatte heute ihr Käppi nicht an, und ihr dunkles Haar war hinter die Ohren gesteckt. Ihre Stirn war makellos. Wenn er nur daran

dachte, dass Monsieur Samedi, dieses alte Tier, sie dorthin
küsste …

Als alle Stifte wieder im Fach waren, erhoben sie sich. Geduldig sah sie ihn an.

«Ich arbeite bis halb neun.»

«Wir müssen jetzt gehen. Sag deiner Chefin, dass es in Ordnung ist.»

Er lachte freudlos. «Ich glaube nicht, dass sie sich auf mein Urteil verlassen wird.»

«Du hast zu ihrem Unterbewusstsein Zugang», sagte Noir ruhig. «Lass sie glauben, was du willst.»

Er sah sie dümmlich an.

«Versuch es.»

«Das ist absurd», flüsterte er, aber er ging Noir bereits hinterher und näherte sich der Kasse, wo Olga Pegelowa gerade die Kundin abkassierte. Als die Frau gegangen war, trat Noir neben Pegelowa, doch die beachtete sie gar nicht.

«Was los?», fragte sie Nino.

Er fuhr sich über die Lippen, sah Noir an und seufzte. Das *konnte* er nicht wirklich machen. Er riskierte seinen Job und seine Würde, nur weil sie ihn dazu ermunterte.

«Ich wollte fragen, ob …»

«Du musst gehen», sagte Noir bestimmt. «Es ist besser so.»

«Ich muss gehen», sagte er. «Es ist besser so.»

Olga Pegelowa kniff die Augen zusammen. «Wie?»

Noir sah ihn eindringlich an, als könnte sie ihm mit bloßem Blick erklären, was er zu tun hatte.

Er versuchte sich in Olga Pegelowa hineinzuversetzen. Besonders schwer war es nicht, immerhin stand ihr ins Gesicht geschrieben, was sie empfand: Verwirrung. Ärger. Zweifel an der Geisteskraft ihres Angestellten. Nino atmete aus und trennte sich von der Angst, die ihre Reaktion in ihm auslöste, und stellte sich vor, wie Olga milde zu ihm sagte: «Du solltest jetzt schon gehen. Es ist besser so.»

«Ich sollte jetzt schon gehen», sagte er vertrauenswürdig. Die Muskeln um ihre geschminkten Augen zuckten und entspannten sich. Die Ahnung eines Lächelns schwamm in ihrer Miene, ein Spiegelbild seines eigenen Gesichtsausdrucks. «Es ist besser so, Olga.»

Sekunden verstrichen, die sich wie eine Ewigkeit anfühlten. Dann zog Olga Pegelowa die Augenbrauen hoch und verlagerte ihr Gewicht von einem Bein aufs andere. «Du solltest gehen, ja? Ist besser so.»

Er starrte sie ungläubig an, bis auch sie ihn ungläubig anstarrte.

«Komm», raunte Noir, und erst da wurde ihm klar, dass Olga Pegelowa sich nicht über ihn lustig gemacht hatte.

«O-okay», stammelte er. «Bis morgen.»

Olga Pegelowa sah ihm misstrauisch hinterher, als er den Laden verließ.

Wie auf Sprungfedern trat er auf die Straße. Die Sonne schien durch die Wolken, Passanten bevölkerten die Bürgersteige. Er sah auf sein Handy und vergewisserte sich, dass es wirklich erst halb fünf war. Und er hier draußen. Mit Noir.

«Komm», sagte sie lächelnd, denn er stand mitten auf der Straße und sah sie an wie einen Geist. «Hast du nicht gewusst, dass du das kannst?»

Er schüttelte den Kopf.

Als sie im BMW Kombi saßen und sich anschnallten, konnte er immer noch nicht fassen, dass das wirklich gerade geschehen war. Seine Chefin hatte ihn einfach gehen lassen.

«Das kann doch nicht wahr sein», murmelte er. Immer wieder musste er den Kopf schütteln. *Weil er ihre Gedanken manipuliert hatte.*

Noir manövrierte den Wagen geschickt aus der Parklücke und bretterte los. «Bestimmt hast du es schon öfter getan.»

«Nein. Nein, ganz sicher nicht!»

«Du wusstest vielleicht nicht, dass du es tust, aber du hast es getan. Die Grenzen zwischen dir und anderen sind für dich offen. Du empfängst nicht nur. Ein Teil deiner Gedanken und Gefühle geht auch zu den anderen über, nur dass sie es nicht merken wie du.»

Er dachte darüber nach. Wie oft hatten sich Mädchen zu ihm hingezogen gefühlt, obwohl er sich gar nicht groß um sie bemüht hatte? Konnte es sein, dass er sie, ohne es zu ahnen, *manipuliert* hatte? Die Vorstellung war so schlimm, dass er sich sofort verbot, je wieder darüber nachzudenken.

«Kannst du es auch?», fragte er.

«Nein.»

«Manchmal erweckst du den Eindruck. Weil du nie an irgendwas Interesse zeigst, so als würdest du schon alles wissen.»

«Ich weiß noch nicht alles.»

Er musste lachen. «Noch nicht. Du arbeitest aber dran.»

«Du arbeitest auch dran.»

Da hatte sie recht. Immerhin fuhr er zu Monsieur Samedi, um Antworten zu sammeln. «Ich glaube, *alles* würde unendlich viele widersprüchliche Antworten beinhalten, sodass man genauso gut gar nichts wissen könnte.»

«Alles und Nichts scheinen dasselbe zu sein», murmelte Noir. «Aber wenn alles wissen in Wirklichkeit so ist wie gar nichts wissen, wo ist dann der Sinn?»

Sie verfielen in Schweigen.

«Ich glaube», fuhr sie dann fort, «dass Alles und Nichts wie ein und dasselbe wirken, es aber nicht sind. Wenn man alles weiß und alle Widersprüche als Wahrheit anerkennen kann, dann wird man meinungslos wie jemand, der noch zu keiner einzigen Wahrheit gefunden hat. Aber eben aus ganz anderen Gründen.»

«Das denke ich auch.» Er betrachtete sie im Profil. «Und ich denke, du bist nicht zwanzig.»

Wie beim letzten Mal erwartete Monsieur Samedi ihn im abgedunkelten Kaminzimmer. Der Schein der Flammen ließ Schattengespenster um den Tisch und die zwei Stühle tanzen, sodass Nino im ersten Moment meinte, Monsieur Samedi sei nicht allein. Da war Bewegung, wo kein Leben war, und es verlieh der Umgebung eine unheimliche Aura.

«Sorokin», sagte Monsieur Samedi in fast zärtlichem Ton. «Bitte. Setz dich.»

Er selbst streifte das offene Seidenhemd ab und entledigte sich seiner Hose. Nino wandte den Blick ab, bevor er sehen konnte, was für Unterwäsche der Araber trug. Mit glühenden Ohren bückte er sich zu seinen Schuhen hinab und nestelte an den Schnürsenkeln, bis Monsieur Samedi ebenfalls Platz nahm und seine knotigen Beine unter den Tisch schob. Nino richtete sich wieder auf und zog seinen Pullover aus.

«Kann losgehen», sagte er gegen die peinliche Stille. Er würde sich nie daran gewöhnen, mit dem Araber nackt an einem Tisch zu sitzen. Schon gar nicht, wo er nun wusste, dass Noir … Aber die Vorstellung, wie sie diesen haarigen, fleischigen Oberkörper berührte, war so unerträglich, dass er zwanghaft anfing, an irgendetwas anderes zu denken, an Stillleben von van Gogh, an Werbeslogans und die Melodie des Kinderlieds, dessen Text ihm wohl nie wieder einfallen würde.

Monsieur Samedi verschränkte die Hände ineinander. «Letztes Mal habe ich das Fragen ganz und gar dir überlassen. Diesmal möchte ich, dass wir es gemeinsam tun. Wir wollen Erkenntnis und Unsterblichkeit: alles wissen, ohne sterben zu müssen.»

Nino nickte langsam. Besser hätte er es nicht zusammenfassen können, aber so auf den Punkt gebracht, klang es ganz schön größenwahnsinnig. Er spürte ein albernes Lächeln in den Mundwinkeln.

«Fürchte nicht deine eigenen Wünsche, Sorokin! Wir sind mit Neugier ausgestattet. Dieser Neugier müssen wir folgen, alles andere wäre eine Lebensverweigerung.»

«Ja. Ich weiß nur nicht …» Er biss die Zähne zusammen.

«Was?»

«Ich weiß, dass ich sterben werde. Wenn ich jetzt irgendwie herausfinde, dass ich mein Schicksal ändern kann … dann wäre ich mein eigener Gott.»

«Wer wäre denn sonst dein Gott? Wen würdest du vom Thron stoßen?»

«Ich weiß nicht. Irritierend genug herauszufinden, dass es überhaupt einen Thron gibt.»

Monsieur Samedi nickte mit leicht geöffnetem Mund, und plötzlich erinnerte er Nino an ein Raubtier. Ein Raubtier, dessen Intelligenz nichts daran änderte, dass es seinen Hunger stillen musste. «Du darfst dich nicht vor Veränderungen fürchten – vor allem nicht davor, sie selbst vorzunehmen. Das Einzige, was du fürchten musst, ist der Stillstand. Das ist der wahre Tod.»

«Manipulieren Sie mich?» Nino hatte keine Ahnung, warum ihm diese Frage herausgerutscht war. Eine ehrliche Antwort konnte er schließlich kaum erwarten.

«Hast du erst jetzt herausgefunden, dass wir es können?» Der

Araber lachte. «Keine Sorge. Ich kann nicht in dein Bewusstsein eingreifen, ohne dass du es merkst. Immerhin ist es deine Besonderheit, dass du dir über die Vorgänge bewusst bist, die bei anderen Menschen im Tiefen, Unsichtbaren geschehen. Wir sind wach, wo andere träumen.»

Nino nickte, obwohl der Zweifel blieb. Aber war nicht genau dieser Zweifel der beste Beweis, dass der Araber sein Innenleben nicht beeinflussen konnte?

«Wollen wir nun beginnen?» Monsieur Samedi zückte seinen Dolch.

Es dauerte nur Sekunden, bis das Glas sich unter ihren blutigen Fingerspitzen in Bewegung setzte. Nino versank in einem Meer zarter Berührungen; was auch immer vom Glas Besitz ergriff, es liebte ihn mehr, als jeder Mensch vermocht hätte. Weil er so von diesem Gefühl eingenommen war, brachte er vorerst keine Frage zustande, und Monsieur Samedi begann den Dialog.

Er sprang von Frage zu Frage, sodass Nino kaum folgen konnte. Sobald er glaubte, eine Frage-Antwort-Runde verstanden zu haben, hatte er schon die nächsten beiden verpasst; nur Bruchstücke kamen bei ihm an. Aber was er mitbekam, reichte aus, um die Welt auf den Kopf zu stellen.

Ist es Nino Sorokins Schicksal, noch in diesem Jahr zu sterben?

J A

Kann Sorokin sein eigener Gott werden und sein Schicksal durch ein selbstgewähltes ersetzen?

J A

Welche Handlungen seinerseits setzt die Verwirklichung dieser Möglichkeit voraus?

GIB NEHME AUF

Was muss er aufgeben, und was muss er aufnehmen?

LEBEN

Ist Leben das, was alles und jeden erfüllt und in der Einzahl Seele genannt wird?

JA

Welche Voraussetzungen sind sonst noch nötig, damit Nino Sorokin einen neuen Lebenstropfen, eine andere Seele erhält?

EIN MENTOR

Kann Jean Orin eine erfolgreiche Transplantation der Seelen bei Nino Sorokin vornehmen?

JA

Nino fragte:
    Wer ist Jean Orin?
    Das Glas glitt zu Monsieur Samedi.

Sie sahen sich in die Augen. Das Glas kehrte in die Mitte zurück, drehte noch ein paar hallende Runden auf dem Holz und blieb stehen.

Nino fühlte, wie er in die kalte, nackte Gegenwart zurückglitt. Er zog sich sofort den Pulli über und schlüpfte in seine Schuhe. Zum Glück begann auch Monsieur Samedi, sich wieder anzuziehen. Er wirkte ratlos, beinahe verwirrt; sein Gesicht sah eigenartig schlaff aus.

«Jean Orin.» Nino sprach den Namen aus, um zu sehen, wie er reagierte: Er hielt im Zuknöpfen seines Hemds inne.

«Es ist spät», sagte Jean Orin mit seiner sanften Stimme, obwohl er nicht auf die Uhr geblickt hatte. «Wir wollen zu Abend essen.»

Das künstliche Licht im Flur blendete Nino nach dem abgedunkelten Raum; er musste die Augen zusammenkneifen. Für einen Moment war er sicher, dass sich jemand an ihm vorbeischob und hastig in einem Zimmer verschwand. Er blinzelte.

Am Ende des Flurs erschien Noir. Wie immer hielt sie eine Zigarette zwischen den behandschuhten Fingern und fing die Asche einfach mit ihrem ausgeleierten Pullover auf. Während Nino sich näherte, fragte er sich, warum sie des Geldes wegen mit einem Mann zusammen war, wenn sie trotzdem noch wie eine Obdachlose herumlief. Nein, Geld konnte nicht der Grund sein. Liebe hielt er ebenfalls für ausgeschlossen – denn wie könnte ein Wesen wie Noir einen Mann lieben, der aussah wie Monsieur Samedi? Es musste irgendetwas anderes sein, das sie an Jean Orin band. *Du kannst es nicht verstehen.*

Als sie die Treppe hinabschritten, stellte Nino fest, dass es draußen fast dunkel war. Auf dem Herd der offenen Küche dampften Töpfe.

Noir ging an die Bar und stellte drei Metallbecher auf ein Tablett, Jean Orin schleppte sich mit schweren Schritten zum Esstisch und ließ sich auf einen der Stühle sinken. Nach kurzem Zögern setzte sich Nino zu ihm, doch sein Blick folgte Noir, wie sie drei Drinks mixte und auf den Tisch stellte. Jean Orin gab ihm ein Zeichen, sich zu bedienen. Sie tranken, ohne anzustoßen. Es schmeckte stark nach einer sauren Frucht, nach Ingwer und Pfefferminze und, kaum wahrnehmbar, etwas Metallisch-Bitterem.

Auf dem Tablett stand auch eine silberne Dose, aus der ein Röhrchen ragte. Erst hielt Nino sie für eine Zuckerdose; doch dann nahm Jean Orin sie in seine kräftige Hand, führte das Röhrchen ans Nasenloch und schnupfte lautstark.

«Was ist das?»

«Das Einzige, was dein Gemüt nach einer so langen Séance retten kann. STYX.»

Nino nahm die Dose und sah, dass sie mit weißem Pulver gefüllt war. Vermutlich hielt er gerade mehr als zwanzigtausend Euro in der Hand. Er sog die Droge durch das Röhrchen. Dann gab er das STYX an Noir weiter, die es einfach zurück aufs Tablett stellte.

Die Einsamkeit in ihm fiel ohnmächtig ins Wolkenbett der Droge. Wurde unsichtbar. Schwerelos.

«Was habt ihr zubereitet?», fragte Jean Orin, jetzt deutlich munterer als noch vor wenigen Augenblicken. Er sagte *ihr* und nicht *du*.

Plötzlich fiel Nino ein, dass der Araber ja noch einen Helfer hatte – Amor, den farblosen Mann. Er hatte nicht mehr an ihn gedacht, seit er ihn zuletzt vor dem Club gesehen hatte.

Noir glitt von ihrem Stuhl und schlich zur Küche.

Nino wollte den Moment nutzen, um Jean Orin auf die Séance anzusprechen. «Was hatte das eben zu bedeuten?»

Der Araber sah ihm tief in die Augen. Unmöglich zu erraten, was in ihm vorging. «Ich weiß schon lange, dass es diese … Methode gibt. Aber ich wusste nicht, dass sie bei dir funktionieren kann. Und dass es meine Aufgabe sein würde.»

Er seufzte tief. Nino wartete, dass er weiter erklärte, doch vorerst kam nichts mehr.

Das STYX bremste die drängende Neugier in ihm, schluckte seine Aufregung, und das wäre womöglich beunruhigend gewesen, wenn die Beunruhigung noch zu ihm durchgedrungen wäre.

Noir kam mit Tellern und Besteck zurück. Es gab dickes, dunkles Fleisch mit einem Salat, der so kunstvoll angerichtet war, dass man kaum wagte, ihn zu essen. Als alles auf dem Tisch stand, betrachtete er einen Moment die Teller und die Wasserkaraffe und den Salzstreuer und stellte fest, dass Noir die Sachen unmöglich in einem Gang hatte herbringen können. Aber er erinnerte sich nicht daran, dass sie zweimal mit vollen Händen gekommen war. Er schüttelte den Gedanken ab. Vergangenheit und Gegenwart schienen immer öfter Teile einer Gleichung zu sein, die nicht aufging, aber darüber zu grübeln führte nirgendwohin.

Sie aßen, ohne zu sprechen. Monsieur Samedi leerte seinen Teller mit großen Bissen, die er lange, fast meditativ, kaute, während Noir vornübergebeugt mit der Gabel im Essen herumstocherte und gelegentlich eine riesige Portion in sich hineinschaufelte. Nino fragte sich, ob ihre Abendessen immer so trostlos verliefen oder nur, wenn ein Gast da war. Es fiel ihm schwer, sich vorzustellen, dass sie ihre kühle Fassade ablegte, sobald sie mit Jean Orin alleine war, und dann nach Herzenslust redete und lachte.

Als Jean Orin das Besteck beiseitelegte, beendete auch Noir wie auf ein Zeichen ihr Abendessen und warf Nino einen Blick

zu. Offenbar wurde erwartet, dass jeder seine Bedürfnisse Jean
Orins unterordnete. Er schluckte und senkte die Gabel. Dank
des STYX hatte er ohnehin keinen großen Hunger. Er wollte
Noir beim Abräumen helfen, doch sie nahm ihm entschieden
den Teller aus der Hand.

«Nein», sagte Jean Orin leise, um ihm zu bedeuten, dass er
sitzen bleiben sollte.

Als er sich zurücklehnte und die Handflächen auf den Tisch
legte, war dieser abgeräumt. Noir aber war nicht wiedergekommen, und als Nino einen verstohlenen Blick Richtung Küche
warf, entdeckte er sie auch dort nicht mehr. Wie so oft war sie
einfach verschwunden.

«Du hast meinen Namen erfahren. Es ist wohl an der Zeit, dir
ein wenig über mich zu erzählen», begann Jean Orin. «Ich bin
kein Araber. Obwohl ich eine Weile in Saudi Arabien, in
Marokko und im Iran gelebt habe. Meine Vorfahren waren
Roma.» Ein Zucken ging durch sein Gesicht, eine ferne Spur
der Scham, mit der seine Herkunft irgendwann behaftet gewesen sein musste. «Ich wurde in Paris geboren, aber mit meinen
Eltern mehrmals wieder nach Bulgarien abgeschoben. Mein
Nachname stammt von der ersten Frau, die ich in Algerien ge-
heiratet habe. Das ist lange her. So viel zu meiner wahren Identität.» All dies sagte er ruhig und emotionslos, und während
Nino ihm in die Augen sah, empfing er keine Erinnerung, keine
einzige Gefühlsregung von ihm außer jener Spur der Unsicher-
heit, die seinen Ursprung umgab. Jean Orin hatte alle anderen
Verbindungen zwischen den Empfindungen und Tatsachen seines Lebens erfolgreich zerschnitten; seine Vergangenheit existierte nur noch in seinem Kopf, nicht mehr in seinem Herzen. Nino fragte sich, ob schmerzhafte Erlebnisse der Grund für
diese drastische Trennung gewesen waren – oder eine über-

triebene Angst davor, dass jemand in ihn hineinsah und seine Schwächen erkannte.

«Ich habe schon als Kind gespürt, dass ich etwas Besonderes bin», fuhr Jean Orin fort, und sein Blick verklärte sich ein wenig. «Ich habe nicht viel Liebe erfahren. Eigentlich gar keine. Ungeliebte Kinder werden aggressiv oder introvertiert bis zu einem Punkt, wo andere Menschen gar nicht mehr in ihrer Realität existieren. Ich habe meine Empathie nicht verloren. Meine Gabe war es, die Menschen zu lieben, ohne von ihnen geliebt zu werden. Warum? Weil ich die Verbindung in mir habe. Ich sah keine Grenze zwischen mir und den anderen. Für mich waren schon immer alle Strömungen desselben Flusses.» Er machte eine Pause, wie um seinen eigenen Worten nachzulauschen. Zufrieden strich er mit der Handfläche über den Tisch, als würde er eine Buchseite umblättern. «Erst später, als mein Lehrer mich fand, erfuhr ich alles über das Jenseits, über die Beschaffenheit unserer Seelen und ihre lebensspendende Funktion. Bis dahin war ich einfach nur ein Junge, der die seltene Gabe hatte zu lieben. Wie du.»

Jean Orin beobachtete ihn aufmerksam, ehe er weitersprach. «Von meinem Lehrer erfuhr ich auch, dass es Liebe ist, die das Seelische anzieht. Im Grunde liegt das auf der Hand. Zwei Menschen lieben sich, und es entsteht neues Leben. Ein Fötus im Mutterleib wird erst beseelt, wenn er von der Mutter geliebt wird. Die Liebe der Mutter ist ein Magnet, der das Leben anzieht und dem Ungeborenen eine Seele verleiht. Selten gebiert eine Frau ein Kind, für das sie keinerlei Liebe empfindet. Geschieht das doch, wartet viel Düsterkeit auf das neugeborene Wesen.»

Er schien kurz in Gedanken wegzugleiten, aber dann räusperte er sich und fuhr fort: «Mein Mentor weihte mich in die

Dinge ein, wie ich es nun mit dir tue. Allerdings konnte er sich mehr Zeit lassen als ich mit dir. Weil dein Tod immer näher rückt.»

Nino spürte sein Herz schmerzhaft gegen die Innenwände seines Brustkorbs schlagen. «Was ist eine Transplantation?»

Jean Orin sah ihn wieder so eingehend an, als könnte er die Antworten in Nino heraufbeschwören, ohne sie aussprechen zu müssen. *Für jemanden wie dich, der noch nicht lange mit der Wahrheit lebt, wird es schwer zu glauben sein. Bist du bereit, die Antwort zu glauben?*

«Ich bin in der Lage», sagte Jean Orin mit sorgenvoller Miene, «Seelen zu transplantieren.»

21.

N ino hörte die Worte, aber sie erreichten ihn nicht richtig. Es klang einfach zu bizarr.

«Man muss die Wälle der Vernunft erst niederreißen und die Gefahr eingehen, sich zu täuschen, bevor Wunder stattfinden können», sagte Jean Orin behutsam, als spürte er, was in ihm vorging.

«Was meinen Sie damit?»

Er legte seine vernarbten Daumen- und Zeigefingerkuppen aneinander. «Eine Seele ist ein Tropfen des unendlichen Lebens, ja? Obwohl jede Seele Teil der Unendlichkeit ist und rückwirkend die Unendlichkeit in sich birgt, musst du sie dir wie eine Flüssigkeit vorstellen, die verschiedene Formen ausfüllt. Diese Formen sind unser Schicksal hier im Diesseits.»

«Formen», unterbrach ihn Nino, hauptsächlich weil er eine Pause brauchte, um mitzukommen. «Und die sind unveränderlich?»

«Gute Frage. Ich habe schon bei unserer ersten Séance gemerkt, dass du ein Talent dafür hast, die richtigen Fragen zu stellen, um zum Kern der Dinge vorzudringen.» Jean Orin lächelte anerkennend. «Nun, was unser Schicksal betrifft: Es scheint von der Liebe bestimmt zu werden, die wir erhalten, und auch von genetischen Faktoren. Ein Mensch, der am Ende einer grausamen oder leidvollen Blutlinie steht, wird nur dann ein sonnigeres Schicksal zugeteilt bekommen, wenn er viel Liebe erhält, also bei anderen Leuten als seinen Blutsverwandten aufwächst. Diejenigen, die in Leid geboren wurden und in Leid leben, sind schließlich selten fähig, zu lieben.»

«Wie kommt es dann, dass ich so jung sterbe? Ich wurde geliebt.»

Jean Orin nickte. «In frühester Kindheit hast du eine Liebe erfahren, die abrupt abriss, nicht wahr? Ebenso abrupt reißt nun dein Leben ab.»

Nino schwieg und dachte darüber nach. Jean Orins Theorie kam ihm zu schlüssig vor – zu verklärt, zu einfach, um wahr sein zu können.

«So einfach ist es natürlich nicht immer», setzte er hinzu, als hätte er wieder seine Gedanken gelesen. «Wie gesagt gibt es diverse Einflüsse, die unser Schicksal bestimmen, und ich kenne längst nicht alle. Aber ich habe entdeckt, dass das Schicksal nicht änderbar ist, jedenfalls nicht durch Willenskraft. Es ist jedoch zu Beginn formbar – von Mächten, die außerhalb unseres Einflusses stehen.»

«An meinem Schicksal kann ich selbst also nichts mehr ändern. Und was ist nun eine Transplantation?»

Orin schloss die Augen, so wie vorhin, als sie die Séance beendet hatten und er so verloren in einem geheimnisvollen Kummer gewesen zu sein schien. «Wie gesagt erfuhr ich durch meinen Lehrer nicht nur, dass ich eine außergewöhnliche Verbindung zum Quell des Lebens besitze. Sondern auch, dass ich eine schwere Bürde trage. Die Gabe, Leben erschaffen zu können.» Er schlug die Augen auf und sah Nino an. Nino sah zurück. Er spürte, wie er die Stirn runzelte.

«Kann nicht jeder Mensch Leben erschaffen? Kinder zeugen oder gebären?»

Orin schüttelte vollkommen ernst den Kopf. «Davon spreche

ich nicht. Nicht von Fortpflanzung. Ich kann Seelen ins Diesseits holen. Ich kann Dinge beseelen, Sorokin.»

«Dinge.»

«Menschen!» Er zischte es, ein Geräusch, als würde der Deckel des Himmels abgeschraubt und Regen herausstürzen. «Ich habe es mir nicht ausgesucht. Aber es ist meine Gabe. Meine *Aufgabe.*» Er beugte sich über den Tisch zu ihm vor. «Natürlich kann ich nicht jeden neu beseelen. Es funktioniert nur bei Menschen, die offen sind, bei Menschen wie dir. Darum habe ich heute das Glas gefragt, ob es mir gelingen kann. Und es wurde bestätigt. Verstehst du? Ich kann deine Seele, an die dein Schicksal gebunden ist, ins Jenseits entlassen, ohne dass du sterben musst. Und dann kann ich einen neuen Lebenstropfen in dich hineinbeschwören. Du wirst eine neue, frische Seele erhalten, mit einem ungeformten Schicksal.»

«Eine neue Seele», sagte Nino ungläubig. Das alles klang vollkommen absurd.

«Du wirst nichts merken. Ein Tropfen ist wie der andere. Für deinen Charakter, deine Persönlichkeit entscheidend ist nur, wie nah dieser Tropfen noch dem Urquell ist, und bei deinen Voraussetzungen wäre jeder Tropfen nah dran. Verstehst du?»

Nino schüttelte wahrheitsgemäß den Kopf.

Orin nahm das Kästchen mit dem STYX und genehmigte sich einen weiteren, kräftigen Zug. Dann reichte er es an Nino weiter. Gehorsam setzte er das Röhrchen an sein Nasenloch.

«Hör zu», sagte Orin, schniefte und wischte sich mit den Fingern über die Oberlippe. «Stell dir vor, ‹Seele› und ‹Urquell› und ‹Schicksal› sind nur Begriffe, nur Symbole, um dir etwas sehr Komplexes verständlich zu machen, ja? Tatsache ist, dir ist ein baldiger Tod vorherbestimmt. Weil du das Schicksal nicht ändern kannst, erschaffe ich dir einfach ein neues.»

«Und wie sieht das dann aus?»

«Das hängt von der Liebe ab, die du erhältst, so wie jedes Schicksal. Allerdings würdest du heute bewusster als jedes Neugeborene steuern können, ob und wie du geliebt wirst. Das ist der springende Punkt. Ich würde dich lieben wie einen Sohn, denn genau das wärst du: mein Sohn.»

Nino starrte Jean Orin eine Weile an, während er versuchte, alles zu verarbeiten. Vermutlich müsste er ergriffen, verwirrt oder aufgeregt sein, aber es lag wohl am STYX, dass er Jean Orins Offenbarungen mit so viel Gelassenheit aufnehmen konnte.

Orin legte seine Hand auf Ninos. Die Berührung ließ ihn innerlich zusammenzucken, doch nach außen blieb er ruhig. Schwer und warm ruhte die behaarte Pranke auf seinem Gelenk. Nach ein paar Sekunden wusste er nicht mehr, ob die Hand ihm unangenehm war oder nur die Tatsache, dass er eigentlich nichts dagegen hatte. Eine Weile saßen sie still da. Die Berührung schien zu wachsen, wurde zum Zentrum ihrer Wahrnehmung. Er fragte sich nicht mehr, ob er sie wollte oder nicht, und akzeptierte einfach die Nähe zwischen ihnen.

Dann fiel ihm etwas ein. «Wie würde ich meine jetzige Seele überhaupt loswerden? Ich dachte, das passiert nur, wenn man stirbt.»

«Aber sterben sollst du schließlich nicht. Wir brauchen daher ein Symbol für deinen Tod. Etwas muss an deiner Stelle in den Tod gehen, das dein Leben verkörpert. Ein kleiner Tod.» Orin legte den Kopf schief und musterte ihn mit angehaltenem Atem. «Du musst mit deiner Seele alle Liebe aufgeben, die du jetzt besitzt. In deinem Fall die Liebe zu deiner Schwester.»

Nino zog die Hand weg. Er wollte fragen, was Orin meinte, aber er brachte keinen Ton heraus. Unwillkürlich begann er den Kopf zu schütteln.

«Es gibt nur eine Liebe», sagte Orin eindringlich. «Wir empfangen sie durch Menschen, von denen im Prinzip einer so gut ist wie der andere.»

Nino stieß ein kurzes, keuchendes Lachen aus. In diesem Moment sah er wieder ganz deutlich vor sich, wie Monsieur Samedi das Huhn aufschlitzte. «Ich opfere doch nicht Katjuscha –»

Jean Orin brach in Gelächter aus. «Was? Sie opfern? *Mord?*» Er lachte noch immer, aber Nino war ganz und gar nicht zum Spaßen zumute. Obwohl er erleichtert war, mit seinem Verdacht falsch gelegen zu haben, blieb ein mulmiges Gefühl.

«Dann drücken Sie sich doch mal deutlich aus. Was muss denn geopfert werden?»

Orin richtete den Zeigefinger auf Nino. «Ich drücke mich so deutlich aus, wie deine Fragen sind. Verstanden?»

Nino biss die Zähne zusammen und sagte lieber nichts.

«Du wirst die Liebe zu deiner Schwester opfern. Ihr werdet euch nicht mehr erkennen.»

«Warum?», brachte er hervor.

«Weil die Liebe das Seelische anzieht und weil die Liebe das Seelische hält. Alles, was du liebst und was dich liebt, bindet dich jetzt an dein Schicksal. Du musst loslassen – alles. Ihr verliert euch so oder so. Ob du stirbst oder mit anderer Liebe weiterlebst – eure Wege werden sich trennen.»

Ein Schmerz brach zu ihm durch, der sich nicht einmal vom STYX unterdrücken ließ. Es stimmte, er würde Katjuscha verlieren, wenn er starb. Vielleicht war das besser, als ohne sie leben zu müssen.

Aber es könnte eine andere Liebe geben. Wenn Noir … Seine Gedanken rissen von selbst ab. Es war zu viel auf einmal. So überfordert hatte er sich zuletzt vor vier Jahren gefühlt, als er versucht hatte, Physik zu studieren.

«Ich muss nachdenken – über alles.»

Orin lehnte sich zurück und zog geräuschvoll die Nase hoch.
«Gut. Nimm dir Zeit. Ich erwarte eine Entscheidung, wenn wir
uns das nächste Mal sehen.»

Auf dem Heimweg bekam Nino Kopfschmerzen. Er saß neben
Noir im Wagen und spürte, wie sich die Flatterigkeit, die das
STYX bewirkte, durch die Nachwirkungen des Gesprächs mit
Orin zu einem unangenehmen Flimmern verdichtete. Zwischen
seinen Schläfen schoss Strom hin und her. Er wollte nachdenken, aber was er wirklich brauchte, um Klarheit zu bekommen,
war genau das Gegenteil.

«Ist es das, was du an ihm magst – dass er Menschen ein
neues Leben geben kann?» Als sie nichts sagte, murmelte er:
«Bewunderung ist doch etwas anderes als Liebe.»

Sie parkte vor seinem Wohnhaus. Der Motor lief weiter. Nino
löste den Anschnallgurt und ahnte, wie schwer es ihm fallen
würde, die Tür zu öffnen, auszusteigen und sie wegfahren zu lassen. «Wieso weigerst du dich so, mit mir zu sprechen?»

Es schien sie Mühe zu kosten, den Blick auf ihn zu richten,
doch sie tat es. Einige Sekunden sah sie ihn einfach an. «Wieso
ich?»

«Ich weiß nicht. Einfach so.» Und da, während er ihr stilles
Gesicht betrachtete, wurde ihm klar, was für ein einsames Empfinden Liebe war; es hatte fast gar nichts mit der Person zu tun,
an die sie sich richtete. Die Liebe bahnte sich wie herabflie-
ßendes Wasser unaufhaltsam ihren Weg aus ihm heraus und
strömte zu diesem fremden, vertrauten Mädchen hin, ohne dass
irgendein Sinn, irgendein vernünftiger Gedanke es lenkten – es
gab keinen Grund außer der Gravitation des Schicksals.

«Ich könnte dir sagen, dass es an deiner Schönheit liegt», hob er leise an, «an deiner geheimnisvollen Art, an deinem bemerkenswerten Fahrstil oder der Intelligenz, die bei dir durchschimmert, wenn du mal den Mund aufmachst ... aber nichts davon ist der Grund. Die Wahrheit ist, ich denke an dich, die ganze Zeit, und ich habe keinen Schimmer, warum.»

Was dann geschah, dauerte nicht länger als zwei Sekunden, und doch schien die Realität zwischen ihnen zu reißen wie eine Plastikfolie:

Er streckte die Hand aus und strich über ihre Wange.

Als er ihre Haut berührte, kribbelte es in seinen Fingerspitzen, und er erschrak über einen Schmerz, der zu schnell eintrat, als dass man ihn begreifen könnte.

Noir stieß einen erstickten Schrei aus.

Im nächsten Moment hatte sie seine Hand weggeschlagen und war in den hintersten Winkel ihres Sitzes gewichen.

Ihr Atem war laut. Ihr Atem erfüllte den Wagen mit Kälte.

Sie blinzelte, und ein paar dicke, leuchtende Tropfen fielen ihr über die Wimpern.

«Alles okay?», stammelte Nino.

Sie presste die Lippen aufeinander und schluckte. «Aus. Steig aus.»

«Okay.» Als er die Tür hinter sich zufallen ließ, blieb der Maserati mit brummendem Motor stehen. Schließlich beugte er sich hinab und sah durch das Fenster.

Noir kauerte noch immer auf ihrem Sitz und starrte ihn an, als hätte er sie geschlagen. Als er Anstalten machte, die Tür noch einmal zu öffnen und sie zu fragen, ob es ihr wirklich gutging, packte sie das Lenkrad, gab Gas und raste davon.

Nachdem sie verschwunden war, steckte Nino die Hände in die Hosentaschen und setzte sich auf eine Bank. Überall lag buntes

Laub und verdeckte den Abfall, der aus den Mülleimern quoll. Die Straße sah aus wie eine Filmkulisse nach Drehschluss, der von Smog und Stadtlicht entzündete Himmel eine Abdeckplane direkt über seinem Kopf.

Er hatte sie berührt, sie hatte geschrien und war in Tränen ausgebrochen. Welche Erinnerung hatte er bloß in ihr geweckt?

Die Antworten waren zum Greifen nahe, das spürte er, aber sie standen gerade so, dass er sie nicht sehen konnte. Wenn Noir doch mit ihm *sprechen* würde. Aber um sie zu gewinnen, musste er ihr Geheimnis selbst lösen.

Er breitete die Arme auf der Banklehne aus und ließ den Kopf in den Nacken sinken. Noch immer blitzte ein aggressiver Schmerz zwischen seinen Schläfen. Er ahnte, dass es noch schlimmer werden würde, wenn er vom STYX runterkam. Einerseits verfluchte er sich dafür, überhaupt etwas genommen zu haben, und andererseits dafür, Jean Orin nicht um etwas zum Mitnehmen gebeten zu haben.

Nach ein paar Minuten wurde ihm kalt. Und er war müde. Eigentlich gab es keinen Grund, hier draußen zu sitzen, außer dass er nicht in die Wohnung wollte.

Die Vorstellung, Katjuscha zu begegnen, schnürte ihm die Kehle zu. Dabei vermisste er sie so sehr wie früher, als er klein gewesen war und sie das Zentrum seiner Welt.

Als er nach Hause kam, war sie gerade in der Badewanne und hörte Radio. Dankbar schlich er in sein Zimmer.

22.

Ein silberner Mercedes parkte am nächsten Morgen vor dem Haus. Nino nahm den Wagen nicht wahr, bis er merkte, dass er hinter ihm herrollte. Als er sich umdrehte, holte der Mercedes ihn langsam ein. Der Fahrer war ein älterer Herr mit Baskenmütze.

Misstrauisch ging Nino weiter. Als er um die Ecke bog, lief er beinah in eine Frau hinein.

«Hallo.» Sie lächelte. Weiße Zähne, dunkle Haut. Er kannte ihr Gesicht. Einen Moment später fiel ihm auch der Name dazu ein.

«Mona!»

«Genau. Wie geht es dir?» Julias Freundin trug ein senfgelbes Jackett, Jeans und hochhackige Sandalen, die nicht für das kühle Wetter geeignet schienen. Ihre Haare fielen ihr in schwarzen Kringeln auf die Schultern.

«Hast du kurz Zeit?»

«Eigentlich nicht.» Er kniff die Augen zusammen. «Woher weißt du, wo ich wohne?»

«Wir sollten reden.»

«Ich muss leider zur Arbeit, aber wir sehen uns bestimmt mal wieder mit Julia und ...» Er sah aus den Augenwinkeln, wie der Mercedes an den Straßenrand fuhr und neben ihnen zum Stillstand kam. Ohne den Blick von Nino zu wenden, ging die junge Frau hin und öffnete die Fondtür. «Lass uns über das Angebot reden, das Monsieur Samedi dir gemacht hat.»

Er spürte, wie sich sein Mund vor Überraschung öffnete.

«Komm», sagte sie freundlich. «Wir können im Auto sprechen, nicht hier auf der Straße. Ich bring dich auch zur Arbeit.»

«Woher weißt du davon?», fragte er, als sie auf der Rückbank saßen. Das beigefarbene Leder war warm, als hätte die Sonne darauf geschienen.

Langsam glitt der Wagen los und fädelte sich in den Morgenverkehr ein.

«Du weißt nicht, wer ich bin.» Mona blickte auf die Straße. Ihre Stimme war hoch, aber weniger kindlich und quietschend, als er sie in Erinnerung hatte. «Wer fragt, muss mit der Antwort umgehen können.»

Er atmete tief durch. Er spürte wieder das Sirren von gestern im Kopf, so als würden ein paar Drähte zu heiß laufen und gleich durchbrennen.

«Woher weißt du von Monsieur Samedis Angebot?»

Sie lächelte schüchtern. Um ihre Augen spreizte sich ein Netz feiner Fältchen. Er hatte sie vorher nie im Tageslicht gesehen – überhaupt hatte er sie nie direkt angesehen –, und jetzt fiel ihm auf, dass sie älter sein musste als Julia. Anfang dreißig mindestens. Sie war damals so unscheinbar gewesen … er versuchte sich zu erinnern, ob er ihren Tod gesehen hatte, doch sein Gedächtnis war blank.

«Es ist gefährlich, mit dir zu sprechen», sagte sie in einem Plauderton, der das überhaupt nicht vermuten ließ. «Niemand darf es erfahren. Schon gar nicht Monsieur Samedi. Schwörst du, Schweigen zu bewahren?»

Er nickte.

«Gut. Monsieur Samedi und ich, wir sind sozusagen Mitglieder derselben Organisation.»

«Welcher?»

Sie lächelte wieder mit geschlossenem Mund, als amüsierte sie sein Ernst. «Auf Deutsch würde man uns die *Mentorenschaft* nennen.»

«Übersetzt aus welcher Sprache?»

«Jede Sprache ist unsere Sprache. Unsere Mitglieder kommen von überall.»

Er atmete wieder tief durch. So rätselhaft, wie sie sich gab, könnte er genauso gut das Glas befragen. Er lehnte sich zurück und rieb sich die Stirn. «Du wolltest reden. Bitte, erzähl.»

«Wir, Monsieur Samedi und ich, gehören zwar beide der Mentorenschaft an, aber das macht uns nicht zu Verbündeten mit dem gleichen Ziel. Unsere Organisation ist eher lose, weil Diskretion das oberste Gebot ist. Wir haben viele, sagen wir, *unsichtbare* Mitglieder. Darunter sind auch einige schwarze Schafe.»

Nach einer Weile fuhr sie fort: «Wir alle besitzen dieselbe Gabe. Ich gehe davon aus, dass Monsieur Samedi dich aufgeklärt hat, um welche Gabe es sich handelt?»

Er warf einen Blick zum Fahrer, der nicht zuzuhören schien. «Er hat mir nicht gesagt, dass es eine Organisation gibt.»

«Das habe ich befürchtet.» Mona runzelte die Stirn. «Essenzielle Dinge verschweigen ist auch lügen. Er ist ein Lügner.»

Er erwiderte ihren Blick. «Du hast auch verschwiegen, dass du eine … eine *Mentorin* bist.»

«Ich wusste ja nicht, dass du ebenfalls das Potenzial dazu hast. Jetzt, wo ich es weiß, bin ich ganz offen zu dir.»

Licht brach zwischen den Häusern auf die Straße und füllte den Wagen mit sandstaubgelbem Rauch. «Ich muss dich zuerst einige Dinge fragen, damit wir beide wissen, woran wir sind. Hat Monsieur Samedi irgendeine Art von Ritual mit dir durchgeführt?»

«Wir haben Gläser gerückt», gab Nino vorsichtig zu.

«Nichts weiter?»

«Nein. Wieso?»

«Weil ich wissen muss, ob er dich bereits zum Geist gemacht hat.»

Nino starrte sie verständnislos an. Aber als wären seine Gefühle schneller als sein Verstand, lief ihm eine Gänsehaut über den Rücken.

«Alle Mitglieder der Mentorenschaft hatten einen anderen Mentor, der ihn oder sie in die Kunst einweihte, über die Grenze von Diesseits und Jenseits zu treten. Jeder von uns hat das Geheimnis von einem anderen erfahren. Du bist an Monsieur Samedi geraten. Das ist dein Pech. Dein Glück ist, dass *ich* dich rechtzeitig gefunden habe.»

«Was Monsieur Samedi mir gesagt hat, dass er mein Schicksal … Also, das mit den Seelen, das können viele Leute?»

«Nur Mentoren. Viele sind wir nicht gerade. Vielleicht zwölf, vielleicht dreißig weltweit. Genau weiß das niemand, nicht einmal wir selbst.»

«Du sagst, ich kann, ich könnte das auch.»

«Es dauert lange, alles zu lernen. Leider bleibt dir nicht genug Zeit dafür, dass du die Transplantation deiner Seele selbst vornimmst.»

Er fühlte sich ertappt, weil er genau daran gedacht hatte und sich nicht traute, diese Dinge auszusprechen. *Die Transplantation deiner Seele.* Bei ihr klang es, als ging es um einen neuen Haarschnitt.

«Es ist wirklich möglich?» Er war nicht einmal sicher, ob sie ihn hörte; seine Stimme füllte kaum die Worte aus, als fürchtete sie, sich an ihnen zu schneiden.

«Absolut. Aber es ist ein gefährlicher Eingriff.»

«Inwiefern?»

«Bei einer Transplantation entlässt du den Tropfen des Ewigen Flusses, der dich erfüllt, und öffnest dich für einen neuen. Wenn der Mentor, der die Transplantation durchführt, ein Stümper ist, verlierst du womöglich deine Seele, ohne eine neue zu bekommen. Oder du hast zwei Tropfen in dir, quillst über, wirst verrückt. Hundert Dinge können schiefgehen.»

Nino spürte, dass er die Luft anhielt. Er musste sich darauf konzentrieren, auszuatmen.

«Und du meinst, Monsieur Samedi ist so ein Stümper. Woher willst du das wissen?»

«Er könnte vermutlich eine saubere Transplantation durchführen, aber das wäre für ihn weniger lukrativ.» Sie legte die Finger ans Fenster und trommelte leicht dagegen.

«Monsieur Samedi wird verdächtigt, seine Fähigkeiten absichtlich zu missbrauchen. Seit er ins Land gekommen ist, steht er unter meiner Beobachtung. Er selbst weiß natürlich nicht, wer ich bin. Da er aber gegen den Ehrenkodex der Mentorenschaft verstößt, muss er zumindest damit rechnen, überwacht zu werden.» Sie erwiderte einfach seinen Blick und ließ das Gesagte wirken, während der Mercedes weiter durch den dichten Verkehr glitt.

«Monsieur Samedi sucht auf der ganzen Welt nach jungen Menschen wie dir, Nino, die unsere seltene Gabe besitzen. Doch er bildet sie nicht zu Mentoren aus. Er verspricht ihnen ein neues, selbstbestimmtes Schicksal. Aber er gibt ihnen keine neuen Seelen ein. Er macht sie zu Hüllen und füllt sie ab mit dem, was er aus seinem eigenen Schicksal tilgen will. Er lässt seine Seelenlosen für ihn krank werden, lässt sie an seiner Stelle sterben. Er wendet alles von sich selbst ab, indem er es in andere steuert. Nino? Hörst du mich?»

Er hatte den Kopf gegen die Scheibe sinken lassen und starrte auf den grauen Rausch der Straße. Erst als sich Finger in seine Schulter bohrten und ihn herumzogen, spürte er, dass er in sich zusammengesunken war.

Mona hatte erstaunlich viel Kraft in ihren schlanken Händen. Als sie seine Verwunderung bemerkte, ließ sie ihn los.

«Hast du verstanden, was ich gesagt habe?»

Er nickte apathisch.

«Nino. Ich warne dich vor Monsieur Samedi! Es gibt Hoffnung für dich, aber nicht bei ihm.»

«Noir.»

«Was sagst du?»

«Monsieur Samedi hat Geister?»

«Ja. Du darfst nicht einer von ihnen werden!»

«Wie kann ich sie retten?»

«Wen? Deine Seele? Hör zu: Du kannst ein Mentor werden. Ich kann eine saubere Transplantation bei dir durchführen. Ich verspreche es. Damit wenden wir erst mal deinen baldigen Tod ab.»

«Woher weißt du davon?»

Sie hielt inne und schien nachzudenken, woher diese Frage soeben gefallen war. «Von Julia natürlich. Du hast es ihr gesagt, weißt du nicht mehr? Bei unserer ersten Begegnung, bei der Party im Chemiewerk. Du sagtest ihr, du stirbst frühestens in so und so vielen Tagen. Sie war ganz schön begeistert von dir, hat mir viel erzählt.» Ein Grinsen verwandelte sie schlagartig wieder in ein junges Mädchen.

«Und warum bist du nicht früher mit dem ganzen Zeug rausgerückt?»

«Ich wusste, dass Monsieur Samedi ein Auge auf dich geworfen hat, seit du bei seiner Séance warst. Ich musste abwarten, was er mit dir vorhat. Aber ich komme nicht zu spät. Ich warne dich rechtzeitig vor ihm.»

Eine Weile sah er aus dem Fenster, und sie ließ ihm diese Pause. Schließlich fragte er leise: «Was schlägst du vor?»

«Zuallererst einmal darfst du dir vor Monsieur Samedi nicht anmerken lassen, dass du deine Meinung geändert hast.»

«Ich habe noch gar nicht eingewilligt.»

«Umso besser. Dann wirst du der Mentorenschaft helfen, ihn unschädlich zu machen. Was genau von dir verlangt wird, erfährst du von mir, wenn es so weit ist. Ich garantiere dir, dass dabei immer für deine Sicherheit gesorgt sein wird. Wenn du dich als vertrauenswürdig erwiesen hast, werde ich dich aufnehmen. Du wirst dann ein Mentor sein und alles von mir lernen. Zuerst aber werde ich dein Leben verlängern, indem ich dein Schicksal durch ein neues, ungeschriebenes ersetze.» Sie holte Luft. «Was meinst du?»

Er versuchte sich zu konzentrieren, aber in seinem Kopf war nur Knistern, das Bröseln von Herbstlaub. Als er lange genug im Rascheln gestanden hatte, erwiderte er: «Kann ich Katjuscha dann noch sehen?»

«Wer ist das?»

«Meine Schwester. Die mich liebt.»

Es schien, als würde ein Licht in ihren dunklen Augen erlöschen, als sie verstand. «Du wirst deine Schwester nicht mehr lieben, sobald du eine neue Seele besitzt, jedenfalls nicht mehr als jeden anderen Menschen. Und sie wird dich nicht mehr lieben. Ihr werdet euch nicht mehr erkennen.»

Er fuhr sich über die Stirn und drückte so fest mit den Fingerspitzen gegen die schmerzenden Schläfen, bis ein neuer Schmerz entstand. «Was ist mit den Geistern von Monsieur Samedi? Wie kann man sie retten?»

«Du bist noch kein Geist, Nino. Du –»

«Ich rede von Noir, von dem Mädchen, das mit ihm wohnt!»

Mona schien überrascht, dann lächelte sie. «Du kannst sie sehen?»

«Natürlich. Warum?»

«Normalerweise sind Geister unsichtbar.»

Er schluckte, ein Geräusch entstand in seiner Kehle. «Dann ist es für Noir vielleicht noch nicht zu spät. Sie ist nicht unsichtbar.»

«Ja. Vielleicht kann man sie noch retten.»

«Wie?»

Sie wich seinem Blick aus und ließ sich in den Sitz zurücksinken. «Es kommt darauf an, wie lange dieses Mädchen schon unter seinem Einfluss steht. Wenn er noch nicht viel … sagen wir, Ballast von seinem eigenen Schicksal in ihr abgeladen hat, kann man sie vielleicht noch retten. Ich müsste sie mir ansehen.» Sie warf ihm einen Blick zu. «Aber auch zu ihr: kein Wort über unser Gespräch! Wenn sie Monsieur Samedis Geist ist, ist sie ihm verpflichtet. Was sie weiß, weiß er. Verstanden?»

Er nickte benommen. Dann schüttelte er den Kopf. «Aber wenn du ihr helfen kannst, muss das schnell passieren.»

Mona schloss die Augen. «Zuerst einmal sorgst du für deine eigene Sicherheit. Ich werde in den nächsten Tagen beobachten, wie sich Monsieur Samedi verhält. Wenn er flüchtet oder etwas Unerwartetes tut, muss ich davon ausgehen, dass du dich verraten hast, und du wirst mich nie wiedersehen. Wenn alles ruhig bleibt, erfährst du schon bald von mir, was du für die Mentorenschaft tun kannst. Erfüllst du den Auftrag, führe ich die Transplantation durch und helfe dem Mädchen, soweit ich kann.» Sie legte ihre Hand auf seinen Arm, ganz leicht, ohne Druck. «Ich weiß, das alles klingt überwältigend und verwirrend. Du brauchst

Zeit, um das Ganze zu verarbeiten. Aber Zeit ist genau das, was wir uns nicht leisten können. Ich verspreche dir: Wenn es vorbei ist, wirst du klarer sehen. Es wird alles gut.» Sie fuhr sich über die Lippen. «Ich war in deiner Lage. Und ich hatte Angst.»

Er nickte, weniger um ihr zu bedeuten, dass er ihr glaubte, als dass er sie überhaupt gehört hatte. In dem Nebel, der seinen Kopf erfüllte, wurden wichtige Zusammenhänge immer nur so weit sichtbar, dass er gerade annehmen konnte, dass es sie gab.

«Mona?»

«Ja?»

«Heißt du wirklich so?»

Ihr Lächeln war so offen, dass es sie nackt wirken ließ. «Mona ist der Name, den mir meine Adoptiveltern gegeben haben. Mein richtiger Name kommt wie ich aus Nigeria: Amoke.»

«Aha.» Was sollte er mehr dazu sagen? Er hatte immer gedacht, ihm würde nichts entgehen, er könnte in alle Menschen hineinblicken. Offenbar hatte er die wichtigsten übersehen.

«Ich muss zur Arbeit.»

«Natürlich. Wo arbeitest du?»

Er nannte ihr die Adresse. Amoke beugte sich nach vorne, dass sie dem Fahrer beinah auf den Schoß fiel.

«Du musst zu einem Kunstwarenladen», sagte sie fröhlich und sah dem alten Herrn in die Augen. Dann nannte sie ihm die Adresse.

«Aaah», machte der Alte. «Auweia. Das ist weit.»

«Nein. Es ist nicht weit. Du musst da hin.»

«Ja, ja. Da muss ich hin.» Er drehte das Lenkrad um hundertachtzig Grad und wendete mitten auf der Straße. Nino hörte das Quietschen von Rädern, gefolgt von wütendem Hupen. Er krallte sich an seinem Sitz fest.

Doch der erwartete Zusammenprall kam nicht. Nur Amoke

ließ sich neben ihn fallen und schlug die Beine übereinander, dass einer ihrer hohen Absätze sein Knie streifte.

«Wuhuu», lachte sie. «Hoffentlich notiert niemand das Nummernschild!»

«Niemand notiert das Nummernschild», wiederholte der Fahrer wie einen Befehl.

Nino sah sie argwöhnisch an. Schließlich versiegte ihr Kichern, sie ließ die Schultern hängen. «Das Unbewusste anderer Leute berühren, ihre Wahrnehmung beeinflussen, das sind Dinge, die Mentoren können. Die du eines Tages auch können wirst. Natürlich muss jeder von uns verantwortungsvoll damit umgehen. Ich habe es getan, weil ich mit dir reden musste. Nirgendwo haben wir mehr Sicherheit als im Wagen eines Fremden, der sich nicht an uns erinnern wird.»

«Woran wird er sich denn erinnern?»

«An einen Vormittag, an dem die Zeit besonders schnell verstrichen ist.»

Nino betrachtete das, was er im Rückspiegel vom alten Mann erkennen konnte. Er war so konzentriert auf den Verkehr, dass er den Rest der Welt nicht wahrzunehmen schien. Sein Mund formte lautlose Worte.

«Er wird keinen Schaden davontragen. Sonst würde ich es nicht tun», sagte Amoke. Dann gluckste sie. «Es hat eher einen positiven Effekt auf die Leute! Er wird sich, sobald er uns losgeworden ist, so frisch und erholt fühlen wie nach einem wunderbaren Schlaf. Denn genau das ist es: ein Schlaf.»

Sie verfielen in Schweigen, während Amoke aus dem Fenster blickte und Nino den abwesenden Fahrer beobachtete, fasziniert und entsetzt zugleich. Als sie ein paar hundert Meter vor Olga Pegelowas Laden an einer belebten S-Bahn-Station vorbeikamen, rief Amoke plötzlich: «Anhalten!»

Sie bremste, dass Nino gegen seinen Gurt gedrückt wurde.

«Ich verabschiede mich hier», sagte sie eilig und öffnete die Tür. «Der Herr wird dich vor dem Laden rauslassen. Es könnte sein, dass er dir hineinfolgt. Er wird ein wenig verwirrt sein, wenn er zu sich kommt, aber du darfst ihn nicht beachten. Das würde ihn noch mehr verwirren. Ja? Also … bis demnächst.»

Sie sprang aus dem Auto und schlug die Tür zu. Der alte Mann gab Gas. Nino musste sich umdrehen, um noch zu sehen, wie Amokes wilde Mähne im Gedränge des Bahnaufgangs verschwand.

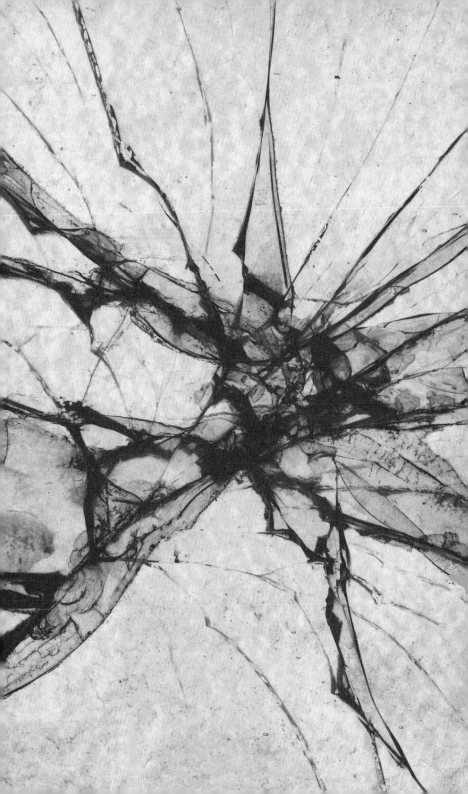

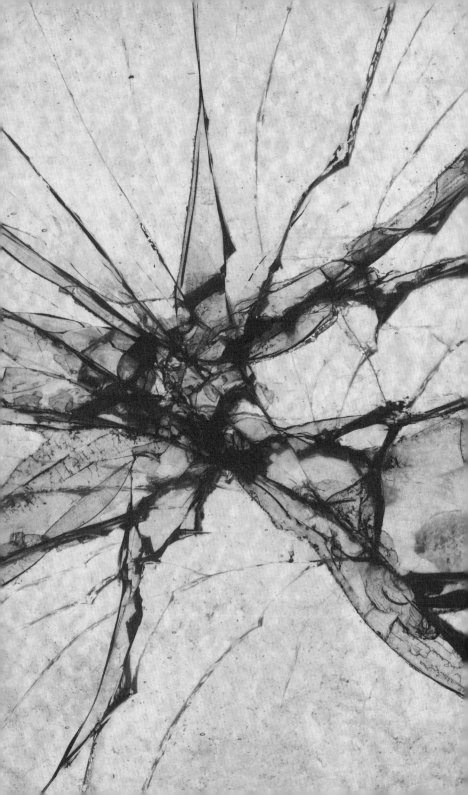

JETZT

Und auch jetzt noch, ohne Finger, bald ganz ohne Gliedmaßen, frage ich mich: Hätte ich vor diesem Schicksal davonlaufen können? Wäre es zu einer anderen Version der Wirklichkeit gekommen, die mehr Hoffnung birgt, wenn ich ... wenn der Tod ... zu einem anderen Zeitpunkt ...

Ich weiß es nicht.

Und mir fällt die Zunge ab.

JETZT.

23.

Er kam zu spät, aber Olga Pegelowa sagte nichts, als er den Laden betrat. Vielleicht war das eine Nachwirkung der Gedankenmanipulation von gestern.

Nervös spähte er durch das Schaufenster, wo der silberne Mercedes im Halteverbot stand. Der Fahrer hielt das Lenkrad mit beiden Händen umschlossen und starrte den Laden an. Zum Glück war er ihm nicht direkt hinterhergelaufen.

Nach etwa zwanzig Minuten schüttelte der alte Mann endlich den Kopf. Er schien verärgert, redete ein bisschen mit sich selbst und fuhr dann weg. Nino ließ sich gegen die Kassentheke sinken und seufzte erleichtert.

Auch wenn Amoke recht haben sollte und diese Hypnose eine entspannende Wirkung auf die Leute hatte, konnte er sich nicht vorstellen, dass *das* eine verantwortungsvolle Art war, mit der Gabe umzugehen. Egal, wie wichtig oder unwichtig die Beschäftigung sein mochte, der der alte Mann sonst nachgegangen wäre – Amoke hatte ihm eine Stunde seines Lebens gestohlen.

Andererseits hatte Nino gestern nichts anderes getan. Er hatte zwar nicht Olga Pegelowas Zeit gestohlen, aber die Manipulation an sich war schon eine Missachtung ihrer Person.

«Nino!»

Er fuhr auf. Olga Pegelowa stand leicht vorgebeugt im Block- und Heftegang und starrte ihn an. Ihm dämmerte, dass sie das schon eine Weile tat.

«Was los?» Ihre goldenen Ringe klirrten aneinander, als sie in die Hände klatschte. «Zehn Minuten zu spät, und jetzt du stehst rum?»

«Was soll ich machen?»

Sie murmelte etwas auf Russisch, das er nicht verstand. Es schien sich auch nicht an ihn zu richten, sondern an Gott. Mit schwer wogenden Hüften ging sie zurück in ihr kleines Büro.

Es war nicht das erste Mal, dass sie angesichts seiner Faulheit resignierte. Brenzlig wurde es immer erst, wenn er einen Kunden ohne Maximalausgaben ziehen ließ. Deshalb lehnte Nino sich unbesorgt wieder gegen die Theke und widmete sich seinen Gedanken.

Mentorenschaft. Ein Geheimbund. Amoke – *Mona* – ein Mitglied. Mona, die auf der Party im Chemiewerk Drogen genommen hatte, die mit Julia befreundet war und sich ihre Männergeschichten anhörte. Die vermutlich mit ihr Klamotten einkaufen ging und sich die Nägel lackierte. Konnte dieses Mädchen in Wahrheit eine Frau sein, die in die Mysterien von Leben und Tod eingeweiht war?

Er schüttelte den Kopf, als er gegen seinen Willen lächeln musste. Amoke konnte einen fremden Mann mit einem einzigen Satz dazu bringen, sie quer durch die Stadt zu fahren. Natürlich schaffte eine solche Frau es auch, vor ihren Freunden ein anderes Gesicht aufzusetzen.

Ich werde Katjuscha verlieren.

Einfach so kam diese Erkenntnis, wie ein bissiger Hund, der manchmal schlief und manchmal wach wurde.

Katjuscha verlieren. Ob er starb oder anders weiterlebte.

Er blickte durch das Schaufenster, ohne etwas zu sehen und ohne etwas zu spüren.

Schließlich fuhr er sich über das Gesicht, als könnte er damit auch die Verwirrung fortwischen, und begann an seinen Daumennägeln zu nagen. Er durfte nicht daran denken. Es ging nicht, es brachte ihm nichts, es gab auch keine Lösung.

Das Einzige, was ihn von Katjuscha ablenken konnte, war Noir. Und an sie zu denken löste einen ziehenden Schmerz durch seinen ganzen Körper aus. Wenn es wirklich stimmte, wenn Jean Orin sie …

Aber das war doch absurd! Eine Seelenlose? Fast musste er wieder lachen.

«Wenn ich dran glaube, verlier ich den Verstand», murmelte er. Er erschrak nur kurz darüber, dass er mit sich selbst redete. So, wie es gerade in seinem Kopf aussah, war es nur vernünftig, seine Gedanken da rauszuholen, indem er sie aussprach. Er wiederholte leise: «Wenn ich all das glaube, verlier ich den Verstand. Aber es *ist* wahr. Ich muss den Verstand verlieren, um die Wahrheit zu finden.»

Er streckte die Hand nach der Riesentüte Gummibärchen aus, die Olga Pegelowa unter dem Tresen aufbewahrte, und warf sich ein paar der zähen Dinger in den Mund. Er kaute angestrengt, hielt dann plötzlich inne. Was machte er hier überhaupt? Stand rum, verkaufte Pinsel, während Noir bei diesem – diesem Monster war? Während dieser Teufel das Elend seines Schicksals in ihr ablud. Sie durfte nicht bei ihm bleiben, keine Stunde länger!

«Stimmt das denn? Ein Irrtum, ist das möglich … am realistischsten wäre es, wenn nichts davon stimmt. Deshalb ist es am wahrscheinlichsten, dass alles stimmt …»

Aus den Augenwinkeln sah er, dass Olga Pegelowa wieder im Gang stand. Er ließ die Hände sinken, die er in seinen Haaren vergraben hatte, und richtete sich auf. Aber an ihrem verstörten Gesichtsausdruck konnte er ablesen, dass das nichts mehr brachte. Sie hatte ihn gehört.

Er schluckte die Gummibärchen hinunter.

«Vielleicht», sagte sie behutsam auf Russisch, «solltest du nach Hause gehen.»

Er erwiderte ihren Blick. Saugte sich ein Stück Gummibärchen zwischen den Zähnen hervor.

«Nach Hause gehen?», wiederholte er auf Russisch.

In ihrem schlaffen kleinen Gesicht mischten sich Argwohn, Schreck und Trauer. Nino kam diese Mischung bekannt vor, aber er konnte sich jetzt nicht daran erinnern, woher. Jedenfalls bereitete sie ihm ein mulmiges Gefühl.

«Geh nach Hause. Ich denke, das tut dir gut.»

Er konnte es nicht fassen. Die Hypnose von gestern wirkte immer noch. Seine Hände begannen auf dem Tresen zu zittern. Er schloss sie zu Fäusten, um es zu verbergen. *War* es wirklich so unglaublich? Unglaublich war wohl eher, dass er diese Fähigkeiten vierundzwanzig Jahre lang besessen und *ignoriert* hatte. Die Welt stand Kopf. Wenn man das einmal einsah, machte alles spiegelverkehrt Sinn.

«Ja. Danke.» Vielleicht hatte er Olga Pegelowa dauerhaft hypnotisiert. Vielleicht hielt sie ihn einfach für verrückt und hatte Angst. Es war egal. Er schnappte seine Jacke. «Vielen Dank. Ich – ich liebe Sie!»

Vielleicht war es zu viel des Guten, ihr einen Handkuss zuzuwerfen. Aber er hatte sie wirklich gern, das sollte sie ruhig wissen, und wer wusste schon, ob sie sich je wieder sahen.

Eine federleichte Traurigkeit begleitete ihn aus dem Laden, während er begann, die Straße entlangzujoggen. Der Wind, der ihm entgegenschlug, roch nach Winter. Ihm wurde klar, dass

283

auch seine Traurigkeit nichts anderes war als der Geruch böser Vorahnung.

Er hatte geglaubt, den ganzen Weg bis zur Wohnung rennen zu können, aber schon bald geriet er außer Atem. Schneller wäre er ohnehin, wenn er mit der U-Bahn führe.

Es war fast leer im Abteil, nur ein paar Leute bevölkerten die Sitzbänke. Ein Obdachloser kauerte mit einem Berg von Tüten in einer Ecke und hielt eine ganze Stange polnischer Zigaretten in der Hand, die er irgendwo gefunden oder gestohlen haben musste.

Nino fragte ihn, ob er eine Zigarette haben könnte. Der Mann blinzelte verdutzt, dass jemand ihn um etwas bat, zeigte sich dann aber spendabel und gab Nino Zigarette und Streichholz und bot ihm sogar einen Schluck Kräuterschnaps an, den Nino jedoch höflich ablehnte.

Er sog den Rauch langsam ein und spürte ihn in seinen Lungen wie Finger, die ihn streichelten, wie Finger in kratzigen Handschuhen. Alles kam ihm so klar und deutlich vor: die Geräusche der Bahn, der Geschmack der Zigarette, die Farben von Kleidern und Taschen der Fahrgäste. Als sie bei der Station hielten, bei der er aussteigen musste, nahm er einen letzten Zug, warf die Zigarette auf den Bahnsteig und lief eilig den restlichen Weg.

Wie eine optische Täuschung ragte am Ende der Straße das Gebäude auf, dessen Dachgeschoss Orin und Noir bewohnten. Die gläsernen Fensterfronten spiegelten den Himmel, als wollten sie sich tarnen und mit dem Hintergrund verschmelzen.

Weil er bis jetzt immer durch die Tiefgarage gekommen war, hatte er die Haustür noch nie gesehen. Sie war ein wenig versteckt an der Seite des Gebäudes, ein Quadrat aus schwarzem

Glas. Die Firmenschilder neben den sieben Klingeln waren allesamt leer. Darüber hing eine glänzende Halbkugel, eine Kamera.

Er drückte die Klingelknöpfe durch. Als sich nichts regte, drückte er noch einmal eine Klingel nach der anderen. Dann merkte er, dass der Fokus in der Kamera sich veränderte. Die Linse öffnete sich langsam, geräuschlos, um näher an ihn heranzuzoomen. Er sah ins schwarze Loch und erwiderte den unbekannten Blick.

«Noir?», fragte er in die Gegensprechanlage. «Mach auf, ich muss mit dir reden!»

Ein Klickgeräusch kam aus dem Lautsprecher. Jemand hatte die Leitung geöffnet.

«Ich melde Sie bei Monsieur Samedi an. Bitte warten Sie, jemand wird Sie abholen.»

Nino wurde erst klar, dass die Stimme zu ihm gesprochen hatte, als die Leitung wieder abbrach. An den Klang der Stimme und ob es eine männliche oder weibliche oder überhaupt eine menschliche gewesen war, konnte er sich sonderbarerweise nicht erinnern. Auch der Sinn der Worte erreichte ihn nur mit Verzögerung.

Hier warten. Monsieur Samedi melden.

Ein Kribbeln lief ihm über den Rücken. Jean Orin musste annehmen, dass er sich für die Transplantation entschieden hatte. Er würde sich nicht anmerken lassen, dass er von Amoke die Wahrheit erfahren hatte, und wie versprochen abwarten – es sei denn, Noir war in Gefahr.

Es vergingen ein paar Minuten, dann öffnete sich die Tür mit einem automatischen Surren. Im dunklen Foyer stand Noir und betätigte den Türschalter.

Sie trug die Kleider eines Asylantenmädchens und wie immer ihre Handschuhe, die ihr etwas Verbrecherisches verliehen.

Ihr Gesicht wirkte noch durchsichtiger als sonst, falls das überhaupt möglich war.

Er trat ein und löste dadurch ein automatisches Licht aus, das von der Decke strahlte. Eine Tür führte zum Treppenhaus, sonst gab es nur den Aufzug.

«Ich muss mit dir reden», sagte er ohne Umschweife.

Kaum merklich neigte sie den Kopf, als fehlte ihr die Überzeugung für ein Schütteln. Sie drückte den Liftknopf. Die Schiebetüren glitten auf. Sie trat ein. Nino wollte sie zurückhalten, doch sie riss sich mit erstaunlicher Kraft los, sodass er zu ihr in den Aufzug stolperte. Er fasste sie an den Schultern. Ihr Rücken drückte gegen die Knöpfe.

«Ich bin nicht wegen ihm hier, und das weißt du. Was war das gestern im Auto? Wieso hast du solche Angst, berührt zu werden?»

«Es tut nicht weh», flüsterte sie.

Er war nicht sicher, ob sie mit ihm sprach oder sich selbst. Der Aufzug setzte sich in Bewegung und hielt im ersten Stock. Einen Moment war nur ihr Atem zu hören. Dann glitten die Türen wieder zu, und sie fuhren in den zweiten Stock.

«Dein Atem ist kalt.»

«Lass.» Sie formte das Wort fast nur mit den Lippen, ohne es auszusprechen.

«Es ist wahr, er hat dich so gemacht, zu einem … dasselbe hat er mit mir vor.»

Sie versuchte sich von ihm zu lösen. Ihre behandschuhten Finger strichen über seine Brust. «Er sieht uns.»

Sie hielten im dritten Stock. Er schob sie nach draußen, in den dunklen Flur. Teppich dämpfte ihre unbeholfenen Schritte. Irgendwo leuchtete ein Notausgangsschild, sonst gab es kein Licht, keine Fenster. Vielleicht nicht einmal Wohnungstüren.

Hinter ihnen schloss sich der Aufzug und rauschte jenseits dicker Betonwände davon.

«Du … was bist du?» Er hörte seinen eigenen Herzschlag wie Paukenschläge in den Ohren. Ihr Gesicht war nicht mehr als ein Funkeln der Augen, zarte Schattierungen von Dunkelheit. Zwischen dem Pulloverkragen und ihrem kurzen Haar war ihr Hals, ein leuchtendes Stück Nacktheit. Er beugte sich hinab und küsste sie dorthin.

Sie keuchte. Ihr Atem traf seine Haut irgendwo zwischen Wange und Nacken wie rieselnder Wüstensand, plötzlich wärmer als alles, was er je gespürt hatte. Er legte die Hände um ihr Gesicht, hielt ihren Kopf und küsste ihre Mundwinkel, ihre Lippen, wollte ihren Atem in sich aufnehmen.

Ihr Körper sackte in sich zusammen, als würde sie ohnmächtig werden. Doch schon im nächsten Moment fand sie neue Kraft, presste ihren Mund auf seinen und drängte ihn gegen die Wand. Verschlungen rutschten sie zu Boden. Ziellos gingen ihre festen Küsse auf ihn nieder. Er berührte ihren Bauch unter dem Pullover. Er war weich und kühl wie gespannte Seide, und sie gab einen Laut von sich, halb Wimmern, halb Seufzen. Ihm war, als würde er auf ihrer Haut Wärme hinterlassen. Der Bund ihrer Hose saß locker, er schob die Finger darunter, und sein Verstand verabschiedete sich mit einem Salto rückwärts ins Bodenlose.

«Sorokin.» Sie hielt ihn an zwei Haarbüscheln fest und starrte in seine Augen.

«Ja.»

Sie ließ ihn los, als hätte sie sich verbrannt, wand sich aus seinen Armen und taumelte zum Aufzug. Ihre Hand schlug gegen den Knopf, der golden aufleuchtete.

Nino umschloss sie von hinten, vergrub das Gesicht in ihrem

geruchlosen, kühlen Haar. Er liebte sie. Er wusste es, und er liebte sie so heftig, dass jeder Versuch, das Fühlen in Worte zu fassen, purem Hohn gleichgekommen wäre. Unter den Kleidern spürte er ihren Brustkorb und ein Herz, das wie ein Tennisball von einer Wand zur anderen prallte.

Sie stieß ihn von sich, als der Aufzug kam. Das Licht flutete zu ihnen in die Dunkelheit, Noir lief hinein.

«Komm nie wieder.» Damit drückte sie den Knopf in den siebzehnten Stock, aber er war schneller und zwängte sich in den Aufzug, bevor sich die Türen schlossen.

«Ich gehe nicht ohne dich. Ich kann dir helfen.» Er hob ihr Gesicht und küsste sie wieder. Nach einem langen Moment drückte sie ihn weg und drehte sich in eine Ecke, wo sie den Kopf hängen ließ und schnaufte. Auch er lehnte sich gegen die Wand. Er hatte sie geküsst, in der Dunkelheit ihren Körper berührt. Er wusste jetzt, dass sie echt war, dass sie unter ihren Kleidern wirklich existierte; und er wusste, dass sie ein Geist war, ein abfüllbares Glas für Jean Orins Grausamkeit.

Ihre Haut. Ihr Mund. Er musste sich auf etwas anderes konzentrieren, sonst konnte er nicht vor Jean Orin treten. Inzwischen glitt der Aufzug vom neunten Stock in den zehnten. Gleich würden sie oben ankommen.

Noir, die immer noch in der Ecke kauerte, hob ihre Handflächen und starrte auf die Tränen, die auf dem schwarzen Leder landeten. Sie so zu sehen, war unerträglich.

Er drückte auf den zwölften Knopf, sodass der Aufzug abermals zum Stillstand kam. Dann zog er sie in den Flur hinaus. Auch hier herrschte fast vollkommene Finsternis, weder Fenster, noch Wohnungen waren zu sehen, nur ein grünes Leuchten kam vom Notausgang. Es hätte dasselbe Stockwerk sein können.

«Ich lass das nicht zu. Schau dich an! Du weinst doch.»

«Ich hab nie geweint.»

«Du weinst in diesem Augenblick.» Er nahm ihre Hände und zerrte ihr die Handschuhe ab, wobei er immer wieder ihre Fäuste öffnen musste. Es schien eher ein Reflex von ihr zu sein als ihr Wille, sie geschlossen zu halten. Als er es endlich geschafft hatte, führte er behutsam ihre Fingerspitzen an ihr Gesicht und ließ sie die Feuchtigkeit spüren.

Sie starrte auf ihre nackten Hände, dann auf seine Hände, die ihre hielten.

«Ich fass das …» Ihre Hände fuhren sein Gesicht hinauf. Sie fühlten sich an wie aus Wasser. «Ich fass dich an.»

Er küsste sie. Ihre Lippen, ihre Zunge und ihre Zähne kamen ihm wirklicher vor als alles, was er je wahrgenommen hatte.

Als sie diesmal auf den Teppich sanken, waren ihre Berührungen behutsam. Die Zeit bog sich zu einer Spirale. Er befreite sie aus dem Pullover und zog auch sich Jacke und T-Shirt aus. Sie umschlangen sich, Haut auf Haut, und sein Herzschlag fand ein Echo in ihrer Brust, und seine Wärme wurde ihre. Unverständliche Worte kullerten ihr wie Tränen zwischen Küssen aus dem Mund, während ihre Fingerspitzen sein Gesicht, seinen Nacken und seine Haare befühlten, als nähme er erst unter ihren Händen Gestalt an.

Sie streiften alles ab, bis sie nur noch in die Umarmung des anderen gekleidet waren. Im weichen Verborgenen fand er ihren wie zum Kuss gespitzten Mund. Ihre Beine umschlossen ihn. Er versank einfach dazwischen, und sie liebten sich, fast ohne es zu wissen. Wie Träumende, die knapp unterhalb des Wachseins tauchen.

Erst danach kehrte sein Zeitgefühl zurück. Alles brach im Augenblick der größten Ohnmacht in sich zusammen und wurde wieder Teil der Realität. Atemlos hielten sie sich, plötzlich nackt und zitternd auf dem Teppich eines Hausflurs, mit ihren Kleidern ringsum, als wären sie überfallen worden. Er strich ihr das Haar aus dem Gesicht und versuchte sie im grünen Schimmer zu erkennen.

Sie japste nach Luft und klammerte sich an seine Hände. «Was – was passiert?»

Er sank auf den Teppich und zog sie zu sich. Sie schien zu seinem Körper zu gehören, war so vertraut wie ein Arm, ein Bein, eine Hand.

«Was passiert …» Schauder durchliefen sie, er spürte es wie in seinem eigenen Inneren. Dann war sie eingeschlafen, und er schloss die Augen.

Ein merkwürdiger Traum empfing ihn. Er war wieder neunzehn und stand mit der Rasierklinge in der Hand im Badezimmer. Ein Gefühl erfüllte ihn, irgendwo zwischen Traurigkeit und Glück. Es war, als hätte er nach den endlosen Monaten der Niedergeschlagenheit plötzlich jegliches Gewicht verloren. Er war ganz leicht. Er war durch eine Wolkendecke gestürzt und schwebte im freien Raum.

Gedankenlos setzte er die Klinge an sein Handgelenk. In dem Moment, als er den Schnitt zu seiner Armbeuge hinaufzog, verwandelte er sich in Noir und beobachtete sie zugleich im Spiegel. Sie war er in einem weiblichen Körper. Sie vollzog an seiner Stelle den Schnitt. Dort, wo ihre Haut aufgetrennt wurde, quoll leuchtendes Blut hervor, doch die Haut schloss sich gleich wieder, sodass der Schnitt nie länger war als zwei Zentimeter. Mehrmals schnitt sie sich die Pulsadern auf, ohne dass ein Kratzer zurückblieb. Dann ließ sie die Klinge fallen und ging aus dem Badezimmer ins Wohnzimmer. Es war nicht mehr die

Wohnung, die er und Katjuscha bewohnten. Die Umgebung war ihm unbekannt, obwohl er sie durch Noirs Gedächtnis vage wiedererkannte.

Mit ruhigen Schritten ging sie, ging *er* zum Fenster. Nahm eine große gläserne Vase mit Lilien in die Arme. Warf die Vase gegen das Fenster, dass alles zersplitterte. Kühler Wind rauschte herein. Autolärm, der Geruch von Benzin. Mit einem Schritt stürzte sie, er sich hinaus.

Die Tiefe wurde zu weißem Nichts, doch auf dem leeren Blatt Papier erklang ein Aufprall von Tränen, und ein Gefühl erschütterte ihn, als würden in seinem Nacken zwei hauchdünne Nerven reißen.

24.

Als er aufwachte, stieß Noir einen erschrockenen Schrei aus. Sie musste einen Albtraum gehabt haben, vielleicht träumte sie noch immer mit offenen Augen.

«Was ist passiert?», stammelte sie.

Er legte ihr ihren Pullover über die Schultern. Sie nahm das Kleidungsstück, betrachtete es, ohne etwas damit anfangen zu können, und ließ es wieder zu Boden sinken. «Was ... Gerade war ich woanders und bin gestorben.»

«Du hast nur geträumt.»

«Ich hab geschlafen?»

«Nicht lange.» Er schlüpfte unauffällig in seine Hose und zog dabei das Handy hervor. Es war nicht einmal eine Stunde vergangen, seit er geklingelt hatte. Sie konnten wirklich nur kurz weggenickt sein.

Ihre Schultern begannen zu beben, dann vergrub sie das Gesicht in den Händen. Er schluckte trocken. Lieber hätte er alles ungeschehen gemacht, als dass sie jetzt bereute, was passiert war.

Doch sie gab ein winselndes Kichern von sich. Bevor er fragen konnte, was so lustig war, nahm sie sein Gesicht in die Hände und küsste ihn. «Ich werde es nicht vergessen. Ich werde nie vergessen, wie du dich anfühlst.» Sie biss sich auf die Unterlippe, um ihr Lachen zu dämpfen.

«Was meinst du? Das klingt, als würden wir uns nicht wiedersehen.»

«Aus Erlebnissen werden erst Erinnerungen, wenn man schläft.»

Er wartete, dass sie weiter erklärte. Als das nicht geschah, fragte er stockend: «Wie lange hast du nicht geschlafen?»

Sie sah ihn an. Entweder rechnete sie gerade die Zeit aus, oder sie versuchte seine Reaktion darauf zu berechnen. Schließlich drehte sie sich weg. «Ich weiß nicht genau. Ungefähr … ach, ich weiß nicht. Ungefähr zwanzig …»

«Du meinst doch hoffentlich nicht Tage.»

«Ich meine Jahre.»

Sie zog sich an, und auch Nino schloss seine Hose, schlüpfte in sein T-Shirt und die Jacke. Als er ihre Handschuhe vom Boden aufklaubte, zögerte er, sie ihr zu reichen.

«Wieso trägst du die immer?» Es war gewiss nicht die drängendste Frage. Aber wo sollte er anfangen? Wenn sie seit *zwanzig Jahren* nicht geschlafen hatte, wie sollte er darauf normal reagieren?

Sie nahm die Handschuhe, und eine Weile schien sie unentschlossen, ob sie sie anziehen sollte. Dann sagte sie sehr schnell: «Wenn ich lebendige Dinge berühre oder sie mich berühren, war das früher nur unangenehm, aber es wird immer schwerer. Für mich sind Menschen zu heiß. Und für sie bin ich kalt. Wie ein Zahnschmerz, wenn man in was Kaltes oder Heißes beißt, so fühlt es sich an. Deshalb versteh ich nicht, wieso …»

Er legte eine Hand auf ihre. Es tat nicht weh. Sie fühlte sich weich und glatt und lauwarm an wie ein geschliffener Stein. Sie starrte darauf wie auf ein Wunder, das beängstigend, vielleicht sogar gefährlich war.

Seine Hand glitt durch ihren Ärmel ihren Unterarm hinauf, er drückte sie und fühlte ihre Knochen. Ein fast übermächtiges

Verlangen stieg in ihm auf, sie noch einmal nackt zu sehen, im Licht. Nicht nur wegen ihrer Schönheit. Er wollte sichergehen, dass unter diesen unförmigen Kleidern tatsächlich ein Mensch steckte – dass sie wirklich ein Mensch war. *Wirklich war.*

«Du erinnerst dich an gar nichts? Seit … Jahren?»

Er merkte, dass ihre Stimme zitterte, sie schluckte ein Ächzen hinunter. «Irgendwie weiß ich schon alles, aber ich bin nie richtig da gewesen, deshalb ist alles wie, wie eine Geschichte, die nichts mit mir zu tun hat.»

Er versuchte sich das vorzustellen. Er wollte ihr sagen, dass er sie verstand, dass er mit ihr fühlte, aber das wäre gelogen gewesen. Er konnte es sich nicht vorstellen.

«Du hast nie geschlafen in der ganzen Zeit.» Er nickte sinnlos. «Weißt du, wie sich Müdigkeit anfühlt?»

Sie sah ihn beinah mitleidig an. «Es ist sehr dunkel da draußen. Die Erde dreht sich, sie wendet sich immer wieder ab, als könnte sie die Wahrheit nicht ertragen. Der Tag ist eine Lüge. Ich lebe in der Lüge und in der Wahrheit. Ja, ich kenne Müdigkeit.»

Eine Weile schwiegen beide.

«Hat er dich zum Geist gemacht, als du gerade geboren wurdest oder …»

«Ich bin zwanzig. Erst im Schlaf wird aus Erlebtem Erinnerung. Wie sollte ich älter werden.»

«Dann bist du …» Er fühlte sich schwindelig. «Das ist nur … schwer zu glauben für mich. Also, ich glaube dir schon, es ist nur schwer zu akzeptieren. Du bist … unsterblich.»

Sie zögerte. «Ich hab es schon versucht. Ich warte, aber der Tod kommt nicht, ich bleibe wach und warte. Ich warte. Und warte. Alles ist ein Traum, der niemals …» Sie legte sich auf seinen Schoß, steckte die Hände unter sein T-Shirt und strich über seinen Bauch. Die Vertrautheit, mit der sie das tat, rührte ihn.

Vor einer Stunde noch hätte er nicht mit Sicherheit sagen können, ob sie aus Fleisch oder aus Rauch bestand. Und nun ergoss
sich ihr Haar über seinen Schoß, und ihr Atem drang heiß durch
seine Jeans, und ihre Finger lagen ihm wie Federn auf der Haut.

«Vorhin habe ich geträumt. Ich dachte, es wäre echt.»

Er dachte an Unsterblichkeit, an zwanzig Jahre ohne eine Sekunde Schlaf, an das Wort *Logik*, das plötzlich ganz hohl war.
Nur Fassade, hinter der unzähmbares Chaos herrschte. «Was
hast du geträumt?»

«Ich habe mich umgebracht und bin gestürzt. In dich hinein.
So hat es sich angefühlt, als wir gefickt haben.» Sie sagte das so
arglos wie ein Kind, das die Bedeutung des Wortes noch nicht
kennt. Reflexartig strich er ihr über die Ohren, als müsste er sie
vor dem Klang beschützen.

«Ja, ähm, das war ein Albtraum, ich hab komischerweise
auch so was Ähnliches geträumt», murmelte er rasch. «Ach, was
heißt *komischerweise*? Ich wundere mich über nichts mehr.»

Sie blickte zu ihm auf. «Es tut mir leid.»

«Hm?»

«Dass ich so ehrlich bin. Werde nicht verrückt!»

Er schüttelte den Kopf, obwohl er sich nicht ganz imstande
fühlte, dieses Versprechen zu geben.

«Ich versteh auch nicht, wie das alles möglich ist.»

«Wir kriegen es schon raus.»

Er beugte sich hinab, um sie zu umarmen, und für einen
Augenblick sah er ganz deutlich, in was für einer Situation er
steckte. Die Wirklichkeit war in tausend Scherben zersprungen,
die kein sinnvolles Bild mehr ergaben. Fest stand nur noch, dass
er einen Geist liebte.

«Wieso verlässt du Monsieur Samedi nicht?»

Sie verkrampfte sich. «Jean ist alles, was ich habe.»

«Er hat dich zu dem gemacht!» Er sah ihr ins Gesicht. Sie schien es ernst zu meinen.

Tränen schwollen in ihren Augen an und rollten über ihre Wangen, ohne ihren leeren Ausdruck zu erschüttern. «Er ist der Einzige, der mich sehen kann.»

«Ich sehe dich.»

Sie nickte einfach. Auch das war eine Unmöglichkeit, die sie noch nicht bereit waren, ganz anzunehmen.

«Wenn du echt bist», sagte er mühsam, «dann bist du das Schönste, das schmerzhaft schrecklich Schönste, was ich je gesehen habe.»

Sie ließ den Kopf hängen, schmiegte sich an ihn und zuckte gelegentlich wie jemand, der immer wieder einschläft und zu sich kommt. «Und wenn ich nicht echt bin?»

«Dann bist du das schmerzhaft schrecklich Schönste, was ich je gesehen habe.»

Eine lange Zeit hielten sie sich einfach. Das Glück, sie zu haben, fiel zusammen mit einer erdrückenden Ahnung, dass er nie mehr zu sich selbst zurückkehren konnte. Bald würden sie nichts mehr haben außer den anderen.

«Ich muss gehen», sagte sie schließlich.

Er wollte protestieren, wollte ihr sagen, dass sie nie wieder zu Jean Orin musste; aber es gelang ihm nicht. Sie musste selbst entscheiden, wann sie ging.

«Du nimmst die Treppe nach unten. Da sind keine Kameras.»

«Was passiert, wenn er es erfährt?», fragte Nino in einem, wie er hoffte, beiläufigen Ton.

«Er hat keine bösen Absichten.»

«Und was tut er unabsichtlich?» Argwöhnisch sah er zu, wie sie ihre Handschuhe anzog.

«Frag nie mehr, als du zu wissen erträgst.» Sie ließ den Aufzug kommen. Als das goldene Licht in die Dunkelheit fiel, glaubte er einen Moment lang, nichts als dieses Licht in den Armen zu halten. Dann hatte er ihr Gesicht wieder. Ihr unbeschreibliches Gesicht, das niemand so sehen konnte wie er.

«Lass mich nicht so lange warten. Du bist jetzt meine Wirklichkeit.»

Sie nickte. Dann drehte sie sich um und trat in den Aufzug, und die Türen glitten zu, ohne dass sie sich noch einmal zu ihm umdrehte.

Abwesend ging er auf das grüne Leuchten des Notausgangs zu, schob die Tür auf, fand einen Lichtschalter. Das Treppenhaus war steingrau und leer. Er lief die Stufen hinab, Stockwerk für Stockwerk, und dachte an Noir. An ihren Atem, an ihren kleinen Mund, an ihre Haut und das, was sie gesagt hatte. Und dass sie irgendwo in der Nähe existierte, getrennt von ihm. Alles davon sprengte seine Vorstellungskraft.

Als er unten ankam, schlich er unter der Kamera hindurch. Es war ein so bewölkter Tag, dass bereits abendliche Dunkelheit herrschte. Überall leuchteten die Vierecke von Fenstern, und Autos mit Scheinwerfern rauschten an ihm vorbei, doch er war ganz allein auf der Welt. Alles war Kulisse, nur er war noch echt, nur noch er und der Gedanke an Noir.

Katjuscha kam in sein Zimmer, ohne anzuklopfen. Er lag auf dem Bett und hielt seinen Block und einen Filzstift in der Hand, obwohl er seit einer Stunde nicht einen Strich gezeichnet und, wie ihm jetzt auffiel, nicht einmal daran gedacht hatte, einen zu machen.

Er blickte auf, als sie im Türrahmen erschien. Kein Teller halbgegartes Gemüse war in ihrer Hand, und auch keine selbst angerührte Gesichtsmaske. Sie trug noch die schwarze Hose und das Hemd von der Arbeit.

«Was denn?», fragte er und richtete sich ein wenig auf.

«Olga hat angerufen.»

Einen Moment herrschte Stille, während Nino sich in Zeit und Raum orientieren musste und darauf kam, was diese Neuigkeit zu bedeuten hatte.

«Äh, wann? Ich hab das Läuten gar nicht gehört.»

«Ich habe bis eben mit ihr gesprochen.»

«Oh. Was war?»

Als verströmte sein Anblick eine zwiebelhafte Schärfe, röteten sich ihre Augen. «Das hat Olga mich auch gefragt, Nino.»

Als er nichts erwiderte, fuhr sie fort: «Du bist einfach gegangen?»

«Nein, sie hat … gesagt, es ist okay.»

«Sie hat dich gefeuert.»

Er schluckte. Im Grunde überraschte es ihn nicht, aber da Katjuscha es offenbar erwartete, runzelte er besorgt die Stirn.

«Nimmst du deine Medikamente?»

Er wollte nicken. Aber er erkannte an ihrem Blick, dass sie ihm nicht glauben würde.

«In der Packung sind fünf Tabletten zu viel drin. Entweder du hast ein paarmal vergessen, sie zu nehmen, oder du hast sie vor fünf Tagen abgesetzt.»

Er schluckte jetzt, dass man es im Zimmer hörte. Tatsächlich hatte er in den letzten Tagen vergessen, jeden Morgen eine Tablette zu entsorgen. Wie hatte er so nachlässig werden können?

«Ich, ich hab es vergessen», sagte er und log ja nicht einmal.

Katjuscha schüttelte nur stumm den Kopf. Dass sie nicht wütend auf ihn wurde, verletzte ihn wahrscheinlich mehr, als jeder Vorwurf es gekonnt hätte. Er war also wieder das unzurechnungsfähige Kind.

«Mir geht es gut.»

«Du hast deinen Job verloren. War es so schwer, einfach dazubleiben?»

«Ich hatte was Wichtiges zu erledigen», sagte er gepresst.

«Etwas Wichtiges? Was? Musstest du deine Freunde treffen? Oder was?»

Noirs Seele liegt in meiner Hand. Ich kenne die Zukunft und den Tod.

«Es war wichtig.»

«Ich hätte es wissen müssen, es ist meine Schuld. Die Arbeit hat dich überfordert.»

«Nein, daran liegt es überhaupt nicht.»

«Ich hätte besser darauf achten müssen, wie –»

«Du hast keine Ahnung!»

Sie verstummte überrascht. Das Klopfen seines Herzens dröhnte ihm in den Ohren. Er war sicher, dass sie ebenfalls dem Hämmern in ihr nachlauschte.

«Wenn ich keine Ahnung habe, dann sag mir doch, was los ist.»

«Kat, diesmal ist das unmöglich. Aber du musst dir keine Sorgen machen. Ich hab alles unter Kontrolle.»

Tränen stiegen ihr in die Augen.

Nino stöhnte. «Bitte, es ist schon kompliziert genug!»

«*Was* denn?»

«Bitte», wiederholte er. «Lass mich in Ruhe.»

Er hörte sie zittrig atmen. Wieso musste sie vor ihm weinen? Endlich wurde die Tür geschlossen. Obwohl er wusste, dass er das Richtige tat, kam er sich wie ein Feigling vor.

25.

Er träumte helle, flüchtige Träume ohne Bilder, die er wie Nebelbänke durchtauchte, gefüllt mit den Gefühlen des Tages: die unglaubliche Erregung über Noirs Nähe, der Schreck und das Unbehagen, die die Begegnung mit Amoke hinterlassen hatte, die Schuld gegenüber Katjuscha und Olga Pegelowa und auch dem alten Mercedesfahrer. Die Angst vor Monsieur Samedi, als er durch das Treppenhaus lief. Alles vermengte sich zu einer Flut, die ihn überwältigte.

Ohne einen bestimmten Grund kam er in der Dunkelheit zu sich und wusste, dass Noir im Zimmer stand. Sie war lautlos gekommen, hatte ihn allein mit ihrer Anwesenheit geweckt. Mit wenigen Griffen entkleidete sie sich und kam als weißer Schatten unter seine Bettdecke. Ihr Körper war auf eine berauschende Art kühl. Sie schmiegte sich an ihn, und er umschloss sie, ohne sich über ihr plötzliches Auftauchen zu wundern.

«Ich habe es nicht ausgehalten», flüsterte sie, Laute wie schmelzende Zuckerperlen zwischen Zähnen und Kehle. «Ich muss dich fühlen.»

Ihre Zunge drang zwischen seine Lippen und leckte die Worte auf, bevor er sie aussprechen konnte. Vollkommene Stille. Ihre Hände glitten über ihn und schienen wie heute Mittag die Form seines Ichs zu bestimmen. Das Bettzeug raschelte und knirschte wie das Weltall, das sich an seinen äußersten Rändern in der Zeit kräuselte. Sie, das Zentrum und die Quelle, sog ihn in sich hinein.

Sie liebten sich geräuschlos. Einmal drückte sie den offenen Mund auf seinen und begrub ein Ächzen in ihm. Sie fielen, rasten auseinander und kamen in der Gegenwart nebeneinander auf.

Ein Teil von Nino schlief ein. Als er zu sich kam, flüsterte er mit Noir, oder vielmehr hörte er ihr zu und lotste ihre Erzählung mit gelegentlichen Fragen in eine bestimmte Richtung. Staunend spürte er, dass er trotz seiner halben Abwesenheit genau wusste, wovon sie sprach.

Ohne Seele könne niemand zurückkehren ins Jenseits, nein. Man stehe da, im Nirgendwo. Jean hole sie immer wieder zurück. Mit seiner Liebe.

Er beseelt mich mit seiner Liebe, aber ich bin wie eine Vase mit einem Riss, durch den jeder Inhalt früher oder später wieder herausrinnt. Wenn er mich weniger liebt, habe ich schreckliche Schmerzen, und irgendwann erstarre ich wie Schnee.

Wer Schnee sei, fragte er.

Schnee ist der andere. Der zweite. Bevor Amor dazukam. Inzwischen ist er sogar für uns fast unsichtbar. Er erinnert sich manchmal an gar nichts mehr. Er steht da wie alte Luft in einer Kammer, die versiegelt ist, und hört eines Tages auf, zu existieren. Ich weiß, wie weh es tut, von ihm weniger geliebt zu werden. Schicht für Schicht wird die Existenz von dir abgezogen wie Haut. Irgendwann ist die Haut weg, und dann zieht die Zeit die Fleischfasern ab, die Sehnen, die Nerven. Schmirgelt dir die Knochen ab. Es ist ein Schmerz, für den kein Bewusstsein gemacht ist, so unerträglich ist er.

«Dir wird das nicht passieren. Ich lasse es nicht zu.»

«Heute hatte ich das Gefühl, dich zu brauchen. Ich verdurste, und dich kann ich trinken.»

Sie verschwand unter der Bettdecke und liebkoste ihn, als

wollte sie ihn wirklich austrinken. Die Erregung kehrte beinah schmerzhaft zu ihm zurück.

Immer wieder stürzten sie in einen kurzen Schlaf, aus dem Noir hungriger wieder zu sich kam, ihr ganzer Körper ein Mund, der ihm Küsse aussaugte. Er konnte sich nicht vorstellen, dass all die Leute, die davor geglaubt hatten, sich zu lieben, dasselbe gefühlt hatten.

Irgendwann wurde aus dem Schlaf eine Ohnmacht, die zum Glück für ein paar Stunden weder ihn noch Noir hergab. Erst im Morgengrauen kehrten sie verschlungen zurück in sein kleines Zimmer, krochen Kopf an Kopf unter das Kissen, um sich vor dem Licht zu schützen, und ließen sich vom Atem des anderen in ein sanftes Halberwachen wiegen.

Allmählich spürte Nino, wie durstig er war. Er schlug die Augen auf und beobachtete das, was er aus der Nähe von Noirs Gesicht erkennen konnte: Zwischen Haarsträhnen und dem Kissen waren ein Kranz fedriger Wimpern und eine leicht zur Seite gebogene Nase. Aus der Nase kam rhythmisch warmes Nichts. Der Wimpernflügel flatterte, eröffnete ihm schließlich das schwarze Loch ihrer Pupille.

«Ich hab Durst», flüsterten sie fast gleichzeitig und mussten grinsen.

«Ich hol was zu trinken.»

Sie gab ein Wimmern von sich und umschlang ihn mit Armen und Beinen.

«Du willst doch nicht wieder mich trinken. Ich bin ganz leer.»

Er spürte, wie sie die Finger auf seinem Rücken verhakte.

«Also gut. Dann holen wir Wasser.» Mit hörbarer Anstrengung richtete er sich und Noir auf, die wie festgewachsen an ihm hing. Da sie nackt waren, musste er erst die Decke unter sich hervorziehen und um sie beide breiten. Dann erhob er sich und ging, mit ihr eng umschlungen, in die Küche. Es war nicht so einfach, ein Glas aus dem Schrank zu nehmen, den Wasserhahn aufzudrehen und trotz des vollgestellten Spülbeckens Wasser mit dem Glas aufzufangen, während Noir begann, sein Gesicht mit Küssen zu bedecken. Ihre Küsse fühlten sich ganz anders an als alle, die er je zuvor bekommen hatte. Als würden sich ihre Lippen durch eine taube Hornschicht brennen, die sonst alles abgefangen und nicht weitergeleitet hatte, um ihn auf einer tieferen, noch nie berührten, empfindsamen Haut zu berühren.

Er gab ihr zu trinken. Sie nahm große Schlucke, öffnete seinen Mund mit ihren Lippen und flößte ihm das lauwarme, von ihrem Speichel versüßte Wasser ein. Ein paarmal ging das gut, bis er sich vor Lachen verschluckte und sie anspuckte. Sie blinzelte. Dann hielt sie ihm die Stirn und die Wangen hin. Er ließ sich auf die Knie sinken und legte Noir auf dem Boden ab, noch immer die Decke um beide gewickelt.

«Du bist Wasser.» Er saugte die Tropfen von ihrem Hals. «Jetzt muss ich dich trinken.»

Das Glas zerplatzte in ihrer Hand. Als er aufsah, lagen ein paar Scherben auf der Erde, aber ihre Hand schien unverletzt. Er nahm sie und schloss sie zur Faust, als er darin keine Splitter fand, um die Knöchel zu küssen. Seine Noir war stark, sie hatte übermenschliche Kräfte. Aber sie war dabei so nachgiebig und weich. Sie konnte jede Gestalt annehmen, konnte Flut sein oder Träne. Plötzlich schwappte eine dunkle Schwermut in ihm hoch.

«Es könnte ganz schön wehtun», dachte er, während er ihre Faust drückte. «Wenn ich mehr liebe, als da ist. Was mach ich dann mit meiner Liebe? Wenn sie ins Nichts geht?»

Sie durchstreiften sich mit ihren Blicken.

«Wenn deine Liebe ins Nichts geht, dann wird aus dem Nichts ich. Ich werde so viel sein, wie du mich liebst.»

«Und ich werde so viel sein, wie du mich liebst.»

«Ja. So ist es immer.»

Er schüttelte den Kopf. «So ist es noch nie gewesen.»

«Nino!»

Erschrocken sah er auf – Katjuscha stand in der Tür, eine Hand vor dem Mund schwebend, und starrte ihn entsetzt an.

Nino rappelte sich auf. Er wollte Noir an sich drücken, um sie zu bedecken, doch stattdessen rutschte sie aus seinen Armen und wich nackt, wie sie war, in eine Ecke. Er trat in eine Scherbe und stöhnte.

«Oh Gott», murmelte Katjuscha.

«Nichts passiert.» Er spürte, wie er lachen musste. Er winkelte den Fuß an und zog die Scherbe aus der Haut. Ein Tropfen Blut quoll hinterher. Was für eine verrückte Situation. Sein Blick schweifte zu Noir hinüber, die sich ihrer Nacktheit nicht zu schämen schien.

«Deine Schwester?»

«Äh, ja, das ist Katjuscha. Katjuscha, das ist –»

«Sie kann mich nicht sehen», flüsterte Noir.

Er verstummte. Katjuscha starrte ihn an, ohne Noir auch nur eines Blickes zu würdigen. Vielleicht, weil sie sie wirklich nicht wahrnahm. War das denn möglich? Er schüttelte den Kopf – dass er sich überhaupt solche Fragen noch stellte!

«Komm.» Katjuscha streckte die Hände nach ihm aus. «Komm von den Scherben weg. Zieh dir was an.»

Sie kam herein, um den Handfeger unter der Spüle hervorzuholen. Nino verhinderte, dass sie das Regal öffnete, denn dahinter stand Noir. Katjuscha würde ihr gegen die Schienbeine hauen, ohne es zu merken.

304

«Ich mach das», sagte er bestimmt.

«Zieh dich erst an.»

«Kat, bitte!» Er drängte sie aus der Küche, wobei er versuchte, die Bettdecke mit den Beinen festzuhalten. Katjuscha ließ sich bis zur Couch bringen und plumpste einfach in die Polster.

«Bitte», sagte er hilflos. «Es ist doch nichts passiert.»

Sie starrte zu ihm auf, bis er in die Hocke ging, die Bettdecke wie ein Handtuch um seine Hüfte gewickelt, und die Arme auf ihrem Schoß kreuzte, als sei sie das Kind und er der Erwachsene.

Er würde sie verlieren. Sie war ihm jetzt schon so fern. Und bald würde sie ihn nicht mehr lieben, hätte statt ihm nur noch einen Krater im Herzen.

«Ich will, dass du weißt, dass … ich werde immer an dich denken.»

«Immer an mich denken?»

«Wenn wir uns nicht mehr erkennen.»

«Wovon redest du?»

Er presste den Kopf auf ihre Knie. Zaghaft streichelte sie seine Haare.

Im Türrahmen erschien Noir.

«Ich wollte es dir nicht sagen. Ich will nicht, dass du dir Sorgen machst. Aber wir haben nicht mehr viel Zeit zusammen.»

«Was?»

«Da ist nichts zu machen, verstehst du? Unsere Zeit ist abgelaufen. Es tut mir leid. Ich hab alles versucht, um es zu verhindern.»

«Was …»

«Ich will, dass du mir eins versprichst. Wenn alle Leute denken, dass ich tot bin, dann darfst du das nicht glauben. Ich habe gute Aussichten, meinen Tod zu überlisten. Auch wenn wir uns trotzdem nie wiedersehen können. Ich will, dass du weißt, dass ich noch irgendwo bin und dass es mir gutgeht. Du darfst nicht glauben, dass ich wirklich tot bin. Ich werde Liebe haben.»

Katjuscha sagte nichts. Als er aufsah, war ihr Blick völlig verschlossen, ausgerechnet in diesem Moment, wo er so ehrlich war.

«Du verstehst mich nicht», stellte er fest.

Sie deutete ein Kopfschütteln an, überlegte es sich dann aber anscheinend anders und verweigerte jede Aussage.

Er fühlte sich so elend allein und unverstanden wie nach einer Runde Gläserrücken. «Vergiss, was ich gesagt habe. Versuch nur, dich wieder dran zu erinnern, wenn es so weit ist.»

«Wenn was so weit ist?»

«Katja, bald bin ich nicht mehr hier.»

«Warum sagst du so was?»

Er versuchte sie anzusehen, kam aber nicht weiter als bis zu ihrer Nasenspitze. Ein Tropfen hing daran.

«Frag nicht, wenn du die Antwort nicht erträgst.»

Sie kniff die Augen zu, dass Tränen über ihre Wangen kullerten.

Er wollte sie trösten. Aber er konnte sie nicht belügen, und die Wahrheit war zu viel für sie. Langsam legte er seine Hände auf Katjuschas Schultern. Er hörte Noir hinter sich den Atem anhalten. Auch Katjuscha hörte und sah sie, aber ihr Verstand blendete Noir einfach aus. Er durfte sie nicht auf ihre Blindheit hinweisen, sonst hielt sie ihn für verrückt. Er musste sie führen, wie man eine Blinde führte.

Mit aller Macht konzentrierte er sich auf Katjuschas Inneres. Er sah in ihre geröteten Augen, versuchte sich nicht von ihrer Angst, von ihrer Traurigkeit aufhalten zu lassen und tastete nach dem Wortlosen in ihr. Es kam ihm so falsch vor, in ihr Unbewusstes einzudringen, aber es ging nicht anders.

«Katjuscha», sagte er mit ruhiger, leiser Stimme, «du machst dir keine Sorgen um deinen Bruder. Ihm geht es gut. Wenn er weg ist, wirst du ihn nicht vermissen.»

Er sah ihre Pupillen mit ihrem Herzschlag pulsieren.

«Katjuscha», wiederholte er. «Du wirst nicht traurig sein. Wenn wir uns verlieren, machst du dir keine Sorgen um mich.»

Er spürte, wie auch ihm Tränen in die Augen stiegen. Reiß dich zusammen, dachte er. Katjuscha blinzelte träge.

«Du wirst nicht traurig sein.»

«Ich werde nicht traurig sein», wiederholte sie, doch die Worte klangen vollkommen bedeutungslos. Hoffentlich hatte es funktioniert. Sie saß schlaff wie eine Stoffpuppe da und sah ihn an.

Er drückte ihre Schultern und drehte sich zu Noir um. Immer noch nackt wie ein Schatten, glitt sie durch das Wohnzimmer und verschwand hinter seiner Tür. Er folgte ihr und schloss leise ab.

«Nino», flüsterte sie, als er die Bettdecke um sie schloss und sich mit ihr aufs Bett sinken ließ. «Deine Schwester liebt dich. Mit ganzem Herzen, obwohl sie nur einen Teil von dir kennt.»

Er schwieg, und auch Noir fügte nichts mehr hinzu.

«Ich kann mir ein Leben ohne sie nicht vorstellen», sagte er irgendwann. Noirs kühle Hände lagen auf seinen Wangen. Auch sie hatte einmal alle Menschen in ihrem Leben verloren. Beim Gedanken daran betrachtete er sie eingehend. «Erinnerst du dich an die, die dich geliebt haben?»

Sie ließ ihn in der Dunkelheit ihrer Augen suchen. Dann schüttelte sie den Kopf.

Er drückte sie fester an sich, und sie blieben liegen, als müssten sie nur ausharren und lange genug warten, bis sie miteinander verschmolzen.

«Deine Schwester ruft den Notarzt.»

Tatsächlich hörte auch Nino mehr über sein Gefühl als seine Ohren, wie Katjuscha das Telefon von der Ladestation hob und mit weichem Finger drei Tasten drückte. Sie war im Bad, saß am Wannenrand und sprach mit gedämpfter Stimme zu einem Fremden.

Ja, mein Bruder. Er hat schon einmal. Ich befürchte, er hat es wieder vor.

«Sie glaubt, ich plane einen Selbstmord.»

«Viele wollen sich umbringen. Die, die es tun, wollen gar nichts.»

Er nickte. Sie war so klug. Sie wusste alles, was in ihm vorging.

Er umarmte sie, dass sie ächzte. Wie weich sie war. Er zählte die Wirbel an ihrem Rücken von oben nach unten, drückte und kniff und küsste sie. Wie echt sie war.

«Noir, du musst gehen. Ich muss mit meiner Schwester reden. Und sie hält mich für verrückt, wenn du dabei bist.»

Sie vergrub das Gesicht in seinem Nacken. «Ich will nicht weg von dir.»

«Was ist eigentlich mit Jean Orin? Weiß er, wo du bist?»

«Er denkt, ich bin bei der Arbeit.» Spürend, dass er eine Erklärung erwartete, biss sie sich auf die Unterlippe. «Wir stehlen. Wir brechen in Häuser ein, in Geschäfte, was auch immer.»

«Du und …»

«… Amor und Schnee. Schnee seltener. Er ist ja fast nicht mehr da.»

Er versuchte sich das vorzustellen: eine Existenz ohne Schlaf, in der man sich an nichts erinnerte und die bedeutungslose Zeit damit verbrachte, Geld zu stehlen. Unsichtbar. Gefühllos.

Er musste ihr helfen. Amoke hatte gesagt, sie würde sich bald wieder melden, und sie wusste sicher einen Ausweg.

Noir sah ihn mit stiller Erwartung an, so als ahnte sie, dass er eine Möglichkeit der Rettung kannte, über die er noch nicht sprechen durfte.

«Ich muss mich um Katjuscha kümmern», sagte er schließlich.

Sie nickte.

Es kostete große Überwindung, sie aus den Armen zu lassen. Sie richteten sich auf, und Nino zog sie an. Erst führte er das eine, dann das andere Bein in ihre Hose, zog ihr die Strümpfe und Schuhe an und steckte ihren Kopf und ihre Arme durch die Löcher des Pullovers. Sie beobachtete dabei seine Hände, als bearbeiteten sie etwas, das gar nichts mit ihr zu tun hatte. Zuletzt schloss er ihren Gürtel. In den ausgebeulten Kleidern sah sie auf eine ganz andere Art entrückt aus. Er versuchte sie sich in normalen Kleidern vorzustellen, einer Jeans vielleicht und einem T-Shirt. Aber es passte nicht zu ihr. Sie gehörte so wenig in normale Kleidung wie in diese Welt.

«Du kommst bald wieder, ja?»

Ein Klingeln ging durch die Wohnung, durchdringend wie das Schrillen eines Weckers, das in einen Traum eindringt, bevor man davon aufwacht.

Katjuschas Schritte in der Diele. Sie öffnete das Kettenschloss und grüßte jemanden. Noch mehr Schritte, diesmal schwerere.

Noir und er lösten sich voneinander und standen auf. Sie waren in die Lücke zwischen Bett und Schrank gesunken, ohne es zu merken. Er zog sich einen Wollpulli über und stieg in seine Jeans, dann trat er aus dem Zimmer.

Katjuscha führte zwei junge Sanitäter ins Wohnzimmer und sprach leise und schnell mit ihnen. Als Nino einen der beiden

Männer erkannte, durchrieselte ihn der Schreck wie Schneekristalle: Amor.

Beide Sanitäter rauchten. Katjuscha beäugte irritiert die Zigaretten in ihren behandschuhten Händen, während sie redete. Die beiden Sanitäter schienen gar nicht hinzuhören. Sie entdeckten Nino, und ein dünnes Lächeln wippte auf Amors Gesicht.

«Wo ist ihr Bruder?» Hinter Katjuscha und den falschen Sanitätern erschien Jean Orin. Er trug weiße Arztkleidung und eine grelle rote Jacke. Breitschultrig, mit geblähten Nasenflügeln wie ein Stier, blieb er in der Wohnzimmertür stehen und fixierte Nino. «Wie geht es Ihnen?»

Nino nickte langsam, zu mehr war er vorerst nicht fähig.

«Ich denke», sagte Monsieur Samedi, «Sie sollten mitkommen. Holen Sie aus Ihrem Zimmer, was Sie brauchen.» Er wusste es. Jean Orin wusste, dass Noir da war.

«Wollen Sie nicht erst mit ihm sprechen?», fragte Katjuscha.

Monsieur Samedi sah ihr in die Augen, dass sie verstummte.

Nino holte seine Jacke. Hinter der Tür drückte er Noirs Hand. Sie folgte ihm ins Wohnzimmer.

Katjuscha war ins Bad verschwunden. Als Nino sich die Schuhe anzog, kam sie mit einem vollgestopften Kulturbeutel heraus.

«Deine Zahnbürste. Falls du über Nacht bleibst oder …» Sie wandte sich an Monsieur Samedi. «Was meinen Sie, wie lange?»

«Machen Sie sich keine Sorgen.»

Katjuscha drückte Nino den Kulturbeutel in die Arme, um selbst ihren Mantel anzuziehen.

«Komm bitte nicht mit», sagte Nino schwach.

«Doch. Natürlich.»

«Es ist nicht genug Platz im Wagen. Das verstößt gegen die Sicherheitsbestimmungen», sagte Amor.

Katjuscha blinzelte in seine Richtung, erneut erstaunt darüber, dass die beiden Sanitäter in ihrer Wohnung rauchten, und wandte sich dann an Monsieur Samedi. «Dann fahre ich mit der Bahn.»

Monsieur Samedi nickte und bedeutete Nino mit einem Handzeichen, nicht weiterzusprechen.

«Ich möchte, dass du hierbleibst», wiederholte er trotzdem.

Katjuscha drückte seinen Arm. Eine schreckliche Gewissheit durchfuhr ihn: dass es das letzte Mal war, dass sie ihn berührte.

«Tut mir leid», flüsterte Katjuscha.

Nur mit Mühe hielt er seine Tränen zurück. «Mir auch.»

26.

Vor dem Haus parkte ein blinkender Krankenwagen. Katjuscha verabschiedete sich, überflüssige Abmachungen murmelnd, Richtung U-Bahn. Nino starrte ihr nach und brachte keinen Laut hervor, obwohl ein innerer Schrei ihm alle Luft aus den Lungen sog.

«Noir», befahl Monsieur Samedi, sobald Katjuscha außer Hörweite war, «du fährst uns hinterher. Alle anderen in den Wagen.»

Amor und der zweite Sanitäter, vermutlich Schnee, nahmen vorne Platz, während Monsieur Samedi die Hintertüren öffnete und mit Nino einstieg.

Zwei Männer saßen auf dem Boden des Wagens. Sie waren in Decken gehüllt und starrten Nino und Monsieur Samedi ausdruckslos an.

«Was haben Sie mit ihnen gemacht?»

Monsieur Samedi zog die Türen zu. «Losfahren!»

Der Wagen setzte sich in Bewegung.

«Sie haben sie hypnotisiert.»

Monsieur Samedi ging darauf nicht ein; mit einer herrischen Geste befahl er ihm, auf der Liege Platz zu nehmen. Er selbst ließ sich auf dem Klappsitz nieder und schnallte sich an.

«Suizid, Sorokin. *Suizid?*» Er lächelte. «Deine verrückte Schwester. Worauf sie kommt.»

«Gab es keine andere Möglichkeit, mich zu kontaktieren? Was soll das?»

«Du bist nicht dankbar. Die Menschen sind nie dankbar. Das ist das Problem!» Er beugte sich vor, soweit der Gurt es zuließ. «Du solltest mir danken, dass ich deine Einweisung in eine Klapsmühle verhindert habe, mein Freund. Begreifst du das?»

«Ich wäre nicht eingewiesen worden.»

«Ach nein? – Amor! Richtungswechsel, Plan B!»

Der Wagen machte eine scharfe Kurve, Nino musste sich mit den Händen an der Liege festkrallen, um nicht umzukippen. Ihm brach der Schweiß aus.

«Aber du bist verrückt. Du hast deine Medikamente einfach abgesetzt. Was genau ist mit dir passiert? Bist du depressiv, oder hast du eine Psychose entwickelt? Ja, nein, beides vielleicht?»

«Sagen Sie ihm, er soll langsamer fahren», keuchte Nino.

«Ihm? Wem? Da ist niemand.»

Amor gab ein Gackern von sich und warf seinen Zigarettenstummel aus dem offenen Fenster. Nino blinzelte. Er konnte sich nicht auf Amor konzentrieren – er sah ihn, aber er verwischte immer wieder vor seinen Augen, so wie eine Erinnerung, die man sich mit aller Macht ins Gedächtnis rufen will. Nino wusste, dass jemand den Wagen fuhr. Er wusste, dass dort Amor saß. Aber sein Verstand blendete ihn gleichzeitig aus.

«Wieso kann ich ihn nicht sehen?»

«Vielleicht, weil du nicht ganz richtig tickst.» Sie sahen sich in die Augen. Irgendwo im glänzenden Dunkel verbarg sich ein Mensch mit Gefühlen, Gedanken, einer Vergangenheit und Zukunft. Aber Nino spürte nichts davon.

Schließlich lehnte Monsieur Samedi sich zurück und ließ sein Lächeln fallen. «Du bist nicht verrückt. Merk dir das, Sorokin. Verhalte dich nicht wie ein Verrückter. Du darfst dankbar sein.»

Nino nickte einfach, weil es zwecklos war, sich mit ihm anzulegen.

«Du kannst Amor nicht sehen, weil er keine Seele hat und daher auch keine Aura. Der Rauch der Zigarette verleiht ihm Wärme. Deine Wahrnehmung verwechselt diese Wärme mit Leben.»

Nino klammerte sich an der Liege fest.

«Dreh um, Amor», befahl Monsieur Samedi. «Zu unserem ursprünglichen Ziel.»

«Danke», sagte Nino gepresst, da Monsieur Samedi es offenbar erwartete. Einen Moment lang konnte er nur seinen Blick erwidern und ihn hassen. Dann hatte er sich wieder einigermaßen unter Kontrolle und fragte: «Wohin fahren wir?»

«Wir machen einen Ausflug. Um in Ruhe zu reden.»

Nino beschloss, vorerst nichts mehr zu sagen. Vielleicht wollte Jean Orin nur wissen, ob er sich für die Transplantation entschieden hatte. Oder er wollte Nino zu Tode foltern, weil er ihm Noir weggenommen hatte.

Sie fuhren lange. Jean Orin starrte ihn unentwegt an. Nino versuchte seinen Blick zu ignorieren, dann zu erwidern, aber er schaffte es nie länger als eine halbe Minute und nutzte dann das Ruckeln oder Bremsen des Wagens, um wieder woanders hinzusehen.

Endlich hielt der Wagen. Jean Orin löste seinen Gurt und öffnete die Türen.

Hinter ihnen parkte der Maserati mit grollendem Motor. Nino erkannte Noirs besorgtes Gesicht hinter der Scheibe, aber sie stieg nicht aus. Sie befanden sich in einer engen Straße, deren Häuser unbewohnt wirkten. Hier und da waren eingeschlagene oder zugenagelte Fenster, von den Fassaden blätterte die Farbe. Selbst die Graffitis sahen veraltet aus, Botschaften der

Wut aus einer lange vergessenen Zeit. Weit und breit parkte kein Auto.

Plötzlich war Nino sicher, dass Jean Orin ihn umbringen wollte. Das Wissen lag wie ein glatter schwerer Ziegelstein in seinem Bewusstsein. Das hier war ein perfekter Ort für ein Verbrechen.

Es hatte zu nieseln begonnen. Zu leicht, um dafür seine Kapuze aufzuziehen. Nino stand mit geballten Fäusten da und sah Noir an, während Jean Orin die Türen zuwarf.

Gestern hatte er mit ihr geschlafen. Es war einen Tag her, sein Leben zählte erst einen Tag.

«Los», befahl Monsieur Samedi und begann eine Richtung einzuschlagen.

Nino löste seinen Blick von Noir und folgte ihm. Sie gingen in Gleichschritt nebeneinander. Das Rascheln ihrer Jacken und das Treten ihrer Schuhsohlen schienen die einzigen Geräusche im Umkreis von Kilometern zu sein. Fern war ein Rauschen zu vernehmen, vielleicht Verkehrslärm, vielleicht Wind, der durch die leeren Straßen zog.

«Ich glaube», begann Jean Orin, «du schuldest mir eine Antwort.»

Nino schluckte, er musste seine Worte mit Bedacht wählen. «Ich habe nachgedacht, über Ihr Angebot.»

Ein schwarzer kleiner Hund rannte in einiger Entfernung vorüber. Dass es hier herrenlose Tiere geben könnte, von denen niemand wusste, erschreckte ihn aus irgendeinem Grund zutiefst.

«Ich habe Angst vor meinem Tod», fuhr er zögernd fort. «Aber ich glaube, ich fürchte mich noch mehr vor einem Leben, das ich dann selbst bestimmen muss. Das klingt schrecklich feige, ich weiß.»

Jean Orin sagte nichts dazu.

«Ich muss Ihr Angebot ablehnen. Ich sterbe lieber, als die Verantwortung selbst zu übernehmen. Oder schlimmer noch, sie einem anderen – Ihnen – zu übertragen.»

Die Straße endete vor einem verfallenen Wohnhaus, sie bogen nach links in eine ähnlich trostlose Straße. Das Skelett eines Fahrrads war noch an einen Laternenpfosten gekettet.

«Ich könnte versuchen, dich zu überreden, deine Meinung zu ändern. Zumal dein Argument unglaublich schwach ist.» Jean Orin kniff die Augen gegen den stärker werdenden Regen zusammen. «Oder ich könnte deine Entscheidung akzeptieren. Dann müsste ich dir gratulieren. Dafür, dass du stark genug bist, dein Schicksal zu tragen und deine Freiheit zu behalten.»

Nino hielt den Atem an. Ehrlichkeit hatte er nicht von Jean Orin erwartet. Im Grunde fürchtete er sogar, ihm in aller Ehrlichkeit begegnen zu müssen.

«Es gibt Menschen mit unterschiedlichen Bedürfnissen. Wer den Tod fürchtet, wer seine Vergänglichkeit nicht akzeptieren kann, der muss geführt werden.»

Nino nahm allen Mut zusammen, den er aufbringen konnte. «So rechtfertigen Sie also, was Sie Noir angetan haben.»

Jean Orin nickte, als sei das eine neutrale Feststellung gewesen.

«Noir, Amor und Schnee hatten dieselbe Wahl wie du. Sie waren begabt, aber nicht in der Lage, das Wissen um ihr Schicksal zu ertragen. Sie wollten ihrem Tod entgehen, ich habe es ihnen ermöglicht. Es war ihre Entscheidung.»

«Sie haben sie belogen.»

«Nein. Ihr habt nur nicht die richtigen Fragen gestellt.»

Nino fühlte sich überwältigt von Fassungslosigkeit und Wut, aber auch Ohnmacht. Er wollte sich auf Monsieur Samedi stürzen, ihn verprügeln für das, was er Noir angetan hatte, und das, was er da sagte. Aber er traute sich nicht. Es war unmöglich.

«Ich gehe davon aus, dass Noir dir einiges verraten hat», fuhr Jean Orin ruhig fort. «Darum kann ich deine weise Entscheidung nicht nur deiner inneren Stärke zuschreiben. Ohne Noirs Verrat hättest du die Transplantation gewählt.»

«Nein.»

«Oh doch. Aber das macht auch nichts mehr. Wie gesagt, ich würde dir gratulieren, dass du nun selbst Mentor werden und dir Geister erschaffen darfst. Aber da ich dein Schicksal kenne, weiß ich, dass du nicht mehr lange genug zu leben hast.» Jean Orin blieb stehen und lächelte ihn an. Der Regen prasselte zwischen ihnen. Aus den Augenwinkeln sah Nino eine Bewegung, einen Pflasterstein – er duckte sich und erkannte für den Bruchteil einer Sekunde Amor, der den Stein durch die Luft sausen ließ und vom Schwung selbst mitgerissen wurde. Reifen quietschten. Nino taumelte von Jean Orin weg und hörte, wie der Stein hinter ihm zu Boden geschmettert wurde.

Monsieur Samedi breitete die Arme aus und versuchte ihn festzuhalten. Ein irres Lächeln schwamm über seine Züge, dann verzerrte er die fleischigen Lippen zu einer Grimasse.

Der Maserati raste um die Ecke. Knapp vor Nino bremste er ab. Noir stieß die Beifahrertür auf.

«Komm!»

Monsieur Samedi schleuderte die Arztjacke weg. Seine Hände zerrten am weißen T-Shirt. «Noir! Nicht! Ich liebe dich! Ich liebe dich!»

Nino sprang ins Auto und hatte kaum die Tür zugezogen, als Noir Gas gab. Monsieur Samedi stieß einen Schrei aus, der nicht menschlich klang, einen Schrei, der durch die Straße hallte und heiser geschluchzte Echos in Noirs Kehle fand. Sie rasten auf eine Unterführung zu, gelbe Müllcontainer flogen über den Wagen, eine Gitterabzäunung schrammte an ihnen entlang, dann bretterten sie auf eine vierspurige Straße, und Noir wich einem Taxi und mehreren Fußgängern an einer Ampel aus. Nino schlug mit dem Kopf gegen die Decke, als sie über die Bordsteinkante fuhren. Hinter ihnen begann eine Sirene zu heulen.

Der Krankenwagen tauchte im Rückspiegel auf. Nino schloss die Augen, versuchte auszublenden, dass er mit 160 auf der falschen Spur durch die Stadt raste.

Noir riss das Lenkrad nach links und rechts, um entgegenkommenden Autos auszuweichen, dann fuhr sie über einen Parkplatz, landete auf einer neuen Straße. Der Rettungswagen folgte ihnen mit schrillem Sirenengeheul.

Noir trat aufs Gaspedal. Nino konnte nicht hinsehen, er spürte nur, wie sie beschleunigten. Gleich würde ihnen die Haut nach hinten abgezogen. Sie würden in ihren Sitzen einfach zerdrückt wie weiches Obst.

Es wurde dunkel. Nino öffnete die Augen und sah, dass sie in einem Tunnel waren. Noir überholte die anderen Autos. Am bereits fernen Eingang des Tunnels tauchte jetzt der Krankenwagen auf. Sie rasten wieder ins Tageslicht, Noir bog bei einer großen Kreuzung ab, wo sie nicht hätte abbiegen dürfen. Autos hupten. Nino war nicht sicher, ob er einen Zusammenprall hinter sich hörte. Als er in den Rückspiegel sah, tauchte der Krankenwagen wieder auf, machte dieselbe Wende wie der Maserati und wurde seitlich von einem Doppeldeckerbus gerammt. Der Wagen kippte aus der Kurve und blieb wie ein unbeholfener Käfer auf der Seite liegen.

Noir krümmte sich und stöhnte.

«Wir haben sie abgehängt!» Auf einmal merkte er, dass

etwas mit Noir nicht stimmte. Er versuchte festzustellen, was es war, aber sie klammerte sich einfach nur ans Lenkrad und sah aus, als müsste sie sich übergeben.

«Was ist, was hast du?»

Sie schüttelte den Kopf und nahm den Fuß vom Gas, dann bog sie in die Tiefgarage eines Hotels ein. Mit zitternden Händen zog sie ein Ticket und fuhr unter die Erde. Sie parkte in einem dunklen Winkel im dritten Untergeschoss und schaltete den Motor ab.

«Alles okay?»

Statt zu antworten, sank Noir in seine Arme. Er hielt ihren Kopf und spürte, wie ihm warme Flüssigkeit auf die Hand rann. Blut. Sie blutete unter den Haaren.

«Du bist verletzt!»

«Er … ist verletzt.»

Behutsam strich er ihre Haare zur Seite, um die Wunde zu finden. Da war ein dunkler Riss, etwa vier Zentimeter lang, links unterhalb ihres Scheitels. Nino erstarrte.

«Halte mich», flüsterte Noir.

«Ja. Ja, ist gut.» Behutsam zog er sie auf seinen Schoß. Sie atmete kleine Laute des Behagens aus, doch ihr Körper war steif und kalt. Erst unter seinen Händen wärmte sie sich allmählich auf.

Schließlich konnte sie sich wieder genug bewegen, um an ihren Kleidern zu nesteln. Sie öffnete seine Hose und setzte sich auf ihn. Ein Schauder durchlief sie, Hitze stieg aus ihrem Schoß durch alle Glieder und machte sie geschmeidig.

«Jetzt bist du wieder Wasser», sagte Nino. Sie lächelte fast.

Nachdem sie sich genommen hatte, was sie brauchte, schlief sie sofort ein. Den Kopf an seine Schulter gelehnt, schnarchte sie sogar ein bisschen. Nino blieb hellwach im Rieseln heller

Sternensplitter. Er spürte die Feuchtigkeit ihres Mundes auf der Haut, aber als er ihren Kopf betastete, war da keine Wunde mehr, nur noch ein paar verklebte Haarsträhnen. Erleichtert hielt er sie und schloss die Augen.

Plötzlich kam ihm ein Bild von Noir, wie sie mit seinem Körper in sich selbst eintauchte und sich durch Dunkelheit und warmes Gewebe und Organe tastete, auf der Suche nach sich selbst: Ein Schrank erschien, aus lackierten, honiggelben und dunkelbraunen Holzleisten. Noir öffnete diesen Schrank an unsichtbaren Griffen. Innen war er alt und vermodert. Die Schubfächer hingen morsch, zersplittert oder schon zerbrochen in den Leisten. Der Staub toter Motten überzog die Überreste von Kleidern, Nähkissen und Seidenbändern. Noir öffnete eine knarrende Schublade. Darin waren unsagbare Schätze: die Milchzähne von Kindern, die längst Greise geworden waren, golden bemalte Ringe mit funkelnden Glassteinen, Bilderbücher mit zerfranstem Einband, gepresste Blüten, gepflückt bei einem seltenen Familienausflug, die glänzenden Schalen toter Maikäfer, halbleere Parfumflakons, Schokoladenstückchen aus einem Adventskalender und rot-weiß gestreifte Haargummis, an denen ein winziges Büschel heller, vertrockneter Kinderhaare befestigt war. Noir strich mit den Fingern durch den raschelnden und klimpernden Inhalt der Schublade, und so viele Erinnerungen wölbten auf, dass sie sich daran wie an einem betörenden Duft verschluckte.

Mein liebstes Bilderbuch, es ging um Kätzchen mit verschiedenfarbigen Schleifen um den Hals, und auf einem Bild trinken sie aus einer großen hellblauen Schale dicke Milch, und ich habe als Kind versucht, Milch wie eine Katze aus einer Schale zu schlecken, bis mir die Zunge wehgetan hat. Noir seufzte und schien von ihren eigenen Worten zu erwachen. Sie stemmte sich mit beiden Händen von seinen

Schultern ab, um ihren Kopf zu heben. Sie fühlte sich überhaupt schwerer an als sonst. Nicht, dass Nino sich über so etwas noch wunderte.

«Geht es dir besser?», fragte er.

Sie rieb ihre Stirn an seiner. «Ich möchte … ich glaube, ich erinnere mich daran, wie Milch schmeckt. Ich will welche trinken. Unbedingt.»

Er musste leise auflachen. «Dann treiben wir Milch für dich auf.»

«Hast du auch Durst?»

«Ein bisschen.»

«Aber auf Milch?»

Er überlegte. «Jetzt, wo du mir die Geschichte von den Kätzchen erzählt hast, schon ein bisschen.»

«Aber nicht schon vorher?»

Er schüttelte den Kopf.

«Dann ist das etwas, das *ich* will? Aber wie hast du das gemacht?»

«Nicht ich, du hast das gemacht. Mit deinem Traum.»

Gegenüber der Tiefgarage gab es einen Supermarkt. Er schlug vor, allein hinüberzugehen und Milch zu kaufen, aber Noir wollte nicht im Auto bleiben, also gingen sie zusammen.

Inzwischen fiel der Regen in Strömen. Passanten, die keinen Schirm dabeihatten, stellten sich an Cafés und Geschäften unter. Auch der Supermarkt war überfüllt, was Nino nur recht war. Noir hielt sich an seiner Hüfte fest und ging direkt hinter ihm, um nicht zu oft angerempelt zu werden.

Als sie am Kühlregal ankamen, griff Noir nach mehreren Milchflaschen und -tüten, bevor sie sich für eine entschied, den Verschluss aufschraubte und zu trinken begann. Sie trank wie eine Verdurstende, bekleckerte ihre Kleider und wischte sich danach übers Kinn.

«Nicht süß genug», murmelte sie. Gegenüber standen Tetrapacks mit Kondensmilch. Sie riss eins auf und trank abwechselnd Kondensmilch und Frischmilch. Nervös sah Nino sich um, aber keiner nahm Notiz von ihnen. Als Noir ihm die Milch anbot, trank auch er und stellte sich das Bilderbuch vor, in dem die Kätzchen mit den verschiedenfarbigen Schleifen die dicke Milch schleckten. Er spürte ihre Freude, als wäre es seine eigene.

«Das gibt es ja wohl nicht.» Eine Angestellte gaffte ihn über den Rand ihrer Brille an.

Nino stammelte eine Entschuldigung, schaffte es gerade noch, die halbgeleerte Milch auf einem Regal abzustellen, und rannte an Noirs Hand Richtung Ausgang. Vor den Kassen waren lange Schlangen. Er und Noir kletterten über die Absperrungen nach draußen. Niemand hielt sie auf. Die Welt hatte sich in ein vor Schreck erstarrtes Kaninchen verwandelt, das sie nach Belieben streicheln durften.

Obwohl es erst Mittag sein konnte, war der Himmel grau wie Granit, und alles glänzte vor dunkler Nässe. In der Tiefgarage sprang Noir in seine Arme und wischte sich ihren klebrigen Mund an seinem Kragen ab. Er trug sie zum Auto, öffnete die Fahrertür und setzte sie auf den Sitz. Er arrangierte ihre Beine und Arme wie die einer großen, beweglichen Puppe, ohne zu wissen oder darüber nachzudenken, warum dieses Spiel ihnen beiden so gefiel. Einen Moment verweilte er kniend vor der Autotür und strich ihr das Haar hinters Ohr.

«Ich weiß, was wir jetzt tun», sagte er.

Ihr mildes Lächeln blieb unverändert. Als sei ihr ganz egal, was sie taten, solange er bei ihr blieb.

«Ich muss immer mit dir schlafen», sagte sie. «Sonst höre ich auf zu existieren.»

Er nickte ernst. «Ich will nicht, dass du mich brauchst, wie du ihn gebraucht hast. Ich will nicht, dass du Schmerzen hast, wenn du von mir getrennt bist. Ich will, dass du nur aus freien Stücken bei mir bleibst.»

Ihr fielen ein paar Tränen aus den Augen, wie Wundflüssigkeit aus einer offenen Verletzung. Nino streichelte ihre Wange. Dann schloss er die Tür und nahm auf dem Beifahrersitz Platz.

«Wohin fahren wir?»

«Zu jemandem, der uns helfen wird.» Er zog sein Handy aus der Hosentasche und suchte Julias Nummer, während Noir den Motor startete.

27.

Julia war so verwundert über seinen Anruf, als sei er schon vor langer Zeit gestorben. Wo er denn stecke, wie es ihm ginge, was passiert sei – ihre Fragen überschlugen sich, ohne ihm Zeit zum Antworten zu lassen.

«Kennst du Monas Adresse?», fiel er ihr ins Wort.

Irritiert verneinte Julia. Aber sie konnte den Weg zu Monas Haus von einem naheliegenden S-Bahnhof beschreiben. Als er wusste, was er wissen wollte, wimmelte er Julia ab und legte auf. Es war merkwürdig, dass es sie noch gab – diese andere Welt, durch die er hindurchgebrochen war wie durch eine Leinwand.

Sie brauchten eine halbe Stunde durch die Innenstadt, bis sie den S-Bahnhof erreichten. Zwischen alten Kastanien und Eichen blitzten die Fassaden prächtiger Villen auf.

Das Haus, das Julia beschrieben hatte, stand an einer Straßenecke. Außer ein paar stuckverzierten Bogenfenstern konnte man von ihm nicht viel erkennen, ein von Efeu überwucherter Eisenzaun schirmte neugierige Blicke ab.

Sie parkten am Bürgersteig und näherten sich dem mannshohen Eingangstor. An der Klingel stand HEGEL. Natürlich nicht Mona, sie war ja nur die Tochter, aber Nino hatte irgendwie ihren Namen am Schild erwartet. Er klingelte.

Nichts geschah. Sie warteten, während der Regen im Efeu knisterte. Noir sah sich immer wieder um, aber sie fragte nicht, warum sie hergefahren waren.

Als Nino schon bei Julia anrufen wollte, ob sie womöglich ein anderes Haus meinte, öffnete sich die Tür.

Amoke erschien. Sie kam den kleinen Steinpfad zu ihnen gelaufen und kräuselte die Stirn wegen des Regens. Sonst schienen die Kälte und Nässe ihr nichts auszumachen – sie trug nur einen violetten Schlafanzug und war barfuß.

«Nino.» Sie blieb vor dem Tor stehen. Kurz glitt ihr Blick zur Seite, aber sie schien Noir nicht wahrzunehmen.

«Entschuldige, dass wir einfach so aufkreuzen. Es ist was passiert.» Er drehte sich zu Noir um, die schon begriffen hatte und eine Packung Zigaretten aus ihrer Hosentasche zog. Das Feuerzeug spuckte eine Flamme, der Rauch stob in Noirs Lungen und machte sie sichtbar für Amoke.

Das Lächeln rutschte Amoke ein Stück herunter, fing sich aber noch in den Mundwinkeln. «Mach die Zigarette aus. Rauchen ist bei uns nicht erlaubt.»

Noir ließ gehorsam die Kippe fallen, während Amoke das Tor öffnete. Sie folgten ihr zum Haus. Nino bemerkte, dass Gartenzwerge im Gras neben der Tür standen. Vogelfutter hing in den halbkahlen Bäumen.

Auch im Inneren des Hauses wirkte alles fast zu gutbürgerlich für die noble Gegend: Rechts lag eine Küche mit rustikalen Holzvertäfelungen, links führte eine schmucklose Treppe nach oben, geradeaus eröffnete sich ein Wohnzimmer, wo Zimmerpflanzen, Sektgläser und ein Fernseher in Schrankwänden ausgestellt wurden. Amoke führte sie zu einer Couchgarnitur aus öligem schwarzem Leder. Kissen mit verschieden bedruckten Bezügen versuchten erfolglos, Gemütlichkeit zu verbreiten.

«Wollt ihr was trinken?», fragte Amoke.

Das Leder knautschte unter Nino wie ein Magen, der ihn verdauen wollte. «Nein, danke.»

325

Auf dem Glastisch stand ein Aschenbecher. «Ich dachte, hier darf man nicht rauchen.»

«Mein Vater raucht manchmal Zigarre.» Amoke blieb in der Tür zwischen Küche und Wohnzimmer stehen. «Wollt ihr wirklich nichts? Einen Kaffee? STYX für die Nerven?»

«Du – du hast welches da?»

«Du siehst aus, als könntest du ein bisschen Entspannung vertragen.»

«Ja. Ich meine nein. Wo hast du es her?»

Mit einem Schulterzucken ging Amoke in die Küche. Gläser klirrten. Als sie wiederkam, trug sie ein Tablett mit Milch und Keksen. Eins der Gläser gab sie Nino, das andere trank sie selbst. Noir hatte sie vergessen, unwissentlich oder mit Absicht. «Hatte ich dir nicht gesagt, du darfst weder Monsieur Samedi noch seinen Geistern von mir erzählen?»

«Das habe ich auch nicht.»

«Du hast seinen Geist mitgebracht. Weißt du, was das bedeutet? Monsieur Samedi hat seine Geister dazu verpflichtet, jeden anderen Mentor zu töten. Das Mädchen neben dir ist eine Lebensgefahr für mich. Das wusstest du sicher nicht.»

Nino spürte, wie Noir die Fäuste im Schoß ballte.

«Noir ist nicht mehr Monsieur Samedis Geist.»

«Sie gehört jetzt also dir.»

Er schüttelte den Kopf. «Sie gehört *zu* mir. Deshalb habe ich sie hierhergebracht. Du hast gesagt, du kannst ihr helfen, wieder ein Mensch zu werden.»

«Ich habe gesagt, du sollst auf weitere Anweisungen von mir warten.»

«Ja. Es tut mir leid. Aber ich konnte nicht mehr warten.» Er erzählte knapp, was vorgefallen war. Amoke hörte mit ausdruckslosem Gesicht zu, ohne ihn zu unterbrechen. Schließlich sagte sie: «Also wollte Monsieur Samedi dich töten. Und du hast ihm seinen Geist gestohlen.»

«Sie ist geflüchtet.»

«Sie ist jetzt von dir abhängig.» Amoke nahm einen Keks und tunkte ihn in ihr Milchglas. Dann saugte sie geräuschvoll die weiche Masse auf.

«Kannst du ihr helfen?»

«Ich kann versuchen, ihr eine neue Seele einzuflößen. So wie dir, damit du deinem baldigen Tod entgehst. Aber du weißt, was es bedeutet, sein Schicksal auszutauschen.»

«Man verliert jede Liebe, die man für jemanden empfunden hat.»

Amoke warf sich die Krümel in ihrer Handfläche in den Mund und nickte. Ein paar Krümel blieben an ihrer Unterlippe kleben.

Einen Moment schwieg Nino, konnte nicht atmen. Er wusste, dass ein Leben, in dem er weder Katjuscha noch Noir liebte, ihm nicht viel wert sein würde. Aber es ging nicht nur um ihn, sondern auch um Noir.

«Vielleicht», sagte er mühsam, «verlieben wir uns wieder ineinander.»

Amoke lächelte. «Unwahrscheinlich. Ihr seid dann nicht mehr miteinander verbunden als mit jedem anderen Menschen.»

«Dann besteht eine Chance.»

Amokes Augenbrauen zuckten, als unterdrücke sie eine anschwellende Wut, doch ihr Lächeln blieb unerschütterlich. «Also ist das eure Entscheidung: Ihr wollt beide eine saubere Transplantation.»

«Du schwörst, dass nichts schiefgeht.»

«Alles kann schiefgehen, Nino. Aber ich schwöre, mein Bestes zu geben, euch beiden ein neues Leben zu beschaffen.» Sie tauchte einen zweiten Keks in ihr Milchglas. «Ich hatte dir allerdings gesagt, dass du dich erst als würdiges Mitglied der Mentorenschaft erweisen musst.»

Nino nickte misstrauisch. «Was soll ich tun?»

Sie schob sich den aufgeweichten Keks in den Mund. «Es wäre mir lieber, du wärst entspannter, wenn ich mit dir darüber rede.»

«Ich bin entspannt.»

«Außerdem», fuhr Amoke kauend fort, «möchte ich sehen, ob der Geist wirklich zu dir gehört. Es kann ja sein, dass sie nur so tut und in Wirklichkeit noch zu Monsieur Samedi hält.»

«Was möchtest du?»

«Wenn du STYX nimmst, sollte dein Geist sichtbar werden. Weil dein Empfinden sich erweitert und auch stärker in sie fließt, sofern sie wirklich von deiner Liebe lebt.»

Nino erwiderte ihren glatten, offenen Blick und spürte nicht, was in ihr vorging. «Wie kannst du von ihm STYX haben?»

Sie lachte. «Du glaubst doch nicht, dass Monsieur Samedi Erfinder des Stoffes ist? Er hat das Geheimnis, wie man STYX in diese Welt extrahiert, von der Mentorenschaft gestohlen, um es als gemeine Droge zu verkaufen. Was ich dir jetzt anbiete, ist viel reiner als das, was du von Monsieur Samedi kennst.»

Nino rieb sich über das Gesicht. So viele verschiedene Gefühle waren in ihm, dass er sich nicht in der Lage fühlte, Entscheidungen zu fällen. «Ich möchte keine Drogen nehmen.»

«STYX ist kein Rauschgift. Es ist das Rauschen.»

«Was heißt das?»

Amoke beobachtete ihn geduldig. «STYX ist, was die Lebenden von den Toten trennt. Es ist der schmale Grat, auf dem die Träumenden zwischen Wachsein und Schlaf wandern.»

«Und weniger blumig ausgedrückt, Metamphetamin? Opium? Was?»

«Es ist kein Stoff aus dieser Welt, Nino. Es ist nicht pflanzlich, nicht chemisch, nicht synthetisch. Es ist das Überirdische, von dem wir alle einen Tropfen in uns tragen.» Sie beobachtete ihn aufmerksam, während sie fortfuhr. «Du bist aufgewühlt, Nino. Und zwar zu Recht, wenn man bedenkt, was dir gerade alles wiederfährt. Und die Aufgabe, die die Mentorenschaft dir zuteilt, wird dich vielleicht noch mehr aufwühlen. Vertraue mir: Mit ein wenig STYX wirst du klar und bei Bewusstsein bleiben.» Sie erhob sich. «Warte hier, ich hole es.»

Ihre nackten Füße huschten über die Steinfliesen und entfernten sich mit Treppengetrappel.

Noir hielt Ninos Hand fest umschlossen. Er bot ihr seine Milch an, und sie nahm das Glas, ohne zu trinken.

«Da ist noch jemand im Haus.»

Nino spitzte die Ohren. «Wer?»

«Ich weiß nicht. Vielleicht …» Sie beendete den Satz nicht, offenbar in ihren eigenen Gedanken verlaufen.

Amoke kam die Treppe wieder herunter und erschien mit einer schwarzen Box und einer Silberdose. Beides legte sie auf den Tisch neben die Kekse, während sie sich auffällig die Nase rieb und schniefte.

«Hier.» Sie reichte Nino ein Metallröhrchen und öffnete die Dose. Wie bei Monsieur Samedi war reines STYX darin, bläulich leuchtend wie Sternensplitter.

«Nimm es. Als Beweis, dass du jetzt mit Monsieur Samedis Geistermädchen verbunden bist. Sonst kann ich dir nicht vertrauen.»

Nino wusste, dass ihm keine Wahl blieb. Amoke konnte alles von ihm verlangen, er würde es tun, wenn Noir nur ihre Transplantation bekam.

Er setzte das Röhrchen an und zog.

«Auch mit dem anderen Nasenloch», befahl Amoke.

Nino biss die Zähne zusammen und gehorchte. Fast augenblicklich spürte er die Lieblichkeit des Rauschs in sich knospen, eine betörende Schlafblüte, die ihre Blätter über die Realität faltete. Noirs Hand in seiner fühlte sich wärmer an.

Amoke, die sich noch immer mit dem Zeigefinger die Nase rieb, blinzelte mehrmals. «Da sitzt sie ja, dein Geistermädchen. Ich sehe sie. Beeindruckend. Ich kenne kaum einen Mentor, dem es gelungen ist, einem anderen seinen Geist abspenstig zu machen.»

Noir duckte sich ein wenig, als sei Amokes Blick etwas Gefährliches. Eine Weile starrte Nino sie durch die dichter werdenden Nebel des STYX hindurch an. Sekunden oder Minuten vergingen. Sein Zeitgefühl verschwamm erschreckend plötzlich. Endlich fand er Worte: «Du hast gesagt, nur Monsieur Samedi hat Geister.»

«Ja. Nur Mentoren wie er, die ihre Gabe missbrauchen. Leider gibt es immer wieder solche schwarzen Schafe. Die anderen Mitglieder der Mentorenschaft versuchen dann ihre Geister zu stehlen, also sie zu befreien, aber nur wenigen gelingt das. Umso beeindruckender, dass du es geschafft hast. Kannst du Geister generell sehen?»

«Nur sie.»

«Wirklich sehr ungewöhnlich.»

«Was ist in der schwarzen Box?»

Amoke spreizte ihre Hände darüber. «Hier drin ist die Botschaft der Mentorenschaft an dich. Deine Aufgabe, um Monsieur Samedi aufzuhalten.» Sie überreichte ihm feierlich die Box.

Sie war schwerer als erwartet und mit einem Leder bezogen, das sich wie schwitzende Haut anfühlte.

In der Küche atmete jemand. Vielleicht täuschte ihm das STYX dieses Atmen nur vor, aber er nahm es eindeutig wahr.

«Wer ist noch im Haus?», fragte Nino.

Für einen Moment schien Amoke irritiert. Dann grinste sie wieder, als hätte er einen dummen Witz gemacht. «Meine Eltern. Sie halten Mittagsschlaf.»

«Raus hier», flüsterte ihm Noir ins Ohr.

Nino gehorchte, ohne nachzudenken. Er erhob sich, in der einen Hand Noirs, in der anderen die Box. «Ich muss mal pinkeln.»

Amoke maß ihn mit ihrem Blick. «Natürlich. Neben der Treppe im Flur ist das Gästebad.»

Nino und Noir gingen. «Was ist?», raunte er ihr zu.

«Renn!» Noir zog ihn auf die Haustür zu, öffnete und lief den Weg zum Gartentor.

Direkt hinter ihnen im Haus rief Amoke seinen Namen. Das Tor ließ sich ohne Schlüssel öffnen. Sie hasteten über die Straße zum Wagen, den Noir bereits per Knopfdruck aufgesperrt hatte. Kaum hatte Nino die Tür zugeschlagen, bretterten sie los. Vor dem Haus stand Amoke in ihrem Pyjama und sah ihnen mit einem merkwürdigen Gesichtsausdruck nach.

«Was ist denn los?», keuchte Nino.

«Sie hat keine Eltern, ihre Eltern sind Geister.»

Sein Körper reagierte mit einem Schaudern, bevor ihn der Sinn der Worte erreichte. «Was?»

«Ich hab den Mann gesehen. Er ist verstümmelt, ihm fehlt ein Bein, und, und die rechte Hand fehlt ihm auch. Er trägt ihre Verstümmelungen, sie muss irgendwann auf eine Landmine getreten sein.»

«Was?», wiederholte Nino nur.

Plötzlich klatschte etwas gegen die Windschutzscheibe. Noir stieß einen Schreckenslaut aus, bremste aber nicht.

Es war ein Vogel. Oder besser gesagt, sein kleiner, brauner Körper. Da, wo der Kopf hätte sein müssen, klaffte eine münzgroße Öffnung.

Lautlos glitt der kopflose Vogel über die Scheibe und hinterließ ein paar flaumige Federn in einer Blutspur.

Sekunden verstrichen, in denen nur Noirs Atmen zu hören war. Dann wimmerte sie: «Warum hast du mir nicht gesagt, dass du mich zu einer Mentorin bringst? Mentoren haben Geister. Wer nicht drauf reinfällt und zum Geist wird, wird selbst einer von ihnen.»

«Ich bin kein Geist geworden. Und ich werde kein Mentor.»

Sie biss sich auf die Unterlippe. Nino spürte süße Hitze an seinem Mund. Als er mit den Fingern über seine Lippe fuhr, war sie blutig gebissen. Zitternd zeigte er ihr seine roten Fingerspitzen. «Siehst du? Wir haben beide gleich viel Einfluss aufeinander.»

«Was ist in der Box?», fragte sie dann.

Die Box, natürlich. Er hielt sie auf dem Schoß. Nun öffnete er den schlichten Metallverschluss und schob den Deckel nach oben.

Der Anblick raubte ihm mehrere Sekunden den Atem.

In schwarzem Samt lag eine Schusswaffe. Glänzend.

«Was ist drin?» Noir warf einen Blick darauf, als er nicht antwortete. Im Vergleich zu ihm schien sie nicht im Geringsten überrascht.

«Du sollst Jean für sie erschießen.»

Nino schloss die Box wieder. Er legte sie im Fußraum ab und wischte sich die Hände an seiner Jeans ab. Lange fuhren sie, ohne zu sprechen. Noir lotste sie aus dem Gewirr der kleinen

Straßen, während Nino seinen vom STYX zerstückelten Wahrnehmungen hinterherhetzte.

Monsieur Samedi. Erschießen.

Für wen? Steckte noch jemand hinter Amoke? Oder wollte sie nur einen Konkurrenten loswerden?

Egal, das alles betraf ihn nur am Rande. Sein Problem war: Amoke würde Noir nicht retten. Sie hatte es nie vorgehabt.

Vor ihnen erschien eine Autobahnauffahrt.

«Wohin fahren wir jetzt?»

«Weg. Nur weg.»

Nino nickte, und der Maserati tauchte zwischen die anderen Autos auf der Autobahn. Der Vogelflaum flatterte von der Scheibe.

Sie fuhren Richtung Südwesten, bis es Nacht wurde. In der Dunkelheit bewegten sich die roten Lichter vor ihnen wie in müden Blutbahnen. Wohin flossen sie? Manchmal sprang die Frage in Nino auf, die Frage nach der Zukunft, aber dank des STYX verflüchtigte sie sich gleich wieder.

Irgendwann mussten sie tanken. Nino hatte nur ein paar Münzen und eine Bankkarte in seinem Geldbeutel, die ihnen nicht mehr als hundertfünfzig Euro einbringen würde. Noir tankte den Wagen voll, dann ging sie mit Nino zum Zahlen. Während er sich in die Schlange stellte, schlich sie zum Kassierer hinter dem Tresen, um Geld aus der Kasse zu holen. Doch der Mann sah sie direkt an, als sie auf ihn zukam, und runzelte die Stirn. Noir blieb stehen wie eine Katze, auf die man eine Taschenlampe richtet. Dann eilte sie zurück zu Nino, der die Szene nervös verfolgt hatte.

«Ich bin sichtbarer als sonst.»

«Wegen dem STYX?»

«Dadurch bin ich stärker mit dir verbunden, ja. Ich strahle deine Aura aus. Warte hier, ich habe vielleicht noch Geld im Wagen.» Sie lief nach draußen und kehrte mit einer Handvoll zerknitterter Scheine wieder.

«Das war alles, was im Handschuhfach war.»

Nino zählte rasch durch. Knapp zweihundert Euro. «Das reicht vorerst.» Er seufzte. Wo sollten sie überhaupt schlafen? Wo sich verstecken? Und danach, wenn es ein Danach gab – wie sollten sie dann leben?

«Es ist noch STYX im Wagen. Das können wir notfalls verkaufen.»

Er dachte darüber nach. «Lieber nicht. Das würde nur Aufsehen erregen. Willst du was essen?»

«Ich hab keinen Hunger.»

Er nahm ihre Hand. «Möchtest du trotzdem was essen?»

«Okay», flüsterte sie.

Noir entschied sich für eine Dose Sprühsahne und, offenbar weil das ältere Motorradpärchen vor ihnen dasselbe bestellte, zwei schrumpelig aussehende Pizzabrötchen aus dem Bistrobereich.

Es war kalt und feucht draußen, aber es tat gut, nach den vielen Stunden im Auto an der frischen Luft zu sein, also gingen sie bis zu den Sitzbänken auf einer Wiese und aßen im Schein der vorbeirauschenden Lastwagen.

Als die Pizzabrötchen verzehrt waren, sprühte Noir sich die Schlagsahne auf den Zeigefinger und später direkt in den Mund, bis beide Backen voll waren. Es bereitete ihr so viel Freude, dass sie Sahnekleckse lachte. Auch auf den Tisch sprühte sie Sahnehäubchen und leckte sie ab – wie ein Kind ins Spiel versunken.

Nino dachte nicht daran, wie dreckig die Tische sein mochten. Gerührt beobachtete er, wie Noir sich in eine Vierjährige verwandelte. Zwanzig Jahre. Ohne eigene Bedürfnisse und Träume, ohne ein Innenleben. Niemand konnte sich das vorstellen.

Als die Sahne leer war, hickste sie. «Mir ist schlecht.»

«Das war viel Sahne.»

Sie kam und setzte sich auf seinen Schoß und schlang die Arme um seinen Hals. Wieder begann es zu nieseln, so fein, dass es nur ein kühles Kitzeln auf dem Nasenrücken war.

«Bist du müde?» Er schaukelte sie.

«Nein, aber ich will bald wieder schlafen. Im Träumen entsteht die Wirklichkeit.»

Eine Weile blieben sie noch sitzen, im Verkehrsdonnern, in der nassen Finsternis. Alles, was Nino früher als unangenehm und hässlich empfunden hätte, war jetzt, wo er nicht mehr Teil der normalen Welt war, wunderschön. Noir war ebenfalls von Staunen erfüllt, obwohl sie sich in die entgegengesetzte Richtung bewegte, hin zur Realität. Im diffusen Nirgendwo und Irgendwann dazwischen waren ihre Empfindungen dieselben.

Sie nahmen die nächste Abfahrt und parkten auf einem Waldweg. Dicke Tropfen klatschten aus den Bäumen auf die Heckscheibe und ließen Nino immer wieder zusammenfahren, weil er sie für gedämpfte Schüsse hielt.

«Ich weiß nicht, wo wir hin sollen», sagte Noir unvermittelt.

Er spürte, wie dringend er eine Entscheidung fällen musste, aber das STYX verstopfte noch immer sämtliche Hirnwindungen.

Er schluckte. Sein Mund war schon die ganze Zeit trocken. «Die Einzigen, die wissen könnten, wie du wieder ein Mensch wirst, sind Mentoren.»

Eine Weile sahen sie nur zu, wie die Tropfen im blauen Schimmer der Autobeleuchtung am Fenster herabbrannen. Es gab keine Hoffnung. Das war die einfache schreckliche Wahrheit.

«Vielleicht», sagte Noir, «ist es nicht so schlimm. Deine Liebe bekommt mir so viel besser als … als seine. Ich kann schlafen. Ich nehme Erinnerungen mit. Manchmal sehen mich die Leute sogar. Es reicht mir, als Teil von dir zu existieren.»

Das Einatmen fiel ihm so schwer, als lägen Steine auf seiner Brust. «Ich werde aber nicht mehr lange da sein.»

Noir tastete nach seiner Hand. In der Dunkelheit waren ihre Augen vollkommen offen, nahmen ihn auf in ihr Weltall. «Wenn du stirbst, hoffe ich, dass du mich mitnehmen kannst.»

Auf den zurückgeschobenen Sitzen hätten sie bequem schlafen können, doch Noir wollte nicht auf ihrem Sitz bleiben. Sie kletterte zu ihm und umschmiegte ihn umständlich, wobei sie gegen die Handbremse trat und den Wagen ein paar Meter in die Büsche rollen ließ. Schließlich hatten sie sich arrangiert.

«Hilfst du mir, einzuschlafen?», flüsterte sie.

«Das fragst du noch …»

Er blieb wie schon am Mittag wach, nachdem sie eingenickt war. Die Geräusche draußen und das STYX hielten seine Gedanken auf Trab. Wie abgeschnittene Fäden, wie fortflatternde Stofffahnen, so unbefestigt rauschten sie ihm durch den Kopf.

Allmählich drängten sich ihm Bilder auf. Er sah Noir, die in einem altmodisch möblierten Zimmer saß und das Bilderbuch über die Kätzchen las. Sie selbst war fünf oder sechs Jahre alt und hatte eine Topffrisur, ihrem jetzigen Haarschnitt nicht unähnlich. Sie sah sich die Bilder sehr aufmerksam an, und auch Nino sah die feinen Buntstiftzeichnungen. Er fühlte das dicke, etwas raue Papier zwischen ihren Fingern und roch die Druckerschwärze der Schrift. Als Noir das Buch zu Ende geblättert hatte, stand sie auf und ging zwei Treppen hinab in die Küche des großen Hauses, kletterte auf den Esstisch, holte eine hellblaue Schüssel aus dem Schrank, füllte sie mit einem Becher Sahne aus dem schwer zu öffnenden Kühlschrank und trank nur mit der Zunge, bis sich ihr Kiefer verkrampfte. Jetzt trank sie kleine Schlückchen, die sie über den Rand der schräg gehaltenen Schale schwappen ließ.

Sie war eine Katze.

Sie war ein einsames Kind.

Manchmal, wenn sie sich selbst vergaß, konnte sie fühlen, was in anderen Menschen vorging. Als würden sich Schleusen öffnen, sodass ins Wasser ihres Bewusstseins fremde Ströme flossen. Sie hatte die Gabe.

Sie konnte lieben.

Nino fuhr aus dem Schlaf hoch, als ein Tannenzapfen auf die Heckscheibe fiel. Draußen dämmerte es, und noch immer knisterte ein feiner Regen.

Noir schlief. So steif und kalt, wie sie auf ihm lag, hätte sie auch tot sein können. Er legte die Wange nah an ihre Nasenspitze und konzentrierte sich auf den Hauch Wärme, den ihr Atem erzeugte.

Ohne Zusammenhang kehrten die Bilder des Geträumten zurück. Er zweifelte nicht daran, dass es eigentlich Noirs Träume waren, die er auf irgendeine Weise im Schlaf verfolgen konnte. Und was sie träumte, war keine Verarbeitung ihrer jetzigen Erlebnisse. Es waren Schnipsel von Erinnerungen, die allmählich unter dem Frost der letzten zwanzig Jahre auftauten.

Als sie zu sich kam, merkte Nino es nicht gleich, denn sie bewegte sich kaum. Lediglich ihre Augen gingen auf. Er spürte das Blinzeln ihrer Wimpern am Ohr und erschrak.

«Du bist ja wach! Wieso sagst du nichts?» Er sah sie an. «Alles in Ordnung? Noir!»

«… kalt.»

Er begann ihren Rücken und ihre Arme zu rubbeln. «Ja, es ist kalt. Warte, ich mach die Heizung an.» Er streckte sich nach dem Schlüssel aus und schaltete den Motor ein, obwohl diese Art von Wärme wahrscheinlich nichts gegen Noirs Frieren ausrichten konnte.

«Schwer», sagte Noir tonlos. Tatsächlich wog sie erheblich mehr als früher, fast so viel wie eine Frau aus Fleisch und Blut. Er sagte ihr das, um sie aufzumuntern, aber sie gab wieder nur ein Stöhnen von sich. «Jean …»

«Was? Tut er dir das an? Hast du Schmerzen? Noir, wo tut es weh?»

«Brauche ihn.»

Nino hatte alles erwartet, nur das nicht. Er presste die Augen zu. Er wollte, er *konnte* sich nicht vorstellen, wie Noir ihr Bedürfnis nach Liebe an ihm gestillt hatte.

Er streichelte ihren Körper und öffnete ihre Hose. Als er in sie eindrang, spürte er mehr denn je, dass er etwas an sie aufgab.

Noir erwärmte sich. Ihre Bewegungen wurden fließender, wurden flüssig. Als sie genug hatte, benetzte sie sein Gesicht mit spinnenfeinen Küssen. Er sank in Schlaf.

Noir brach durch Erinnerungen wie durch Seidenpapier. Bilder, zu durchsichtig, zu dicht übereinandergelegt, um erkennbar zu bleiben. Städte, Wohnungen, rote Erde, ein Dschungel. Schnee, Wälder, Gebirge. Slums. Industriegebiete, Kellerpartys, Hotels. So viele Hotels. Ein avokadogrün gestrichenes Gefängnis. Alles war durchtränkt von Jean Orins Aura. Seine Stimme, die Befehle erteilte, seine unerträgliche Leere unter den trägen Lidern. Die Fleischigkeit von Lippen, Händen, Ohrläppchen. Die Haare an seinem Bauch –

Die langen Haare, die sie sich abgeschnitten hatte. Mit einer Papierschere, als sie nach Hause fahren durfte. Vor dem Spiegel ihres Kinderzimmers, in dem sie gespielt und einsam geweint und als Kind mit Freundinnen übernachtet hatte. Jetzt schnitt sie sich die Haare ab. Strähnen wie weggepustete Luftschlangen auf dem Boden. Eigentlich wollte sie sich von ganz anderen Dingen befreien, aber alles, wovon sie sich eigenmächtig trennen konnte, waren ihre Haare, die sie seit ihrem sechsten Lebensjahr hatte wachsen lassen.

Mit sechs Jahren hatte sie noch nicht gewusst, dass sie ein bisschen verrückt war. Mit sechs Jahren wusste sie noch nicht, dass es so etwas gab wie Sucht.

Es waren nur zwanzig Minuten verstrichen, als sie wieder erwachten. Nino taten die Knochen und Muskeln weh von der unbequemen Position, außerdem hatte er eine volle Blase. Noir krabbelte zuerst aus dem Auto, dann stellte er sich an einen Baum. Sie hielt ihn mit ihren kühlen Fingern, als er pinkelte, und kicherte verhalten.

Dann setzten sie sich aufs Autoheck, das Nino mit einem Lappen aus dem Kofferraum trocknete, und genossen eine Weile die Stille des Waldes. Jetzt, wo die Wirkung des STYX verflogen war, fühlte Nino sich so verloren und allein, dass es fast körperlich wehtat. Der Akku seines Handys war leer, und er stellte sich vor, wie Katjuscha immer wieder anrief und nicht mal ein Wartezeichen hörte. So ging also alles zu Ende. Es hätte besser kommen können.

Nachdenklich wog er das Handy in der Hand. Als es ihm aus den Fingern glitt, bückte er sich nicht, um es aufzuheben. Nur ein kleiner Windhauch, dann würde es unter dem Laub verschwinden, und vielleicht würde man es erst in vielen Jahren wiederfinden, wenn das Modell längst veraltet und auch für den Rest der Menschheit so wertlos geworden war wie für ihn.

Noir musste wohl ebenfalls an die Liebe denken, die sie verloren hatte, jedenfalls fühlte sich ihr Schweigen danach an.

Jean Orin. Hass umwucherte diesen Namen in Nino. Er ertrug Noirs Sehnsucht nur, indem er sich immer wieder sagte, dass sie Jean Orin nicht geliebt, sondern gebraucht hatte. Er legte einen Arm um ihre Schultern.

«Wir schaffen es. Ohne Mentoren und irgendwelche Transplantationen. Die Liebe, die ich dir gebe, ist nur der Zünder. Du heilst dich, indem du dich in deinen Träumen findest.»

Lange atmete sie tief ein und aus, auf der Suche nach Worten. «Vielleicht», murmelte sie schließlich. «Ich weiß nicht. Kann man wieder werden, wer man einmal war? Ich weiß nicht, ob man die Zeit ungeschehen machen kann.»

Er zog sie zu sich und küsste ihre Stirn. «Die Zeit mit ihm ist nie geschehen. Du musst nur wieder aufwachen.»

Sie fuhren durch Ortschaften, deren Namen niemand außer ihren Bewohnern kannte. Bauernhöfe. Eine Zuckerrübenfabrik. Die Landschaft bestand aus weiten Wiesen, Wäldern und Windrädern. Schließlich kehrten sie auf die Autobahn zurück, glitten umgeben von anderen Autos wie Inseln auf den Betonströmen Richtung Südwesten.

«Ich bin in einem großen Haus aufgewachsen», sagte Noir irgendwann, den Blick auf die Straße vor sich gerichtet. «Es war sehr still, die Schritte von Teppich gedämpft. Vielleicht steht das Haus in Frankreich. Er kommt aus Paris. Und er hat mich Noir genannt.»

«Dann fahren wir dorthin.» Nino dachte nach. «Weißt du, wieso er dich Noir nennt?»

«Wegen meiner Fingernägel.» Sie löste ihre rechte Hand vom Steuer und gab sie ihm. Er streifte den Handschuh ab. Ihre Fingernägel waren kurzgekaut und schwarz lackiert. «Ich hatte diesen Nagellack schon immer. Er geht nicht weg.»

«Amor heißt wegen seiner Tätowierung so. Und der dritte Geist, Schnee? Wo kommt sein Name her?»

«Als er ein Geist wurde, wurden seine Haare weiß. Über Nacht. Die letzte Veränderung, die er erlebt hat.»

Sie deckten sich an der nächsten Tankstelle mit Getränken und Essen ein und tankten wieder. Diesmal gelang es Noir, sich an der Kassenschlange vorbeizuschleichen, hinter den Tresen zu schlüpfen und zwei Hundert-Euro-Scheine und drei Fünfzig-Euro-Scheine herauszuziehen, als der Kassierer die Kasse öffnete. Sie gab Nino das Geld und ging schon einmal zum Auto zurück, weil sie ständig angerempelt wurde und sich buchstäblich verbrannte. Als er rauskam, lehnte sie am Wagen und rauchte eine Zigarette. Leute warfen ihr neugierige Blicke zu, immerhin sah man ein solches Auto selten – noch dazu mit einer so jungen Fahrerin.

«Ich wollte, dass alle mich sehen können, wenn du kommst», sagte sie, «und mich küsst.»

Er nahm behutsam die Zigarette aus ihrer Hand und inhalierte den letzten Zug, ehe er sie zertrat. «Irgendwann musst du nicht mehr rauchen.»

Sie zog seinen Mund an ihren und atmete den Rauch ein, den er ausatmete.

«Sei in mir.» Sie öffnete die Autotür und ließ sich auf die Rückbank sinken. Jeder hätte sie sehen können. Aber niemand sah sie.

Gegen Abend passierten sie die französische Grenze. Sie fuhren, bis sie ein schäbiges Business-Hotel fanden. Eine doppelspurige Straße schleuste selbst zu dieser Uhrzeit noch Autos ohne Unterbrechung daran vorbei. Noir parkte den Wagen am Straßenrand und ließ Nino draußen warten, während sie ins Hotel lief und einen Schlüssel stahl. Als die Empfangsdame gerade mit einem anderen Gast beschäftigt war, stiegen sie in den dritten Stock, wo ihr Zimmer war.

Abgesehen davon, dass es nicht beheizt war, schien alles für sie vorbereitet: Das Bett war gemacht, kleine Seifenstückchen lagen neben dem Waschbecken und auf jedem Kissen ein kleb-riges altes Fruchtbonbon. Nino drehte die Heizung auf, half Noir aus ihren Schuhen und ihrer Kleidung und wickelte sie in die Decke. Dann holte er seine Überraschung aus der Tankstel-lentüte: Nagellackentferner. Er hatte ihn heimlich gekauft, als sie schon draußen gewesen war. Jetzt tränkte er Bausche von Klopapier mit der scharf riechenden Flüssigkeit und rieb die schwarze Farbe von Noirs Fingernägeln. Tränen rollten in die Lachfältchen um ihre Augen.

«Hast du das schon mal versucht?», fragte er, während er ihre Nägel unter dem Schwarz freilegte.

Sie nickte, dann schüttelte sie den Kopf.

«Nein? Da siehst du mal. Es gibt tolle Produkte. Hier, Nagel-lackentferner von *Silk Cosmetics*. Mit Mandelduft. Stinkt.»

Sie kicherte.

Als ihre Nägel nackt waren, küsste er jede einzelne Finger-spitze und legte sich zu ihr unter die Decke. Ihr Schoß und ihre Hände strahlten pochende Hitze aus, doch ihr Kopf war kühl wie Metall. Er streichelte sie, bis sich die Wärme gleichmäßig verteilte.

Kurz vor dem Einschlafen begann sie zu wimmern. Erst dachte er, sie sei bereits in Albträumen versunken, aber ihre Augen standen offen. Der Atem, den sie rasselnd und bib-bernd ausstieß, war so kalt, dass er eine Gänsehaut im Nacken bekam.

Er knipste das Licht an. Sie ballte die Fäuste vor der Brust. Als er ihre Hände nahm, sah er, dass die Fingernägel blau an-gelaufen waren. Sie fror. Sie *erfror*.

Fluchend rieb er ihre Finger, küsste und drückte sie, aber es half nichts. Womöglich war der Nagellack ihre letzte Verbin-dung zu Jean Orin gewesen, ihre Identität, und er hatte sie in seinem Leichtsinn, in seiner Dummheit, in seiner Selbstüberschätzung einfach weggewischt.

«Noir … es tut mir leid. Bleib …» Er versuchte ihre Arme und Beine unter sich zusammenzufalten, um sie überall warm zu halten. Irgendwie gelang es ihm, in sie einzudringen. Es tat weh, als würde er sich in einen Gletscher legen.

Ihre Glieder erschlafften, doch wärmer wurde sie nicht. Schließlich brach er ab, wischte sich die Tränen aus den Augen und starrte sie verzweifelt an. Sie schien seinen Blick nicht wirklich zu erwidern; dafür war sie schon zu fern. Zwanzig Jahre. Was hatte er sich dabei gedacht, zwanzig Jahre Liebe von Jean Orin einfach durch seine zu ersetzen? Dummer Stolz! Sie gehörte Jean Orin mehr als ihm.

«Warte …» Er deckte Noir gut zu, schlüpfte so schnell er konnte in Jeans und Schuhe, schnappte sich die Schlüssel und lief nach draußen.

Der Maserati begrüßte ihn mit einem Blinken, als er den Knopf drückte. Er durchsuchte das Handschuhfach, konnte aber nichts finden. Im Kofferraum schließlich entdeckte er einen schwarzen Arztkoffer mit Zahlenschloss. Das musste er sein.

An der Bordsteinkante zertrümmerte er den Verschluss. Er zerrte den Koffer auf – darin lagen zwei Reihen von jeweils zehn Spritzen in samtenen Vertiefungen, angefüllt mit einer milchigen Flüssigkeit. Darunter, auf dem Boden des Koffers, war ein braunes Papierpaket. Er riss eine Ecke auf und fühlte weißes Kristallpulver zwischen den Fingerspitzen.

Eilig drückte er den Koffer wieder zu, schloss den Wagen ab und lief ins Hotel zurück. Zum Glück konnte er die Tür mit dem Zimmerschlüssel öffnen, ohne jemanden von der Rezeption wachklingeln zu müssen.

Als er das Hotelzimmer betrat, fürchtete er für einen schrecklichen Moment, Noir könnte verschwunden sein. Aber er sah einen zitternden Umriss unter der Bettdecke und hörte ihre klappernden Zähne.

«Ich bin da. Ich bin da.» Er kniete sich neben das Bett, nahm das Paket aus dem Koffer und schniefte direkt aus der abgerissenen Ecke so viel STYX, wie er konnte. Ihm war, als würde ein Draht durch seine Schläfen gestochen. Statt Schmerz rieselte wohlige Taubheit auf ihn nieder. Sein Kopf klappte in den Nacken.

Er zog die Nase hoch und schluckte den aspirinartigen Geschmack am Gaumen hinunter. Dann kroch er zu Noir unter die Decke.

«Ich bin da», sagte er oder dachte es. Ich bin da. Ganz da. Bei dir.

Alles verschwand im Nichts. Sogar die Angst um Noir. Irgendwann spürte er, wie sich ihre Finger um seinen Oberarm schlossen, aber auch die Erleichterung durchzuckte den Wattehimmel nur flüchtig.

«Danke.» Ihre Tränen rutschten warm an seinen Wangen ins Kissen.

Er konnte die ganze Nacht nicht schlafen, aber das machte nichts. Das STYX blendete Müdigkeit, Erschöpfung und sogar Langeweile aus, sodass er zufrieden war, mit geschlossenen Augen dazuliegen, sie zu halten und nach den Bildern ihrer Träume zu lauschen.

Eine *rege Phantasie* hatten sie es genannt, als sie noch ein Kind gewesen war. Freunde hatte sie gehabt, die niemand außer ihr wahrnahm. Und sie hatte Dinge gewusst, die niemand sonst wusste. Dass ihr Hund Mordlust verspürte, wenn er Kinderfüßen hinterher sah. Dass ihre Großmutter stürzen und danach nicht wieder heimkommen würde. Dass die Birke neben dem Haus vom Blitz getroffen und auf die Veranda stürzen würde. Dass es aussichtslos war, daran etwas ändern zu wollen, denn die Dinge folgten unsichtbaren Bahnen, ganz gleich, was man tat. Das alles wusste sie. Auch als sie älter wurde, stand das Wissen, das sie mit niemandem teilen konnte, zwischen ihr und den anderen Menschen wie eine Glasscheibe.

Und dann, an einem wetterlosen Tag irgendwann zwischen November und Februar, besucht sie ihre Mutter in der Klinik. Ihre Mutter, dieser eingefallene, klapperdürre Körper im Jogginganzug. Sie riecht auch jetzt noch faulig süß, als hätten ihre Poren sich über die Jahre mit Alkohol angefüllt und würden ihn müde auskeuchen. Ihre Augen sind riesig und faltig im zusammengeschrumpften Gesicht wie aufgeschnittene Datteln. Der Vater will sie nicht besuchen. Sie ist die einzige Besucherin der alten Frau.

Im Raucherzimmer sitzt die Mutter und raucht die langen, schlanken Zigaretten, die einmal so elegant gewesen sind an dieser einstmals eleganten Frau. Sie raucht und raucht und hustet erschöpft. Ihre Tochter sitzt dabei und nimmt ein Bad in Scham und Mitleid.

Ein Mann kommt herein, aber noch bevor er das Raucherzimmer betritt, spürt sie sein Kommen. Elektrisiert sieht sie sich um. Da steht er. Ein junger Mann. Sein Körper gedrungen, der Schädel breit, die Augenbrauen struppig. Aber die Augen darunter! So groß und unerbittlich in ihrer unverhüllten Traurigkeit.

Er stellt sich in die Ecke und raucht Zigaretten, die filigraner gedreht sind, als man seinen klobigen Händen je zutrauen würde. Als er ihren Blick spürt, fängt er ihn mit seinem ein. Er lässt ihn nicht los. Sie sehen sich an. Sie erkennen sich.

Er lächelt nicht. Er weiß, dass es ihn noch hässlicher macht. So nickt er nur. Sie spürt ein Kitzeln in sich, eine Ahnung, so nah an Verliebtheit, dass man es fast damit verwechseln könnte.

Als die Mutter im Fernsehzimmer ist, holt sie Tee von der Maschine. Dort beginnen sie miteinander zu sprechen. Warum er hier sei. Sie nimmt kein Blatt vor den Mund, dafür fühlt ihr Zusammensein sich zu vertraut an. Er sagt, er werde verfolgt. Mächtige Leute wollen ihn töten. Aber niemand glaubt ihm das hier, natürlich nicht. Er ist auf der Flucht, er versteckt sich hier bloß. Sobald er einen Weg gefunden hat, sich gegen die mächtigen Leute zu verteidigen, wird er abhauen. So viel versteht sie.

Wie heißt du?, fragt sie.

Wie intensiv er sie ansieht. Seine Augen sind Malströme für ein ungeliebtes Mädchen. Er sagt: Jean. Und du heißt?

Und sie sagt:

Ich heiße:

Bilderblitze verzerrten die Dunkelheit vor seinem inneren Auge, deren Zusammenhang das STYX mit gleißenden Scheren zerschnitt. Noirs Träume waren so klar wie nie zuvor, aber er war zu wach, um ihnen folgen zu können. Verfluchtes Zeug. Zugleich wusste er, dass Noir ohne das STYX verloren gewesen wäre. Sie war jetzt ein zweiter Körper, den er mit Blut versorgen musste, aber die Adern verengten sich immer wieder, wurden so eng, dass nur STYX half, sie wieder zu weiten.

Zwischen den Bildern von Noirs Erinnerung tauchte immer wieder Jean Orin auf, wie er in der orangefarbenen Arztjacke ins Zimmer stürmte, lachend, ohne einen Funken Mitleid. Amor hob einen Stein und wollte Nino den Schädel einschlagen.

Nino blinzelte angestrengt. Monsieur Samedi löste sich in nichts auf. Auch Amor verschwand. Aber das musste ja nichts heißen. Vielleicht hatte er nur seine Zigarette ausgemacht. Nino blinzelte, bis ihm die Augen schmerzten. Irgendwo polterte es. Gedämpfte Schüsse. Dumpf aufprallende Tannenzapfen. Neben dem Bett war der Koffer mit dem STYX – und die schwarze Lederkiste. *Die Kugeln sind für Jean Orin bestimmt.*

Er schwitzte. Hinter seiner Stirn dehnte sich eine meilenweite Mondlandschaft aus. Wenn Noir schon halb aufhörte zu existieren, wenn er ihr den Nagellack abnahm, nach dem Jean Orin sie benannt hatte, was würde dann aus ihr werden, wenn er starb? Wenn man ihm drei Kugeln in den finsteren Schädel jagte? Es würde Öl aus seinem Schädel rinnen, kein Blut, nur zäher, schwarzer Sud, gepresst aus den Jahrzehnten des Bösen. Nino bebten die Muskeln, so sehr drängte es ihn, diesen Sud aus Monsieur Samedi herauszuschießen. Die Mordlust erschreckte ihn selbst, irgendwo hinter den Nebeln des STYX.

In der Dunkelheit erklang ein Klicken. Und kurz darauf noch eins. Eine Schusswaffe, die entsichert wurde.

Nino zog den Arm unter Noir hervor, beugte sich aus dem Bett und griff nach Amokes Box. Das Leder glitt ihm immer wieder aus den Fingern, so glatt und schmierig war es. Dann hatte er den Verschluss geöffnet. Da, im Samt, ertastete er den Metalllauf.

Er nahm die Waffe. Wie schwer sie sich anfühlte. Er wusste nicht einmal, ob sie geladen war, geschweige denn, wie sie geladen wurde. Er ließ sie neben seiner Hüfte ins Laken sinken und fuhr mit dem Finger über den Abzug. Die Bewegung wäre minimal. Ein Leben auslöschen, als würde man eine Lampe ausknipsen. Einen Wecker betätigen und den Traum platzen lassen.

Durch die Vorhänge schimmerte die sterbende Nacht. Mit der steigenden Helligkeit erkannte er immer deutlicher, dass im Sessel neben dem Fenster ein Mann saß.

29.

Nino regte sich nicht. Starr wie ein Toter wartete er das Schwinden der Dunkelheit ab, die Augen fest auf den Umriss im Sessel gerichtet. Unendlich langsam stieg das Licht im Raum um ein paar Grad, bis Nino erkannte, dass es unmöglich ein Schatten sein konnte. Da saß jemand.

Kaum war er sicher, bewegte sich der Fremde. Wieder erklang ein Klicken, das alle Poren seines Körpers öffnete und Schweiß austreten ließ.

Die Flamme eines Feuerzeugs glomm auf.

Der Mann im Sessel zündete sich eine Zigarre an. Der Rauch selbst schien zu lumineszieren und bepuderte den Mann mit Helligkeit. Er war kahl, breitschultrig, gekleidet in einen Ledermantel.

«Lass die Waffe los.» Ein leichter Akzent schwang in seiner Stimme mit, mehr an der Satzmelodie denn der Aussprache festzumachen.

Nino zog die Hand von der Waffe, um sich in eine Sitzposition aufzustemmen. «Wer –»

«Das wird kein Frage-und-Antwort-Spiel.» Der Sessel knautschte, als der Mann die Beine überschlug. «Du wirst nicht lange genug im Spiel bleiben, um die Regeln verstehen zu müssen. Der Zigeuner hat dich nicht gewonnen. Auch der Negerin ist es misslungen. Und jetzt habe ich dich gefunden, vielmehr bist du in mein Reich gekommen. Dein Fehler. Ich versuche dich nicht zu täuschen. Ich lasse dir die Wahl. Entweder ich transplantiere deine Seele und nehme dich. Oder ich töte dich.»

Nino kniff die Augen zusammen und öffnete sie, als könnte er den Mann einfach wegblinzeln. Obwohl er den Atem anhielt, kroch ihm der Geruch der Zigarre in die Nase, gemischt mit Benzin, mit heißem Reifengummi.

«Wie …» Nino musste schlucken, sein Mund war so trocken, die Zunge klebte ihm am Gaumen wie ein Klettverschluss. «Wie läuft eine Transplantation ab?»

Der Mann schien zu lächeln, aber er hielt das Gesicht weg vom Fenster, sodass Nino nicht sicher war. «Jeder Mensch kann es vollziehen. Aber ich brauche deine Einwilligung, damit es wirklich Liebe ist.»

«Tut es weh?»

«Mit deiner Einwilligung, nein.»

Das Licht von draußen verfing sich auf einem hervorstehenden Eckzahn. Der Mann lächelte tatsächlich.

«Alle brauchen Liebe. Auch du. Sei nicht zu stolz, meine Liebe anzunehmen.»

Nino schluckte wieder. Er sah es nicht, er spürte es vielmehr – spürte, dass die Bilder verebbten. Noir träumte nicht mehr. Sie war wach und lag mit weit aufgerissenen Augen da, ohne sich zu verraten. Nino löste den Zeigefinger aus seiner Faust, um ihr ein Zeichen zu geben, dass er es wusste.

«Und wie», fragte Nino rau, «wollen Sie mich andernfalls töten?»

«So, dass es wehtut.»

Noirs Hand glitt zur Waffe hinab. In einer fließenden Bewegung, die rasend schnell gehen musste, aber wie in Zeitlupe von ihm wahrgenommen wurde, drehte sie sich um, richtete den Lauf auf den Mann im Sessel und drückte ab.

Der Schuss explodierte in alle Richtungen, prallte gegen die Wände und zersplitterte tausendfach an ihren Trommelfellen. Der Mann wurde in den Sessel zurückgeworfen. Gleichzeitig stürzte eine Gestalt aus dem Nichts – sie war nur für den Bruchteil einer Sekunde zu sehen, bevor sie hinter das Bett fiel. Irgendwo schräg über Nino blitzte etwas auf. Noir schoss ein zweites Mal auf den Mann.

Diesmal erklang ein Schrei. Schwer zu sagen, ob er vom Mann stammte oder von der dunklen Gestalt, die auf Ninos Schoß stürzte. Kaltes Blut bespritzte ihn und das Laken. Die Gestalt rutschte zu Boden, ein Fleischermesser in der erschlaffenden Faust.

Der Mann sprang aus dem Sessel. Plötzlich hatte er ein Hackbeil in der Hand. Nino sah die Klinge im diesigen Morgenlicht wie eine weiße Buchseite auf sich niederfahren.

Ein dritter Schuss. Der Mann wurde zurückgeschleudert, prallte gegen den Spiegel an der Wand und rutschte mit knisternden Scherben zur Erde.

Nino japste nach Luft. Verschluckte sich daran und glaubte zu ersticken. Er konnte gar nicht aufhören, nach Atem zu ringen. Wo die Blutspritzer auf seiner Haut trockneten, ziepte es.

Noir gab ihm die Waffe in die Hand. Wie kühl und rein sich das Metall anfühlte. «Leg sie zurück.»

Er gehorchte automatisch, legte die ungeheuer schwere Waffe zurück in ihr Samtbett und schloss den Deckel. Dabei versuchte er, nicht auf die Leiche zu blicken, die ausgestreckt danebenlag, aber er sah doch hin.

Es war ein Mann in schwarzer Lederkluft, der merkwürdig gealtert schien. Trotz der Falten und Altersflecken wirkten die Augen jugendlich, sein Haar war noch blond und dicht. Nino konnte nicht sehen, wo die Kugel ihn getroffen hatte.

Eine Weile saß er nur da und starrte auf einen Punkt jenseits der Leiche, ohne über etwas Nennenswertes nachzudenken. Er dachte daran, wie schrecklich die Situation ohne STYX wäre, nicht auszuhalten – dann legte sich Noir auf seinen Schoß. Sie fröstelte. Nino fiel auf, dass auch ihr wegspritzende Blutstropfen ein Muster auf Hals und Wange gezeichnet hatten. Je heller es wurde, umso deutlicher konnte man die roten Krusten erkennen. Und er wollte sie nicht erkennen.

Er nahm sie in die Arme und stand auf. Auf dem Weg ins Badezimmer trat er in nassen Teppich. Ihm war, als könnte er die Fasern schmatzen hören, als er den Fuß wieder hob. *Denk nicht dran. Hör auf zu denken.*

Aus den Augenwinkeln sah er die dritte Leiche, die hinter dem Bett zusammengebrochen war. Der Schuss hatte ihr das Gesicht zwischen Nase und Auge zerfetzt. Es musste ein junger Mann gewesen sein, kahlrasiert, mit einer Art Halsband um. Sein Mentor lehnte mit grotesk verdrehten Beinen daneben an der Wand.

Mit dem Ellbogen knipste er das Licht und die Belüftung an.

Er setzte die zitternde Noir auf den Klodeckel, strich ihr über die Haare und drehte die Dusche an. Als das Wasser die richtige Temperatur hatte, nahm er Noir und stellte sich mit ihr in voller Kleidung unter den Wasserstrahl. Die Farbspritzer auf ihren T-Shirts, auf ihrer Haut wurden von Rost zu Rosa. Noir stand apathisch im Dampf, bis sie sich und ihn plötzlich auszog. Die vollgesogenen Stoffstücke klatschten in die Wanne. Noir schmiegte sich an ihn, ihr Atem eisig im heißen Wasser.

«Ich kann nicht», murmelte Nino. Noir drückte ihm die Finger in die Schultern, Schauder erschütterten sie.

«Du bist weg.» Sie klang schrill und hoch wie ein Kind, das

in den Brunnen gefallen ist. «Du hast Angst, du hast nur Angst, da ist keine Liebe … du lässt mich allein!»

«Was? Noir, ich bin da!»

Sie rutschte an ihm ab, als würde sie sich auflösen, und umschlang seine Hüfte. Er stöhnte. Ihr Mund war kalt. Dann nur noch kühl. Schließlich hatte sie sich seine Wärme einverleibt, und auch ihm war fiebriger zumute als vorher. Hilflos setzte er sich auf den Wannenboden und ließ zu, dass Noir ihn aufnahm.

Kleine Sturzbäche rannen von Noirs Lippen und Ohrläppchen und ihren Augen auf ihn nieder. Ihre Haut war fest und resistent gegen die Hitze des Wassers. Sie nahm seine Hände und schmiegte ihren Kopf, ihre Körperrundungen hinein. Da erst wurde sie weich und wärmer.

Schließlich kauerte sie erschöpft auf ihm, und Nino drehte den Wasserhahn ab. Ihre Küsse waren kleine Dankbarkeiten, verteilt auf die winzigen Wüstenregionen seines Nackens. Nino fischte das Handtuch vom Ständer neben dem Waschbecken und hüllte sich und sie in Frottee.

Sie mussten die Leichen nicht entsorgen. Jetzt, wo ihm der Gedanke kam, merkte er, dass ein Teil seines Verstandes sich die ganze Zeit schon damit beschäftigt hatte, was zu tun war. *Wir müssen die Leichen nicht entsorgen.*

Sie konnten das Hotel einfach verlassen. Sie hatten nicht eingecheckt, nirgendwo stand sein Name. Warum sollten sie die Leichen woanders hinbringen? Es war ein unmöglicher und unnötiger Aufwand.

Alles, was sie zu tun hatten, war, so schnell wie möglich zu verschwinden. Die Schüsse waren laut gewesen, es war ein Wunder, dass noch niemand gekommen war. Selbst wenn sich im ganzen Stockwerk keine anderen Gäste befanden, irgendein Hotelangestellter musste doch etwas gehört haben.

Noir war auf ihm eingeschlafen. Sie kam ihm schwerer denn je vor, als er sich erhob und aus der Wanne trat. Wohin mit ihr? Er wollte sie nicht wecken. Einzige Wahl war das Bett.

Einen langen Moment stand er vor der Badezimmertür und versuchte sich dazu zu bringen, den Griff hinunterzudrücken. Er hatte Angst. Die Angst schwoll hinter den Wällen des STYX an wie eine Flut.

Mit einem heftigen Ausatmen öffnete er die Tür und trat ins Zimmer.

Inzwischen war es taghell. Der Lärm der vierspurigen Straße durchdrang das Fenster, als wäre es nur eine Duschwand. Die Scherben des Spiegels glänzten wie Wasserpfützen auf dem Teppich.

Die Leichen waren verschwunden.

Nino stand da, tropfte aus den Haaren und hielt Noir unter dem Handtuch wie ein großes Kind.

Die Leichen sind verschwunden.

Dort, wo der Spiegel gehangen hatte, zeichnete sich ein unberührtes Viereck auf der Tapete ab.

Die Leichen –

In der Luft hing eine Ahnung von Benzin und Zigarrenrauch.

Die Fenster waren geöffnet, gegen den Gestank, aber er verflog nicht, im Gegenteil, die Luft von draußen schien noch erfüllter davon zu sein als hier im Zimmer.

Noir schlief. Wie ein Wesen, das nur manchmal seinen Körper im Diesseits bewohnt und die übrige Zeit in einer anderen Welt, in vielen anderen Welten womöglich, verbringt.

Er saß am Fenster. Trank Wasser. Wartete. Ihre Kleider waren bereits ausgewrungen und zum Trocknen im Bad aufgehängt.

Das Leben geht weiter, immer. Das ist das Schreckliche am Tod.

Noch einmal das ganze Hotelzimmer durchsucht. Keine Spuren.

Es gibt keine Spuren, und du musst verstehen, warum; wo du hier gelandet bist und wo deine Geschichte beginnt – aber je länger du darüber nachdenkst, je länger du durch die Vergangenheit watest, umso weniger scheint etwas zusammenzuhängen. Als du fünf warst, starben deine Eltern wie in einem Superheldencomic, du hast mit sechsundzwanzig Schrauben in Schädel, Schlüsselbein und Schulter überlebt wie ein Superheld, du hast auch deinen aufgeschlitzten Unterarm überlebt, hast dich überlebt. Immer wieder. Auch jetzt. Wozu? Du weißt es nicht.

Noir erwachte bald darauf.

«Hallo.» Ihre Stimme war noch rau vom Schlaf. Behaglichkeit, dann der Schreck in ihren Augen. Sie erinnerte sich, und die Hoffnung, alles nur geträumt zu haben, zerfiel.

«Wir haben sie –» Sie fuhr auf, sah sich im Zimmer um. Der zerbrochene Spiegel, das offene Fenster, durch das der Straßenlärm drang.

«Wir sollten gehen. Vielleicht hat doch jemand die Schüsse gehört.»

«Warum hast du mich schlafen lassen?»

Ihre Verwirrung über das Verschwinden der Leichen legte sich schnell wieder. Immerhin war sie es gewohnt, dass die Wirklichkeit ihre eigenen Regeln brach.

Sie stahlen sich unbemerkt aus dem Hotel und ließen den Maserati einfach stehen. Zu auffällig. Viel zu auffällig.

Nino hatte ein merkwürdiges Gefühl, als würde ihm etwas fehlen. Er selbst war ihm abhandengekommen, und plötzlich war da eine große Leere in ihm, die mit etwas gefüllt werden wollte.

Statt auf einen Bus zu warten, hielten sie ein Taxi an. Der Fahrer war Maghrebiner. Er sprach französisch, aber Nino verstand ihn, obwohl ihm die Worte fremd waren. Er sprach von der Schönheit des Korans, von der Größe Gottes und vom Propheten, den jeder lieben müsse, der ihn kennenlerne.

Im März, erzählte er, werde er heiraten. Wenn du in Algerien bist, komm in ein Dorf namens – du vergisst den Namen gleich wieder – und frag nach Yassers Hochzeit. Er heirate seine Verlobte nach fünf Jahren Verlöbnis. Unberührt.

Unberührt, wiederholst du auf Französisch. Das ist schön.

Der Fahrer hat feucht schimmernde Augen.

Am Bahnhof wurde gestreikt. Der nächste Zug nach Paris würde frühestens in vier Stunden abfahren. Sie überlegten, wieder ein Taxi bis in die nächste Stadt zu nehmen, aber dann kauften sie am Bahnhof Sandwiches und warteten wie alle anderen Menschen. Sie saßen auf einer kleinen Bank und kauten. Der hallende Lärm des Bahnhofs, seine abertausend Stimmen, höhlten einem den Schädel aus wie ein scharfer Löffel.

Schließlich kam ein Ersatzbus zu einem anderen Bahnhof, zwei Fahrtstunden entfernt. Weil der Bus bis auf den letzten Platz besetzt war, musste er sie auf seinen Schoß nehmen.

Die Stadt zog vorüber im Licht der jungen Sonne, ein klarer, grobkörniger Septembertag. Ein Neubeginn, den niemand erbeten hatte, der einfach gekommen war mit der Unerbittlichkeit der Jahreszeiten. Heruntergekommene Gebäude schwebten durch das Busfenster. Türen an der Außenwand, die sich zur Tiefe öffneten und wahrscheinlich von innen zugemauert waren. Dächer mit Graffiti und einem riesigen weißen Blitz an der Wand. Auf der Titelseite der Zeitung, die der Mann neben ihnen las, stand, dass letzte Nacht über dem Atlantik eine Maschine mit zweihundert Menschen verschwunden sei. Wegen Blitzeinschlägen, hieß es.

Nino dachte an letzte Nacht und an die Toten. Der Tod fühlte sich an diesem Vormittag so nah an; überall verschwanden Menschen, Dinge, Gefühle, Gedanken, um nie wiederzukehren. Jeder Moment starb, jede Sekunde, jeder Herzschlag. Was und wo das Leben war, die Fragen hatten sie bis hierher getrieben. Jetzt begriff er, dass das Leben nur die Wiederholung von Toden ist, eine endlose Aneinanderreihung vieler kleiner und großer Endgültigkeiten. Manchmal in rasender Geschwindigkeit, manchmal schleichend. Eins ist schmerzhaft wie das andere.

Und in diesem Moment wirst du ICH, denn das ist die Gegenwart, und weiter ist nichts passiert; hier bin ICH und warte das Sterben im Rhythmus meines Atems ab.

HIER BIN ICH.

Ein Flugzeug im Himmel. Weg.

Der Fluss weit unter uns. Verschwindet.

NOCH BIN ICH HIER.

Grasflächen unter der Autobahnbrücke – eine schöne, phantasievolle Brücke mit roten Stahlstreben und Toren, deren Beine wie Schlaghosen ausgestellt sind –, sie reißt zur Seite ab. Irgendwann wird sie zerfallen.

UND ICH WERDE –

Noir wird unruhig auf meinem Schoß. Ich halte ihre Knie fest, damit sie nicht mit unserem Sitznachbarn in Berührung kommt. Sie ist vielleicht unsichtbar für alle anderen, aber ich fühle ihr Gewicht sehr real.

Nach einer Stunde sind meine Beine eingeschlafen. Noir umschlingt meinen Hals, ihr Mund nah an meinem, damit sie meinen Atem spürt. Alle paar Sekunden versuche ich, mich auf meine Gefühle für sie zu konzentrieren, damit sie satt bleibt. Aber es ist nicht genug. Ich weiß das. Ich denke zu sehr an andere Dinge. Ich bin zu sehr ein anderer geworden. Mit den drei Schüssen aus Amokes Waffe, geführt von Noirs Hand, ist etwas in mir gerissen, und sie fühlt es, und ich fühle, dass sie leidet.

Sobald wir ankommen, werde ich mein Bewusstsein mit STYX auffrischen müssen.

Sie träumt. Ich bleibe dabei wach für sie. Ich bin ihr Wächter, während wir uns nach Paris durchschlagen – von Bahnhof zu Bahnhof, von einem Taxi ins nächste, immer eine andere anonyme Autobahn entlang.

Sie träumt. Und ich begleite sie durch beide Welten, durch die scheinbare und durch die ewige der Vergangenheit:

Sie hilft Jean bei seiner Flucht. Einen Monat lang sehen sie sich regelmäßig in der Klinik, bis die Besuche gar nicht mehr der totgesoffenen Frau gelten, die einmal ihre Mutter war, sondern dem geheimnisvollen Zigeuner. Seine Hände sehen aus, als hätten sie das ganze Leben harte Arbeit geleistet, dabei sind es die Hände eines Künstlers – eines Zauberkünstlers: Er kann selbstgebastelte Papierblumen verschwinden und hinter ihrer Kniekehle zum Vorschein kommen lassen, er dreht perfekte Zigaretten und zeichnet Porträts von einem schönen Mädchen, in dem sie sich selbst nie wiedererkennt, obwohl die Widmung an sie in allen fünf Sprachen, die er beherrscht, und in seinen zahlreichen Handschriften daruntersteht. Er sagt ihr nie, dass er sie liebt, aber sie weiß es, und es ängstigt sie nicht mehr, als dass es sie erregt. Seine Liebe ist ein fast väterliches Empfinden mit nur vagen romantischen Färbungen, obwohl er von den Jahren her kaum älter ist als sie.

Die Flucht ist einfach. Er darf sie auf einen Spaziergang durch den Park der Klinik begleiten, und dann fahren sie einfach mit ihrem Auto weg. Das Haus ihres Vaters ist so groß und so unbewohnt, dass lange Zeit niemand den Einzug des Mannes bemerkt.

In dieser Zeit ist er ihr Geheimnis auf dem Speicher. Sie bringt ihm Essen und Bücher, und sie sehen sich im Wohnzimmer Filme an, wenn der Vater verreist ist. Weil sie nur wenige Freunde an der Universität hat und die Universität weit entfernt liegt, muss sie ihn niemandem vorstellen. Wenn sie spazieren gehen, dann nur verlassene Wege entlang eines Waldsees, wo keine Leute sind, die sie kennen. Sie lässt flache Steine über das Wasser springen, sodass es aussieht, als wäre der See ein vibrierender Spiegel. Er findet im Vorbeigehen vierblättrige Kleeblätter, die sie mit nach Hause nimmt und in ihrem Schrank der Schätze aufbewahrt.

Sie zeigt ihm alles aus dem Schrank der Schätze und erzählt die Geschichten, die die Dinge so wertvoll machen.

Auch er teilt seinen kostbarsten Besitz mit ihr: seine Geheimnisse. Er zeigt ihr das Spiel mit Glas und Brett. Er öffnet ihr die Pforte zwischen Diesseits und Jenseits. Gemeinsam erblicken sie ihre Zukunft. Ihren Tod.

Und als das Wissen sie erdrückt, bietet er ihr seine Hilfe an. Seine Stimme ist warm und dunkel wie ein Gewitter im August.

Diesmal kann ich dir zur Flucht verhelfen.

Du musst nur einwilligen.

Es wird nicht wehtun.

Wenn du alle Liebe aufgibst, um in meine zu fallen.

30.

Ich erwache ohne Erinnerung daran, wer ich bin.

Es ist ein schreckliches, blindes Weiß, das mich umgibt. Ganz langsam rinnt die Realität in ihre Form zurück. Ich bin ich. In einem Hotelzimmer in Paris. Mit Noir, mit einer Schusswaffe und einem Koffer voll STYX.

Ich fühle ihre Temperatur, im Schlaf ist sie ein bisschen kälter als lauwarm, und beschließe, vorsichtshalber etwas zu mir zu nehmen, damit sie ruhig weiterträumen kann. Angenehm vertraut wölkt die Droge in mir auf.

Ich bin Nino. Meine Schwester Katjuscha und ich, wir gehören zusammen.

Ich lausche den Worten nach, um sie auf Richtigkeit zu prüfen, aber spüre nicht viel.

Ich zeichne gerne. Ich bin gut darin.

Ich stehe auf und nehme den Bleistift und den Block, die auf dem Schreibtisch liegen. Als ich Noir kennengelernt habe, war ich so verliebt, dass ich sie zeichnen musste. Ich drücke auf den Stift, bis unten eine dünne Mine herauskommt. Ich setze sie am Papier an.

Kaum habe ich den Umriss ihres Gesichts zustande gebracht, da bricht die Mine ab. Das weiche Schürfgeräusch des Stifts auf Papier fährt mir unangenehm durch die Knochen. Ich drücke eine neue Mine heraus.

Aber auch diese bricht. Immer wieder verliere ich meine Mine, obwohl ich nur ganz behutsam aufdrücke. Schließlich kommt kein neues Minenstück mehr aus dem Stift. Fluchend nehme ich ihn in Augenschein, irgendwas stimmt nicht damit.

Dann merke ich, dass mit dem Stift alles in Ordnung ist. Etwas anderes ist brüchig. *Meine Finger.* Ich lege den Stift beiseite und befühle meinen Daumen. Er lässt sich in alle Richtungen drehen. Seit wann bin ich so gelenkig? Oder ist der Daumen nur taub; verletze ich mich gerade, ohne es zu wissen? Als ich sanft daran ziehe, erklingt ein leises *Plopf.* Mein Atem entfährt mir in einem Stoß.

Ich halte meinen Daumen in der Hand.

Der Daumen ist nicht mehr an mir befestigt.

Mein Körper beginnt zu zittern, aber ich spüre keinen Schmerz. Der lose Daumen fällt mir aus der Hand, rollt unter den Schreibtisch. Da, wo er vorher saß, ist ein fleischfarbenes Nichts.

Ich zittere so sehr, dass meine übrigen Finger gegeneinanderschlagen. Ich spüre, wie weich sie sind. Wie schlaff. Wie Plätzchenteig. Ich ergreife meinen rechten Mittelfinger und zerquetsche ihn ohne Anstrengung. Ein saugendes Schmatzen, und noch bevor ich meine Faust wegziehe, spüre ich, dass der Finger nicht mehr an mir ist.

Einen Finger nach dem anderen versuche ich mir zurück an die Hand zu drücken, irgendwie wieder im Gelenk zu befestigen, aber ich stelle mich so ungeschickt an, dass sie sich in meinem Griff lösen. Die letzten, die mir bleiben, ein kleiner Finger und ein Ringfinger, sind zerdellt und fallen schließlich auch noch ab.

Ich sitze da und starre auf die Stümpfe, die einst Hände waren. *Amoke ist irgendwann auf eine Landmine getreten. Ihr Geist trägt die Verstümmelungen für sie.*

Ich will schreien, ich will etwas sagen, um das Geschehene zu fassen, aber es gibt keine Worte dafür. Alles dreht und verbiegt sich. Ich fühle mich, als würde ich in mir schrumpfen. Nichts sitzt mehr fest. Ich werde Glied für Glied verlieren, und wie soll ich dann noch für Noir da sein? Wie soll ich, wenn alles erschlafft, sich löst und nicht mehr –

Noir wirft sich auf mich, und ich stürze unbeholfen in die Kissen. Alles ist viel zu weich, übelkeiterregend weich und schwammig.

«Nino. Du musst aufwachen!»

Ich wache auf. Mein Herz tut weh vom Pochen. Ich spüre meinen Körper, meine Rippen, meine unheimlich schweren Beine und Arme. Meine Finger krallen sich in die Matratze. Es war nicht echt.

«Es ist nicht real», wiederholt Noir und streichelt meinen Kopf. «Es war nur ein Traum.»

«Ich habe nicht geschlafen.»

Sie küsst meine Wangen und Ohren, bis ich mich beruhige. «Ich weiß.»

Als ich mich aufrichte, sehe ich, dass auf dem Schreibtisch ein Dutzend abgebrochener Bleistiftminen liegt. Auf dem Block ist ungeschicktes Gekrakel.

Vielleicht kann ich nicht mehr zeichnen, vielleicht konnte *ich* es nie.

Den Blick auf meine Hände gerichtet, frage ich Noir, was sie geträumt hat, obwohl ich es ja weiß. Was ich eigentlich meine, ist, welche Schlüsse sie aus ihren Träumen zieht. Deutlicher als sonst spüre ich, dass der Inhalt unseres Gesprächs nicht so wichtig ist wie die Tatsache, dass wir die Stille überhaupt mit uns selbst füllen.

«Mein Haus ist nicht in der Stadt. Man kann vom Esszimmer aus einen Wald sehen und ein Feld. Im Frühjahr und Sommer gibt es Kaulquappen in der Nähe.»

Ich nicke, weil ich sonst nichts beizusteuern habe. Die Knöchel meiner Hände sehen ganz robust aus. Die Adern wie gute Stromkabel.

Mit siebzehn habe ich mich einmal mit zwei Polizisten geprügelt, als sie mich beim Sprayen erwischten. Meine Fäuste waren Waffen. Ich war einmal stark, ich weiß das, aber was hat mein altes Ich überhaupt noch über mein jetziges auszusagen?

Draußen ist es bereits dunkel. Wir haben Hunger, Noir ist ganz außer sich, dass sie diese «Sehnsucht im Bauch» hat. Als ich sie frage, worauf sie Appetit hat, beginnt sie fieberhaft nachzudenken und kaut an ihren Fingernägeln. Ich weise sie darauf hin; auf diese Eigenschaft, die zu ihr zurückgekehrt ist, und wir lächeln wie werdende Eltern, deren Kind im Mutterleib zum ersten Mal tritt.

Arm in Arm spazieren wir aus dem Hotel. Sie passt perfekt an meine Schulter, wie Knochen und Gelenk gehören wir zueinander.

In der Nähe gibt es keine Restaurants, aber das macht nichts. Wir laufen lange durch die Straßen und sehen uns um, obwohl es nicht viel Schönes zu sehen gibt. Das STYX dämpft alle schlechten Gefühle.

Schließlich kommen wir in eine Touristengegend und finden dort ein schummriges, mit Jazzmusik erfülltes Café. Wir bestellen Zwiebelsuppe und teilen uns eine Flasche Rotwein. Der Alkohol macht mich schwermütig und verschmiert die vom STYX scharfgestochenen Wahrnehmungen zu einem Sumpf aus eben verstrichenen Momenten. Wir zahlen mit dem Bargeld, das ich noch besitze, und laufen weiter. Inzwischen ist es Nacht und bitterkalt. Ich sehne mich nach Schlaf, aber wir verlaufen uns auf dem Weg zurück und können niemanden nach dem Hotel fragen, weil wir vergessen haben, wie es heißt. Fast durch Zufall finden wir es wieder, schließen uns im Zimmer ein und sinken ins Bett. Noir kuschelt sich an mich, und heute Nacht reicht ihr das, und ich muss kein STYX nehmen, sodass mich die Müdigkeit in einen tiefen, traumlosen Schlaf hinabzieht.

Erst in den frühen Morgenstunden wird ihr Körper so kalt, dass ich davon wach werde, und ich nehme die gewohnte Dosis.

Stromschläge donnern in der Dunkelheit. Ich stürze ins Wachsein, als der Lärm gerade verebbt. Hat es wirklich Lärm gegeben? Jetzt ist nur noch mein Atem zu hören.

Noir schläft neben mir, gebettet in Rauchschwaden ungreifbarer Erinnerung, und ich löse mich aus ihrer Umarmung und stehe auf. Die Schläge kamen aus dem Badezimmer – falls sie keine Einbildung waren. Ich knipse das Licht an und erwarte fast, dass die Lampe über dem Waschbecken kaputt ist, aber sie flirrt in einem ungesunden Gelb.

Ich kneife die Augen zusammen. Mir fällt nichts Ungewöhnliches auf. Keine stromspuckenden Kabel, die aus der Plastikwand ragen. Nicht einmal der Wasserhahn tropft. Doch dieser Geruch … Benzin. Schmorendes Reifengummi. Der Geruch zieht wie eine lange, dünne Nadel durch meine Schläfen.

Ich trete ins Bad und schiebe die Duschwand zur Seite. Da, neben dem Abfluss, liegt ein Knochen. Fleisch und Knorpel und Adern, fett wie Gummischläuche, hängen an beiden Enden.

Von was oder wem auch immer er stammt, vor kurzem hat er noch gelebt. Unter dem Knochen rinnt das Blut im Pulsschlag eines längst entfernten Herzens hervor, und mir wird klar, dass mich das Geräusch seines Aufpralls in der Dusche geweckt hat. Vielleicht auch das Reißen der Adern. Die frischen Spritzer an den Kacheln sprechen dafür, dass man ihn gerade erst fallen gelassen hat.

Erfasst von einem Fieberschub, nehme ich ein Handtuch von der Stange, greife damit den Knochen – er ist noch körperwarm – und werfe ihn ins Klo. Als ich ihn hinunterspüle, knacken und knirschen die Rohre. Blassrotes Wasser spritzt gegen den Deckel. Das Handtuch muss in die Dusche, das Blut ausgespült werden. Doch als ich es hineinsinken lasse, quillt Blut aus dem Abfluss. Stückchen von Gewebe, wurmartige Venen an weißen Fettkissen.

Wie in einem Meer aus Daunenfedern taumle ich zurück, bewege mich albtraumhaft langsam von der Tür an der Wand entlang aufs Bett zu.

«Noir.» Ich will schreien, aber ich bringe nur ein Ächzen zustande. Meine Stimmbänder schmerzen. Ich ziehe die Decke von ihrem nackten Körper. Zum Glück, oh Gott sei Dank, sie erwacht sofort.

«Im Bad ...» Ich kann nicht davon sprechen.

Noir versteht. Ohne Worte. Sie zieht sich an, hilft mir in meine Kleider und stützt mich, als ein Klatschen aus dem Bad kommt und ich zusammensacke. Einige Sekunden lähmt mich das Grauen. Dann nehme ich die Waffe aus der Kassette und kann gehen. Noir trägt den Koffer mit dem STYX, mit der freien Hand nimmt sie meine. Als wir am erleuchteten Bad vorbeikommen, sehe ich, wie an der Decke Risse entstehen und sich langsam ausbreiten. Flüssigkeit, blassrosa, suppt hervor.

Noir öffnet die Tür und lotst mich durch den Hotelflur. Auf der Treppe rutsche ich auf einem Organknäuel aus, das irgendwem gewaltsam aus dem Leib gerissen wurde. Noir bewahrt mich vor einem Sturz. Meine Schuhe sind klitschnass, durch den Teppich sickert Benzin.

Atemlos schaffen wir es durch die Lobby und hinaus in die Kälte. Irgendwo muss es einen Unfall gegeben haben, es riecht so sehr nach Blut, das auf heißem Blech trocknet. In der Ferne sausen Sirenen. Mir ist, als könnte ich Schreie hören, aber es ist nur das fiepende Geräusch, das meine Lungen verursachen, wenn ich ausatme.

Noir hebt meine Hand, in der die Schusswaffe klemmt, und stellt sich vor das nächste Auto, das die Straße entlangfährt. Quietschend kommt es vor uns zum Stehen. Es ist ein alter Fiat. Noir richtet die Waffe auf den Fahrer und flüstert: «Aussteigen.»

Im nächsten Moment sitzen wir beide im Wagen, Noir rast rückwärts, macht eine Wendung und braust davon. Den Besitzer des

Fiats habe ich kaum gesehen. Holzperlen beziehen die Sitze, die mir vage bekannt vorkommen.

«Wohin fahren wir?», frage ich sie und mich selbst.

«Ich weiß nicht. Ich weiß nicht, vor wem oder was wir flüchten, Nino.»

«Wir müssen aus der Stadt, weg von den Menschen.» Ich strecke mich nach hinten aus, und meine zitternden Finger bekommen einen Stadtplan in der Rücksitztasche zu fassen. Woher ich wusste, dass er da war, weiß ich nicht. Ich falte den Plan auseinander. An manchen Faltstellen ist er schon eingerissen. Paris eröffnet sich als wirres Schneckenpuzzle vor mir. Weiter draußen, wo mehr Grüntöne sind als Rot und Gelb, erkenne ich einen See, an dem nur eine kleine Ortschaft zu sein scheint. Er befindet sich nordöstlich vom Zentrum.

«Dorthin.»

Noir nickt. Wir versuchen am Rande des Stadtkerns vorbeizufahren und halten uns auf Landstraßen. Schließlich säumen Wälder unseren Weg. Kaum Autos kommen uns entgegen.

Etwa eine Stunde später, als ich mich wieder beruhigt habe und die erste Schneeschicht des Vergessens über den Albtraum gefallen ist, erreichen wir die Ortschaft am See.

Sie besteht nur aus einer Handvoll Häusern, von denen kaum ein Fenster erleuchtet ist. Kein Wunder, es ist zwischen drei und vier Uhr früh, diese Stunde allertiefster Einsamkeit. Dann kommt der See.

Erst halte ich ihn für eine weite, dunkle Wiese. Der Fiat folgt der Landstraße um eine Kurve, die Scheinwerfer stürzen ins Nichts und berühren plötzlich kräuseliges Ufer. Dass der See einfach daliegt, im Dunkeln, scheint uns wie eine Offenbarung. Gleich darauf ist er hinter Tannen verschwunden. Als er wieder auftaucht, ist er sehr viel weiter weg. Wir biegen auf einen Kiesweg ab und kommen zu einem Parkplatz. Noir hält an, löscht aber nicht das Licht. Die Bäume und ihre Schatten wirken gespenstisch, sind Geister lange verstorbener Urtiere. Irgendwo dahinter liegt jetzt der See.

«Kommt es dir hier bekannt vor?» Meine Stimme ist dünn wie ein Faden in der meilenweiten Stille.

Noir wendet sich mir zu. Ihr Gesicht ist ganz leer. Sie weiß nicht, ob das hier ihre Heimat ist, und wie sollte sie auch? Wer auf dieser gottverlassenen Welt kann schon behaupten, seine Heimat zu erkennen, denke ich, öffne die Arme und nehme sie auf meinen Schoß.

«Ich bringe dich um, nicht wahr?», flüstert sie, als sie auf mir ist.

Ich möchte sie anlügen. Aber es geht nicht. Lange betrachte ich sie, ihr Gesicht, ihre Gestalt, das Geheimnis meines Lebens.

«Wie dumm, seine Zukunft kennen zu wollen», denke ich laut. «Man kann sich selbst in der Zukunft nicht verstehen, weil man dann schon ein anderer ist. Jetzt, wo ich der andere bin, heiße ich alles willkommen, was ich früher gefürchtet habe.»

«Ich will nicht, dass du für mich stirbst.»

«Ich lebe doch für dich.»

Ein leichter Benzingeruch liegt in der Luft, und mir ist bewusst, dass unter den Sitzschonern aus Holzperlen Blut und wunde Körperflüssigkeiten quellen, aber ich versuche nicht daran zu denken.

Wir schlafen miteinander. Wie Kometen, die im Universum aufeinanderprallen, kommen wir zusammen, um die Naturgesetze zu brechen und flüchtig mehr zu sein, als tatsächlich da ist. Das, der Augenblick vollkommener Gegenwart, ist das Ende unserer Vergänglichkeit. Und ich empfinde angenehmerweise gar nichts mehr.

31.

Später kämpfen wir uns durch das Dickicht, bis wir den See erreichen. Unsere Füße versinken in Schlamm und Brackwasser, Schilfrohre reiben sich aufdringlich an unseren Beinen, und ich kann mich nicht entscheiden, ob ich froh oder beunruhigt bin, in der Dunkelheit nichts sehen zu können. Ich werde die Angst nicht los, der Koffer mit dem STYX könnte sich plötzlich öffnen und seinen Inhalt ausspucken, darum halte ich ihn an die Brust gedrückt. Der Koffer ist mein Sarg, aber auch das Boot, auf dem Noir den Fluss zurück überqueren könnte.

Wir waten eine Weile umher, bis wir einen Steg finden. Der Steg führt uns auf eine Wiese. Nicht weit entfernt schwebt ein erleuchtetes Rechteck in der Nacht. Im Näherkommen erkennen wir, dass es eine offen stehende Tür ist. Auf dem Boden liegt ein Kronleuchter mit einer abgerissenen Eisenkette, um die sich ein abgerissenes Kabel windet. Die Arme des Kronleuchters sind über und über mit brennenden Kerzen beklebt.

Wir gehen langsam, in dem Wissen, nicht anhalten zu können. Das Haus im Dunklen dünstet so viel Vertrautheit aus, dass man sie fast riechen kann: Sie riecht nach Lebkuchen und altem Babypuder und mottenzerfressenen Kuscheltieren.

«Jemand erwartet uns», stelle ich fest. Dass Noir zu ergriffen ist, um etwas dazu zu sagen, verstehe ich. Es macht ja auch keinen Unterschied. Hineinzugehen, zu empfangen, was uns empfangen will, war von Anfang an Sinn unserer Reise. Unvermeidlich wie Tropfen an einer Glasscheibe laufen wir unserem Schicksal entgegen.

Beim Betreten des Eingangs wird es schlagartig warm. Es liegt nicht an den Kerzen, es ist auch keine Heizungswärme. Die Wände, die wir im Vorbeigehen mit den Schultern streifen, strahlen eine herbstliche Glut aus, wie von Händen aufgewärmte Haut.

Der Flur verliert sich da, wo der Schein des Kronleuchters endet, im Nichts. Wir gehen weiter, ohne Schatten zu werfen. Links erscheint eine Öffnung. Im Raum dahinter ist die Zeit stehengeblieben:

Dicke, mit Vögeln und Pflanzen bestickte Vorhänge sind vor die Fenster gezogen, aber Sonnenlicht dringt durch die Ritzen und verfängt sich in einem Kristallgefäß und mehreren Gläsern, an deren Rand Lippenstiftabdrücke kleben. In den Weinresten am Boden treiben Obstfliegen. Die Kissen senden einen buttrig säuerlichen, weiblichen Geruch aus. Eine Kosmetikdose ist auf dem Boden zerbrochen, das Rouge breitet sich wie eine schleichende Krankheit über den Teppich aus und scheint zentimeterhoch darüber zu wabern. Noir wirkt wie durchsichtig in diesem Raum, aber noch sind wir nicht angekommen, das hier ist nicht ihre Grabkammer.

Sie dreht sich nach rechts, schreitet auf eine Badezimmertür zu. Aus dem altmodischen Duschkopf strömt Wasser in die Wanne. Es riecht nach Mutter, nach Rosenöl und Alkohol und lippenstiftweichen Nikotinküssen an einem Sommerabend, an dem man ins Bett geschickt wird, obwohl es draußen noch hell ist und man selbst kein bisschen müde.

Im Vorübergehen fällt mein Blick in den zerbrochenen Spiegel über dem Waschbecken, und in den Splittern sieht das Bad ganz anders aus: Aus dem Duschkopf kommt kein heißes Wasser, es gibt nicht einmal einen Duschkopf. Nur rostverfärbter Regen tropft aus der Decke. Und auch das Schlafzimmer hinter uns ist nichts als eine Ruine. Aber ich schüttle diese Wahnvorstellung ab und folge Noir durch die zweite Badezimmertür in das Arbeitszimmer des Vaters, das irgendwann zum Schlafzimmer umfunktioniert wurde: Die Couch ist eine ausgezogene Schlafcouch, die Ende der Siebziger mondän gewesen sein muss. Der orangefarbene Fransenteppich hat den Mief von Pfeifenrauch angenommen. Auf dem Schreibtisch sind Dokumente, Urkunden und eingerahmte Porträts der Tochter in Unordnung gebracht; wenn man genau hinsieht, scheinen sie pornographische Fotos zu verdecken, die sich vor Nässe gewellt haben und ausgeblichen darunter stapeln. Noir aber sieht nicht genau hin, und auch ich wende den Blick ab.

Zwischen den Bücherregalen führt eine verwinkelte Treppe nach oben. Ich muss den Kopf einziehen, weil die Decke niedrig ist in diesem weißen Schacht. Hinter den Wänden gurgelt das Wasser, das unten aus dem Duschkopf spült, durch unsichtbare Rohre und erfüllt das Haus mit einer beunruhigenden Lebendigkeit.

Die Treppe scheint endlos. Immer wieder geht es um eine Ecke, mal links, mal rechts. Gerade als ich mich frage, woher hier eigentlich das Licht kommt, betreten wir den Dachboden.

Es riecht nach schimmelnder Isolierwolle und Benzin. Mitten im verfallenen Raum lodert ein Feuer. Hektische Schatten springen zwischen den Holzbalken hin und her. Die Flammen knacken und fauchen wie blitzende Stromstöße. Doch hinter diesen ablenkenden Geräuschen und Lichtern erklingt deutlich ein Schrei. Und dann wirbelt etwas Weißes in die Luft, wie Schneeflocken sieht es aus … es sind Federn.

Jean Orin taucht aus dem Nichts auf.

Sein Gesicht ist groß und starr wie eine Maske. Irgendeine dunkle Flüssigkeit ist ihm aus dem Mund gelaufen und beschmiert sein Kinn und den Kragen seines aufgeknöpften Hemds.

Über die Flammen hinweg richten sich seine nackten Augen auf uns. «Als Kind fühlt man sich der Welt verbunden und nimmt sich selbst als Teil von ihr wahr, man versteht die Welt als Teil des eigenen Ichs. Erst durch den Fortpflanzungstrieb verlieren wir unsere Ganzheitlichkeit. Das Gefühl, halb und unvollkommen zu sein, ist die Voraussetzung für Liebe.»

Und er lächelt, und wir sehen, dass er einen Hühnerkadaver ohne Kopf in der einen Hand hält und etwas Kleineres, Weißes in der anderen.

«Für eure, diese niedrigste Form der Liebe, bedarf es einer Trennung von Herz und Verstand, von Körper und Seele!»

Und er führt die Hand an den Mund – ich erkenne, dass er eine weiße Maus oder Ratte festhält – und stülpt seine Lippen um das Tier, verzerrt das Gesicht und wirft den Schädel wie in herzlichem Gelächter zurück. Er hat dem Tier den Kopf abgebissen. Die beiden kopflosen Tierkadaver lässt er zweimal aneinanderklatschen und schmeißt sie ins Feuer.

Die Gewissheit, dem Tod gegenüberzustehen, rutscht mir wie ein Schleier Finsternis über die Augen, sodass ich einen Moment lang fürchte, ohnmächtig zu werden. Als ich wieder bei mir bin, hat Monsieur Samedi den Rattenkopf geschluckt oder ausgespuckt, jedenfalls leckt er sich über die dicken Lippen.

«Noir. Meine Schwestertochter. Sind wir nicht eins?» Er legt den Kopf schief, obwohl er keine Antwort erwartet. Er spricht mit uns wie mit Puppen. Für ihn besitzt nur er selbst Wirklichkeit.

«Geht es dir gut, du abgefallener Teil von mir? Glaubst du, du hättest nur eine Minute mit ihm überlebt, wenn ich dir nicht gefolgt wäre? Ich habe dir Opfer dargebracht, du hast dich von meinen Opfern ernährt, mein Glückskind. Ich bin dein Herz, ich bin dein Mann, ich bin dein Leben, du Spukgespenst, du falsche Fotze.»

Er knurrt und lächelt und bückt sich hinter dem Feuer. Als er sich wieder erhebt, hat er einen Schuhkarton geöffnet und ein schweres, dunkles Ding herausgehoben. «Das ist für dich, ein Geschenk!»

Er wirft das Ding zu uns. Noir zieht mich zur Seite.

Schwer schlägt es auf den Holzboden und kugelt auf uns zu. Als ich begreife, dass es ein Kopf ist, fällt der schwarze Schleier wieder über mich. Blutige Stränge hängen aus dem Hals, zerzaust wie die Haare. Die Zunge quillt geschwollen aus dem Mund. Es ist Amoke. Ihr Kopf.

«Siehst du? Ich beschütze dich. Ich rette dich. Du bist ich, Noir. Wir sind eins. Oder etwa nicht?»

Monsieur Samedi tänzelt auf einen Schrank zu, den ich bis jetzt nicht wahrgenommen habe. Er ist aus glänzendem gestreiftem Holz und hat unsichtbare Griffe. Als er ihn aufreißt, weht uns ein Sturm Sommerluft entgegen.

Staubfussel flattern wie hektische Schmetterlinge in die Höhe und verkokeln in den Flammen. Noir stöhnt unter der Flut der Erinnerung.

«Du denkst doch, du könntest wieder sie werden ... sie, von der du träumst. In Wahrheit ist sie mein Traum. Ich habe sie erschaffen, und ich kann sie vergessen, und wenn ich sie vergesse, hat es sie nie gegeben.» Er reißt eine Schublade aus dem Schrank und wirft sie ins Feuer.

Noir geht in die Knie. «Nein!»

Monsieur Samedi zieht noch zwei Schubladen hervor und lässt sie mit ihrem schillernden, klirrenden Inhalt in die Flammen sinken. Es riecht nach verbranntem Mädchenhaar, nach verklumpendem Kinderspielzeug, nach Filmrollen, die in Rauch aufgehen.

«Aufhören!» Ich lasse den Koffer fallen, umschließe mit beiden Händen die Waffe und entsichere sie.

«Wenn du mich erschießt, stirbt Noir! Und wenn Noir stirbt, was ist dein Leben dann noch? Du bist nur ein abgenagter Knochen, du Schlappschwanz. Du bist nichts, du Nichtsnutz, du Junkie, du ...»

«Sie lebt von meiner Liebe, meiner», sage ich, es ist ein Gebet,

373

ich schließe die Augen, dies ist die Probe, die letzte Wahrheit: Und ich drücke ab.

Die Kugel trifft Monsieur Samedis Brust mit einem zischenden Platzen.

Noir sinkt zu meinen Füßen wie der Schatten eines gefällten Baumes.

Monsieur Samedis Brust scheint anzuschwellen. Röchelnd rennt er durch das Feuer auf mich zu.

Ich drücke ab. Tränen ziehen Blindheit um mich.

Ein Loch reißt seine Stirn auf. Dunkelheit sickert hervor, erst langsam, dann sturzweise. Aus dem Nichts fällt Amor zu Boden. Monsieur Samedi stolpert über den reglosen Körper.

Wieder drücke ich ab. Die Kugel trifft ihn irgendwo im Gesicht und reißt ihn nach hinten. Eine Gestalt taumelt in die Flammen und zerfällt, aber es ist nicht Monsieur Samedi. Er kommt weiter auf mich zu.

Ich schieße. Ich schieße, bis die Waffe nur noch Klickgeräusche japst. Monsieur Samedi geht, ölige Löcher, wo einst sein Gesicht war, vor mir auf die Knie. Seine Brust hebt und senkt sich. Dann stürzt er nach hinten. Seine Handflächen sind nach oben gekehrt, als würde er darauf warten, ein göttliches Geschenk entgegenzunehmen. Dann schließen sich seine Fäuste.

Die dicken Adern an seinem Hals erstarren, als gerinne das Blut darin zu Zement.

Die Waffe rutscht mir aus der Hand. Ich knie mich neben Noir.

Sie sieht mich an. Blinzelt. Blut sickert durch ihren Pullover. Ihr Haar flimmert, wird von Schwarz zu Grau. Falten ziehen durch ihr Gesicht und verschwinden wieder wie Wolken und Sonnenlicht.

«Du gehörst zu mir.» Als ich es sage, spüre ich, dass ich schluchze. «Es ist doch echt. Was ich fühle. Du bist die Wirklichkeit. Nichts sonst.»

Ihre Finger greifen in die Luft, ich nehme sie in meine Hand.

Ich halte dich. Du bist ... ich glaube an dich, ich halte dich.

Der Koffer mit dem STYX liegt in Reichweite. Ich ziehe ihn zu mir, meine zitternden Finger kriegen den Verschluss erst beim dritten oder vierten Versuch auf.

Als ich ihn fallen gelassen habe, ist das Pulver herausgestaubt. Das ganze Kofferinnere ist weiß. Ich greife eine Spritze, ziehe meinen Ärmel mit den Zähnen zurück und steche mir die Kanüle in die Pulsader. Als ich abdrücke, tut es einen Augenblick weh, dann versinkt der Druck in meinem Arm.

Noir atmet nicht. Sie scheint durchsichtig, wie aus Papier.

Ich drücke mir eine zweite Spritze ins Handgelenk, nicht sicher, ob ich überhaupt eine Ader erwischt habe.

Die Tore in mir öffnen sich.

Ein mächtiger Fluss strömt herein.

DU BIST WACH.

Ich lenke all meine Gedanken auf Noir.

Die dritte Spritze setze ich in meiner Armbeuge an, und als ich sie halb in mich entleert habe, wird mir weiß und blau vor Augen. Das Feuer, die Toten und der Schrank verschwinden. Das Blut unter Noir wird zu Regenwasser, wir sind in einer tropfenden Ruine. Im letzten Moment erreicht Noir unwiderstehliche Realität, wird schwer und warm und beweglich, aber das alles ist nicht mehr greifbar für mich. Ich sinke über Noir zusammen.

So sterbe ich also. Ich kenne das schon. Der Tod ist eine vergessene Heimat und fuhlt sich vertraut an.

Der Fluss, der die Geborenen von den Ungeborenen trennt und miteinander verbindet, fließt vor mir. Ich blicke in die Fluten des STYX, wo vieles, wo *alles* auf einmal passiert: Vergangenheit, Gegenwart und Zukunft sind dasselbe Gewässer eines klaren Rausches. Ich möchte so sehr wieder Teil von ihm sein – keine Sehnsucht hat mich je heftiger ergriffen. Ich lasse meine Blicke hineintauchen, und da sind sie, alle Dinge, die ich je gewusst, gefühlt und gelebt habe.

Er blickte auf einen Fluss, hinter dem nichts war. Auch davor war nichts Wahrnehmbares, nur er, und er nahm sich eigentlich nicht wahr.

Der Fluss hatte gar kein richtiges Aussehen, und doch wusste er, dass es ein Fluss war, so wie Erwachsene in den Buchstaben eines Buches Dinge erkannten, die es gar nicht gab.

Seine Eltern gingen über das Wasser und wurden immer durchsichtiger, bis ihre Stimmen in der Stille versanken und das Nichts sie aufgenommen hatte. Er wollte ihnen hinterher, aber er konnte den Fluss nicht betreten. Andere Leute waren da, unzählige Leute, und alle schritten über die stillen Fluten. Seine Eltern waren längst verschwunden, doch er sah ihre Gesichter auf der Oberfläche des Flusses davonfließen, immer wieder, so flüchtig und endlos, wie die Häuser und Passanten am Autofenster vorbeigeströmt waren.

Er merkte, dass er nicht der Einzige war, der am Ufer stand. Neben ihm war das blutige Gesicht, das die Heckscheibe zertrümmert hatte. Er sah die Augen wie durch ein Mikroskop vergrößert, die Lichtgebirge der Iris, die pulsierenden Pupillen mit ihrer weltalltiefen Finsternis, und eine sonderbare Erregung durchspülte ihn, ein Gefühl so heftiger Vertrautheit, dass ihn innerlich Tränen kitzelten.

Die junge Frau, der die Augen gehörten, machte einen Schritt, um über den Fluss zu gehen. Lauter wichtige, drängende Worte wuchsen in ihm, er musste nur – musste sie aussprechen –

«Bleib wach, Nino. Bleib WACH!»

Er schrie. «Julie! Ich kenne dich! Noir! Du heißt Julie!»

Er spürte, wie ihre Blicke sich trafen und durchdrangen und fassten. Er streckte die Arme nach ihr aus, und sie – sie tat dasselbe, und ihre

Hände fanden sich. Da war der Fluss nicht mehr alles, sondern alles andere. Eine taumelnde Schwerkraft brach über sie herein und zog sie durch die Stille, bis die Stimmen auseinanderfädelten, wieder zu Lärm wurden –

Er wacht auf! Wir haben ihn! Wir haben ihn –

Können Sie uns hören? Ihre Freundin hat einen Krankenwagen gerufen. Erinnern Sie sich … Ihre Freundin Julie … Verstehen Sie Französisch –

Und im Lärm das Piepen seines Herzschlages, blendende Lichter, Menschen in grünen Anzügen, die sich über ihn beugten, seinen Körper an Schläuche anschlossen und am Leben hielten.

Das für dieses Buch verwendete FSC®-zertifizierte Papier
Lux Cream liefert Stora Enso, Finnland.